길 끝에서 사라지다

길 끝에서 사라지다

윤동수
장편소설

삶창

오랜 세월이 흘렀건만 오인희는 하진무의 죽음을 한순간도 인정한 적이 없었다. 그러나 꿈에 나타난 하진무는 언제나 오인희의 바람을 저버리곤 했다. 안개가 자욱한 거리를 오인희는 하진무를 부르며 헤맨다. 저만치 홀로 떠돌던 하진무가 오인희를 향해 성큼성큼 걸어온다. 생시처럼 씩씩하다. 오인희는 하진무 품에 안긴다. 오인희를 끌어안았던 하진무 손에는 어느새 링거병과 주사기가 들려 있다. 하진무가 주사기를 들어 보이자 오인희는 팔을 내민다. 주사를 놓은 하진무는 안심한다. 오인희 얼굴에도 미소가 번진다. 하진무는 오인희 입술을 빨아들인다. 정신이 까무룩 해지는 입맞춤. 하진무는 오인희 목덜미를 어루만진 입술로 뺨과 귓불을 핥는다. 오인희는 손으로 하진무 눈썹, 눈두덩, 콧등, 입술을 살뜰히 더듬는다. 안개가 살라먹을세라 정성껏 하진무 살을 만진다. 하진무 이마를 손바닥에 담던 오인희가 놀란다. 갑자기 하진무가 울먹거린다.

빰을 타고 눈물이 주르르 흘러내린다. 오인희는 눈물로 범벅이 된 하진무 얼굴을 손으로 훔치며 묻는다.

와 이카노? 먼 일이고?

억수로 보고 싶다.

자기, 죽은 몸인 거 알고 있나?

안다.

그캐도 내 입술과 빰을 만져바라. 숨소리를 듣고 눈을 들여다보래이. 내를 느낄 수 있제?

하진무는 고개를 끄덕인다. 오인희는 손을 맞잡고 다짐을 받는다.

하모, 바로 그기다. 우리가 비록 떨어져 있다 캐도 서로의 몸과 영혼을 느끼모 된다.

1

동굴에 갇혔더라도 나는 자유인이라고 외치고 싶었다. 그런 내 속을 강기복은 알아챘던 것일까. 강기복에게서 참피온 탁구장에서 만나자는 연락이 왔을 때 나는 유신헌법 철폐 데모와 관련 있으리라 직감했다. 드디어 박정희 유신정권과 한판 붙는구나! 숨통이 트였고, 피가 끓었다. 경북대 학술 모임에서 가장 영향력이 큰 한민족문화연구회를 물밑에서 이끄는 인물이 강기복 선배였다. 경북대는 11월 5일에 유신헌법 철폐 2차 시위에 돌입할 예정이었다.

강기복과 약속을 잡은 날 나는 오인희와 대백다방에서 들러붙어 있었다. 강기복과 얼굴을 보기로 한 오후 세 시가 다가오는데도 오인희는 나를 놓아주지 않았다. 할 수 없이 나는 함께 가서는 안 되는 줄 알면서도 약속 장소인 참피온 탁구장에 오인희를 데려갔다. 오인희와 탁구를 치면서도 나는 강기복 눈치를 살폈다. 그와 중요한 애기를 앞둔 처지에 탁구공이 눈에 들어올 리 없었다. 라켓도 어설프게 휘두르는 내 행동을 탐탁지 않아 하던 오인희가 느닷없이 '무기여 잘 있거라'를 보러 가자고 강기복을 꼬드겼고, 그 길로 우리는 제일극장으로 향했다. 오인희가 없는 틈을 노리던 강기복과 내가 얼굴을 맞댄 것은 영화가 끝나고 오인희가 화장실에 가고 나서였다. 강기복은 재빨리 영화 간판 그리는 창고로 나를 이끌었다. 그는 대뜸 구석에서 한창 붓질을 해대는 사내를 향해 "매형, 욕봅니더" 하고 쾌활하게 인사말을 건넸다. 매형? 제일극장을 드나든 지가 몇 해건만 나는 극장 간판 그리는 사내가 그의 매형인지 몰랐다. 머릿수건을 두른 사내는 페인트가 덕지덕지한 작업복을 입고 자신의 키보다 두 배는 됨직한 간판과 씨름하고 있었다. 대형 간판에 들어찬 영화는 '대부'였다. 간판에 그려진 인물의 얼굴 윤곽만으로 감을 잡은 내가 말했다.

"딱, 보이까 말론 부란도 아입니꺼." "가드 파더, 대부라… 이 영화 억수로 기다렸다."

강기복이 바닥에서 집어든 스틸 사진을 내게 내밀었다. 우리도 갱들 못지않게 한판 붙어야제 어쩌고 하던 강기복이 목청을 낮추었다.

"짧게 말한다. 진무 자네가 선언문 좀 써야겠다."

"선언문예?"

"반독재민주구국투쟁위원회 명의로 나가는 선언문이다."

"알겠심더, 쓰지예."

"대신 조건이 있다."

내 손에서 빼낸 스틸사진을 이마 위로 쳐들어 보며 강기복이 중얼거렸다.

"그 글은 내가 쓴 걸로 한다. 하진무 자네가 쓰지만 외부에 알리기로는 내가 쓴 것으로 한다 이 말이다. 알아들었제? 우리 둘만의 약속이다. 그카고 한 가지 더. 시위가 터지모 자넨 그날로 튀는 기다. 알겄제?"

나는 망설이지 않고 그러마고 고개를 끄덕였다. 일천구백칠십삼년 시월 삼십일, 마침 그날은 강기복 생일이었다. 유신헌법 철폐 시위 모의를 한 날이 강기복의 생일임을 밝힌 것은 간판장이 화가인 매형이었다. 갑자기 얻어들은 강기복 생일도 신선했지만 오인희는 제일극장 간판장이가 강기복 매형이라는 사실에 놀라움을 금치 못했다.

"화백 아제가 기복 선배 매형이라예?" 세상 참 좁다며 강기복에게 어떻게 자기를 감쪽같이 속일 수 있냐고 따지고 들었고, 그제야 강기복은 우리에게 간판장이 사내를 매형이라고 정식으로 소개했다. 강기복에게 누나가 있다는 얘기는 들은 기억이 있었다. 강기복과 알고 지낸 지는 꽤 됐지만 탁구장을 해서 학비와 생활비를 번다는 것만 알 뿐, 그의 가정사를 자세히 꿰고 있지는 못했다. 영화 감상 품평회를 고집했던 오인희 의견은 자연스레 흐지부지되었고, 우리는 그날 미역국 끓여놓고 기다린다는 남산동 강기복 누나 집으로 직행했다.

오인희는 세월을 거슬러 '기복 형'이라고 거리낌 없이 불렀다. 대학 시절 탁구장이나 대백다방에서 커피를 마실 때처럼 말이다. 강기복이 약속 장소로 정한 한정식집도 그의 신분을 명확히 하는 듯해서 부담스럽지 않았다. 부인이 운영하는 한정식집이라고 했다. 강기복은 국회의원과 청와대수석을 지낸 정치인이었다. 술상을 차린 방에는 노무현 대통령과 찍은 사진이 벽을 장식하고 있었다. 두 부부가 나란히 찍었거나 강기복이 노무현 대통령과 악수를 하거나 대화를 나누는 사진들이었다. 대형 액자에 담긴 사진들을 보면서 오인희는 강기복이 정치인임을 실감했다. 하지만 오인희에게 강기복은 대학 선배일 뿐 그 이상도 이하도 아니었다. 더구나 하진무를 추억하는 자리에서야 정치인 강기복은 비집고 들어올 틈이 없었다. 그는 유신정권을 깨부수는 데 청춘을 바친 경북대 데모꾼 선배였다. 그리고 대학 시절 놀이터였던 참피온 탁구장의 주인 자격으로 만나는 것이었다.

강기복의 회고

"언젠가 시체를 보여준다고 우리를 의대 해부학 교실로 부른 적 있어. 히포크라테스 흉상 앞에서 몇몇이 기다리는데 갑자기 나타난 하진무가 우와! 소리를 지르며 해골을 냅다 얼굴에 들이미는 거야. 얼마나 식겁했던지…. 팍팍할 땐데 진무 땜에 한바탕 웃고 말았지.

하진무가 1971년도에 대학에 들어왔지, 아마. 하진무도 교련 반대 데모 열심히 했어. 그해에 '한문회' 주도로 집회가 자주 있었어. 학원 민주화야 단골 메뉴였고. 매판적 군사독재 세력의 반민족적 반민중적 작태를 폭로하고 규탄했어. 아, 월남 파병은 용병이라고 반외세 문제를 건드린 필화사건이 기억나네. 박 정권한테 치명적이었지. 학생을 반공법 위반으로 잡아들여 군기지에서 고문하고 재판에 넘겼으니까. 그거 땜에 전국적으로 번졌던 교련 반대 투쟁과 대통령 선거 참관 운동이 저조해졌잖아. 박 정권이 대대적으로 학원 탄압에 나섰고 말이야. 위수령도 발동되고, 학생운동 서클 해산되고, 제적된 학생들은 강제징집 당했고. 근데 말이지, 하진무가 칠사년 이학기 때 민청으로 구속된 사람들 석방 데모하지 않았나? 그거 땜에 진무가 잡혀간 거 아닌가? 아니면 다른 이유라도?

진무를 처음 본 게 정외과 강의실에서였어. 신학기 땐데, 수업 끝나고 나가니까 복도에서 기다리고 있더라고. 의대 신입생인데 나를 만나러 왔다면서 경북고 후배라고, 선배한테 인사하러 왔다는 거야. 좋은 말씀도 해주시고 앞으로 지도 편달을 바란다고 넙죽 절을 하는 거야. 하진무 넉살 한번 맘에 들데. 바로 노랑집으로 데려갔지. 의대생은 뜻밖인 데다 하진무는 첫 대면부터 사람을 확 끌어당기는 게 보통내기가 아니었어. 노랑집에서 막걸리 마시는데 요즘 말로 말발이 장난이 아니더라고. 신입생이 제 발로 찾아온 것도 신통한 데다 일학년치고는 거침이 없는 거라. 통통 튀는 럭비공이랄까, 그놈 참 당돌하다 싶은데, 삼선개헌이 어쩌구저쩌구 박정희를 안주 삼아 시국론을 펼치는 거라. 이대로 가다가는 민주주의는 질식하고 독재가 판칠 거다, 박정희식 개발독재를 입으로 토막 치는데, 물건이 하나 들어왔구나 싶더라고.

하진무가 글을 잘 썼잖아요. 투쟁선언문이나 학생운동 문건 초안도 많이 썼지만 뭐니 뭐니 해도 총학생회 선거 정견발표문이 명문장이었어. 야, 의대 다니는 놈이 이런 문장을 쓸 수 있나, 무척 감탄했던 기억이 나네. 다른 후보들 연설문하고는 내용이 확연히 달랐으니까. 아예 차원이 달랐지. 나중에 학생과장이 나한테 연설문을 누가 썼냐고 물어보더라구. 무척 감회가 깊었노라고 말이지. 분단국가의 울음을 그쳐야 한다고 했으니 그 당시로서는 획기적으로 앞서 나갔다고 봐야지. 학생과장이 감탄하면서도 민주주의가 조종을 울린다면서 4·19혁명까지 나오니까 세게 나간다고 논평을 했거든. 그걸 들은 하진무가, 뭐가 세게 나간다는 겁니까? 대학생이 그 정도 말도 못 합니까? 민주주의가 망해가는데 대학생이 가만있어야 되냐고, 막 바로 들이대더라구. 우리끼리 할 얘기를 학생과장한테 퍼부어댔으니 탈이 안 날 리 있나. 그래서 하진무가 일찌감치 학생과 요시찰 명단에 오르게 된 거라고."

하진무를 얼마만큼 알고 있는 걸까. 강기복을 제 발로 찾아간 것도, 총학생회 선거 정견발표문을 썼다는 것도, 투쟁선언문을 썼다는 것도, 오인희가 모르는 세계에 있던 하진무였다. 대학 시절 내내 그와 붙어 지냈고, 그를 속속들이 다 알고 있다고 생각했는데 그게 아닌 모양이었다. 그를 알았던 사람들에게서 수집한 그의 행동과 말을 하나하나 꿰어맞추면 하진무 청춘을 복원할 수 있을까. 그날이 오면 종적을 감춘 하진무의 육신도 모습을 드러낼까. 총선 출마를 앞둔 강기복은 헤어지면서 오인희에게 자신의 자서전을 한권 선물로 주었다. 그러나 강기복 얼굴이 큼지막하게 박힌 자서전 어디에도 하진무는 없었다. 민청학련(전국민주청년학생총연맹)사건 주역인 강기복의 학생운동 전력은 수십 쪽에 걸쳐 상세히 기록했건만, 하진무는 이름조차 올라와 있지 않았다.

투쟁선언문 쓰는 것으로 유신헌법 철폐 시위에 뛰어든 내게 각별했던 인물이 조성우였다. 선언문을 무사히 강기복에게 전달한 날 저녁이었다. 나는 시청 뒤 헌책방 거리를 어슬렁거리고 있었다. 갑자기 내 앞에 나타난 조성우가 전축을 살 거라고 내게 동행을 요구했다. 가난한 자취생이 전축을? 나는 미심쩍어하며 다른 꿍꿍이가 있으려니 캐묻지 않고 조성우 뜻에 따랐다. 선언문도 강기복에게 넘긴 터라 머리나 식힐까 해서 찾았던 헌책방이었다. 눈치를 보아하니 조성우는 그곳까지 내 뒤를 따라온 모양이었다. 한일극장 근방 소리전파사 문을 연 그는 전축이 아니라 핸드 마이크를 집어 들었고, 값을 지불하자마자 도망치듯 내뺐다. 조성우가 나를 동행자로 삼은 건 두려움 때문일 수도 있었다. 시위에 쓸 핸드 마이크를 사는 데는 용기가 필요했다. 재수 없으면 시위용품을 추적하는 경찰에 걸려들 수 있고, 그것은 곧 감옥행을 뜻했다. 그 공포를 조성우는 혼자 감당하기가 버거웠으리라. 조성우가 잡힌다면 나도 경찰 손에 넘어가는 것은 당연했다. 경찰 고문을 견딜 장사가 없다는 것쯤은 상식에 속했다. 그 사실을 알면서도 조성우가 내게 손을 내밀었다는 것, 나는 그 점만 생각했다. 의대 본과생 중에서 유신헌법 철폐 투쟁에 공감할 수 있는 유일한 친구, 그가 고등학교 일 년 후배인 조성우였다. 내가 핸드 마이크에 대해 침묵을 지켰듯, 조성우는 투쟁선언문을 내가 썼는지 모를 거였다. 비밀 한 자락을 공유함으로써 서로에 대한 믿음을 쌓고 힘을 얻는 관계가 나와 조성우 사이였다.

청도 작은아버지 댁 골방에 틀어박힌 지 이틀째 되는 날, 오인희에게 편지를 보냈다. 강기복과의 약속도 중요하지만 오인희와 며칠째 연락 두절 상태로 지내기란 나로서는 모험이었다. 하루 이틀이야 그냥 넘긴다지만 언제 끝날지 모르는 도피 생활 내내 오인희와 연락을 끊고 지내서야 내 신상에 이로울 게 없었다. 언제나 그렇듯 후환이 두려웠다. 남일동 골목에서 '박영길'을 목이 메도록 불렀는데, 오인희가 코빼기도 안 내미는 불상사가 생길 수 있었다. 박영길은 오인희와 나, 우리 둘만의 암호였다. 동네 사람들 눈도 있고 해서 말만 한 처녀 이름을 함부로 부르기가 무엇했다. 그래서 빌어다 쓴 게 의대 친구인 박영길이었다. 고등학교 동창인 박영길에게는 진작 막걸리로 이름값을 치른 터였다. 제일극장 후문과 붙은 오인희 집에는 전화기가 없었다. 오인희가 보고 싶으면 골목에서 파란 목조 대문을 향해, 박영길! 영길아! 하고 고함쳐 불러야 했다. 제일극장 상무인 그녀의 아버지는 은행원 출신답게 돈을 허투루 쓰는 법이 없었다. 월급을 받으면 쌀값 삼천 원, 이발비 오백 원, 목욕비 천 원, 자식들 학비, 전기요금, 연탄값 얼마, 교통비 얼마 하는 식으로 생활비를 봉투에 적어서 집안에 들여보냈다. 대가족을 먹여 살려야 하는 가장에게 전화는 사치품이었다. 전화 통화를 할 수 없으니 그녀와 나를 이어주는 유일한 통로는 편지였다.

사촌동생 말로는 동네에서 전화가 있는 집이라곤 이장 집뿐이었다. 그러나 나라에서 놔준 행정 전화는 함부로 쓸 수가 없었다. 이장이 사적 통화를 허용할 리도 없겠지만, 강기복과 조성우 행방은 어찌 되었는지, 시위가 성공했는지, 경북대 유신헌법 철폐 시위 소식이 〈대구매일〉을 비롯한 일간지에 났는지, 궁금한 게 한둘이 아니었다. 이장이 뻔히 보는 앞에서, 강기복이 구속됐는지 조성우가 체포됐는지, 한문회 회원들에게 물어볼 수는 없는 노릇이었다. 오인희와 통화하는 것도 그랬다. 제일극장에 전화를 걸어서 바꿔달라고 할 수도 있지만 나는 한번도 극장 사무실에 전화를 한 적이 없었다. 그녀가 보고 싶으면 무작정 제일극장 뒷골목을 찾아가 파란 대문이나 창문 밖에서 박영길을 부르곤 했다. 설사 이장이 허락

한다 해도 남의 집 안방에서 오인희와 시시덕거리며 통화하고 싶은 마음은 털끝만큼도 없었다. 쌀, 고구마, 고추 따위 농산물 자루가 그득한 골방에서 호롱불에 의지해 쓴 편지는, 연락원을 떠맡은 고교생 사촌동생이 등굣길에 우체통에 넣어주었다.

강기복은 왜 투쟁선언문 집필자를 자임했을까. 문고판 칸트를 뒤적이다 뒤란 대숲을 휩쓰는 바람 소리에 귀를 기울이면 떠오르는 의문이었다. 그는 그 점에 관해 아무 말도 하지 않았다. 나로서는 데모 전술상 그리했으리라 짐작만 할 따름이었다. 나를 보호하려고 그랬을까? 하는 의문부호를 던져봤지만 그리 설득력이 있어 보이지 않았다. 조성우가 구입한 핸드 마이크를 들고 시위를 주동했다는 것만으로 강기복은 구속될 거였다. 투쟁선언문 집필자도 그에 버금가리라는 것을 나는 알았다. 타인을 대신해 구속을 각오한다는 것은 아무나 할 수 있는 행동이 아니었다.

골방에 눌러앉아 나는 머리 굴리는 데 시간을 물 쓰듯 했다. 만약에 강기복이 고문을 못 이기고 실토하면 어찌 될까? 하는 얍삽한 상상에 자주 붙들렸다. 그림이 금세 나왔다. 경찰은 의대 동료 박영길과 김수명을 득달같이 잡아들일 것이고, 가택수색은 물론이고 부모님 잡화점을 들이쳐서 내 행방을 캐물을 것이다. 그 수순은 뻔했다. 작은누나나 부모님을 닦달해 청도 작은아버지 집 주소를 알아낸다? 거기까지 상상하는 것만으로 밥맛이 싹 달아났다. 당장이라도 가방을 집어 들고 암자로 내빼야 한다는 조바심이 일면 드러누웠다가도 벌떡 일어나기 일쑤였다. 그러다 강기복을 떠올리면 두려움을 떨쳐낼 수 있었다. 나는 믿었다. 그가 약속을 지키리라는 것을.

경찰 추적으로 불안에 떨던 내게 큰형님 이야기는 적잖은 위안이 되었다. 작은아버지는 내가 무슨 일로 시골구석에 쳐들어왔는지 묻지 않았다. 사촌동생을 앞세워, 다음번 피난처로 점찍어둔 인근 암자를 돌아보고 온 날 밤이었다. 작은아버지가 호롱불을 밝힌 골방 문을 두드렸다. 오인희에게 편지를 쓰던 나는 문고리를 따고 작은아버지를 맞았다. 음식이 입에 맞는지, 잠자리가 불편하지 않은지를 주섬주섬 챙기던 작은아버지 입에서 뜬금없이 큰형님 이름이 나왔다.

"한 십 년 전이가, 승무가 이 방에서 묵었다. 그때사 몰랐는데, 난중에야 데모하고 몸을 피할라꼬 왔다는 걸 알았다. 신문에 수의를 입고 재판받는 승무 사진이 대문짝만 하게 실렸다 아이가."

나로서는 들은 바 없는 일이었다. 신문에 난 사진은 나도 여러 차례 본 바였다. 큰형님이 작은아버지 댁에 숨었다는 건 금시초문이었다. 한일회담 반대 데모를 주동했던 큰형님은 그 사건으로 감옥 생활을 했고, 지금도 요시찰 인물로 사회생활에 제약을 받는 처지가 아닌가. 그날 밤, 나는 큰형님을 오래도록 생각했다. 그렇다고 큰형님과 나를 비교하는 따위의 건방은 떨지 않았다. 굴욕적인 한일회담을 반대했던 승무 형님과 유신헌법 철폐 투쟁선언문을 쓰고 도피 중인 나는 견줄 만한 상대가 못 되었다. 큰형님이 십 년 전에 골방에서 묵었다는 사실도 힘이 됐지만 작은아버지의 배려는 오랜만에 인간에 대한 신뢰를 내게 불어넣어주었다. 유신이 선포된 뒤, 말 한마디 잘못하면 잡혀가는 세상이었다. 아니 할 말로, 내가 잡히고 은신처를 털어놓는다면 작은아버지에게도 불똥이 튀지 말란 법이 없지 않은가.

오인희의 답장은 내가 궁금해하는 것들을 속 시원히 풀어주지 못했다. 작은누나를 만나서 동성로를 돌아다니고, 100번 버스를 타고 파계사에서 바람을 쐬고 왔다, 분도서적에서 책을 사고, 미도방에서 만두를 사 먹었다, 아버지가 운영하는 잡화점 신영상사에 연탄 판매가 늘었다, '하이마트'에서 혼자 베토벤 현악 4중주를 듣게 버려두다니 용서 안 하겠다는 등…. 그녀는 나와 얼굴을 맞대고 있기라도 한 양 일상사에 관해 수다를 떨어댔을 뿐, 시위 소식은 일절 없었다.

작은아버지 댁 골방에 처박힌 지 나흘째 되는 날, 나는 오인희에게 깜짝 약혼 여행을 제안했다. 대구 소식은 아무것도 모른 채 잎 떨어진 감나무만 바라보는 것도 넌더리가 났고, 솔직히 오인희가 눈에 어른거려 견딜 수가 없었다. 나는 청도 역에서 보자는 편지를 오인희에게 보냈다. 깜짝 약혼 여행을 명분으로 내건 이상 그녀는 사흘 뒤 청도역 대합실에 틀림없이 나타나리라. 나는 날짜와 약속 장소를 잡으면서 한 치도 머뭇거리지 않았다. 우리에게 약혼 여행은 지루한 일상에서 탈출구가 돼주기도 하지만, 무엇보다 우리 두 사람을 살리는 구원의 밧줄이 아니던가. 서울에서 재수를 할 때도 우리는 인천 송도로 무작정 버스를 타고 가거나, 대구에 와서도 경주, 김천을 가리지 않고 약혼 여행을 떠났다. 둘 중 하나가 약혼여행을 제안하면 그건 상대가 위험에 빠졌다는 신호였다. 어떤 시련이 닥치더라도, 언제 어디서나 서로의 행방을 알고 있자고, 우리는 약혼 여행을 통해 서로를 격려하며 이겨냈다. 사실 이번 청도 약혼 여행은 곤경에 처해서라기보다는 순전히 오인희가 보고 싶어서 구조 신호를 날린 것이었다. 경찰의 추적 공포에 시달릴수록 오인희가 못 견디게 그리웠다.

오인희는 내가 일러준 기차를 타고 세시 사십오분에 청도역에 도착했다. 오 분 연착이었다. 그 정도야 대합실에 그녀가 나타난 것만으로 얼마든지 눈감아줄 수 있었다. 칙칙한 대합실이 환해졌다고나 할까. 옅은 쑥색 주름치마에 주홍, 연두, 핑크가 가로로 엇갈린 스웨터를 입은 그녀를 갈색 트렌치코트가 감싸고 있었다. 밤색이나 검정 외투를 걸친 어두운 색 일색의 승객들 틈에서 그녀의 옷차림은 도드라졌고, 청도역을 빠져나오는 내내 우리는 단연 주변 사람들의 시선을 한 몸에 받았다. 오인희가 내 넋을 빼놓자고 작정하고 차려입었음을 나는 한눈에 간파했다. 일종의 시위랄까. 나를 버려두고 시골에 처박혀 있으니 좋더냐, 하진무 불한당 놈아! 오인희는 내게 따지고 있는 게 틀림없었다. 그녀의 작전이 멋지게 성공했음을 나는 주저하지 않고 인정했다. 나는 오인희 입술에 입 맞추고 싶어 몸이 달았다. 흐린 오후였지만 가을 하늘은 아직 훤했다. 운문사행 버스에 오르는 것도 생각했지만 우선 대구 소식을 먼저 들어야 했다. 그녀를 안고 싶은 걸 꾹 참고 들어간 곳은 역전 다방이었다. 커피를 주문하고 자리를 잡자 대구 시내 돌아가는 상황이 어떠냐고 묻기 무섭게 오인희가 속닥거렸다.

"기복 선배 구속됐다."

"기복 세(형)이? 운제? 우예 알았노?"

다급하게 물은 내가 무색하게 오인희는, 레지가 커피 잔을 놓자 조금만 일찍 왔으면 감나무 단풍을 구경했을 텐데 아쉽다고 천연덕스레 안색을 바꾸었다. 하모 하모, 운문사 가는 길이 멋질 텐데, 어쩌고 해가며 나는 맞장구를 쳤고, 레지가 물러나자 그녀는 이내 그 표정 그대로 입을 열었다.

"화백 아재가 그카데."

"화백이? 아? 극장 간판 그리는 매형?"

"데모하고 이틀짼가 잡혔다 카데. 화백 아재는 기복 선배가 억수로 맞았다 카던데, 구속됐으이 정식재판을 받을 기라고 안즉 면회도 몬 했다 카더라."

"구속이라…."

나는 찻잔을 들고 혼잣말을 중얼거렸다. 여러 상념이 머릿속을 헤집고 지나갔다. 이로써 나의 도피는 일단락된 셈이었다. 여기까지였다. 강기복이 구속됐다면, 청도 작은아버지 댁 골방에 처박혀 있는 것은 아무런 의미가 없었다. 이제부터 내 운명의 열쇠를 쥔 것은 강기복이었다. 그가 발설한다면 청도 작은아버지 댁 골방이 아니라 더 깊은 암자에 숨더라도 경찰에 잡히는 건 시간문제였다. 강기복이 약속을 지키기를 바라는 수밖에. 나로서는 그가 제안한 대로 따랐고 이대로 청도를 떠난다 해도 신뢰를 저버리는 행동이 아님을 확신했다.

"기복 선배매로 자기도 구속당할 짓 했나 보제? 그래 이 촌구석에 숨어서 낼 오라고 했던 기가? 약혼 여행을 빙자해 가꼬?"

"아이다, 그럴 리가 있나. 신성한 약혼 여행을 속카 묵으모 천벌 받는다."

나는 펄쩍 뛰었다. 오인희와 데모나 구속을 화제로 삼은 적이 있었던가. 나는 철저하게 학생운동에 대해서는 함구했다. 강기복과 셋이서 어울릴 때도 탁구를 치거나 팔공산 나들이나 영화 보러 다녔지, 독재정권이나 유신헌법에 대해서는 한마디도 꺼낸 적이 없었다. 일종의 불문율이랄까. 나는 오인희가 독재정권 폭력하고는 먼 세계에서 살기를 바랐다. 착각이라도 좋았다. 그렇게라도 해야 독재정권 폭력에서 오인희를 지켜낼 수 있으리라 확신하니까.

"자기가 아는 대로 내는 시국에 대해서는 잘 모린데이. 그카고 이분에 알았는데, 기복 선배가 경대에서 그 정도로 거물인지 몰랐다."

오인희가 찻잔을 들었다.

"내가 아는 거라곤, 약혼 여행은 지켜야한다는 기다. 유신헌법이다, 독재다, 언론탄압이다, 내도 신문이나 오미 가미 주들어 단어는 안다. 아무리 독재정권이 판치더라도 우리 두 사람이 서로에게 위안이 되는 존재이기를 잊지 않으모 된다. 그캐서 내가 온 기고, 내한테 다른 건 필요 없다. 다른 건 알고 싶지도 않다."

"오인희. 약혼 여행을 모독한 못난 놈 용서하지 말거라. 우떤 처벌이라도 달게 받겠다."

"하모, 그캐야제. 머가 좋겠노, 불한당 하진무를 한 방에 녹카뿌릴 수 있는 강력한 무기가?"

"키스!"

2

서인석의 누나가 일러준 내당동 개인병원까지 오는 내내 나는 서인석이 하반신 마비라는 사실을 인정할 수가 없었다. 이건 현실이 아니다, 내가 잠시 꿈을 꾸고 있는 거다, 인석의 귀향을 반기느라 누군가 나를 놀래려고 장난을 친 거라고 고집스레 우겼다. 외벽을 흰 타일로 바른 단층 병원 건물 출입문을 열면서도 나는 간절히 빌었다. 하반신 마비는 잘못 전해진 것이고 갈비뼈가 부러져서 입원한 거라고, 사고 소식은 사실이 아니고 내가 잠시 헛꿈을 꾼 거라고, 나는 빌고 또 빌었다. 간호사가 일러준 인석의 병실은 복도 끝에 있는 3호실이었다. 무슨 낯으로 어떤 말을 해야 좋을까. 꽃다발을 든 오인희를 봐서라도 차분해야 했다. 병원으로 오면서도, 암벽 탈 때 조심하라고 신신당부했건만 자식이 사고를 쳤다고, 오인희 들으라고 짐짓 서인석에게 지청구를 퍼붓지 않았던가. 오인희는 암벽등반을 하다 사고를 당한 서인석을 병문안 온 거였다! 그것이 오인희가 아는 사고의 전부여야 했다. 나도 그에 맞춰 말하고 얼굴 표정을 지어야 하고. 그러나 환자 명단에서 서인석의 이름을 확인하자 나는 평정심을 잃고 흔들렸다.

손바닥으로 얼굴을 벅벅 문지른 나는 꽃다발을 든 채 의자에 앉아 있는 오인희에게 다가갔다.

"먼첨 들어가서 인석이 상태를 쪼매 보고 나올게."

"알았데이."

오인희는 선선히 내 뜻을 따랐다.

나만큼이나 오인희도 서인석과 일찌감치 인연이 닿았다. 오인희 어머니와 서인석 어머니는 삯바느질 일 때문에 오래전 안면을 튼 사이였다. 칠 남매를 키우는 틈틈이 집에서 삯바느질을 했던 오인희 어머니는 서인석 어머니가 정식으로 한복을 만드는 가게를 열고 나서도 관계를 지속했다. 이를테면 서인석 어머니가 일감을 맡기면 오인희 어머니가 집에서 재봉틀과 손바느질로 옷을 짓는 식이었다. 사이가 그러니 오인희 어머니가 이따금 인석이 어머니며 그 집안일을 입에 올렸을 건 뻔했다. 하나밖에 없는 그 집 아들이 공부를 잘해서 고대 법대에 갔다는 식으로 말이다. 나중에 오인희와 함께 인석을 만났을 때, 우연히 바느질 집 얘기가 나왔고, 두 사람 어머니가 바느질로 맺어진 사이임을 알고 나서 놀랐던 적이 있었다. 그 인연도 있고 해서 오인희는 인석의 사고 소식을 몹시 안타까워했다. 발을 동동거리며, 우야꼬 우야꼬를 연발하는 그녀를 나는 품에 안고 달래야 했다. 눈물을 글썽이는 그녀에게 고문을 당해서 하반신이 마비되었다고 털어놓을 수는 없었다. 암벽을 타다 추락했다고 둘러대는 것도 나로서는 고통스러웠다. 박영길 김수명과 더불어 서인석이 고등학교 시절부터 나와 가장 가까운 친구임을 오인희는 알고 있었다. 박영길과 김수명이 골샌님파라면 서인석은 '시라소니'라는 별명이 말해주듯 행동파였다.

서인석 병문안은 나로서는 계획에 없던 일이었다. 청도에서 돌아온 내가 염두에 둔 인물은 대구교도소에 수감된 강기복 선배였지 서인석이 아니었다. 강기복에게 면회를 가야 할지 말아야 할지 나는 선뜻 결정을 못 내리고 있었다. 11월 시위에 가담한 한문회 회원들은 도피 중이었기에 면회를 갈 만한 사람이 없었다. 무탈하다고 판단한 조성우와 겨우 연락이 닿았는데, 그는 강기복 면회를 차후로 미루자며 반대했다. 누님이 뒷바라지를 하고 있고, 조만간 정외과 교수와 학생들이 면회를 가리라는 것이었다. 강기복 면회 건을 마무리한 조성우가 서인석이 대구에 내려왔다고 말문을 이었다. 나는 유신헌법 철폐 데모로 전국 대학이 조기 방학에 들어가서 서인석이 고향에 온 줄로만 알았다. 서울 소식도 듣고 곧 만나겠거니 했는데, 조성우는 중앙정보부에서 고문을 당하다 척추를 맞은 서인석이 하반신 마비로 병원에 입원해 있다고 했다. 하반신 마비라이? 그기 먼 소리고?, 나는 화들짝 놀랐고, 조성우는 '자유'지 사건에 서인석이 엮였음을 털어놓았다. '자유'지라면 나도 잘 아는 지하신문이었다. 지난 여름방학 때 서울에 올라간 내게 서인석이 건네준 유인물이었다. 팔절지 네 장에 등사한 제호가 '자유'인 신문은 유신헌법 부당성을 폭로하고 박정희 독재정권을 규탄하는 내용을 담고 있었다. 보물단지를 얻은 듯 나는 품속에 숨기고 와서 조성우에게만 보여주었다. 팔공산 암자에서 신문을 읽고 토론하면서도 나는 끝내 그것을 어떻게 손에 넣었는지 밝히지 않았다. '자유'지의 주장에 공감한 조성우도 묻지 않았음은 물론이다.

서인석이 지하신문 '자유'를 발행했다고 중앙정보부에 잡혀간 게 지난 구월이라고 했다. 세칭 '자유지 사건'으로 그와 고려대학생 열세 명이 국가보안법으로 구속되었다. 내가 아는 서인석이 거쳐 온 사건의 전말이었다.

불현듯 그의 가정사가 떠올랐다. 서인석에겐 아버지가 없었다. 상이군인 출신이었던 아버지는 인석이 서너 살 때 병으로 세상을 떴다고 했다. 어머니가 삯바느질로 가장 노릇을 했고, 방직공장에 다니는 누나와 외할머니까지 네 식구가 대안동 단칸방에서 살았다. 고교 시절에는 그 집에 두어 차례 들렀지만 대학에 가고 나서는 발걸음을 한 적이 없었다. 대안동 단칸방보다는 고등학교 3학년 때 봉산동 향교 근방 그의 자취방에 자주 놀러갔었다. 집 근방의 산동반점이라는 중국음식점에서 공부에 찌든 머리를 푼답시고 둘이서 고량주를 홀짝거린 날도 많았다. 인석의 자취방은 뭐니 뭐니 해도 삼선개헌 반대 데모를 모의한 아지트로 기억에 남았다. 박정희가 대통령을 또 해먹겠다고 삼선개헌에 나서자 고3이었던 우리는 책만 붙들고 있을 수가 없었다. 대학가가 데모 물결로 들끓던 때였다. 내가 몸담고 있는 명성학술토론회 회원들을 중심으로 경북고생인 우리가 나서야 대구 시내가 움직인다는 데 뜻을 모았다. 입시에 쫓기는 고3이면서도 나와 명성회 회원들은 민주주의가 짓밟히는 현실을 외면하지 않고 행동에 나서기로 작정했고, 나는 각 반 실장과 부실장을 만났다. 십여 명에서 시작한 모임이 야구부 응원단장까지 합세해서 스물다섯 명이 모였다. 유월 내내 중국음식점을 돌면서 데모를 모의했는데, 자장면값을 모으기도 어렵자 응원단장이 추천한 곳이 서인석의 자취방이었다. 웃기는 건 월배가 집인 응원단장이었다. 그는 쌀 한 말을 팔아주는 것으로 그 방에서 빌붙어 지내고 있었다. 알고 보니, 그 방은 단칸방 신세인 서인석이 서울대에 가겠다고 얻은 공부방이었다. 가난뱅이 둘이 뒹구는 자취방을 삼선개헌 반대 데모 아지트로 삼기로 한 우리는 무작정 봉산동으로 쳐들어갔다. 없는 살림에 방까지 얻어 머리 싸매고 공부하던 서인석은 우리를 물리치지 않았다. 그날부터 우리는 각자 맡은 대로 데모 준비에 돌입했다. 데모에 참여한 스물다섯 명 중에 열아홉 명이 내가 몸담은 명성회 출신이었다. 서인석도 명성회 회원이었다. 명성회에서 서기를 보던 친구가 선언문을 썼고, 밤을 새워 유인물을 만들었다. 안타깝게도 민주주의 수호신을 자처한 우리에게는 데모 무기인 인쇄 도구가 없었다. 할 수 없이 스물다섯 명이 자취방과 뒷마당까지 자리를 차지하고 볼펜과 만년필로 선언문을 베꼈다. 한쪽에서는 차비를 닥닥 긁어서 사 온 광목천으로 플래카드를 만들었다. 다행히 페인트 가게를 하는 친구가 집에서 페인트를 빼내 왔기에 한시름 덜 수 있었다. 새벽녘이 되어서야 유인물 천 장과 플래카드를 완성했다. 누군가 연판장을 돌려야 한다고 주장했다. 배신자를 없애기 위해서는 이름을 적고 도장을 찍어야 한다는 것이었다. 다들 도장을 찍었는데, 서인석은 홀어머니 핑계를 대면서 못 찍겠다고 했다. 그러나 방주인인 서인석도 십 분을 못 넘기고 도장을 찍었다. 배신자로 평생 낙인찍힐 거냐고 으름장을 놓는데야 시라소니 서인석도 버틸 재간이 없었다. 경북고 삼선개헌 반대 데모는 성공작이었다. '삼선개헌 결사반대' '타도하자 억지개헌!' 플래카드를 앞세우고 천여 명의 경북고생들은 명덕로터리에 있는 2·28 학생의거 기념탑을 향해 달렸다. 영남대 구호가 박정희가 속한 공화당의 상징인 황소를 비꼬아 '미친 소 갈 길은 도살장뿐이다!'였음에 비하면 경북고생들의 구호는 정곡을 찌른 것이었다. 페퍼포그 차가 오고, 선언문을 낭독하려던 학생이 체육선생에게 목을 졸렸지만, 학생들은 손으로 쓴 유인물을 뿌렸고, 누군가는 2·28 학생의거탑에 올라가 선언문을 낭독했다.

내게는 우리들의 삼선개헌 반대 함성보다는 이른 아침에 있었던 서인석 모자의 대화가 잊히지 않는다. 플래카드를 완성하려면 광목천에 쓴 구호 조각을 이어 붙여야 했다. 페인트붓으로 구호를 쓴 광목천을 꿰매는 건 서인석 어머니의 몫으로 돌아갔다. 나와 서인석은 아침 일찍 어머니가 사는 대안동 단칸방으로 구호를 쓴 광목천 조각을 들고 갔다. 서인석이 광목천 조각을 내밀자 어머니는 바늘을 쥔 손을 재게 놀리기 시작했다. 한 땀 한 땀 광목천을 바늘로 꿰매던 어머니가 페인트로 쓴 글자를 가리키며 물었다.

"이기 머꼬? 머라꼬 쓴 기고?"

나와 밥을 먹던 서인석은 눈도 깜짝 안 하고 대꾸했다.

"응, 벨기 아이다. 백전백승 필승우승, 우리 반 응원 구호다. 체육대회 날 운동장에 내다 걸 끼다."

어머니는 아, 그래 하고 고개를 끄덕였다. 정작 목이 멘 건 나였다. 나는 어머니와 눈도 맞추지 못하고 김치 얹은 밥만 우적우적 씹었다. 나중에야 어머니가 한글을 읽을 줄 모른다는 걸 알았다. 그날 서인석 어머니가 정성을 다해 꿰맨 광목천 플래카드는 데모하는 날 경찰에 빼앗겼다. 이튿날 〈대구매일〉 신문에 그 플래카드 사진이 대문짝만 하게 실렸는데, 어머니가 그것을 보았는지는 모르겠다.

명성회 회원 박○○ 회고

"경고에 신입생으로 막 입학했을 때였습니다. 여러 서클에서 오리엔테이션도 하고 신입생 모집이 한창이었지요."

하진무의 경북고 일 년 후배인 박이 찻잔을 내려놓았다. 경향신문에서 퇴직하고 포항에서 수산물 가공공장을 운영한다는 그를 오인희는 재수 시절에 대구에서 서너 차례 본 기억이 있었다.

"어리바리한 상주 촌놈이 이리 기웃 저리 기웃하는데, 귀골로 생긴 하진무가 '이리 와 봐', 하고 나를 부르는 겁니다. 얼굴부터 발끝까지 찬찬히 뜯어보더니, 몇 등으로 입학했냐, 부모님은 계시냐, 좋아하는 책은 뭐냐, 이것저것 묻고 나서 방과 후에 강당 어디로 나오라는 겁니다. 얼떨결에 강당에 가니까 하진무가 백지 한 장을 휙 던지더니, 대뜸 '써!' 그러는 거예요. 신입생이 뭘 알겠어요, 선배가 하라면 해야지. 그날 바로 명성회 입회원서를 썼고, 그 길로 하진무 후계자로 낙찰된 겁니다."

"재수할 때 서울 하숙집에 온 것도 후계자로서 방문한 거로군요."

오인희는 하진무와 박과 셋이서, 시민회관 자리, 즉 지금 세종문화회관 옆에 있는 가봉루에서 자장면을 먹었던 적도 있었다.

"아, 그때도 말 마세요. 하숙집이라고 갔는데, 주인아주머니가 밥 두 그릇은 안 주는 겁니다. 서울깍쟁이라더니. 진무 형이 나더러 자기 밥을 먹으라고 하더니, 형은 서울고 담을 넘어 경고 동기가 하숙하는 집에 쳐들어가서 밥을 뺏어 먹고 왔다지 뭡니까."

"상상이 가네요. 그 사람이라면 충분히 그러고도…."

"넌 내 후계자다 소리, 귀에 딱지가 앉도록 들었죠. 공부 좀 할라 하면, 넌 나만 따라오면 된다고 이거 저거 시키는 거였어요. 후계자로 찍힌 다음부터는 삼선개헌 반대 데모할 때 밖에 나가서 대구매일 사회부에 전화하라고 해서 전화했다가 학교 잘릴 뻔했지요. 문학회 포스터를 여학교에 붙인다고 해서 풀통 들고 야밤에 대구 시내 여고를 돌지 않나….”

너털웃음을 지은 박이 그래도 하진무가 곁에 있으면 어디를 가든 든든했다고, 깡다구 하나는 대단했다며 주먹을 쥐어보였다.

“중학생 때부터 쌈 하면 빠지지 않았어요. 대학 시절하곤 완전히 달랐죠. 그래서 데모에 나섰는지도…, 대학 생활은 함께 안 했지만 그런 생각을 종종 해봤습니다. 하여튼, 중학생 때 쉬는 시간마다 결투를 했어요. 맘에 안 드는 놈이 있으면 결투 신청을 해서 한판 붙는 겁니다. 사내놈들이라 말로 풀기보다는 치고박고 해야 직성이 풀린다고나 할까. 수업 끝나는 종이 땡 치면 재빨리 학교 창고 뒤로 튑니다. 심판 보는 녀석도 있었어요. 쉬는 시간 10분 동안 신나게 싸우고 수업하고, 어떤 친구들은 일주일 내내 죽기 살기로 싸우기도 했어요. 하진무가 그랬습니다. 나중에야 훌훌 털고 악수하고 더 가까운 사이가 되긴 하지만 말입니다.”

“예과 땐지 본과 땐지 확실하지 않은데. 진무 씨가 바둑을 뒀다가 진 적 있어요. 그 일이 있고 나서 두 달 후에 자기를 이긴 친구를 집으로 부르는 거예요. 하루 종일 바둑판에 앉혀놓고 자기가 이기고 나서야 바둑판을 도끼로 빠개버린 적도 있어요.”

“경고 일학년 여름이었습니다. 진무 형은 이학년이었죠. 명성회 회원들하고 한일극장 앞을 지나다가 진무 형이 깡패하고 어깨를 부딪

혔어요. 시비가 붙었는데, 댓바람에 업어치기로 받아넘겨 깡패를 패대기친 겁니다. 우리는 공평동 진무 형 집으로 도망쳤지요. 깡패들이 진무 형 집까지 떼로 몰려왔어요. 죽이니 살리니 해가면서 말이지요. 우리는 집 안에서 돌멩이를 집어던지며 맞섰지요. 장미 덩굴이 담장을 휘감았던 공평동 진무 형 집을 기억하는지 모르겠습니다. 집으로 들어가는 골목이 좁잖습니까. 그날 세 시간 넘게 깡패들과 투석전을 벌였을 겁니다. 진무 형 작은누나가 경찰에 연락해서야 막을 내렸으니까요."

"중앙초등학교 6학년 때였어요. 담임선생님이 부잣집 애들을 모아 과외를 했나 봐요. 그땐 다들 그랬잖아요. 어린 나이이지만 하진무는 그게 맘에 안 들었나 봐요. 가난한 애들이 차별받는다고 여긴 건지. 수업만 끝나면 하진무는 같은 반 꼬맹이들을 죄다 끌고서 담임선생님 집으로 몰려갔다지 뭐예요. 과외 공부 하는 부잣집 애들을 훼방 놓자는 거였어요. 꼬드겨온 동급생들과 함께 담임선생님 집 담벼락에서 힘차게 외쳤다지요. '야, 느그만 공부하나? 몰래 공부하는 거는 비겁하다 아이가!' 하고 말이에요."

"지금도 하진무 인생을 생각하면 가슴이 아릿합니다. 꽃다운 나이에…"

박이 말끝을 흐렸다. 오인희는 듣기만 했다. '박은 요절로 받아들이는구나', '하진무가 죽었다고 생각하는구나'. 박에게 하진무의 실종을 왜 그렇게 생각하는지 따질 생각은 없었다. 박이 말했다.

"해군 장교로 군대에서 말년을 보내는데 비보가 날아들었어요. 실종이라니, 감을 못 잡겠더라구요. 중정에 끌려가고, 경찰이다 학교다 여기저기 요시찰 명단에 오르고…. 실종 소식 접한 우리는 기관원들에게 당했을 거라고 생각했지요."

서인석은 나를 경계했다. 병상에 누운 저 친구가 정말로 내가 아는 시라소니 서인석인가? 잘 왔다고 쾌활한 목소리로 반기기를 기대한 건 아니었다. 벌떡 일어나 씨름 한판 붙자고 장난을 걸기를 바란 건 더더욱 아니었다. 적대감이 서린 눈으로 나를 노려볼 줄은 몰랐다. 나를 환대한 건 인석을 돌보던 어머니였다. 나는 어머니에게 경북고를 함께 다닌 인석이 친구 하진무라고, 집에도 놀러갔는데 기억하시겠냐고, 내 신분을 밝혔다.

"우야꼬, 이래 반가울 데가 있나."

소개를 마치기 무섭게 어머니는 내 손을 덥석 잡고 인석에게 외쳤다.

"바라 인석아, 니캉 경고 같이 다닌 친구라카네. 친구가 병문안을 왔다 아이가."

어머니는 나와 인석을 번갈아보며 손님이 왔다고 입을 쉬지 않았다. 지나친 환대에 나는 몸 둘 바를 몰랐다. 그에 반해 인석은 다문 입을 열지 않았다. 어머니가 친구한테 인사도 안 한다고 핀잔을 주어도 그의 눈빛은 흔들리지 않았다. 그가 받았을 충격을 나는 가늠할 길이 없다. 하반신이 마비된 그가 심리적으로나 육체적으로 어떤 상태일까를 상상해봤지만 부질없는 짓이었다. 수사기관에 잡혀가 두들겨 맞은 사람 소문은 더러 들은 적이 있었다. 하지만 중앙정보부에서 고문을 당한 사람을 내 눈으로 직접 보기란 서인석이 처음이었다. 잠 안 재우기, 물 먹이기, 발가벗기고 군홧발로 짓밟고 각목으로 때리기, 통닭구이처럼 매달아 때리기, 전기 고문 따위 별의별 고문을 귀동냥으로 알고 있기는 했다. 서인석이 그 고문을 당하고 하반신이 마비될 줄은 상상조차 해본 적이 없었다. 나는 병상에 누운 서인석을 보면서도 여전히 실감을 못 했다.

해결사로 나선 건 어머니였다. 어머니가 귀엣말을 속닥이자 서인석의 얼굴 표정이 조금씩 달라졌다. 눈길은 여전히 나를 향했지만 날카로움이 무뎌지고 있는 게 느껴졌다. 나는 병상에 바투 섰다. 서인석이 어머니의 속삭임에 반응하며 고개를 끄덕였다. 서인석은 내가 누구인지 알아본 것이었다.

"이바구 나눕시더. 내사 와 이카는지 모리겠데이."

자리를 뜨려고 일어선 어머니가 나를 보더니 손수건으로 눈시울을 찍어냈다.

"이런 말 안 할라 캤는데. 경고 동창이라 했능교? 학생이 우리 인석이를 찾아온 첫 손님입니더."

어머니는 돌아서며 한동안 내 손을 놓지 못했다. 그랬구나. 그래서 어머니가 나를 반기셨구나. 어머니가 병실을 나간 뒤에도 나는 가슴이 먹먹했다. 어머니도 인석이도 외로웠겠구나. 친구 병문안하는 데도 용기가 필요한 세상이었다. 국가보안법으로 구속되었던 서인석을 만난다는 건 그와 한패임을 증명하는 거니까. 중앙정보부가 빨갱이로 낙인찍은 인물하고 말을 하거나 시간을 보냈다간 몸 상하고 직장 잃고 한순간에 인생 쪽박 차는 거니까. 빌어먹을 유신정권!

고등학교 2학년 때, 서인석은 독어선생에게 두들겨 맞은 적이 있었다. 엉덩이가 피곤죽이 되도록 맞았지만 하반신이 마비될 정도는 아니었다. 서른이 안 된 독어선생은 성격이 괴팍했다. 나도 그에게 얻어터진 적이 있었다. 두발 검사를 하는 날, 머리가 길다고 바리캉으로 강제로 깎이는 봉변을 당했다. 나는 수업이 끝나자마자 이발소에 가서 면도로 머리를 빡빡 밀어버렸다. 이발사에게 웃돈을 주고 머리통이 파르스름하게 밀어달라고 부탁했다. 이튿날 학교에 간 나는 일부러 앞자리에 앉았다. 원래 내 자리는 교실 중간이었다. 나는 수업 내내 보란 듯이 반들반들한 민머리를 내민 채 선생들을 빤히 쳐다보았다. 강제로 머리를 밀었겠다, 선생들 뜻대로 빡빡 밀고 왔으니 실컷 보라고 내 딴에는 시위를 한 것이었다. 수업 시간에 들어오는 선생마다 내 행동을 못마땅해하며 혀를 찼다. 사건이 터진 건 독일어 시간이었다. 독어선생은 나를 보자마자 눈살을 찌푸렸고, 막대기로 머리를 치며 반항하는 거냐고 빈정거렸다. 나는 학교에서 깎으라고 해서 깎았을 뿐이라고 뻣세게 나아갔다.

"머라 카노. 이 자슥 바라! 니가 째리보모 우짤 끼고?"

독어선생은 주먹으로 내 머리를 쥐어박았다. 나는 기죽지 않고 고개를 쳐들고 따지고 들었다.

"지가 머 잘몬했다고 뚜디리 패능교?"

나뿐만 아니라 학생들 대부분이 독어선생과 사이가 안 좋았다. 우리는 그를 사이코나 미친개라는 별명으로 불렀다. 도대체 성격을 종잡을 수 없었다. 조용히 수업을 하다가 갑자기 책의 어느 부분을 외워보라고 했다가 머뭇거리기라도 할라치면 빰을 때리기 일쑤였다. 불안해서 수업에 전념할 수가 없었다. 나는 머리통을 몇 대 맞는 것으로 넘어갔지만 서인석은 그렇지 않았다.

서인석이 독어선생의 제물이 된 건 교재 때문이었다. 교과서를 다 뗀 독어선생이 교재로 택한 건 '황태자의 첫사랑'이었다. 독어선생은 학생들에게 교재인 '황태자의 첫사랑'을 살 것을 강요했다. 그는 수업 시간마다 교재 검사를 했다. 책을 가져왔는지, 혹시 남의 것을 빌렸는지, 일일이 검사를 했고 책을 사지 않은 사람은 몽둥이로 맞았다. 입시 과목으로 독어 대신 일반사회를 선택한 학생들도 이유를 불문하고 교재를 사야 했다. 서인석이 수난을 당한 날도 독어선생은 어김없이 책 검사를 했다. "자기 책이 아닌 사람은 알아서 일어서"라는 독어선생의 경고에도 서인석은 가만있었다. 그는 교재 살 돈도 없었지만 입시 과목으로 일반사회를 택했던 터라 독어 수업은 엄벙덤벙 넘어가는 처지였다. 서인석은 늘 하던 대로 옆반에 가서 명성회 친구인 '해골'의 책을 빌려왔던 터였다. 책 표지에는 연필로 서인석이라고 써놓고 시침을 뚝 떼고 앉아 있었다. 그날따라 독어선생은 신경이 날카로웠다. 작심한 듯 책상을 돌며 책을 한 권씩 들추어 이름을 일일이 확인했다. 이윽고 서인석의 책을 집은 독어선생이 뒤표지에 있는 해골의 이름 석 자를 가리키며, 이게 서인석이냐고 벼락같이 화를 냈다. 수업은 중단되었다.

"나온나! 감히 내를 속여!"

고함을 지르기 무섭게 독어선생은 서인석을 패기 시작했다. 손바닥으로 뺨을 때리고, 몽둥이로 팔다리를 후려쳤다. 서인석은 몸을 움츠리며 출입문 쪽으로 내몰렸다. 사이코란 별명을 증명하려는 듯 독어선생은 광기를 드러냈다. 윗옷을 벗은 그는 서인석에게 엎드리라고 했다. 주먹과 발길질로는 성에 안 찬 모양이었다. 야구 방망이나 진배없는 몽둥이를 든 그가 말했다.

"지금부터 이십 대를 때리겠다. 하나하나 정확하게 세아라."

나뿐만 아니라 우리 반 누구나 그 몽둥이의 위력을 알고 있었다. 아무리 맷집 좋은 놈도 다섯 대만 맞으면 그대로 뻗어버렸다. 서인석이 엎드리자 독어선생은 몽둥이로 엉덩이를 찍었다.

"하나, 둘, 셋…"

퍽퍽 소리와 함께 인석의 신음이 교실에 번졌다. 숨소리도 안 들렸다. 공포와 분노가 버무려진 팽팽한 긴장감이 교실을 짓눌렀다.

독어선생의 몽둥이찜질과 인석의 비명을 멀쩡한 정신으로 보고 듣기란 고역이었다. 음악선생에게 비슷한 일을 겪었던 나는 지옥 같은 시간을 견딜 수가 없었다. 그때는 '학생애창곡집'이 문제였다. 음악선생이 지정한 교재를 사지 않았던 나는 귀싸대기를 얼마나 맞았던지 고막이 파열되고 말았다. 오죽했으면 아버지가 학교에 찾아와 항의했을까. 음악선생에게 맞았던 기억에 사로잡힌 나는 서인석의 비명을 더는 듣고 있을 수가 없었다. 서인석이 열다섯 대를 넘겼을까.

"저카다 아 잡겠네, 씨발."

내 입에서 터진 소리였다. 속삭였음에도 독어선생은 즉각 반응했다.

"우떤 새끼고!"

난장질을 멈춘 독어선생이 악을 썼다. 나는 일어섰다. 독어선생은 다짜고짜 내 뺨을 갈겼다. 나는 할 수 있는 한 손으로 막았다.

"어라? 이 자슥 바라."

몽둥이를 집어 던진 독어선생은 발길질에다 이마, 코, 눈에 마구잡이로 주먹을 날렸다. 내 눈에 독어선생은 영락없는 미친개였다. 미친개는 몽둥이로 잡아야 하지만 독어선생에게 몽둥이로 맞설 수는 없었다.

"와 이카능교, 참말로!"

나는 날아오는 독어선생의 팔목을 힘껏 잡았다.

"어? 와 이카노 참말로? 이 새끼, 니 오늘 줙이뿐다."

독어선생은 몽둥이로 내 몸을 아무 데나 가격했다. 머리, 팔, 가슴팍, 엉덩이에 퍽퍽 터지는 몽둥이찜질을 견디던 나는 분노가 폭발하고 말았다.

"니기미 씨발, 선생이가 사람 잡는 백정이가!"

고함을 지른 나는 냅다 걸상을 유리창에 집어 던졌다. 그리고 곧장 책상을 타고 올라갔다. 급한 김에 유리를 발로 깼다. 하지만 몸뚱이가 빠져나갈 공간을 확보하기가 수월치 않았다. 뻗어 있던 인석이도 일어나고 급우들이 수런대는 틈을 타 나는 복도로 튀었다.

"어라, 저 새끼 바라, 저 새끼 잡아."

독어선생이 더듬대는 사이에 나는 실내화를 벗어 팽개치고 복도를 달렸다. 독어선생도 만만치 않았다. 그는 애들이 구경하는데도 나를 잡겠다고 따라왔다. 맨발인 나는 운동장을 가로질러 경북중학교 쪽으로 달렸다. 경북고생들이 '똥구두'라고 부르던 워커를 안 신었던 게 천만다행이었다. 평소에도 신발 끈을 풀어헤치고 끌다시피 하던 똥구두를 신었다면 그처럼 신나게 내빼지 못했으리라.

그날은 경황이 없어서 몰랐는데, 나중에야 서인석이 처참하게 당했음을 알았다. 나처럼 서인석은 학교에 가지 못했다. 집에 찾아가니 그는 바로 눕지도 못하고 엎드려 있었다. 엉덩이는 다진 고깃점처럼 너덜너덜했다. 사흘을 엎드려 앓은 서인석이 입술을 깨물며 말했다.

"독어선생이 사과할 때까지 내는 학교 안 갈 끼다."

"내 꼴 참말로 한심하제?"

내게서 눈을 떼지 않던 서인석이 마침내 입을 열었다.

"한심하긴… 천하의 시라소니가…."

나는 말을 잇지 못했다. 한숨을 내쉰 서인석이 천장을 올려다보았다. 이어지는 침묵. 지난여름 지하신문 '자유'를 내게 건네던 서인석은 얼마나 자신만만했던가. 박정희는 총통을 꿈꾼다, 유신정권을 깨지 않으모 우리는 영원히 개돼지로 살 끼다, 나는 박정희와 싸울 끼다, 그 독재자를 몰아내는 날까지 목숨을 걸고 싸울 끼다. 주먹을 불끈 쥐고 박정희 타도를 부르짖던 서인석이 아닌가.

"숨이 붙어 있다꼬 다 살아 있는 기 아이다. 어무이 앞에서는 말을 몬 했지만 솔직히 살고 싶지 않다. 앞으로 이 몸으로 살아서 머 하겠노."

침묵을 고수하던 서인석이 입을 연 것치고는 과격했다. 무어라 대꾸해야 하나.

"박통이 시퍼렇게 살아 있다 아이가?" 나는 평소에 우리가 하던 말투를 되살고자 박통을 끌어왔다. "그 작자 망하는 꼴은 바야제. 안 억울하노? 자넬 이래 맹근 기 누군데?"

"억울하제. 억울해서 미치뻬겠데이. 하루에 열두 번도 더 입에서 심장에서 불이 확확 솟구치구마. 내가 와 이 꼴을 당해야 하노. 허리 아래가 내 몸이 아이다. 꼼짝을 몬 해, 영판 통나무라. 내 나이 꼴랑 스물넷이다. 평생 누워 살기에는 너무 젊다 아이가?"

"젊지, 젊으이까 마음 약한 소리 고마해라."

"진무야, 내는 억수로 분하고 억울하다. 유신헌법 철폐하고 민주주의 하자는 기 죄나?"

"죄, 아이지."

"하모, 죄 아이지? 그라모 와 내는 빙시이 됐노? 억울해서 잠이 안 온다. 원통해서 밥이 안 넘어간데이. 박통 졸개들이 쌔리 패가미 머라 캤는지 아나. 유신 정신이 덜 든 놈들은 패고 조져서라도 충성하게 맹글어놓겠다, 이카더라. 유신 과업 완수하는 데 거슬치는 놈들은 몽조리 잡아들이서 정신 개조를 해뿌야 한다 카더라. 그캐도 정신 몬 채리는 빨개이들은 목을 따뿌리겠다고 아가리에 거품을 무는 기라."

"빨개이?"

"하모, 빨개이. 한국적 민주주의를 구현하는 유신헌법을 거부하는 놈들은 빨개이라. 빨개이는 씨를 말리뿌겠다 카더라. 내를 바라. 죽은 목숨 아이가." 창 쪽으로 고개를 돌린 서인석이 말했다. "저 창문까지라도 갈 수 있으모 좋겠다."

"델따 주까?"

"갈 수만 있다모 창문 열고 뛰어내리고 시푸다. 치아라, 웃기는 짓이다. 일층에서 뛰어내리봤자 빙시이 육갑한다꼬 욕만 묵겠다."

"일층이라 천만다행이다."

"내 맘대로 죽지도 몬한다. 전태일처럼 분신은 꿈도 못 꾼다. 이 꼴로는…. 시라소니 서인석, 꼴 좋데이. 이 주먹 바라." 서인석이 주먹을 불끈 쥐어보였다. 죽고 싶다던 방금 전하고 달리 강인함이 물씬 풍겼다.

"자네하고 배치기 한분 해봤으모 원이 없겠다."

"배치기?"

나는 반문했다. 죽음 타령을 하다가 주먹을 쥐고 배치기를 하고 싶다니. 자포자기했다가 복수라도 하겠다는 듯 주먹으로 배를 치겠다? 그것도 나를 상대로?

"배치기 기억 안 나나?"

인석이 배를 두드리며 웃었다. 창문으로 뛰어내리겠다던 놈이 이젠 웃기까지? 인석의 의중을 알아채지 못한 나는 들쭉날쭉한 그의 감정 상태가 염려스러울 따름이었다.

"바라 바라, 인상 피라. 누가 환잔가 모리겠다. 밀양강 철교 다이빙 생각 안 나나? 고2 때. 명성회 하기 수련회."

"아, 밀양강 하기 수련회?"

나는 뒤통수를 치며 녹슨 내 기억 창고를 탓했다. 그 아름다운 여름밤을 제꺽 떠올리지 못하다니. 명성회에 열정을 쏟던 고2 때였다. 여름방학을 맞아 일학년들과 함께 밀양강으로 수련회를 갔다. 명성회 회원 아버지가 교장으로 있던 국민학교에 숙소를 정하고 까까머리 서른 명이 득시글댔다. 지금도 잊히지 않는 것은 밤마다 벌어진 밀양강 철교 다이빙이다. 강변에 모닥불을 피워놓고, 철교에 올라 기차 기적이 울리면 다투어 강으로 뛰어내렸다. 우리를 응원하는 것이라고는 모닥불 불빛이 전부였다. 어둠 저편에서 기적이 울리고, 지축을 흔들며 달려온 기차가 철교에 들어서기 전 우리는 강으로 몸을 날렸다. 달려오는 기차가 가장 근접했을 때 철교에서 뛰어내리는 게 승부의 관건이었다. 자칫 목숨을 잃을 수 있는 위험한 놀이였다. 나도 예외가 아니었다. 철컹철컹 철길이 요동치고 기적 소리가 밤하늘을 가르면 심장이 뛰었다. 좀 더 좀 더 가까이를 속으로 부르짖다 기관차 불빛이 눈을 쏘아대면 철교에서 강으로 몸을 던졌다.

"대갈빼구 한분 억시게 퍼뜩 돌아가네. 자네가 응원단장 한 방에 날렸다 아이가."

"하모, 갈비씨 응원단장 한주먹에 케이오시킸지."

나는 주먹을 들어보였다. 응원단장은 우리보다 나이가 두 살이나 많았다. 가정 형편상 늦어졌다고 하는데, 명성회 내에서는 그의 박식함을 따를 친구가 없었다. 주역을 술술 풀이해서 동급생들을 기죽이던 응원단장은 나를 동생처럼 대했다. 생텍쥐페리건 니체건 책을 읽고 논쟁이 벌어지면 굴복하는 법이 없는 나였으니 응원단장과 자주 시비가 붙었다. 일학년이 들어오고 나서는 명성회 주도권을 놓고 그와 나는 사사건건 마찰을 빚었다. 그와 싸움을 한 날도 신경전이 주먹질로 번진 것이었다. 표충사도 다녀오고 밤새워 막걸리를 마시고 늘어진 아침이었다. 눈을 뜨자마자 응원단장과 말싸움이 벌어졌다. 나는 그만 그에게 주먹을 날렸고, 약골인 그는 한 방에 기절하고 말았다. 약골인 데다 나이도 많고 해서 누구도 응원단장을 함부로 대하지 않았다. 바닥에 널브러진 그를 보자 아차 싶었다. 그때까지 입으로만 싸웠지 그에게 주먹을 쓴 적은 없었다. 평소 같으면 참았을 텐데, 일학년들이 보고 있어서 흥분하고 말았다. 나로서는 신입생들 앞에서 응원단장에게 어린애 취급을 당하는 게 기분이 나빴다. 응원단장과의 다툼은 엉뚱하게 번졌다. 일학년 서기가 사태 수습을 한답시고 시라소니 서인석을 불러온 것이었다.

"가서 보이 가관인 기라. 그래 내가 그캤잖아 자네한테. 이 자슥아, 여게까지 와서 이래 가꼬 되겠나. 후배들도 있는데 싸움질이나 해쌓고. 그래 말한 내도 참말로 황당한 기라. 구차하게 치고박고 하지 말고 배치기를 제안했다카이."

"하모, 생각난다. 우리 둘 중 한 놈이 뻗을 때까지 주먹으로 배를 쌔리기로 했다."

"자네도 지독했데이. 둘이 딱 마주 보고 서서 배를 패는데 끄덕도 안 했다. 우리가 몇 대까지 패뿟노?"

"자네가 한 대 치모 내가 치고. 그때 우리 배는 돌띠이였을 끼다. 이를 악물고 한 치도 물러서지 않았다."

"둘이서 십여 방은 날렸나? 상대가 죽을 때까지라고 못 박았으이 계속할 수밖에 없었고. 난중에는 구경하는 아들이 질리서 뜯어 말리 뿟다."

"메칠 내로 그 시합 다시 하는 기라. 기왕 붙은 김에 결판을 내야제? 자네만 몸 추스르모 운제라도 다시 붙자."

"좋다. 이분엔 안 봐준데이. 자네 때문에 맘 편케 죽지도 몬하게 생깄다. 벌써러 주먹이 근질근질한다."

"참, 내 정신 좀 바라. 밖에서 인희가 기다린다."

나는 뒤늦게 생각난 듯 말했다.

"인희 씨가?"

인석은 적잖이 당황하는 눈치였다. 나는 내친김에 말했다.

"걱정 마래이. 암벽 타다 추락했다꼬 둘리댔다. 어차피 한분은 바야 할 거로."

"그래, 좋다. 오랜만에 얼굴 보자. 이분에는 멋있는 여자 소개해 달라고 쫄라야겠다."

"하모, 잘 생각했다."

나는 인석의 손을 잡았다가 돌아섰다. 안도감과 불안감이 교차한다고나 할까. 마음이 착잡했다. 서인석이 평소처럼 나와 대화를 나누어서 마음이 놓이는 한편 하반신이 마비된 그의 육신은 나를 분노로 떨게 했다. 우중충한 데다 무덤 속 같은 병실에 인석이를 혼자 내버려두고 나가서는 안 되리라는 생각이 발목을 붙들었다. 그러나 나는 문을 열고 밖으로 나갔다. 저만치 꽃다발을 든 오인희가 앉아 있었다. 빨간 꽃이 시리도록 강렬했다. 인석이 누운 병실하고는 다른 세상에 온 듯했다. 나는 벽에 등을 기대고 복도 창문을 내다보았다. 흐린 하늘이 눈에 들어왔다. 분노가 솟구쳤다. 내 친구 서인석을 평생 불구로 만든 박정희 유신정권! 활달한 인석이가 하반신이 마비된 채 평생을 살아야 한다는 건 있을 수 없는 일이었다. 고작 스물넷이 아닌가. 죄 없는 청년을 잡아다가 하루아침에 하반신 마비로 만든 독재정권을 나는 증오했다. 아무리 이성적으로 생각해봐도 용서가 안 되었다. 박정희 독재정권을 끝장내지 않으면 제2, 제3의 서인석이 계속 나오리라. 가슴은 미어지는데 내 주먹은 떨고 있었다. 배치기를 약속하던 인석의 웃는 얼굴을 떠올리자 눈물이 앞을 가렸다. 인석의 고통을 결코 잊어서는 안 되었다. 나는 이를 악물고 눈물을 삼켰다. 꽃다발을 들고 있는 오인희를 데리고 다시 인석을 보러 병실에 들어가야 했다. 그때 오인희가 나를 보았고, 나는 어설픈 웃음을 그녀에게 보냈다.

3

가방 지퍼를 여는데 박영길이 시루떡이라도 한 솥 쪄왔냐고 짐짓 농을 걸었다. 평소 내가 가지고 다니던 책가방이 아닌 여행용 가방을 들고 나타난 까닭이었다. 그는 김수명이 끓여낸 국화차를 마시고 있었다.

"찹쌀떡이라도 사 올 걸 그캤나? 시루떡은 담에 묵기로 하고 오늘은 색다른 걸 구경해보실랍니꺼?"

나는 가방에서 등사기와 등사용 원지, 철필, 잉크, 밀대, 전국 대학 주소를 써넣은 편지 봉투를 주섬주섬 꺼냈다.

"그기 다 머꼬?"

박영길이 손을 뻗쳤고, 턴테이블에 모차르트 음반을 올리던 김수명도 고개를 돌렸다.

"오늘 두 분 의학도를 모시고 벨시러븐 글을 등사해볼까 해서."

나는 가죽 잠바 주머니에서 궐기문을 봉투째 꺼냈다. 의대 도서관에서 혼자 쓴 전국대학총학생회 회장들에게 보내는 궐기문이었다. 찻잔을 내려놓은 박영길이 봉투에서 궐기문 원고를 빼내었다. 그가 눈으로 더듬는 사이에 나는 바닥에 신문지를 깔고 등사기와 잉크를 옮겼다.

"박통이 종신 집권을 노리는 건 알고 있을 끼고. 총통을 해 처묵겠다 그기지. 박통 폭정을 씨부리바야 내 입만 아플 거로. 오늘 전국에 있는 대학 총학생회 회장들에게 보내는 궐기문을 자네들과 등사해볼 끼다. 우떴노? 사전에 얘기하지 몬해 미안타. 자네들 아이모 내가 누구하고 하겠노?"

나는 국화차 향기를 맡으며 읊조렸다. 두 사람에게 동의를 구하는 눈빛을 던지면서도 초조하지 않았다. 나는 박영길과 김수명이 거절하지 않으리라 여겼다.

"진실에 눈감은 언론은 각성하라…, 일본인들을 상대로 판치는 매춘관광도 짚었고…. 고위 관료들 부정부패를 일소하라…, 이 사건 터진 기 한 삼 년 됐나? 경기도 광주대단지 폭동 사건도 드갔네. 유신헌법이야 당연히 드갔꼬, 국민을 공포로 몰아넣는 유신헌법 철폐에 전국 대학생들이 한꺼번에 일어나야 한다…."

궐기문을 읽어가던 박영길이 구구절절 옳은 말이라고 선선히 동의했다. 그리고 원고를 김수명에게 넘겨주었다.

나는 국화차를 음미하며 김수명의 방을 등사 장소로 잡기를 잘했다는 생각이 들었다. 위치도 위치지만 우리 세 사람이 우정을 밑거름 삼아 무언가를 도모하기에는 최적지였다. 동성로사거리에 있는 김수명의 집은 적산가옥이었다. 일층은 의사인 아버지가 진료하는 안과병원이었고, 이층이 가정집이었다. 다다미가 깔린 수명의 방은 시내 한복판에 있는 터라 많은 친구가 들락거렸다. 우리는 고교 시절부터 만둣집이나 중국음식점, 극장 골목을 싸돌아다니다가 수명의 방에서 뒹굴기를 즐겼다. 목조 계단을 오르면 먼저 책이 빼곡한 책장이 반겼다. 자개장을 수놓은 학이나 거북, 사슴을 감상하다보면 수명이 국화차를 내왔다. 백자 병과 수묵화를 들러리 삼은 수명은 언제나 그렇듯 찻잔에 물을 붓고 국화 잎을 띄웠다. 찻잔에서 나비처럼 날개를 펼치는 국화 잎에 눈을 앗기다 보면 마시기가 아까웠다. 노르스름한 찻물에서 우러나는 향기는 오직 수명의 집에서만 맛볼 수 있었다. 어머니가 칠성시장에서 국밥을 파는 영길이나 친구들 집 어디를 가더라도 국화차를 끓여내는 경우는 드물었다. 고급 과자와 그윽한 국화차를 음미할 수 있는 곳은 수명의 집이 유일했다.

"바라, 서인석이는 우예된 기고?"

김수명이 궐기문 한 대목을 가리켰다. 나는 거기에 쓴 그대로이고, 하반신이 마비되었고, 병문안을 갔다 왔노라고 덧붙였다.

"심각해질 기 아이고, 편케 생각하자. 인석이를 위해서든, 독재정권 꼴 보기 싫어서든, 우리가 요 정도는 해야지, 안 글나?"

나는 우리를 힘주어 말했다. 김수명, 박영길과는 경북중학교, 경북고등학교, 경북대 의대까지 줄곧 얼굴을 보는 사이였다. 두 사람은 재수한 나보다 한 학년 위였다. 집안이 어려운 박영길은 서울대 공대를 포기하고 경북대 의대를 택했다. 김수명은 가업을 잇기 위해서였고. 두 사람은 학생운동과는 거리가 멀었다. 그러나 나는 궐기문 등사를 두 친구와 함께하는 데 주저하지 않았다. 한문회 회원이나 강기복, 조성우와 궐기문 작업을 한다는 생각은 해본 적이 없었다. 내게, 김수명과 박영길은 그들과 확연히 다른 친구들이었다. 강기복이 학생운동가라면 김수명과 박영길은 의학 공부에 매진하는 의대생이었다. 예를 들어 강기복은 궐기문보다는 유신헌법 철폐 데모처럼 직접 행동에 나서는 데 걸맞았다. 반면에 평범한 대학생인 수명과 영길은 궐기문 정도는 너끈히 감당하리라 여겼다. 내가 두 친구를 선택한 데는 인간적으로 가까워서이기도 했다. 김수명과 박영길은 중학교 시절부터 알아온 불알친구였다. 공부면 공부, 연애면 연애, 집안 사정이라든지, 사소한 일까지 우리는 터놓고 얘기하는 사이였다. 실제로 박영길에게는 의대 본고사를 보기 직전에 수학을 배운 적도 있었다. 재수를 하면서도 서울대 정치외교학과를 목표로 했다가 갑자기 경북대 의대로 진로를 바꾼 나로서는 수학Ⅱ가 부진한 편이었다. 번갯불에 콩 구워먹기 식일망정 박영길 덕분에 의대에 무난히 합격할 수 있었다. 의예과를 마치고 나서도 나는 박영길에게 도움을 청했다. 해마다 의대 백이십 명 중에서 사십 명이 낙제를 했다. 재수를 한 나로서는 낙제는 곧 죽음이었다. 당락을 가르는 건 해부학이었다. 본과에 오르기 전, 겨울방학 때 박영길을 초청해 그의 기억력에 감탄하면서 해부학과 골학을 미리 공부했다.

"잘 썼네. 인석이가 사고를 당한 줄은 몰랐데이."

김수명이 느릿느릿 말했다. 그는 좀처럼 자기 의견을 말하는 법이 없었다. 집에 놀러가겠다고 전화하면 무슨 일이냐고 묻지 않았다. 알았다고만 한마디 했고, 우리는 모차르트나 브람스를 감상하며 차를 마셨다. 박영길이 교수들이나 학과 공부를 화제로 삼거나 내가 허튼소리를 지껄여도 김수명은 빙그레 웃을 따름이었다. 주위에서 흔히들 김수명을 일컬어 학 같다거나 푸른 하늘 같은 친구라고 불렀다. 한마디로 '영혼이 맑은 친구'로 다들 여겼고, 의대에서도 문학 서클에만 적을 두었을 뿐 있는 듯 없는 듯 행동했다. 한마디로 김수명은 다다미방 사수파였다. 친구라지만 김수명과 나만 간직한 비밀이 있다. 나는 그 사실을 아무에게도 말하지 않았다. 무덤 속까지 가지고 갈 참이다. 하나는 마르크스 저작물인 '공산당 선언'이다. 총학생회 선거를 한 날이었다. 내가 쓴 정견발표문으로 선거도 이겼겠다, 나는 학생회관 휴게실에서 혼자 피아노를 치며 자축하고 있었다. 박자 무시하고 건반을 마구잡이로 두드리는데 내 어깨를 잡는 손길을 느꼈다. 누군가 하고 돌아봤더니 김수명이었다. 그가 책 한 권을 내밀었다. 영문판 '공산당 선언'이었다. 나는 적잖이 놀랐다. 공산당 선언? 수명이 이런 책을? 그가 독서광이란 건 익히 알고 있었다. '공산당 선언'과 '자본론'을 읽는 김수명이라. 그런데 왜 나에게 이 책을 주는 걸까. 평소 같으면 뭐하는 거냐고 물어봤으련만 나는 아무 말도 하지 못했다. 책 표지만 뚫어지게 봤을 뿐 입을 열지 않았다. 뭔가 물어서는 안 되리라는 자제심이 발동했고, 나는 침묵을 지켰다. 수명도 그걸 알았을까. 내가 뒤돌아봤을 때 그는 휴게실을 나서고 있었다. 책을 받은 나는 더는 피아노를 칠 수 없었다. 창밖으로 흩날리는 나뭇잎만 무심히 바라보았다. 왜 그랬을까. 서로의 영혼을 건드렸다고나 할까. 분명 두 사람에게 중요한 순간이었음에도 수명과 나는 서로의 의중을 나누지 않았다. 아, 그가 책을 주며 정견발표문 잘 들었다고 속삭이긴 했다. 나는 고개만 끄덕였고, 그뿐이었다. 그는 나갔고, 나는 학생회관 휴게실에 남았다. 그런데 이상했다. 수명과 내가 오랜 시간 대화를 나눈 듯한 묘한 기분이 들었다. 그것도 진심을 다해. 그러자 두 번째 비밀방인 중학교 3학년 시절이 급습하듯 파고들었다. 수명과 나만 아는 중3 겨울. 수명도 기억해냈을까? 나는 그러리라 여겼다. 고교 입시를 앞둔 내 성적은 쉰여섯 명 중에서 55등이었다. 야구선수가 56등이었으니 사실상 반에서 꼴찌였다. 그 성적으로는 경북고는 꿈도 못 꾸었다. 적어도 반에서 35등 안에는 들어야 형님들이 졸업한 경북고에 입학할 수 있었다. 떨어지면 친구들과도 헤어져야 할 판이었다. 중학 생활 내내 판판이 놀았던 나는 고교 입시가 코앞에 닥치고서야 정신을 차렸다. 경북고에 떨어지면 집에서 낯을 들 수 없는 건 둘째 치고, 수성못에 빠져 죽는 수밖에 없었다. 똥줄이 탄 나는 전교에서 10등 안에 들던 영길을 막걸리 파는 향촌동 고구마집으로 불러냈다. 나는 다짜고짜 도와달라고 영길에게 매달렸다. 술 사주겠다고 불러낸 영길보다도 경북고 떨어지면 죽어버리겠다고 징징댄 내가 막걸리를 더 마셨다. 막걸리 효험을 봤는지 영길이 성적을 올려주겠다고 약속함으로써 한숨 돌릴 수 있었다.

발가벗은 수명을 본 게 그날 밤이었다. 독서실에서 함께 공부하자는 영길의 다짐을 받고 집으로 돌아가는 중이었다. 고등학교 입시 때문에 물에 빠져 죽을까 목매달아 죽을까를 고민했던 나는 발걸음도 가볍게 걷고 있었다. 마치 합격을 보장받았다는 듯이 말이다. 수명의 적산가옥을 지나치는데 언뜻 어둠 저편 전봇대 뒤에 수명이 숨어 있었다. 그런데 놀랍게도 발가벗은 채였다. 밤이라지만 나는 수명이 알몸임을 금세 알아보았다. 사타구니를 손으로 가린 수명은 온몸을 떨고 있었다. 나는 부리나케 달려갔고, 외투를 벗어 수명의 알몸을 가려주었다. 나는 무슨 일이냐고 묻지 않았다. 도저히 물어볼 수가 없었다. 나중에야 수명이 나와 같은 시련을 겪었음을 알게 되었다. 막내인 나는 스스로 수성못에 빠져 죽으려 했는데 반해 외아들인 수명은 아버지가 죽음으로 내몰았다. 외투를 걸친 수명이 떨며 말했다.

"확 죽어뿌까? 바라, 쌔를 깨물어야 하는지, 밧줄에 목을 걸어야 하는지, 쥐약을 무야 하는지 모리겠다. 우야모 죽을 수 있노?"

나는 답을 못 했다. 수명이 집안에서 금이야 옥이야 귀한 대접을 받으리라는 내 예상은 완전히 빗나갔다.

"경고 합격 몬 하면 차라리 나가 죽어뿌란다, 아부지가…."

거웃이 꺼뭇꺼뭇한 중학생 수명이 얼이 빠져 중얼거렸다.

박영길의 회고

"지금은 주막도 다 사라졌지만 향촌동은 청춘의 거리였습니다. 우리의 이니스프리(Innisfree)라고나 할까. 막걸리를 입에 댄 게 하진무 덕분이었고요. 경중 삼학년 때 둘이서 무섭게 공부했습니다. 책상에 앉았다 하면 일고여덟 시간을 꼼짝 않고 달라붙었지요. 엉덩이가 짓물러질 때까지 악착같이 공부했죠."

"공부에 관한한 진무 씨가 박 선생님한테 빚을 많이 졌어요."

"하진무가 중앙초등학교 다닐 때 공부를 무척 잘했잖아요. 경북중도 수석 입학을 자신했다더군요. 근데, 합격자 발표 날 가보니까, 수석 입학자는 다른 학생이었어요. 김 아무개라고, 경고도 수석 입학에 수석 졸업을 한 친구죠. 법대 갔다가 지금은 신학을 하고 있습니다만. 하여간 경중 합격자 발표장에서 일등 할 줄 알았던 하진무가 분을 못 참고 김 아무개 이름을 칼로 오려냈다지 뭡니까."

"경중 수석 입학을 꿈꿨던 하진무가 삼학년 때 꼴찌로 전락한 거로군요. 그 낙제생을 구원한 건 박 선생님이시고."

"제가 입주 과외를 했어요. 그때 한 만 원 했었나. 한 학기 등록금이 삼만 오천 원이고. 아, 졸업할 때는 사만 원으로 올랐고."

이비인후과 의사 박영길은 도시락을 먹으며 말했다. 그는 점심시간에 시간을 낼 수 있다고 진료실에서 보기를 원했다. 오인희는 시간과 장소에 구애받지 않았다. 상대가 편한 곳이면 어디든 마다하지 않았다. 하진무를 추억하는 데 맞춤하다면 한밤중 공동묘지면 어떠랴. 한눈에도 아내가 정성스레 싸준 도시락임을 알 수 있었다. 계란말이, 소고기장조림, 깍두기와 김치, 아욱국, 김, 갈치조림, 시금치무침과 무말랭이. 박영길은 잡곡밥을 한 술 뜨고 계란말이를 입에 넣었다. 그가 오물오물 씹으며 말을 이었다.

"백조 담배가 이십 원에 청자가 백 원, 아리랑, 선, 거북선이 비쌌죠. 좌석 버스가 이십 원하고 전철처럼 마주 보는 입석 버스가 십오 원했고요. 입주 과외를 하니까 자는 애를 깨워서 날마다 가르쳤어요. 저는 사실 친구들 모임에 참석할 처지가 못 됐어요. 의대 수업이 끝나면 부랴부랴 애를 가르치러 집으로 들어가야 했단 말이에요. 그러니 친구들과 무슨 작당을 한다든지 이런저런 모임에서 자연 멀어질 수밖에요."

점심시간이 좋다기에 대화하기 좋은 식당을 약속 장소로 잡아둔 줄 알았다. 한정식집이나 양식이 나오더라도 분위기 좋은 카페 같은 식당이 좀 많은가. 간호사가 안내해준 진료실에 들어선 오인희를 맞은 건 도시락을 먹는 박영길이었다. 오인희의 예상을 여지없이 깬 풍경이었고, 자리를 권한 박영길은 점심 대접을 해야 도리인데 자신은 늘 아내가 싸준 도시락을 먹는다고 양해를 구했다. 진료실에서 만나 밖으로 나갈 줄 알았던 오인희는 예상 밖의 대접에 잠시 당황했지만 재빨리 박영길의 의도를 파악했다. 그녀는 선선히 말했다. 천천히 드시면서 말씀을 해도 좋다고.

"대구시청 앞에 있는 둥글관이 기억나네요. 지금도 그 자리에서 장사를 합니다. 거기서 진무하고 언젠지 모르겠는데 막걸리를 마셨어요. 의대 합격한 직훈지 예과 이학년 땐지 기억이 가물가물하네요. 그 집이 왜 둥글관이냐 하면, 집주인이 장작을 패서 땔감으로 팔았다고 해서 그런 이름을 달았다네요. 오다가다 들은 얘기긴 합니다만, 장작을 패면 둥근 모양새가 나오잖아요. 경상도 말로 둥글이라 하는데 술집 이름을 그렇게 지었답니다. 막걸리에 병어나 오징어 삶은 거를 고추장에 무쳐 안주로 팔았어요."

소고기장조림을 씹던 박영길이 자신은 아내가 해준 밥과 반찬 말고는 먹을 수 없다고, 식당 출입을 못 하는 까닭을 거듭 설명했다. 오인희는 이해한다고, 신경 쓰지 마시고 편하게 말씀하시라고, 박영길을 안심시켰다. 언젠가 하진무에게 소시민으로 인생관을 못 박은 의대생들 얘기를 더러 들은 적이 있었다. 박영길은 그 소시민의 표준형이 아닐까 하는 생각이 문득 들었다. 박영길이 눈앞에서 빤히 밥을 먹고 있지만 오인희는 식욕이 돋거나 배가 고프지 않았다.

"하진무가 방귀를 자주 뀌었는데 알고 계셨나 모르겠네요."

박영길이 아욱국을 입으로 떠 넣었다.

"경고 때 수업 시간에 방귀 뀌는 친구는 진무뿐이었을 겁니다. 선생이 판서를 하거나 강의를 하는데 진무가 방귀를 빵빵 뀌는 거예요. 선생들은 기가 막혀하지요, 때릴 수도 없고. 애들은 킥킥대고 웃는데 진무가 뭐라는 줄 아세요? 생리현상이라 어쩔 수 없다는 겁니다."

하진무가 방귀를 아무 데서나 뀐 것은 사실이었다. 만난 지 얼마 안 되었을 때는 데이트 예절도 모르는, 여자를 무시하는 막돼먹은 남자로 알고 무척 기분 나빴었다. 멋대로 방귀를 뀌고 나서도 미안한 기색도 없었다. 부끄러워하기는커녕 어이구 시원하다고 쾌활하게 웃는 데야 면박을 줄 수도 없고, 한 달 두 달이 흐르자 코를 싸쥐면서도 덩달아 깔깔대고 웃고 말았다. 나중에는 내 소원은 뭐든지 다 들어준다고 했지? 자기, 방귀 한 방 날려볼래? 심심하거나 그가 화났다 싶으면 오인희 쪽에서 난국을 벗어나는 방편으로 심심찮게 써먹곤 했다.

"언젠가 한일극장 앞에서 오인희 씨를 업고 가는 하진무를 본 적이 있어요. 기억나세요?"

시금치를 씹던 박영길이 오인희를 마주 보았다.

"아, 네 그날 마주친 게 박 선생님이었나요?"

오인희는 시금치를 오래도록 씹는 박영길이 토끼 같다는 생각을 하며 되물었다. 기억이 선명했다. 길을 걷다가 심통이 나거나 가위바위보를 해서 하진무에게 업히기를 즐겨했다. 그날은 동성로가 사람들로 붐비는 토요일이었다. 무슨 일론가 업어달라고 했고 행인들이 북적대는 한일극장에 다다랐는데도 하진무는 내려줄 생각을 안 했다.

오가는 이들이 킥킥대며 손가락질을 하는데도 하진무는 평생 업고 다닐 거라고 엉덩이를 받친 손을 풀지 않았다. 사람들 보기 창피하다고 내려달라고 앙탈을 부렸지만 하진무는 인파 속을 꿋꿋하게 걸었고, 한일극장 앞에서 그만 박영길에게 들키고 말았다. 이것들이 미쳤나? 하는 얼굴로 어이없어하던 박영길이 비로소 떠올랐다.

"그 무렵에는 연인 사이라도 손잡고 다니는 것도 어려울 때 아니었습니까. 근데, 동성로 한복판에서 오인희 씨를 척 업고 걸어가는데 과연 하진무로구나 했지요."

"아휴, 말도 마세요. 그날 어찌나 창피하던지. 그 사람이 날 약 올리자고 작정을 했던 거지요."

오인희는 웃는 낯으로 말했다. 말로야 창피하다고 했지만 하진무 어깨에 다시 업힐 수 있다면 영원히 안 떨어질 자신이 있었다.

"진무가 행방불명되던 그해 겨울에 의대에서 철야 농성이 있었잖아요. 그때 경찰이 밖에서 일종의 심리전 격인 선무 방송을 했어요. 농성이 길어지자 부모들을 불러와서 아무개야 나와라 어머니가 앓아누웠다 하는 식으로요. 아버지, 삼촌, 이모, 고모 죄다 불러와 마이크를 주고 학생들 이름을 부르게 하는 겁니다. 어미가 왔다, 아비가 왔다, 집안 말아먹을 놈아 데모가 웬 데모냐고, 학생들 이름이 야밤에 쩌렁쩌렁 울리는 겁니다. 이름이 불린 학생들은 죽을 맛이지요. 데모하면 큰일 나는 줄 아는 부모가 이름을 불러대는데 속 편할 놈이 어디 있겠어요. 정문을 나와 집으로 가던 길이었는데 느닷없이 제 이름이 들리는 겁니다. 경찰이, 검찰청 직원 집에서 입주 과외 하는 박 아무개 학생은 당장 집으로 돌아오라고 전화가 왔다는 겁니다. 검찰청에서 전화가 왔다고 말이지요. 제 이름을 듣자마자 기가 막혔지요. 철야 농성하는 일학년들을 포기하고 상급 학년들은 학교를 나오던 참이었거든요. 뭔가 착오가 있었던 겁니다. 경찰이 제 이름을 부르는 바람에 그날 밤을 선명히 기억합니다. 그날 진무를 마지막으로 봤을 겁니다."

수저를 내려놓은 박영길이 갑자기 울먹였다. 그가 눈물 글썽한 눈으로 오인희를 보며 중얼거렸다.

"방귀 뀌는 얘기나 해쌓고 제 기억이 너무 허접하지요? 진무와 붙어 지낸 세월이 얼만데 고작 그딴 하찮은 것만 기억나네요. 오인희 씨 전화받고 생각을 많이 해봤는데 도무지 기억이 안 나는 겁니다. 경중, 경고, 경대 의대에서 함께 공부한 세월이 얼맙니까. 정말 죄송합니다. 이래선 안 되는 거잖아요. 우리 청춘이, 인생이 이래선 안 되는 거잖아요…."

"머부터 해야 되노? 철필을 내가 잡으까?"

궐기문 원고를 바닥에 펴며 김수명이 말했다.

"아이다, 철필 쓰기는 내가 한다. 자네 둘은 난중에 잉크 묻히가꼬 등사나 하그라."

나는 철필을 집어 들었다. 나름대로 작전을 짜둔 바였다. 박영길과 김수명이 해를 입지 않도록 나는 신경을 썼다. 우리 우정의 힘이 뻗칠 수 있는 한계를 나는 명확히 했다. 궐기문을 등사하지만 두 사람은 나와 함께하지 않은 것으로 여겼다. 범행 현장에 지문을 남기지 않겠다는 범죄자 심정이랄까. 박영길과 김수명은 등사용 밀대를 만지는 것만으로, 서인석을 위해서나 유신헌법을 철폐하는 데 각자 몫을 다하는 것이었다.

4

서울역에 도착한 오인희는 나를 보자 가죽 잠바 행방을 물었다. 십이월로 접어들며 기온은 영하 구도로 떨어졌고, 그녀는 내가 당연히 가죽 잠바를 입고 나타날 줄 알았던 모양이었다. 대구보다 추운 서울이 아닌가.

"가죽 잠바는?"

내가 겨울에 입고 댕기라고 선물한 기다. 어데다 팽기쳤노? 내 귀에는 그녀의 다그침이 그렇게 들렸다. 나는 입이 열 개라도 할 말이 없었다. 오인희가 선물한 가죽 잠바는 전당포에 넘어가 있었다. 서울행 도피 자금을 마련하려고 오천오백 원에 전당포에 넘겼다고 고백할 수는 없었다. 큰형님 오버코트를 입고 나온 내가 죄인이었다. 오인희가 가죽 잠바를 두고 트집을 잡을 줄은 미처 생각을 못했다. 나는 큰형님 집에 있다고 둘러댔다. 서울에 올라올 때도 가죽 잠바를 입고 왔노라고 오인희를 안심시켰다. 거짓말을 하면서도 두

갈래 감정이 밀려와 기분이 묘했다. 갑자기 서울에 왜 왔냐고, 내 신변 안위를 먼저 짚고 나올 줄 알았다. 그랬다면 초장부터 피곤했을 것이었다. 그에 반해 가죽 잠바가 나보다 우선이었다는 사실에 눈곱만큼 서운했다. 솔직히 말하자면 그 감정은 깃털이 살갗에 스치듯 잠깐 사이에 지나갔다. 나로서는 천만다행이었다.

궐기문을 담은 편지를 전국 대학에 보내고 나서 나는 무작정 서울로 내뺐다. 그럼에도 나는 오인희가 내 뺨을 어루만져주기를 원했다. 게다가 고교 졸업 앨범이 든 가방을 일방적으로 떠넘기고 등을 돌렸던 내가 아니던가. 대학생뿐만 아니라 고교생들도 들고 일어나야 한다는 생각에서 조성우에게 전국 명문 고교 졸업 앨범을 부탁했었다. 그 고교 졸업 앨범들을 오인희에게 맡긴 나는 뒤도 돌아보지 않고 오인희 집 골목을 도망치다시피 빠져나갔다. 그날 등 뒤에서 애타게 부르는 오인희 목소리를 나는 외면했다. 그랬던 내가 지금은 오인희에게 터무니없는 기대를 품다니….

속내는 공포에 찌들었으면서도, 겉으로는 평온을 가장한 내 얼굴을 그녀가 손으로 만지고 입술로 적셔주기를 간절히 원한다. 그렇게만 해준다면 경찰 수사가 몰고 온 공포에서 잠시라도 벗어날 수 있지 않을까. 어제 저녁 퇴근한 큰형님이 서울에 올라온 까닭을 물었다. 나는 대뜸 지명수배가 떨어졌다고 답했다. 나만의 일방적인 생각인지 몰라도 내 판단이 그리 어긋나지 않으리라 여겼다. 나는 큰형님에게 편지 사건을 간략히 설명했다. 경찰 수사에 혼선을 주자고 부산, 경주, 대전을 돌면서 궐기문을 담은 편지를 보냈고, 경찰에 붙들려간 경북고 동창 여럿이 필적 검사를 당했고, 수사망이 나를 향해 좁혀오고 있음을 털어놓았다. 큰형님은 대구에 내려가 해결할 것을 권했다.

"진작 경찰이 니를 잡으려고 나섰을 테고, 도망 다녀봐야 니만 피곤하다. 말이 통신사 기자지, 번역 나부랭이로 세월 죽이고 있다 아이가."

한숨을 내쉰 큰형님이 대구행 기차표를 쥐어주며 말했다.

"오늘 사회부장이 내를 부르더라. 대구 중정 지부하고 경찰에서 니를 주시하고 있다 카더라. 진무 니가 내 동생이모 멀 해도 눈에 띌 끼다. 듣자하이 박통이 조만간 특별사면을 한다 카데. 무신 꿍꿍이속인지 몰라도 잡아들인 사람들도 풀어준다 안 카나. 수배자들도 자수하고 바준다 카더라."

나는 큰형님 말씀을 금세 알아차렸다. 큰형님은 1964년 한일회담 반대 데모 주동자 가운데 한 명이었다. 이른바 6·3사태 주역으로서 이십 대 팔팔한 청춘을 감옥에서 날려 보낸 큰형님이 아니던가. 승무 형님은 특별법인 보안관찰법에 묶인 보안처분 대상자였다. 선거권, 피선거권을 박탈당한 큰형님은 정치활동은커녕 투표장에도 못 들어갔다. 공민권을 박탈당한 식물인간! 큰형님에게 붙일 수 있는, 대한민국 파쇼정권이 양산한 신종 의학명이었다. 독재정권이 처분한 식물인간은 영장 없이 구금이 가능했다. 큰형님은 대구에서 명성이 자자했다. 승무 형님 동생이라고 하면 아하, 그러냐고 다들 한번씩 나를 다시 들여다보기 마련이었다.

하승무 회고

"나는 미국에서 공부하고 있었어요. 오 양이 알다시피…."

하승무가 두터운 입술을 열었다. 그에게서 오 양이라고 불리어본 게 얼마만인지. 대구 공평동 하진무의 집에서 식구들은 오인희를 그렇게 불렀다. 늙은 하승무가 오인희를 오 양이라고 부르고 있었다. 스물넷 오인희를 부르듯이. 하진무와 나란히 앉혀놓고, 오 양은 저놈 어디가 그리 좋습니까? 하고 짓궂게 묻듯이. 벗겨진 앞머리와 허연 귀밑머리가 하승무가 늙었음을 보여주었다. 하진무의 우상이었던 큰형님 하승무가 쭈글쭈글한 늙은이가 되어 오인희에게 말했다.

"나중에야, 한참 세월이 흐른 뒤에야 나는 진무가 사고를 당한 걸 알았지요. 진무 소식을 집에 물으면 진무는 잘 있다, 우리 막내는 공부 잘 하고 있으니 걱정 말고 학업에만 전념하라, 그러는 거야. 진무가 어찌 사는지 알 수가 없으니 답답해서 견딜 수가 있나. 내가 우리 막내를 얼마나 예뻐했는데. 의대는 잘 다니나, 전공은 뭘로 하나, 군대는 어떻게 마쳤고, 오 양하고 결혼은 했나?"

결혼이라니? 오인희는 목이 메었다. 하진무와의 결혼이라니. 하승무만이 입에 담을 수 있는 말이었다. 큰형님 하승무는 우리 두 사람이 결혼했으리라 여겼던 걸까. 하진무의 소식을 몰랐다면 당연히 그리 알고 있었으리라. 하진무와 오인희는 서로의 집안을 드나들면서 사윗감으로 며느릿감으로 양가 부모님들의 인정을 받은 터였다. 대학 4학년 졸업을 앞둔 두 사람의 결혼을 의심하는 사람은 아무도 없었다. 하진무와의 결혼이라. 오인희는 눈시울이 더워졌다. 강기복과 경북고 동창들에게서는 듣지 못한 말이었다. 오인희에게 하진무는 영원한 신랑이요 남편이 아니던가. 하진무와의 결혼을 일깨워준 인물이 눈앞에 있다는 사실이 오인희는 비현실적으로 느껴졌다. 하진무와의 결혼은 꿈속에서나 가능했다. 오랜 세월 가슴에 묻어두고 살았던 그 결혼을 하승무는 마치 실제 있었던 일처럼 끄집어내고 있었다.

"부모님도 그렇고 다른 형제들 소식은 곧잘 전해주는데, 막내 진무에 대해서는 할 얘기가 없다니, 말 안 했으면 좋겠다느니… 한창 젊은 애를 마치 송장 취급하는 게 여간 화가 나지 않는 거야. 유학을 떠나기 전에 진무가 반정부 데모한다고 속을 썩이긴 했지만 설마 의대생이 큰 사고야 치겠나 했지요. 유신 때야 학생들이 천 명, 이천 명씩 잡혀 들어가던 때였으니까, 사고를 쳐도 곧 풀려나겠거니 했지. 아무리 그래도 막둥이가 밥은 먹는지 학교는 잘 다니는지 소식은 전해줘야 할 거 아냐. 여동생 경옥이도 그렇고 부모님도 당최 진무를 없는 자식 취급하는 데 미쳐버리겠더라고. 멀쩡한 애를 잊어버리라고 하는데 온갖 생각이 다 들더구만. 아, 이놈이 군대 가서 사고를 쳤구나. 그때는 데모하다 붙잡히면 강제로 군대에 끌고 가지 않았습니까? 의대생들은 극히 드물었지만 데모를 세게 했으면 의대생도 안 봐주고 군에 강제 입영시켰겠구나, 막판에는 그런 생각까지 했더랬어요. 그게 나로서는 최악의 상황을 염두에 둔 거지요. 한번 나쁜 쪽으로 생각이 비뚤어지자 자꾸만 안 좋은 쪽으로만 치닫는 거야. 거기다 돌아오는 답변이라는 게 허망하기 짝이 없어요. 진무는 잘 있다, 잊어라, 심지어 돌아오기 어렵다, 갈수록 뜻 모를 답장만 날아오는 거야. 이역만리 타국에서 나만 환장하는 거지. 아, 이 자식이 군대서 상관을 총으로 쏘고 무기징역을 받았구나, 아니면 식물인간이 됐거나… 아, 진무가 감옥에서 무기징역을 사는구나, 그래서 식구들이 아예 잊자고 작정했구나. 유학생으로서 공부고 뭐고 내 가슴이 미어터지는 거야. 밤낮 진무야, 진무야, 제발 살아만 있어다오, 기도하고. 접시 닦이 야간 알바할 때는 차 안에서 큰 소리로 통곡을 했어요. 진무를 생각하면 미치겠는데 마땅히 울 데도 없었지요. 차 안에서 울고불고 목이 터져라 진무를 부르고…. 가슴은 쇠갈고리로 찍어내듯 갈가리 찢기고, 눈에서는 피눈물이, 목으로는 피를 토하고…."

대학에서 퇴직한 하승무는 장관 후보로 연일 신문지상에 이름이 오르내리고 있었다. 교수, 대학총장, 국회의원을 지내고 장관직에 욕심을 내는 그를 곱지 않은 눈으로 보는 사람들도 있었다. 오인희도 신문 기사를 챙겨 보다 눈살을 찌푸린 적도 있었다. 에고, 영감쟁이가 욕심이 과하네. 하승무의 삶에 하진무를 겹쳐보지 않을 수가 없었다. 하승무는 대구에서 여당 지역구 국회의원에 당선됐었다. 강기복하고는 다른 길을 걸은 셈인데, 자신을 감옥에 보낸 독재자의 딸과 노선을 같이한다는 게 이해하기 힘들었고, 못마땅하기도 했다. 하진무가 하승무를 봤다면 무어라 했을까. 하진무의 인생에서 청춘의 한 지점은 실종되었다. 그의 삶을 가상해본다는 건 어리석지만 하진무라고 권력을 외면하고 고행을 택했으리라, 장담할 수 없었다. 오인희는, 스스로 6·3사태 주역임을 강조한 하승무에게서 젊은 날의 결기를 느낀 적이 없었다. 늙은 하승무에게 하진무의 우상으로 영원히 남기를 강요하는 것도 세파에 역행하는 것인가.

"칠십구년에 뉴욕 커뮤니티 연구소에 취직을 했어요, 내가. 그해 시월인가, 이십육일에 박정희가 죽었다는 거야. 안 믿어지더만. 박정희가 십 년은 더 대통령을 하리라 봤거든. 한국 유학생들은 모이기만 하면 박정희 죽은 얘기만 해쌓고. 나한테 박정희 죽음은 진무하고 바로 연결됐어요. 신문이란 신문은 다 뒤적였지. 박통 때 잘린 학생들이 다 복학을 하는 거야. 서울이나 지방을 안 가리고 말이지. 경북대를 보니까, 진무 이름이 없는 거야. 그래서 대구로 오 양한테도 편지를 보냈어요."

"제게요? 전 형님 편지 받은 적이 없어요."

"오죽 답답했으면 오 양한테 편지를 보냈겠어요. 기다려도 연락도 없고."

아, 하승무가 나에게 편지를 보냈었구나. 하진무의 작은누나인 하경옥에게서도 들은 바 없는 얘기였다. 하긴, 하경옥이 하진무 소식을 묻는 편지를 내게 전해줄 리 만무했다. 그때 나는 뭘 했었나. 영혼?

혼식 올려달라고 생떼를 썼던가. 대한민국에서는 못 살겠다고 미쳐 나돌았던가. 하진무가 사라진 세상을 살아내느라 미치기 일보 직전이었던 것만은 분명했다. 하진무 시신이라도 찾겠다고 교사직도 때려치우고 전국을 떠돌기도 했다. 하진무를 뒤따라 목숨을 끊으려 해도 그의 죽음을 확인할 길이 없었다. 사람들은 말했다, 하진무는 실종 상태라고. 그랬다, 하진무는 수십 년이 지난 지금까지 실종, 실종, 실종이었다!

"진무가 사고를 당한 걸 나한테는 솔직하게 얘기를 했어야 했는데… 실종되고 나서 오 년 뒤에나 알았어요. 내가 고통 속에서 살다가 이대로는 안 되겠다 싶어 경옥이에게 편지를 했어요, 솔직하게 말해봐라, 한국에 가서 진무에게 도움이 될 수만 있다면 내가 한국에 가서 도와주겠다, 면회라도 하겠다, 힘이 있건 없건 손을 써보겠다. 그때서야 경옥이가 진무가 실종된 지 오래되었다고 하는 거야. 칠십구년 말에 알았으니 오년 동안 진무가 실종된 것도 모르고 살았던 거예요, 큰형이라는 놈이 말이야. 그 세월 나는 제 정신이 아니었어요."

아는 사람이 아무도 없는 광화문, 시민회관, 세종로를(전화를 걸
울에서 대학을 다니는 경북고 동창들이 득달같이 달려 나오겠지만, 나는
만나리라 작정했다) 어슬렁거리면서 오인희 얼굴만 끊임없
다, 아는 사람 누구도 만나서는 안 된다, 상대에게 피
가 위험에 빠질 수도 있다. 고립무원인 상태에

서 떠오른 단 한 사람, 오인희! 나를 위해 빛나는 한 점 별과 같은 존재!

"언니가 전시회를 한데이."

오인희가 말했다.

물어보지도 않았는데 알려줘서일까. 이상하게 그녀의 말투가 경계를 긋듯이 느껴졌다. 오인희는 나만을 위한 서울 나들이가 아님을 통고하고 있었다. 아무려나 좋았다. 오인희가 서울에 왔다는 게 중요했다. 오인희 언니는 서울대 미대 대학원을 졸업했다. 대학 강사로 있으면서 그림을 그렸다. 작은누나 하경옥하고 경북여고 동창이어서 나도 일찌감치 안면을 트고 지낸 바였다. 오인희가 서울에서 재수할 때는 대학원을 휴학하고 직장 생활을 한 적도 있었다. 생활비를 벌기 위해서였다. 오인희는 언니가 꽃병에 넣어둔 돈을 필요할 때마다 꺼내 썼고, 재수생 신분이었지만 우리는 영화와 연극을 즐기러 극장에 뻔질나게 드나들었다. 대학생이 되고 나서도 서울에서 맛들인 극장 출입은 끊이지 않았다(오인희는 아버지가 극장에서 일한 덕분에 어려서부터 영화를 많이 봤다. 집과 붙은 제일극장에서 얼마든지 영화를 돈 안 들이고 볼 수 있음에도 오인희는 나와 함께 서울로 떠나기를 마다하지 않았다). 좋은 영화나 연극이 있다 싶으면 우리는 서울행 기차에 올랐고, 밤기차를 타고 내려오기가 버릇이었다. 서울 명동 두령분식에서 오십 원짜리 우동을 사 먹고 '대머리 여가수'를 공연 중인 국립극장을 찾았다. 대한극장에서 '바람과 함께 사라지다'를 오십 원에 입장권을 사서 들어갔고, 시민회관에서 최은희와 박근형이 주연한 연극 '카츄사'를 삼백 원에 보고 나면 하루가 저물었다. 카페 '떼아뜨르 추'에서는 입장권 열 장을 이천 원에 할인해주었기에 새 작품이 오를 때마다 극장 문턱을 넘었다. 손숙과 김용임이 출연한 '헨리 8세와 그의 여인들', 임영웅 연출 백성희 주연인 '첫 번째 여자'도 국립극장에서 떨면서 보았다. '대머리 여가수'는 배우와 관객 수가 엇비슷했다. 배우들이 입김을 내쉬며 연기를 했던가. 드럼통에 장작불을 피우고 관객들이 모여 앉았으면 좋겠다 싶을 만큼 객석은 냉기가 돌았다. 그런데도 배우들은 혼신을 다해 연기했고, 열 명 남짓한 관객들은 무대에 빨려들었다. 배우들 열연으로 무대가 달아올랐고, 그 열기를 흠뻑 쬔 관객들은 추위를 무릅쓰고 극에 몰입했다. 연극이 막을 내리자 우리는 일어서서 뜨거운 박수를 보냈다. 배우들과 관객들의 열정이 뒤섞여 추위를 이겨냈다고나 할까. 추위라면 질색을 하는 오인희도 손을 호호 불어가며 객석을 지켰다.

"전시회를 한다고? 축하할 일이네."

나는 가까스로 말했다.

"아는 다방을 빌리서 동창들 다섯 명이 기획한 조촐한 전시회다."

"시국이 이칼수록 전시회라든지 공연이 활발해져야제…."

경찰에 쫓기는 신세로 한가하게 시국관을 피력한다는 게 가소로웠다. 내게 잠재한 허위의식이 위장망을 뚫고 본색을 드러낸 듯해서 대화를 이어가기가 몹시 버거웠다. 사람을 진심으로 대하듯, 언제나 어디서나 진심을 말해야 한다고 생각했다. 그러나 오인희에게 던지는 내 대사는 공허했다. 내 말에 진실성이 훼손될수록 현실에서 도피하고 싶은 욕구만 발작적으로 분출했다. 도피자 신분을 떨쳐버리고 오인희와 전시회 구경하고, 연극과 영화를 즐기며 극장에 파묻힌다면? 그렇게 시간을 보낸다고 해서 편지 사건이 연기처럼 사라지는 건 아니었다.

"서울엔 우짠 일이고?"

누군가 내 어깨를 두드렸다. 오인희와 나는 동아일보 앞을 지나고 있었다. 가죽 장갑 낀 손길이었다. 돌아보니 서울대 법대에 다니는, 고등학교 3학년 때 같은 반이었던 동창이었다.

"어, 세이 쫌매 만나뷜라꼬."

나는 얼버무렸다. 명성회 활동을 함께했던 친구였다. 대학에 가고 나서는 교류가 뜸했지만 학생운동 열성파라는 소문은 듣고 있었다. 교련 반대 데모로 경찰서에도 드나든 전력이 있는 친구였다. 하필 여기서 만날 건 뭐란 말인가. 서울에서 아는 얼굴을 만나서는 안 되었다. 나는, 알아보는 이 아무도 없는 투명인간으로 남아야 했다. 내가 서울에 왔다는 건 오인희 말고는 누구도 알아서는 안 되었다. 오인희도 있고 해서 다음에 보자고 인사말을 건네려는데 손을 내밀던 그가 다가와 속삭였다.

"대구에 내리가거든 일 좀 단디 하라 캐라. 어느 얼빵한 놈이 팬

지를 함부로 뿌리 가꼬 마 씨껍뭇다 아이가. 도움은 몬 줄 망정 재는 뿌리지 말아야제, 안 글나?"

동창 녀석이 떠나고도 한동안 멍하니 서 있었다. 조성우 시골집이 경찰에 털렸다고 했던가. 경북대뿐만 아니라 영남대, 계명대도 경찰이 들쑤신다고. 대구 학생 운동이 요동치고 있다고, 한문회 친구들이 비상이 걸려서 다들 잠수 탔다고 했던가. 고교 졸업 앨범 행방을 묻던 조성우는 소영웅주의에 사로잡힌 누군가 섣부른 짓을 저질렀다고 속을 끓였다. 오인희가 성화를 하는데도 나는 붙박인 듯 움직일 줄을 몰랐다. 동창 녀석은 종로 쪽으로 사라진 지 오래였다. 모멸감에 얼굴을 들 수 없었다. 오인희가 도대체 무슨 일이냐고 팔목을 붙들고 흔들어댔다. 나는 아무 일도 아니라고 오인희를 지하도로 이끌었다.

태양극장? 극장 이름과 무대 시설이 이다지도 안 맞아떨어질 수 있을까. 연극이 끝나고, 지하 계단을 오르면서도 무엇을 봤는지 머릿속에 남아있는 게 없었다. 제목은 '가스등이 있는 풍경'이고 번역극이라 들었건만 줄거리도 생각이 안 났다. 관객도 열 명이 채 안 되었다. 지하극장이었다. 무대와 객석은 좁았고, 냉동창고에 들어온 듯 추웠다. 태양극장이라면 스팀 난방은 아니더라도 연탄난로나 석유난로라도 있어야 하는 거 아닌가. 이름에 걸맞지 않게 지하극장은 침침했고 손발이 시렸다. 무대 장식이라곤 왼쪽에 서 있는

가스등 하나가 전부였다. 배우들이 연기를 펼쳤지만 기억에 남는 대사도 인상 깊은 장면도 없었다. 가스등에 남자가 서 있었던가? 무어라 지껄였던가? 객석에 앉아 있는 동안 눈이 멀고 귀가 먹었던 게 틀림없었다. 빌어먹을 동창 녀석 때문이었다. 얼빵한 놈이라고! 여느 때 같았으면 주먹으로 턱주가리를 날려버렸을 텐데. 편지 사건 당사자임을 자인하는 꼴이 되는 건 둘째 치고 오인희가 보고 있지 않았던가.

"내는 나이 든 미셸 심정을 이해한데이."

말없이 걷던 오인희가 입을 열었다. 미셸이 늙었던가? 젊었던가? 나로서는 꿀 먹은 벙어리일 수밖에. 연말을 맞은 명동 거리는 인파로 붐볐다. 카바이드등 불빛이 수놓은 노점 손수레마다 행인들이 북적거렸다.

"세상 사람들이여! 내는 당신들 이바구를 들어주겠노라. 언슨시러븐 일, 기쁜 일, 슬픈 일, 쌍난 일, 마카 내 귀에 지껄이바라. 내는 인내심을 가꼬 기꺼이 들어주겠노라." 오인희가 또박또박 말했다. "머리가 허연 미셸이 요 대사를 날렸을 때 가슴이 아렸다 아이가."

'그캤나?' 라고 되묻고 싶었지만 나는 침묵했다. 나이든 미셸의 대사는커녕 이름조차 생각이 안 났다. 뭐라고 대꾸해줘야 마땅한데 할 말이 없었다. 연극이나 영화를 보고 나면 으레 주인공 연기가 좋았다, 대사가 멋졌다, 영상이 아름다웠다, 주제곡이 마음에 들었다고 이러쿵저러쿵 품평회를 하기 마련이었다. 가슴이 아렸다니.

비극이었나? 내 눈에 남은 거라곤 '자나 깨나 불조심 꺼진 불도 다시 보자' 화재 예방 표어와 '옆집에 오신 손님, 간첩인가 다시 보자', '불안에 떨지 말고 자수하여 광명 찾자', '유신과업 완수하여 조국통일 앞당기자' 따위 출입문 벽에 붙은 관제 표어뿐이었다. 동창 녀석이 뱉은 말이 끈질기게 달라붙어 나를 할퀴었다. 서인석을 염두에 둔 내 행동이 얼빵한 놈이 한 짓이고 걸림돌이 되었다니, 참담했다. 유신헌법 철폐 운동에 재를 뿌릴 생각은 없었다. 연극 '가스등이 있는 풍경'을 보러 태양극장에 갔건만 내 의식은 동창 녀석의 비아냥거림에서 한 치도 벗어나지 못했다.

"내는 우리가 미셸매로 안 됐으모 한데이. 까뜨린느는 얼매나 외로웠겠노. 미셸이 쪼매만 더 일찍 까뜨린느에게 눈을 돌렸다모 좋았을 낀데. 후회하는 삶, 참말로 파이다 아이가."

미셸이 무언가를 잘못했나보군. 나는 어물쩍 넘겨짚었고, 그게 무언지 묻고 싶었지만 차마 그럴 수 없었다.

"미셸은 평생 가스등을 머리에 이고 사람들에게 씨부리쌓겠지, 사랑스런 일이든동 고통스런 일이든동 외면하지 않겠다 그카겠지. 십자가에 못 백힌 맨키로 가스등에 몸을 묶고 귀를 기울이겠다고. 까뜨린느를 목 놓아 부르모…. 그칸다고 까뜨린느가 돌아오지 않는다 아이가. 그기 인생이라, 한 분뿐인…."

오인희는 여전히 혼잣말을 중얼거렸다.

그게 인생이라니, 오인희는 '가스등이 있는 풍경'에서 무얼 본 걸까. 미셸처럼 되지 않겠다고 맹세라도 할까? 미셸이 까뜨린느를 버리고 도망이라도 갔었나? 뒤늦게 후회하고 돌아왔는데 까뜨린느는 이미 이 세상 사람이 아니었나? 지극한 통속극이군. 한 가지는 분명했다. 미셸은 귀를 열겠다고 호소하는데 반해 나는 연극을 보는 내내 아무것도 듣지 못했다. 걸음을 멈춘 오인희가 나를 빤히 쳐다보았다.

"와 암 말도 안 하는 기고? 연극을 보고도 우째 그칼 수 있노?"

중국음식점 가봉루 간판을 보고 걷던 나는 저녁을 먼저 먹는 게 어떨까 하고 조심스레 말했다. 그러나 오인희는 내 말을 귓등으로 흘렸다. 우야꼬 안즉도 여게 있네, 광화문 시민회관 뒷골목에 있는 포인트다방 간판을 마주한 순간, 오인희는 무엇엔가 끌리듯 지하 계단을 밟아 내려갔다. 포인트다방은 재수생 시절 그녀가 자주 들렀던 쉼터였다. 오인희는 광화문 시민회관 뒷골목에서 한 블록 더 들어간 대성학원 출신이었다. 큰형님이 다니던 통신사가 시민회관 뒤에 있던 터라 포인트다방은 눈에 익었다. 광화문 시민회관 언저리는 재수 시절 우리의 해방구였다. 나는 멍하니 오인희를 바라만 보았고 꼼짝없이 그녀를 뒤따를 수밖에 없었다. 나는 중국음식점 가봉루에서 깜짝 약혼식을 치를 계획이었다. 약혼식을 하면서 내 운명에 반전을 시도하고 싶었다. 도피자인 내 신세에서 기지개를 켜고 용기를 얻으려면 내겐 약혼식이 필요했다. 누군가 사랑하는 여자에 기대어 위기를 모면하려는 게 아니냐고 질책한다면 나는 단호히 그게 뭐 어떠냐고 대꾸하리라. 사랑은 삶이 위기에 처했을 때 간절히 필요한 게 아니던가.

재수생 시절 오인희와 둘이 자장면을 먹고 나서 나는 큰형님이 준 도장을 하승무 이름이 써진 외상 장부에 찍어야 했다. 나는 오인희가 빤히 보는데도 당당하게 도장을 꾹꾹 눌러 찍었다. 화수분 같은 언니 꽃병에서 돈을 꺼내 쓰는 오인희는 비싼 청요리는 먹지도 못하고, 외상 장부에 도장은 어째서 찍는지 늘 불만이었다. 그 가봉루에서 멋진 저녁을 먹고 음악감상실 르네상스로 옮겨 약혼식을 하자는 게 오인희를 위해 내가 준비한 일정이었다. 좋은 일이 생겼거나 우울한 일에 기분이 틀어지면 우리는, 국밥집이나 음악 감상실을 가리지 않고 '자, 제 십칠 차 약혼식을 하실랍니꺼?'라는 식으로 둘만의 약혼식을 했다. 그러고 나면 나는 마법처럼 힘을 얻었다. 그 마법의 위력을 기대했던 나로서는 오인희의 선택에 절로 기운이 빠지는 느낌이었다.

"여게서 순미를 마지막으로 봤데이."

다방 안으로 들어가서 자리를 잡자 오인희가 엽차를 한 모금 마시며 말했다.

"순미라?"

나로서는 순미라는 이름은 귀에 설었다. 그러나 마지막이라는 말에 귀가 쫑긋했다.

"한때 가한테는 내가 미셸이었다 아이가. 자기는 모를 끼다. 얼굴을 본 적도 없데이. 우리가 음악감상실 르네상스서 브람스에 빠져 있을 무렵만 해도 순미는 살아 있었다. 순미는 미대 지망생이었데이. 서울대 미대 들어가 조각을 공부하고 싶어 했고…. 한 분 실패하고 다시 공부하는 중이었는데, 어느 날 가가 자포자기한 심정으로 이카더라. 입학정원보다 더 많은 아들이 교수한테 레슨을 받고 있다고. 다들 부잣집 아들이라. 가난한 집 아들은 그 명단에 끼지도 몬해. 자기 같은 건 근처에도 몬 간단다. 오르지 몬할 나무 쳐다보지도 말라 캤다며 차라리 포기하는 기 낫겠다 카더라. 순미가 가여벘다. 내는 우떤 말로도 순미를 위로할 수 없었데이. 새빠지게 미대만 목표로 한 순미는 다른 학과 공부는 뒷전이었다. 특히 수학은 내가 도와준다 캤지만 영 따라가지를 몬했어. 학원 수업에 빼뜩하모 빠졌다 아이가."

"순미, 순미라. 재수 시절 순미라…."

뜬금없는 순미 이야기라니. 광화문에 왔으니 재수 시절이 떠오르는 건 자연스러운 일이었다. 그러나 순미 죽음에 관한 회고라니, 느닷없지 않은가.

"하모, 순미다. 가스등이 있는 풍경도 글코, 포인트다방도, 이건 누가 머라 캐도 오늘 내가 치러낼 운명이다."

"운명? 너무 심각한 거 아이가?"

나는 오인희가 뭘 말하는지 감을 못 잡고 있었다. '가스등이 있는 풍경' 연극 표는 큰형님이 준 것이었다. 그리고 내가 짠 일정대로 오인희와 연극을 보러 갔을 따름이었다. 내가 기댈 수 있는 유일한 사람이므로. 그 오인희와 시간을 보냈음에도 줄거리도 대사도 기억 못 하지만 말이다.

"잿빛 천을 뒤집어쓴 하늘은 시꺼먼 구름을 몰고 왔데이. 퍼뜩 억수로 사납게 소나기를 퍼부어댔다."

내 물음은 안중에 없다는 듯 오인희는 읊조리기 시작했다. 극중 주인공 운명을 펼쳐 보이기로 작정한 배우처럼 허공에 눈을 둔 채였다.

"하늘은 바닷물을 채운 물탱크였데이. 하늘을 싸 바른 거대한 천이 쭈욱 찢어지가 쏟아진 빗물이 서울 시내를 물바다로 맹글었다. 세종로는 흙탕물이 급류를 이랐고, 포인트다방은 탁자와 집기가 둥둥 떠다녔데이. 순미는 장맛비를 견디지 몬했어. 순미는 집에 틀이백히서 바깥출입을 안 했고. 근데 순미 집이라고 비를 피할 수는 없었다 아이가. 순미네 집은 쪼맨한 방들이 디귿 자로 들어섰고, 벨시럽게 마당엔 마루를 깔았데이. 그 우에는 하늘이 훤히 비치는 플라스틱 슬레이트로 지붕을 덮었는데, 그 지붕에 빗방울이 떨어진다고 상상해바라. 총알이 빗발치는 전쟁터 한복판에 떨어진 느낌이 그칼까. 빗줄기가 아이라 하늘에서 쌔리 퍼붓는 대못에 난타당하는 느낌이라. 비만 내리모 순미는 귀를 막고 몸부림쳤다 아이가. 그카다 미치삐고 만 기다! 이층 다락방에 숨은 순미는 화구를 집어던지모 피폐해졌지러."

"바라 바라, 오인희. 너무 흥분한 기 아이가?"

"흥분이라 캤나? 신선하다 아이가, 그 단어. 오랜만에 듣네. 내가 흥분했던 기 언제였노? 기억도 안 나네. 순미나 나나 그땐 흥분은 커녕 찍소리 몬 하고 죽은 듯 살았데이. 미대 진학을 몬 하리라는 절망감에 망가져가는 순미를 보는 내도 미래가 없기는 마찬가지였고…. 그때부터 순미가 내를 기다렸다 아이가. 여게 포인트다방에서 말따. 순미는 내를 한없이 기다렸다. 가가 내한테 멀 기대했는지 모리겠데이. 수업이 끝나고 내리가모 낼 볼라꼬 하루를 견딘 사람매로 순미는 내를 맞이했다. 내한테 의지할라는 순미가 안타까웠고, 서글펐제. 내가 해줄 수 있는 기 암껏도 없었다."

"바라, 그땐 낼 만났을 때 아이가?"

그 무렵 사랑에 빠진 오인희와 나는 하루가 멀다 하고 얼굴을 봤다. 사직공원, 시민회관 뒷골목, 경복궁, 혜화동, 동숭동, 장충동, 종로를 휘저으며 붙어 다녔다. 르네상스에서 음악을 듣거나 명동을 거닐면서도 오인희는 늘 웃었다. 그녀의 얼굴에서 그늘을 느낀 적이 있었던가. 적어도 내 기억에는 없었다. 운명의 속살을 파헤치기로 작정한 듯, 오인희는 내 물음은 아랑곳하지 않고 내처 말했다.

"순미는 아부지가 없었데이. 자유당 정권 때 정쟁에 휘말렸다 카데. 간첩으로 내몰리 가꼬 사형당했다 캤어. 순미가 다섯 살 때였다 카데. 내는 순미가 들리준 가 아부지 죽음을 이해할 수가 없었고. 정적이라꼬 빨개이로 몰아 죽이뿌다이."

나는 그 대목에서 손가락을 입술에 댔다. 말조심을 하라는 신호였다. 이장희의 '나 그대에게 모두 드리리'가 실내에 흐르고 있었다. 저음에 잔잔한 노래여서 목소리가 조금만 커도 옆 사람 귀에 들어갈 수 있었다. 재빨리 주위를 살폈다. 레지 아가씨가 연탄난로에 엽차 주전자를 얹고 있었고, 주방 맞은 편 산수화 밑에는 중년 사내 둘이 신문을 보며 쑥덕이고 있었다. 그 옆으로는, 구두닦이에게 구두를 맡겼는지 양복쟁이 둘은 슬리퍼 차림으로 담배를 피우고 있었다. 늙수그레한 사내 곁에 파묻혀 있던 마담은 막 문을 열고 들어오는 사내를 환한 웃음으로 맞으며 일어섰다. 우리 대화를 엿들었다고 의심할 만한 손님은 없었다.

"진무 씨, 한 가지만 알아도. 내는 사람을 만나모 먼첨 일난 적이 없데이. 상대가 자리에서 일날 때까지 함께 있어줬다 아이가. 단 한 사람, 순미에게만 그카지 몬했다."

"알았다, 미셸이 되제. 그기 옳은 긴지 그른 긴지 모린다만."

"먼 말이 글노? 내캉 함께 연극 본 기 아이가?"

"솔직히 말하까? 객석에 있었던 건 분명하다. 하지만도 가스등이 있는 풍경은 암껏도 생각나는 기 엄따. 제발 이유는 묻지 마라."

커피를 한 모금 마신 나는 오인희를 정면으로 쳐다보았다. 해결책 없는 대화의 문으로 둘이 들어가고 있음을 나는 느꼈다. 그녀의 입을 막을 자격이 내겐 없다는 것을 인정한 바였다. 그럼에도 나는 바뀐 내 신상에 철벽을 둘러치고 있었다.

"요즘 진무 씬 노박 그칸데이. 얼매 전까지 이카지 않았다 아이가. 내한테 가방 맽기고 가뿔 때 내 기분이 우옜는지 아나? 불러도 대답도 안 하고…. 그래 사라지모 우짜자는 기고? 청도에 숨어가꼬 사람 부르는 거도 모질라 요분엔 서울이가? 자기가 이래 무책임한 사람인 줄 내사 몰랐데이. 아까 동아일보 앞에서 경고 동창을 만났을 때도 이상했다 아이가. 내는 기다렸데이. 진무 씨가 입 다물고 있으이까, 내라도 털어놓는 기다."

"내도 내 운명을 알았으모 좋겠다."

"운명을 알았으모 좋겠다고? 그기 무신 말이고, 먼 일이 있는 기고? 와 내한테 털어놓지 몬하는 기고? 긴급 약혼 여행이라고 편지에 분명히 썼다 아이가. 그래 올라온 기고. 진무 씨는 먼가를 숨기고 안 털어놓는 기다. 서울에 온다고 그 속을 밝히까? 내는 그카지 않으리라 판단했다. 그래도 내는 올라왔데이. 긴급 약혼 여행이라 캐싸서 할 수 없이 왔다 아이가. 알제? 긴급 약혼 여행이 멀 뜻하는지? 진무 씨가 낼 실망시킬 걸 뻔히 알면서도 기차를 탔다카이."

"고마버. 기왕 선심 쓰는 거 묻지 말고 곁에 있어만 주모 안 되겄나?"

"선심 쓰는 기 아이다. 내는 우리가 정한 약혼 여행을 지킬라는 기다. 진무 씨한테 닥친 일을 모리고 곁에 있으모 허수아비나 할 짓이라. 내는 허깨비로 머물기 싫다. 요분엔 진무 씨가 해명해야 된데이. 도대체 진무 씨에게 무신 일이 벌어진 기고? 진무 씨한테 긴급 약혼 여행을 빈번히 떠나야 할 맨키로 안 좋은 일이 계속해서 벌어진 기고? 멀 알아야 내도 대처하든동 말든동 할 끼 아이가? 속 씨언히 말해바라. 내한테 그칼 자격이 없나? 청도, 요분엔 서울이다 아이가. 그카고도 내한테 입 다물고 있으라고? 데모에 참여 안 한다고 내를 바보로 여기지 마래이. 기복 선배는 구속됐제, 진무 씨는 청도로 서울로 나대잖아. 기복 선배하고 관련 있는 기가?"

"그기 아이다. '무기여 잘 있거라', 본 날 안 있나. 기복 선배 생일 밥 같이 묵자고 만난 거 자기도 알제? 기복 선배와는 아무 상관 없다."

오인희를 더욱 오리무중으로 빠져들게 만들리라는 것을 알면서도 나는 천연덕스레 답했다. 유신헌법 철폐 투쟁선언문도, 서인석에게서 불타오른 궐기문도 오인희에게 밝힐 수 없었다.

"하진무가 언제부터 유령이 됐노? 긴급 약혼 여행이라꼬 구조 신호를 보내놓고 내용은 밝힐 수 엄따? 하진무는 실체가 있는 인간이가? 내가 유령하고 대면하고 있는 기가? 진무 씨가 이래 나오모 내가 얼매나 실망할지 생각해봤나? 이카고도 내한테 위안을 받기 원하노? 진무 씨가 내를 약혼 여행 동반자로 여긴다모 이칼 순 없는 기다. 유신헌법이 먼지는 내도 안데이. 말도 마음 놓고 몬 한다는 거 내도 안다."

그 순간 나도 모르게 주위를 둘러보았고, 오인희에게 말조심을 하라고 눈짓으로 신호를 보냈다. 그러나 그녀는 나직나직 말을 이어갔다.

"하루나 이틀쯤 진무 씨가 어데론가 사라져뿟다 나타나모 내라고 와 감을 몬 잡겠노. 청도서도 그런 느낌을 받았데이. 강기복 선배가 경대 학생운동에서 어느 정도 비중 있는 인물인지 이번에 확실히 알았데이. 그 기복 선배하고 진무 씨가 친한데, 경대 유신 반대 데모를 주동한 기복 선배와 진무 씨가 탁구만 치자고 어울렸겠노. 내가 안다 캐서 기복 선배하고 진무 씨한테 해가 될 끼라 생각하진 않는데이. 만약에 진무 씨가 기복 선배매로 되모 내는 우짜면 되노? 내는 진무 씨와 내가 한배를 탔다고 생각해왔데이. 우리는 인생을 함께하겠구나 해서 약혼 여행도 하는 기고. 내가 잘못 생각했나?"

"아이다, 잘못 생각한 기 아이다. 내도 자기하고 생각이 같다. 분명히 말한데이. 내일 파국이 온다 캐도 이 세상에서 함께할 사람은 오직 오인희뿐이다, 내한텐. 자기가 있으이까 견뎌낼 수 있다. 시방은 다른 말은 몬 하겠다. 언젠가는 지절로 알게 되는 날이 올 끼다. 그캐도 시방은 아이다. 우리 약혼 여행이 찌질하고 성에 안 차도 이해해졌으모 좋겠다."

가끔 그런 상상을 한 적이 있었다. 나와 오인희가 동시에 경찰 수사를 받고, 고문을 당하고, 구속되고, 재판을 받는 장면을. 오인희 구속 사유는 단지 나와 함께 시간을 보냈다는 것이고. 사랑하는 남자와 얼굴을 대면했다고 경찰에서 수모를 당할 수 있다고, 나는 오인희를 납득시킬 자신이 없었다. 오인희는, 하진무와 서울 나들이하기를 자연스레 받아들일 거였다. 우리의 사랑이 독재정권에는 한낱 범죄가 될 수 있기에, 나는 사전 예방을 하고 있노라고 오인희에게 호소할 수는 없었다. 오인희를 사랑하는 남자 하진무인 내가, 박정희 독재로 숨 막히는 세상에서 오인희를 위해 할 수 있는 게 그것밖에 없었다. 나는 목에 칼이 들어와도 그것만은 포기할 생각이 없었다.

"내는 자기가 와 나를 답답한 미궁 속으로 떠미는지 모르겠데이. 시방도 내는 진무 씨와 함께 있기나 한 긴지 고마 모리겠다. 자기가 자꾸 유령 같다는 생각이 들모 참말로 미치삐겠데이. 같은 다방 안에 있는데도 우리 사이에 까마득한 심연이 가로놓인 거 같다 아이가. 자긴, 낼 사랑하고 있기나 한 기가?"

5

신천교를 지나는데 칼바람이 매서웠다. 신천동 주택가 골목. 구멍가게를 비추는 가로등이 을씨년스럽다. 기온은 영하 십 도로 곤두박질쳤고, 귓불이 떨어져 나갈 듯 아리다(오인희가 선물한 가죽 잠바가 절실했다. 가죽 잠바를 입었다면 오인희 품에 안긴 듯 강추위에도 끄떡없을 텐데). 대구역을 빠져나오자마자 나는 곧장 목적지를 신천동 조성우 자취방으로 잡았다. 조성우가 자취방에 있으리라는 보장도 없었다. 서울로 떠나기 전, 그는 아버지 생일에 의성 시골집에 들이닥친 경찰이 자신의 잡기장과 노트를 압수해 갔다고 불효자를 자처하지 않았던가. 겨울밤 조성우가 어디에서 헤매는지 나는 모른다. 내가 아는 것이라고는 그의 자취방이 신천동에 있다는 것뿐. 조성우 자취방은 구멍가게를 끼고 연탄집을 지나 담장이 허술한 단독주택 뒤채였다. 주인집 안채를 통하지 않고도 자취방으로 곧장 들어갈 수 있어서 남의 눈에 안 띄고 드나들기가 편했다. 나는 일단 담장에 기대어 집 안을 살폈다. 대추나무가 한 그루 서 있던 뒤채 조성우 방에 불이 환했다. 아, 살았다! 나는 속으로 쾌재를 불렀다. 내심 별반 기대를 하지 않았었다. 조성우가 있는지, 아님 그새 자취방 주인이 바뀌었는지 확인도 안 했지만 나는 방에서 나오는 불빛만으로도 안도했다. 자취방 문 앞에 섰다. 신발이 안 보였다. 연탄 아궁이에도 불이 꺼져 있었다. 알전구는 켜져 있는데 방 안에서는 인기척이 없었다. 젠장, 돌아갈까. 조성우가 없다면 여인숙에라도 들어야 했다. 야간 통행금지 시간이 멀지 않았다. 신천동에서 머뭇거릴 시간이 많지 않았다. 한파가 몰아닥친 밤거리를 마냥 떠돌 수는 없었다. 그냥 발길을 돌릴까. 아니지 밑져야 본전이다. 부딪쳐보지도 않고 물러나서야 앞으로 닥칠 경찰 조사에 어떻게 대처할 것인가. 그 생각이 엄습하자 스스로도 신통했다. 경찰 수사를 두려워만 했지 정면으로 돌파해내겠다는 생각은 감히 해보지 못했다. 경찰 고문에 머리를 싸매는 것도 하루 이틀이지 피곤했다. 상상으로 당하는 고문에 지쳤다! 닥치면 해결하자. 그러자면 조성우 자취방 문을 열고 확인하는 데서부터 고문 공포를 떨쳐내야 한다. 나는 곱은 손을 비비고 방문을 두드렸다. 죽기 아니면 까무러치기다! 설마 경찰이 방 안에서 뛰쳐나오기야 하겠나. 이삼 분이 흘렀을까. 문풍지 바른 문살에 거뭇한 물체가 어른거렸다. 방문 앞에 섰을 때도 못 느꼈던 사람 형체가 눈에 잡혔다. 방 안에 사람이 있는 게 틀림없었다. 신발도 없는 냉방에서 방 주인은 무엇을 하고 있을까. 바짝 긴장한 나는 다시 한번 용기를 내어 방문을 두드렸다. 성우야, 조성우 있나? 내 목소리가 효력을 발휘했는지 방문이 빠끔히 열렸다. 그리고 조성우가 얼굴을 내밀었다. 나는 똑바로 쳐다보았다. 조성우는 몇 초 동안 누군가 하고 바라만 보더니, "씨껍했다 아잉교." 그만 털버덕 주저앉았다. 그는 그것으로도 모자랐는지 아예 사지를 뻗고 벌렁 드러누웠다가 상체를 벌떡 일으켰다. 그가 손으로 입을 가리며 어서 들어오라고 손짓했고, 나는 신도 안 벗고 방으로 들어갔다. 가슴이 철렁하기는 나도 그에 못지않았다. 그러나 어둠 속에서 길을 잃고 헤매다 불빛 구조 신호를 발견한 양 그가 몹시 반가웠다. 나는 그의 손을 덥석 잡고 흔들어대고 싶었지만 가쁜 숨만 몰아쉬었다. 입에서 나오는 허연 김이 손에 만져질 듯했다. 가방을 꾸리던 조성우는 여차하면 튈 생각이었는지 신을 신고 있었다.

조성우의 회고

"하진무를 생각하면 구운 돌을 잊을 수가 없어요." 조성우가 말문을 열었다. "구운 돌이라니요?"

오인희는 찻잔에 손을 내밀며 관심을 보였다. 그녀는 조급해하지 말자고 스스로를 다독였다. 하진무에 관한 것이라면 돌덩이건 빛바랜 기차표 한 장이건 상관없었다. 의사 조성우는 오인희가 하진무 때문에 방문했음을 알면서도 노인요양원을 두루 돌아보게 했다. 특히 그가 일부러 데려간 5층 병실은 뿌연 향 연기에 잠긴 듯 죽음의 그림자가 어른거렸다. 굳이 설명을 듣지 않더라도 임종이 머지않은 환자들임을 알 수 있었다.

조성우의 안내로 병실을 돌아보고 나서 사무실에서 두 사람이 마주앉은 터였다. 김해 면단위 요양원에서 일하는 의사 조성우는, 대학에 몸담고 있거나 대구 시내나 김천, 경주 등 경북지역에서 의사 노릇을 하고 있는 동창들과 별다른 교류가 없음을 순순히 털어놓았다. 그 점은 오인희가 몇몇 경북대 의대 동창들을 만났을 때도 느꼈던 바였다. 경북대 의대 교수나 대구 시내에서 개업 중인 그의 동창들은 조성우를 입에 올리기를 꺼려했다. 의대생 중에서는 유일하게 감옥을 갔다 온 그의 과거 행적이 동창들에게 조성우를 동창들에게 부담스런 인물로 만들었을까. 1981년에 뒤늦게 의대에 복학한 조성우가 동기들보다 한참 뒤쳐진 나이에 의사 노릇을 시작했다는 것도 무시할 수 없을 터이고. 하진무와 가장 가까운 후배였던 그가 동창들 사이에서는 기피 인물이라는 점이 오인희는 흥미로웠다.

"칠삼년도 가을이지 싶은데… 진무 형하고 청도 운문사를 갔어요."

"아, 운문사요?"

오인희는 탄성으로 받았다. 운문사라면 하진무와의 추억이 켜켜이 쌓인 곳이 아닌가.

"유신헌법이 공표되면서 숨통이 꽉꽉 막혔지 않습니까. 갑갑한 속을 산속에서라도 풀어보자고 여행을 떠났지요. 진무 형이 배낭에 코펠이다, 버너다, 먹을 것도 잔뜩 싸 짊어지고 왔더군요. 동부터미널에서 청도 가는 버스를 탔어요."

"청도에서 내려 운문사 가는 버스로 갈아타야죠."

오인희는 아는 체를 했다. 하진무하고는 청도에서 한 시간을 기다렸다가 저녁 무렵에 운문사 아랫마을에 도착했었다. 노부부가 주인이었던 운문여관에서 하진무와 보낸 하룻밤을 잊을 수가 없다. 그날 여관 손님은 하진무와 오인희 둘 뿐이었다. 저녁을 먹고, 여관에 하나뿐인 욕실에서 연탄불에 데운 뜨끈한 물로 알몸이 된 오인희를 하진무가 씻어주던 그 밤을!

"그렇죠, 잘 아시네요."

병실을 돌 때보다 활기찬 목소리로 조성우가 말했다.

"운문사 계곡에 텐트를 치고 진무 형이 버너에다 밥을 했어요. 집에서 가져온 반찬으로 근사한 저녁을 먹었죠. 막걸리도 한 사발하면서 박정희 독재정권을 성토하고, 노래도 꽥꽥 부르면서 말이죠."

"노래를? 혹시 곡목이 기억나시는지요?"

오인희가 아는 하진무 노래는 선구자, 우리 승리하리라, 아침이슬, 이장희의 '그건 너' 정도였다.

"기억나다마다요. 우리는 한국 독립군, 조국을 찾는 용사로다! 나가! 나가! 압록강 건너 백두산 넘어가자…."

조성우가 오른손을 휘저으며 나지막이 노래를 불렀다. "이게 '압록강 행진곡'이란 겁니다. 옛날 독립군들이 일본 놈들 무찌르자고 부르던 군가랍니다. 진무 형이 큰형님한테 배웠다더군요."

"압록강 행진곡이라… 전, 전혀 들은 바가 없네요."

그러나 오인희는 서운하지 않았다. 하진무가 큰형님한테 전수받았다는 것만으로도 반가웠다.

"돌머리가 다 된 줄 알았는데, 진무 형이 가르쳐준 노래가 기억날 줄은 정말 몰랐습니다. 이 노래가 당시 금지곡이었습니다."

"금지곡이라면?"

"아, 유신 때는 박통이 지 맘에 안 들면 별별 트집을 잡아서 금지곡을 양산했잖아요. 이미자 '동백아가씨'에 왜색 딱지를 붙였던 식으로. 독립군가를 금지시키다니 미친 세월이었죠. 지가 일본군으로 있으면서 독립군 때려잡은 게 찔려서 그랬는지는 몰라도. 동포는 기다린다 어서 가자 고향에, 등잔 밑에 우는 형제가 있다 원수한테 밟힌 꽃포기 있다… 노랫말을 읊자니 기분이 묘해지네요. 그렇게 한바탕 계곡이 떠나라 노래를 부르고 난 뒤였습니다. 진무 형이 텐트 밖으로 나가더니 장갑 낀 손에 돌덩이 하나를 집어 오더라 이겁니다."

"돌덩이를?"

"척 봐도 불에 구운 놈인 걸 알 수 있었어요. 밤이 깊어지니까 텐트 안이라도 무척 추웠거든요. 진무 형이 저더러 돌아앉으라고 하더니 그 돌을 제 등에 대주는 겁니다. 성우야, 춥지 춥지 하면서 말이지요. 어찌나 따뜻한지, 아 인간이 이럴 수가 있구나, 하진무가 이런 인간이었구나, 그 인간미에 눈물이 찔끔 나오더라 이겁니다."

"돌찜질을 한 거로군요."

"그땐 세상이 좀 삭막했습니까? 사람 때려잡는 철권통치도 지긋지긋했지만 사회생활하면서 사람을 믿지 못했거든요. 촌에서 올라와서 믿고 의지할 사람 하나 없는 생활에 시달리다 보니 사람을 못 믿는 인간이 돼버린 겁니다. 그 황량한 놈한테 진무 형이 불에 구운 돌로 등을 덥혀주니 인간이 새로 보입디다."

조성우가 나를 데려간 곳은 대구 시내 한복판에 있는 대구호텔 스카이라운지였다. 승강기에서 내리자 조성우는 종업원과 귀엣말을 나누었고, 종업원을 따라간 나는 그가 안내해준 문을 열고 들어갔다. 불을 켜니 창고였다. 맥주, 양주, 사이다 따위가 들어 있는 상자가 차곡차곡 쌓여 있었다. 나는 벽에 등을 기댄 채 바닥에 주저앉았다.

조성우를 간발의 차로 만났다. 오랜만에 자취방에 들렀다는 조성우는 짐만 챙겨 바로 떠날 참이었다고 했다. 방문 두드리는 소리가 났을 때 여차하면 주먹으로 안면을 강타하고 내빼려고 했단다. 하마터면 솥뚜껑 같은 주먹의 맛을 볼 뻔했다. 조성우는 편지 사건 실상을 얼추 알고 있을지도 몰랐다. 도망 다니는 것 보면 용케 경찰에 안 잡혔다는 것이고, 경찰 조사도 안 받았다는 이야기가 된다. 나는 그 사실에 우선 안도했다. 하지만 그가 자취방에 머물지 못한다는 것은 경찰 수사가 진행 중임을 뜻하는 것이다. 조성우는 고교 졸업 앨범이 편지 사건과 연관 있으리라는 의구심을 품고 있을 것이다. 어차피 그 점은 오해가 없도록 확실히 해둘 참이다. 조성우는 내게 멀쩡한 집 놔두고 한밤중에 자취방을 찾아온 까닭을 묻지 않았다. 그러나 그는 내가 경찰을 피해야 하는 짓을 저지르고 도피 중임을 넘겨짚었으리라. 대구를 비운 지도 며칠째였고, 느닷없이 자취방을 기습 방문한 것만으로도 내 행적에 의구심을 가질 만하건만 조성우는 물음을 던지지 않았다. 그러니까 우리 두 사람은 각자 경찰을 피해 도피 중임에도 무슨 사연인지 서로에게 캐묻지 않고 있었다. 조성우가 자취방에 머물지 못하고 떠도는 까닭이 편지 사건 때문이라는 것도 일방적인 내 추측일 뿐이었다. 그가 내 도피 행각을 묻지 않았듯, 우리 사이에 그건 일종의 금기였다. 상대가 저지른 짓을 알아도 서로 모른 척하는 게 신상에 좋았고, 강기복이나 한문회 회원들이라면 그 정도는 불문율처럼 지켰다. 나중에 경찰에 잡혀가고 사건 진상이 밝혀진 다음에야 이러쿵저러쿵 뒷얘기라도 나눌 수 있었다.

대구호텔 스카이라운지는 예과 일학년 때 오인희와 놀러와본 적이 있었다. 그날, 누군가의 결혼식에 갔다가 들렀던 추억을 되살려 오인희를 호텔 스카이라운지에 초대했다. 중고생 과외로 용돈을 충당하던 나로서는 엄청난 출혈을 감수하며 오인희를 대접한 셈이었다. 영화 제목은 생각이 안 나는데, 여배우가 품위 있게 앉을 수 있도록 뒤에서 의자도 잡아주며 신사도를 발휘하는 주인공 흉내도 냈었다. 영화 주인공으로 행세했던 대구호텔 스카이라운지에 한낱 도피자로 자리했건만, 대구 시내 야경은 그때나 지금이나 볼 만했다. 조성우가 마련한 구석 테이블에서 나는 예과 일학년으로 돌아간 양 '폴 모리아' 악단이 연주하는 '러브 이즈 블루'에 귀를 기울였다. 음악은 현악기를 앞세우고 파도처럼 좋겠다. 테이블에는 맥주 세 병과 마른안주 그리고 먹음직스러운 돈가스 접시가 놓여 있었다. 황제의 만찬이 따로 없었다. 나는 그때까지 기차간에서 먹은 나무 도시락 말고는 쫄쫄 굶은 채였다. 눈앞에 음식을 보니 허기란 놈이, 돈가스를 손으로 집어 마구마구 입안에 쓸어 넣으라고 알량한 내 체면을 여지없이 흔들어댔다. 도시락 하나로 하루를 버텼음을 깨닫자, 경찰 추적이 내게 불러온 공포가 얼마나 심각했던가를 실감했다. 머릿속에서 뭉게뭉게 피어올랐던 두려움이 음식을 통해 그 강도를 실감시켰다고나 할까. 포크와 나이프를 양 손에 쥐고 돈가스를 썰고 싶은 식욕을 억누르며 나는 조성우에게 미소를 보내기를 잊지 않았다. 폴 모리아 악단이 현악기 파도를 거두어들이자 '클로드 시아리'의 '첫발자국' 기타 선율이 물방울처럼 터져 나왔다.

"닥터 조에게 말씀 많이 들었심니더."

양복에 나비넥타이가 단정해 보이는 사내가 내게 허리를 굽혔다. 말로만 들었던 조성우의 중학 동창인 스카이라운지 지배인이었다. 얼결에 인사를 받으면서도 '닥터 조'라는 호칭이 내 귀에 꽂혔다. 닥터 조라, 얼핏 영화 속 장면이 내 앞에서 실제로 펼쳐지고 있다는 느낌이랄까. 닥터 조란 호칭에서, 중학 동창인 지배인이 조성우를 몹시 자랑스러워하고 있음을 느낄 수 있었다. 조성우 외투 깃에 꽂힌 경북대 의대 배지가 비로소 내 눈에 띄었다. 여느 때 그는 배지를 다는 법이 없었다. 언제 잽싸게 달았을까. 내 눈길을 의식한 조성우가 웃으며 "의대에서 내가 젤로 존경하는 세이다" 하고 나를 지배인에게 소개했다. 존경이라니. 듣고 있자니 낯이 화끈거렸다. 중학 동창에게 잘 보이고 싶은 심정은 이해하지만 조성우의 소개말은 지나쳤다. 조성우가 나를 존경한다? 웃자고 하는 소리라 해도 군색하기 짝이 없었다. 존경보다는 서로를 믿고 있다고 해야 할까. 의대에서는 서로가 천연기념물 같은 존재임을 조성우와 나는 이심전심으로 알고 있었다.

"아, 글나. 하모 인자부터 지도 세이로 모시겠심니더. 닥터 하 행님, 우리 닥터 조 앞으로도 단디 부탁드립니더."

지배인이 따르는 맥주를 나는 황망한 손길로 받았다. 닥터 하라니, 오인희도 장난으로라도 나를 그렇게 부른 적이 없었다. 박영길이나 김수명이 '닥터 하'라고 불렀다면 웃기지도 않았을 것이다. 지배인의 한마디에 경직된 내 의식이 삽시간에 녹아내렸다. 지배인은 정중함을 잃지 않으면서도 조성우와 그가 고향 동무로서 의리로 뭉쳐 있음을 과시한 셈이었다. 내가 아는 경북고 시절 명성회 친구들의 우정과는 그 색깔이 달랐다. 서울에서도 그랬지만 대구에서도 나는 명성회 친구들을 불러낼 생각을 하지 못했다. 물론 조성우도 명성회 출신이긴 했다. 그러나 내게는, 지배인 같은 친구가 없었다. 고향 동무만이 누릴 수 있는 특권을 마음껏 뽐내는 조성우와 지배인이 보기에 좋았다. 의성 출신 두 촌놈들이 보여준 우정에 시나브로 도피자의 딱딱한 경계심이 말랑말랑해졌다. 잔에 맥주를 따른 나는, 조성우와 지배인의 우정에 기꺼이 축배를 들었다.

"지배인 글마, 의리파라예. 우리 중학 동창 놈들이 마카 그카긴 해도…. 믿을 수 있는 놈입니더." 잠자리에 들자 조성우가 입을 열었다. "마음 푹 놓고 편히 주무이소."

"현상금이라도 걸렸으모 신세를 갚을 낀데. 우야노, 꾸개지는 체면을 보고만 있자이 미안해 미치삐겠네."

나는 피식 웃고 말았다. 지배인 숙소에서였다. 입 밖에 내지는 않았지만 조성우는 내가 편지 사건을 저지른 것으로 판단하고 있는 게 틀림없었다. 그 여파로 자신도 몸을 피하고 있건만, 굳이 그 사실을 들추지 않는 그의 배려심이 고마웠다. 모처럼 긴 하루를 보냈다. 조성우가 없었다면 지금쯤 퀴퀴한 이불 냄새를 맡으며 여인숙 골방에서 뒹굴고 있을 거였다. 나는 내 입으로 편지 사건을 들먹이지 않을 작정이었다. 때가 되면 사건 전말을 밝힐 기회가 올 거였다. 내게 현상금이 붙는다? 모처럼 농담을 곁들이니 살 것만 같았다. 조성우와 우스갯소리를 해본 게 언제인지 기억도 안 났다. 경찰 추적은 뒤로 미루고 조성우와 시답잖은 얘기라도 나누며 밤을 보내는 게 낫지 싶었다.

"우리 의성중학 출신 동창이 한 삼백여 명 될라나. 마카 촌구석에서 농사짓는 아들이 쌔리뺐지만 대구로 도망 나온 놈들이 몇몇 있어예. 그중에서 교대 들어간 놈 하나, 자연대 수학과, 내까지 대학 들어간 놈이 셋이라예. 나머지는 나이트클럽에서 기도 보고 웨이터도 하고, 국시 장사하는 놈, 술집에서 술병 나르는 놈, 공장 댕기는 놈, 자동차 정비소서 기름밥 묵는 놈, 주먹가꼬 깐죽대던 놈은 시내서 건달 노릇도 하고…. 촌에서 중학교 나온 놈들이 할 수 있는 기 머 있겠어예. 그캐도 마카 재주껏 밥벌이는 하이 신통하지예."

팔베개를 한 조성우가 넋두리하듯 중얼거렸다. 얼핏 들으면 내가 전부터 알고 있는 청년들 같았다. 대구 시내 뒷골목을 거닐다 보면 한 번쯤 만날 수 있는 내 또래 청년들이 바로 그들이 아니겠는가. 그의 동창들이 하나같이 무협지에서 막 뛰쳐나온 인물들처럼 활기차게 느껴진 것도 기이했다. 지금은 바닥을 전전하지만 언젠가는 성공해 금의환향하리라는 기대를 불러일으키는 주간지 미담 인물들처럼 말이다. 카바레 웨이터와 의대생이 친구라는 사실도 신선했다. 한 묶음으로 엮어놓으면 까마귀 노는 곳에 섞인 백로랄까. 조성우는 자신을 백로라고 하면 무슨 헛소리냐고 펄쩍 뛸 터이지만 말이다. 내게는 술집 웨이터도 자동차 정비공 친구도 없다. 그 점이 바로 의성 촌놈 조성우를 다른 눈으로 보게 만든다. 내가 아는 친구란, 다다미방에서 국화차를 내놓는 김수명이나 동아일보 기자를 거쳐 정치가를 꿈꾸는 대학생들이 대부분이다. 시내 건달과 몸싸움은 해봤지만 그를 친구로 삼은 적은 없었다. 조성우는 나를 대구호텔 지배인에게 소개하는 데 한 점 머뭇거림이 없었다. 오히려 중학 동창들은 외경심을 담아 그를 '닥터 조'라고 부르지 않던가. 위기에 처한 내 발길이 왜 신천동 그의 자취방으로 향했는지 나는 뒤늦게 깨달았다. 조성우는 카바레 웨이터나 중국집 배달원을 친구로 삼기에 모자람이 없었다. 단적으로 골샌님인 김수명에게 카바레 웨이터 친구가 있다면 아무도 믿지 않을 것이다. 조성우는 그만큼 학구파인 여느 의대생들하고는 생각과 행동이 달랐다. 한 줄로 세워놓고 뒤로 돌아! 하고 호령하면 돌다가 줄줄이 뒤로 자빠지는 게 의대생이라 했다. 공부만 하느라고 체력이 형편없음을 일컫는 농담 아닌 농담이었다.

고향 친구들일망정 조성우가 개인사를 꺼내기는 드문 일이었다. 절집 암자에서 단둘이 지하신문 '자유'를 분석하거나 시국 토론을 할 때도 중학 동창은커녕 고향과 얽힌 추억담조차 입에 올린 적이 없었다.

"절마들이 닥터 조라고 부를 때마다 낯판때기가 간질간질해서 미치삐겠다카이."

조성우는 중학 동창들과의 우정을 그런 식으로 표현했다.

"세이도 밨지만, 이 놈들은 내를 아예 의사 취급한다 아잉교. 본과 일학년에 이학년 진급이 간당간당한 놈한테 그칸다 아입니꺼."

“와? 해부학 때문에?”

나는 팔베개를 풀고 그에게 고개를 돌렸다.

“그기도 글치만 과연 의학 공부를 온전히 해낼 수 있을지 모르겠어예. 박통 하는 꼴이 원캉 사납게 나오니…. 대학에 입학해 어느 한 해 맘 놓고 공부한 적 없지만도 앞으로는 더 살벌하지 않겠어예? 언 놈이라도 걸리기마 해바라, 잡아서 족치뿌겠다, 정권에 반대하는 놈은 가차 없이 쥑이삐겠다, 학교나 세상이 도살장이 돼서 한통속으로 돌아간다 아잉교. 그라이 어느 천년에 의사가 될라.”

“동창들 기대를 한 몸에 받는 의학도 의지가 그래 약해서야 쓰나.”

나는 그가 의성 고향 동창들의 기대주임을 일깨워주었다. 한편 성적이나 개인 사정보다 독재정권 폭력을 의학 공부의 걸림돌로 꼽은 점도 조성우 고민의 일면을 보여준 것 같아 안타까웠다.

“해부학도 돌파했는데 꿋꿋하게 버텨나가야제.”

나는 해부학에 힘을 주어 말했다.

“아이고, 말도 마이소. 그때만 생각하모 시방도 낯짝이 화끈화끈 한다 아잉교.”

조성우가 겸연쩍은 웃음을 흘렸다. 본과에 올라와 학생들의 관심 대상 일호가 된 인물이 조성우였다. 해부학 첫 시간이었다. 본과 진급을 지옥 입장으로 받아들인 학생들은 하나같이 찌푸린 낯으로 긴장해 있었다. 전해 내려오는 해부학 교실 분위기는 믿기지 않을 만큼 끔찍스러웠다. 선배들이 부풀린 탓도 있지만 푸줏간 칼잡이 노릇은 양반이라고 했다. 그러니 해부학 장욱진 교수가 학생들에게 저승사자로 비쳤음은 당연했다. 학생들의 생사여탈권을 쥐고 있는 장 교수가 학생들을 죽 둘러보며 말했다.

"예과를 무사히 마치고 본과에 진급한 걸 축하한다. 다들 의대 구경은 잘했나? 자네들 눈에 의대가 우예 비쳤는지 궁금한데, 의대 분위기가 우떴노?"

강의실은 잠잠했다. 누구 하나 손을 든 학생이 없었다. 장욱진 교수는 악명 높은 해부학에 지레 겁먹은 학생들을 달랠 심사로 말을 꺼낸 것이었다. 침묵이 흐르는 강의실에서 누군가 손을 번쩍 들었다. 조성우였다. 그는 일어서서 말했다.

"아시는지 모리겠지만 고대에 군 장갑차가 학생들을 쪼까내고 주둔했심니더. 학생들을 개맨키로 주패고 군홧발로 내치뿟다 아입니꺼. 어느 시인은 시를 발표했다고 반국가사범으로 구속당했심니더. 시방 우리가 있는 이 해부학 교실도 그거하고 다르지 않다고 봅니더. 교수는 학생들의 인격과 지성을 존중해야 합니더. 학생은 교수의 노리개가 아입니더."

학생들의 눈이 조성우에게 쏠렸고, 강의실은 순식간에 웅성거렸다. 장욱진 교수는 어이쿠야, 하면서 어처구니가 없다는 듯 자신의 이마를 쳤다. 나는 조성우를 유심히 보았다. 그는 떨고 있었다.

"그때 먼 배짱으로 그캤노?"

나는 짐짓 심드렁하니 물었다. 오래전부터 궁금했던 바였다. 의성 촌놈티를 드러냈다고 하기에는 과감한 발언이었다. 우와! 우러러보는 건지 비웃는 건지 모를 탄성이 강의실에 울려 퍼진 것만 봐도, 조성우의 호소가 학생들에게 불러일으킨 충격이 만만치 않음을 알 수 있었다.

"의성 촌놈 아이랄까바, 순박했제. 무식하모 용감하다고, 권위적인 해부학 교실이 몬마땅해서 그걸 지적하고 시펐꾸마 엉뚱하게 빗나가뿟지예. 억수로 속이 부글부글 끓고 있었다 아잉교. 대한민국은 정상적인 국가가 아이다, 민주적인 통치가 아이다, 국민을 줘 이뿌자고 작정하지 않고서는 이칼 수가 읎다, 기특한 생각이 들었다 아입니꺼. 대학에 장갑차 주둔시키고 시인을 투옥하는 놈들에게 억수로 쑹이 나는 기라예. 나매로 독재정권에 분노하는 사람들이 많았으모 좋겠다 카는 생각도 들고, 공부만 할 끼 아이라 내도 나서야 되는 기 아잉가 하는 의협심이 뜨겁게 발동한 기라. 그걸 해부학 교수가 건드렀다 아입니꺼. 장욱진 교수하고 내가 가리킨 방향은 전혀 달랐지만 말입니더."

현실 세계에 눈뜨는 스무 살 청년의 고백이 내 귀에 와닿았다. 독재정권 만행이 순박한 청년의 눈에 어찌 비쳤는지, 그 때문에 변화를 겪은 청년의 의식 세계를, 조성우는 자신의 말마따나 순박하게 토로하고 있었다. 아무도 밟지 않은 순백의 눈이 내린 오솔길이 타살당한 짐승의 피로 더럽혀진 느낌이랄까. 나는 적잖이 감동했다. 그리고 또 하나. 해부학 교실을 끌어들였지만 의대를 날카롭게 꼬

집은 그의 지적은 옳았다. 나는 조성우가 의대 풍토에 대해 그토록 불만을 가지고 있는 줄은 몰랐다. 의대는 교수와 학생 사이가 봉건시대 주종 관계를 연상시킬 만큼 퇴행적이었다. 교수가 학생들을 중고생 다루듯 하는 데는 반감이 절로 우러났다. 해부학만 해도 성적표를 교수 연구실 창밖에 붙여놓곤 했다. 대학에서 성적을 공개한다는 사실에 나는 기가 막혔다. 성적이 나쁜 친구들은 벽에 걸린 성적표를 찢으며 의대가 중고등학교냐고 화를 냈다. 심지어 낙제 점수를 받은 학생에게는 부모님을 모시고 오라는 교수도 있었다.

"우야꼬, 까묵을 뻔했네. 장욱진 교수를 우연히 봤는데, 세이 소식을 묻더라고. 몸조심하라카던데예. 어데서 무신 소리를 들었는지 몰라도 내도 놀랐다 아입니꺼."

조성우가 근심스레 말했다.

"장 교수가?"

나는 곰곰이 생각했다. 장욱진 교수가 안다면 학교에서도 상황 파악을 하고 있다는 건가? 경찰이 학교에까지 손을 뻗쳤나? 거기까지는 생각해보지 못했다. 편지 사건과 연관되지 않았다면 장욱진 교수가 그리 말할 리 없었다. 경찰 수사가 어느 선까지 진행됐는지 감이 잡혔다. 해부학 장욱진 교수는 내가 의대에서 가장 존경하는 스승이었다. 그가 마음을 써주었다니 고마웠다. 장욱진 교수가 등장하고 보니 조성우와 나 사이에 말은 안 했지만 편지 사건이라는 공감대가 형성됐음을 알아차릴 수 있었다. 편지 사건이라고 꼬집어 말하지는 않았지만 시나브로 우리 둘은 그 사건을 중심으로 이야기를 펼치고 있는 셈이었다. 더 이상 편지 사건을 숨긴다는 것도 부질없어 보였다. 그렇더라도 경찰이 나를 범인으로 단정했는지, 특별사면은 어떻게 되는지를 따져보고 나서야 편지 사건 전모를 털어놓아야 했다. 나는 이쯤에서 고교 졸업 앨범을 끄집어내야 하리라 판단했다. 말은 하지 않았지만 조성우는 그 점을 가장 궁금히 여기고 있을 것이었다. 나는 조성우 얼굴을 보며 말했다.

"고교 졸업 앨범 때문에 맘고생이 억수로 많을 줄로 안다. 이거 하나만 알아둬라. 자네한테 피해 안 가도록 할 끼다. 내 약속한다."

나와 조성우는 조성우의 의성중학 동창이 형님과 일하는 비산동 국수 공장(이라기보다는 국수 기계에 온 식구가 달라붙어 일하는 가내수공업형 국수 뽑는 집)으로 거처를 옮겼다. 옮긴 지 이틀째 되는 날이었다.

"고3짜리가 너무 팍삭 삭은 기 아인가 몰라."

교복을 건네주며 조성우가 느물느물 웃었다. 내가 부탁했던 경북고 교복과 모자였다. 수고했다고 인사치레를 하자, 조성우는 교복을 구해온 건 성순식이니 그 친구한테 고마워하라고 귀띔해주었다. 성순식이라면 경북고 후배이자 예과 이학년인 후배였다. 내가 학보사 기자 시험을 보라고 권했던 친구이니 조성우 눈에도 들었을 것이었다. 조성우와 성순식이라면 배짱도 맞고 세상 보는 눈도 공감하는 점이 많으리라. 둘이 교복을 조달해줄 수 있을 정도로 통하는 사이라면 서로가 든든한 동지를 얻은 셈이었다.

교복으로 갈아입은 나는, 흰 띠 세 줄로 테를 두른 모자를 쓰고 거울 앞에 섰다. 시내로 들어가 경북고 동문이건 한문회 회원이건 지인들을 만나볼 참이었다. 고교생으로 철저히 변장한답시고 이발소에서 머리도 짧게 깎았다. 조성우 말마따나 나이 들어 보이는 누르께한 얼굴은 안경으로 가리면 그만이었다. 척 봐도 이만하면 고등학생으로 손색이 없었다. 스물넷에 고등학생으로 돌아간 기분을 맛보는 것도 아무나 얻을 수 있는 행운이 아니었다.

"한 가지만 물어보입시더. 그거 와 보냈능교?"

조성우가 내 등 뒤에 섰다.

"그거라이?"

옷매무새를 가다듬으며 나는 거울에 비친 그에게 반문했다.

"인자 숨길 거 없다 아잉교. 편지 말입니더."

"편지라, 알고 있었나?"

나는 편하게 받았다. 다만 편지 사건 후폭풍에 그가 말려들지 않기를 바랄 뿐이었다.

"경찰이 흘린 것 같습니더. 장욱진 교수 귀에도 들어갔으이, 알만한 사람은 다 안다고 바야겠지예."

"서인석 때문이다."

나는 답했다. 하모, 그캤구나. 혼잣말을 한 조성우가 고개를 주억거렸다. 내 행동에 공감한다는 뜻일까. 내가 왜 편지를 보냈는지 그는 무척 고심했던 모양이었다. 털어놓고 나니 후련했다. 거울에 담긴 경북고생 하진무도 한결 보기 좋았다.

고등학생으로 변장하면서 가장 염두에 둔 인물이 오인희였다. 막다른 골목으로 쫓기는 날까지 저항하자는 것도 오인희를 생각해서였다. 일상에서 벌어지는 일에서도 버릇해왔지만 나는 중요한 결단을 내려야 할 순간이면 늘 오인희를 떠올렸다. 내가 이 일을 했을 때 오인희에게 어떤 인간으로 비칠까 하는 점을 판단의 지렛대로 삼았다. 나는 그녀에게 최선을 다하는 인간이고 싶었다. 그녀의 애인으로서, 약혼 여행 동반자로서, 위안이 되는 존재로서, 독재정권에서 생존하는 데 필요한 버팀목으로서, 서로의 영혼을 공감하는 남녀로서, 최고의 남자가 되고 싶었다. 서인석을 보고 결단한 편지 사건만 해도 그랬다. 그를 모른 척한다면 나는 서인석의 진정한 친구가 아니었다. 내 인생에 흠집이 날 수 있음을 왜 내가 생각지 않았겠는가. 서인석의 파괴된 인생을 눈감아버리라고 내 양심이 흔들릴 때 어김없이 나타난 얼굴이 오인희였다. 그녀는, 인석 씨를 외면하모 우야노?라고 나에게 묻지 않았다. 그저 조바심 내는 나를 바라만 볼 뿐이었다. 뒤뚱거리던 내 양심은 균형을 잡았고, 나는 부끄럽지 않은 친구가 될 수 있었다. 나는 영원히 오인희의 사내여야 했다. 오인희의 남자로 독재정권 치하를 비겁하지 않게 살기란 얼마나 버겁던지! 내가 의식했든 못 했든, 대학에 들어와 교련 반대 데모부터 총학생회장 선거, 유신헌법 철폐 선언문을 쓰기에 이르기까지 나를 움직인 건 오인희라고 해도 지나치지 않다. 그녀 앞에서 떳떳하게 얼굴을 들려면 나는 좀스런 삶을 살아서는 안 되었다. 오인희에게 직접 말한 적은 없다. 오인희 그대에게 부끄럽지 않은 사내가 되려고 몸부림치고 있노라고. 그녀가 내 의지를 알아주지 않아도 상관없었다. 누군가를 위해 내 삶을 오롯이 바칠 수 있다면 나는 그것으로 만족한다. 내 삶의 나침반이 되는 여자가 있다는 것, 내가 살아 있음을 일깨워주는 인간이 존재한다는 것만으로 내 삶은 벅찬 감동으로 피가 끓는다.

만경관극장 앞에서 내린 나는 여전히 오인희 생각에 붙들려 있었다. 삼덕동 골목을 그녀와 걸으며 속삭이리라. 춥다고 앙탈을 부리면 고전음악 감상실 '하이마트'로 데려가리라. 연탄난로 열기로 훈훈한 실내에서 브람스의 '바이올린 협주곡'을 듣노라면 용기를 낼 수 있을지도 몰랐다. 광화문 포인트다방에서 그녀가 따졌던 물음에 대해 나는 답변을 하리라. 그래, 기왕 용기를 낸 김에 오늘이라도 오인희에게 털어놓을까. 특별사면령이 내리면 경찰에 자수할 거라고. 서인석이 사실은 암벽 타다 다친 게 아니고 고문을 당해서 하반신 마비가 되었노라고. 그래서 고문을 자행하는 파쇼정권을 몰아내자고 전국 대학생들을 선동하는 편지를 보냈노라고. 인희야 알아둬. 나는, 경찰에 자수를 하거나 체포될 거야. 그건 곧 내가 강기복 선배처럼 구속되는 거야. 재판을 받을지도 몰라. 아니 당연히 재판을 받겠지. 그리되면 의대를 계속 다닐 수 있을지 어떨지 모르겠고, 학교에서 어떤 처벌을 받을지 모르겠고, 퇴학을 당할지 정학을 당할지…. 그러면 우리가 설계했던 인생은… 너무 앞서 나아가나? 그녀의 오해를 풀어주자면 언젠가 한번은 겪어야 하지 않겠나. 지금 내가 무슨 생각을 하고 있나. 오인희와 하이마트에서 커피를 홀짝이며 브람스 협주곡에 젖어 있을 때가 아니다. 나는 도망자다. 경찰에 안 잡히려고 도망 중이다. 그것도 고등학생으로 변장을 하고서 말이다. 나는 오인희 생각을 떨쳐버리고 도망자 신세임을 명확히 했다. 고등학생으로 변장한 건 한문회 회원들을 만나기 위해서지 오인희에게 우스운 꼴을 보여주자는 게 아니다. 국문과 성 형, 철학과 권 형 중에서 누구를 먼저 찾을까. 총학생회 임원들과 바닷가로 수련회를 갔을 때 논쟁이 붙자 성질을 못 참고 바다로 뛰어든 전자공학과 오 형은 어떤가. 곧장 뒤따라 들어가 허우적대는 그를 건져낸 덕에 무척 친해졌는데…. 국문과 성 형 집이 대명동이었던가. 그와 무슨 일론가 계명대학 도서관 앞에서 만난 적도 있었다. 철학과 권 형은 계산동에서 자취했던가. 그와도 계산동성당 마당 벤치에서 대화를 나눈 적이 있었다. 전자공학과 오 형은 안동 출신이라고 했던가. 안동 집으로 돌아갔을까. 아니면 대구 시내 친구들 집을 전전할까. 총학생회 선거전이 한창일 때 그와 신암동 왕거리 빵집에서 정견 발표문 초안을 두고 입씨름을 벌인 적이 있었다. 그는 공대생답지 않게 제3세계 경제론이나 수정자본주의에 대해 해박한 지식을 자랑했다. 한문회 회원들 중에서 누구를 만나야 경찰 수사 상황을 탐지할 수 있을까.

한문회 회원들을 만나지 못했다. 한문회 회원들 대신 나를 찾아온 건 어릴 때 우리 집에서 식모살이를 하다가 어머니가 시집을 보낸 외가로 먼 친척인 옥자 누나였다. 결혼해 잘 사는 줄 알았던 그 누나가 양복점이 즐비한 종로 가장자리에서 간장을 가득 실은 손수레를 끌며 가고 있었다. 국민학교 때 내 도시락을 챙겨주었던 옥자 누나를 나는 외면하지 못했다. 내 처지는 접어둔 채 나는 오후 내내 대구 시내를 돌며 간장을 배달했다. 간장 실은 손수레와 한 몸이 된 나는 시나브로 경찰과 한문회 회원들을 잊어갔다.

경북고 시절 효성여대를 돌아오는 마라톤을 할 때 지나치던 풍경도 눈에 안 들어오고 잡념도 사라지는 순간과 엇비슷하달까. 학교에서 출발한 지 이십여 분이 지나면 무의식의 세계에 빠져들어 고통도 잊은 채 앞만 보며 달렸다. 장난치거나 소리 지르는 친구들의 왁자지껄한 소음이 차츰 잦아들고 콧김만 내뿜으며 기계가 작동하듯 팔다리를 움직인다. 반환점인 효성여대 앞을 지날 때면, 와 하고 여대생들을 향해 내지르는 함성에 무의식의 순간이 깨지기도 했다. 그러다 또 달리다 보면 지나가는 친구들도 논바닥도 동네도 영화필름처럼 흘러간다. 편지 사건이 벌어진 뒤로 무엇엔가 몰입한 적이 있었던가. 특히 육체노동은 전혀 없었다. 경찰 수사망을 빠져나가는 데만 머리를 굴렸지 삽을 들고 얼어붙은 땅일망정 곡괭이질 한번 안 해보았다. 잡화점을 하는 아버지는 겨울이면 연탄도 팔았다. 한가한 틈을 내어 연탄 배달이라도 할라치면 아버지는 기겁했다. 쓸데없는 짓거리하지 말고 공부나 하라고. 우리 형제는 어려서부터 가게 근처에는 얼씬도 하지 마라는 아버지 엄명을 어긴 적이 없었다.

간장병 손수레 끄는 일이 고문 공포를 앗아갔다. 물론 힘은 들었다. 옥자 누나가 이 많은 간장을 배달한다고 생각하니 가슴이 아팠다. 영하 십도를 밑도는 강추위에도 손수레를 끌고 시내를 돌아다니니 이마에 땀이 맺혔다. 교복을 입은 채 손수레를 끌었음에도 신기하게 아는 사람을 만나지 못했다. 종로에서 교동시장으로 갔다가 다시 대안동을 돌아 동성로로 돌아오도록 누구 하나 나를 알아보는 사람이 없었다. 행인들이 이따금 수레를 끄는 나를 힐끔댔는데 가난한 고학생이려니 여기는 눈치였다. 오인희 얼굴만 나를 구원할 줄 알았는데 간장 배달 손수레가 위안이 될 줄은 몰랐다. 한문회 회원들을 못 만났는데도 걱정이 안 되었다.

오늘 내 운명은 경찰 수사를 잊고 간장 배달임을 묵묵히 받아들였다. 다리가 쑤시고 어깨가 뻐근했지만 기분은 날아갈 듯 좋았다. 굳은 근육이 풀어지는 나른함이랄까, 헝클어졌던 머릿속이 말갛게 씻겨 나가는 느낌이 몸은 고단해도 상쾌했다. 식당 문을 열고 드나들기를 얼마나 했을까. 그 많던 간장병이 바닥을 드러내고 있었다.

옥자 누나는 연신 이제라도 그만두라고 채근했지만 나는 까닭 모를 쾌감을 안겨준 손수레를 놓을 수 없었다. 옥자 누나와 실랑이를 해가며 간장병이 두어 병만 남았을 때 손수레는 어느덧 남일동 골목으로 접어들고 있었다. 제일극장 뒷골목이었다. 목욕탕, 장판·도배 가게, 약국 그리고 전파사가 있었고, 나는 옥자 누나가 시키는 대로 전파사와 나란한 추어탕집 앞에서 손수레를 멈추었다. 오인희 집이 있는 골목이 빤히 보였다.

전파사에서는 라디오 방송이 흘러나오고 있었다. 옥자 누나가 간장병을 들고 추어탕집으로 들어가자 나는 나도 모르게 골목으로 걸어갔고, 파란 대문 앞에 섰다. 박영길을 소리쳐 부를까? 나는 대문에 손을 댔다. 한복판에 있는 둥근 쇠고리를 잡고 흔들어댈까, 나무 대문이 부서지도록 두 손으로 문짝을 움켜쥐고 흔들어댈까. 나는 오인희 방 창문가에 섰다. 저 창문을 열면 언제라도 내 심장을 뛰게 만드는 오인희가 있다! 유리창을 손가락으로 두드릴까. 나는 창문을 향해 손을 들었다가 맥없이 내렸다. 여기서 오인희를 불러내서는 안 된다. 고등학생 교복을 입은 내 꼴을 본다면 그녀는 기가 막혀할 것이다. 도대체 무슨 짓을 저질렀기에 이제는 고등학생 교복을 입고 돌아다니냐고 발을 동동 구를 것이다. 오인희를 아프게 해서는 안 된다. 그녀를 근심에 빠지게 해서는 안 된다. 도피자 신세는 오롯이 나 혼자 감당해야 한다.

그때 저만치 길에서 진무야, 하는 소리가 들렸다. 추어탕집 앞에서 옥자 누나가 나를 부르고 있었다. 파란 대문을 등진 나는 오인희 집이 있는 골목을 빠져나갔다. 옥자 누나는 어디에 갔었냐며, 이제 한 집만 돌면 다 끝난다고 추어탕집에서 얻어온 보리차를 내게 건넸다. 찻잔을 받아든 내게 오인희 집 파란 대문이 눈에 어른댔다. 당장이라도 오인희가 대문을 열고 뛰쳐나올 것만 같았다. 아니, 그녀가 쓰레기를 버리려고 대문을 활짝 열고 나왔으면 싶었다. 고등학생 교복을 입은 나를 보고 혀를 차도 상관없었다. 간장병 손수레를 끄는 나를 보고 깜짝 놀라도 아무렇지 않게 그녀에게 웃음을 보낼 수 있었다. 손수레에 기대 보리차를 마시면서 파란 대문을 하염없이 바라보는데 유행가를 내보내던 전파사 스피커가 갑자기 끊기더니 긴급뉴스를 전한다는 아나운서의 목소리가 귀를 파고들었다. 스피커에서는 계속해서 중대 발표가 있겠다는 쇳소리가 터졌고, 내 신경은 온통 그리로 쏠렸다.

"학생 데모로… 구속자를 석방한다. 법질서를 어지럽히고 도피중인 수배자도 이번 기회에 자수하면 처벌하지 않겠다…."

특별사면을 알리는 카랑카랑한 박정희 목소리였다.

"과오를 청산하고 유신 과업을 완수하는 데 참여할 수 있는 기회를 누구에게나 주겠다…."

6

"내일 경찰에 자수하기로 했다."

나는 어렵사리 입을 열었다. 막상 자수를 통고하자 김수명과 박영길에게 면목이 없긴 했다. 두 친구는 마른하늘에 날벼락을 맞은 심정일 것이다. 친구들을 겨냥한 내 행동이 스스로도 역겨웠던 것일까. 중고 시절과 대학생이 되도록 한차례도 겪지 않았던 단절감이 그들과 나 사이를 파고들었음을 나는 알았다. 자네, 지금 무슨 소리하는 건가? 하는 표정으로 두 친구가 어처구니없다는 듯 나를 멍하니 바라보았다. 두 친구는 당장 반문할 것이다. 난데없이 등사기를 들고 와서 궐기문을 등사하자더니 이참에는 자수하자고? 아무런 사전 논의도 없이 우정을 빙자해 일을 벌일 땐 언제고, 빌어먹을 자수라니! 나는 박영길과 김수명이 그렇게 따지고 있으리라 여겼다. 미간을 찌푸린 두 사람의 표정에서 그걸 읽을 수 있었다.

"장욱진 교수님하고 통화했다."

국화차를 한 모금 마신 나는 얼른 지도교수인 장욱진 교수를 구원투수로 내세웠다. 두 친구를 수렁으로 떠밀고 있다는 강박에 나는 휘둘리고 있었다. 오늘 갈까, 내일로 할까, 남부경찰서에 제 발로 걸어가는 날을 꼽느라 머리가 터질 지경인 어제 오후에, 장욱진 교수가 전화를 걸어왔다. 장욱진 교수는 말했다. 경찰에서는 편지 사건 주범으로 하진무를 지목했고, 증거물도 확보했노라고. 대학 당국은 학생 보호 차원에서 경찰과 논의한 결과 나를 자수시키기로 결정했음을 장욱진 교수는 알려주었다.

나는 솔직히 장 교수의 전화가 반가웠다. 내 고민을 한순간에 날려주었다고나 할까. 그러나 나는 내색하지 않았고, 묵묵히 듣기만 했다. 장욱진 교수는 내 의향을 물었다. 그의 말투로 보아 장욱진 교수도 경찰 수사 결과를 인정하는 눈치였다. 아, 장 교수가 나를 편지 사건 주범으로 단정 짓고 있구나. 그가 경찰과 학교 당국의 발표를 믿는다면 나의 도피 생활은 막을 내릴 때가 온 것이었다. 나는 전국대학총학생회 회장들에게 편지를 보냈음을 순순히 털어놓았다. 그리고 침통한 목소리로 마지못해 받아들이듯, 학교 당국 결정에 따르겠노라고 답했다. 도리어 전화를 걸어준 장욱진 교수가 고마웠고, 나는 안도했다. 기왕 나서준 장 교수에게 박영길과 김수명의 처분도 맡겼다. 나는 두 친구와 함께 출두하겠다고 덤덤히 밝혔다.

그 친구들도? 장욱진 교수는 적이 놀라워했다. 그는 두 친구가 연루됐는지는(하긴, 장 교수가 알 턱이 없었다) 몰랐던 모양이었다. 나는 잠깐 아차 싶었다가 밀어붙였다. 박영길과 김수명이 등사 작업에 동참했음을 얘기했고, 장욱진 교수도 그럼 어쩔 수 없지,라고 두 친구와 함께 나오라고 말했다. 진작 자수를 결심한 나로서는 경찰 조사에 순순히 응하리라 결심한 바였다. 행적 조사를 받다 보면 박영길과 김수명의 이름이 나올 게 틀림없었다. 나중에 사건을 키워 두 친구를 곤경에 밀어 넣기보다는 한꺼번에 마무리 짓는 게 여러모로 좋았다. 두 친구를 도매금으로 넘기는 듯한 부담이 없지 않았으나 후환을 없애자면 동반 자수를 강행하는 수밖에 없었다.

"말하자모 우리가 보낸 편지는 우체국 검열에서 걸린 기다. 경찰은 우리(라고 말하려니 목에 가시가 걸린 것처럼 편치가 않다)가 한 짓으로 파악했고. 학교 당국과 협의해서 자수를 권유한 기고."

나는 미리 준비한 문안을 읽듯 술술 말하고 있었다. 이런 사태를 예견했다는 듯 나는 차분했다. 스스로도 설명하면서 놀라웠다. 고문 공포에 떨던 하진무는 가뭇없이 사라지고 타인의 행적을 예단하듯 막힘이 없었다. 내 의도와는 상관없이 공격적으로 변하는 나를 보면서 두 친구에게 무슨 짓을 저지르고 있는가 하는 까닭 모를 두려움이 솟구쳤지만 멈출 수가 없었다. 나는 두 친구가 받을 충격 따윈 아랑곳하지 않았다. 내 입에서는 쇠침을 꽂은 말들이 쏟아져 나왔다.

"내 짐작이긴 해도, 경찰에 출두하는 한 가볍게 넘어가뿔 사안은 아이지 싶다. 경찰 조사를 받고, 재판을 받을지, 감옥에 갈지, 잘못되모 학교를 몬 댕길 수도 있을 끼고….”

나는 단단히 각오를 해야 한다고 못을 박으려다 말끝을 흐렸다. 내 혀는 학생운동 근처에는 얼씬도 하지 않은 박영길과 김수명을 생각지 못하는 걸까. 내 말이 두 친구의 심장에 박혀 어떤 부작용을 일으킬지 어째서 섬세하게 따져보지 못할까. 마치 해골을 그려 넣은 출입 금지 경고문을 일러주듯 그들에게 통고하고 있지 않나. 두 친구에게 경찰이 편지 사건을 심각하게 받아들이고 있음을 일깨워주려고 했었다면 변명 축에도 못 끼는 걸까. 두 친구에게 겁을 줄 생각은 털끝만큼도 없었다. 오히려 경찰에 출두하는, 일찍이 겪어보지 못한 사태에 대처하자면 무리를 해서라도 박영길과 김수명을 닦달해야만 했다. 의대라는 보호막에 길들여진 그들이 경찰 조사라는 창끝에 찔리더라도 피를 최소한으로 흘리자면 편지 사건이 얼마나 엄중한 사태인지 깨달아야 했다. 그래야 경찰 조사를 잘 받을 게 아닌가. 고문 공포를 달고 살았던 내가 두 친구 걱정까지 하다니, 나는 속으로 웃었고, 그럴수록 박영길과 김수명에게 더욱 냉정해져야겠다고 생각했다.

의대를 중도 하차한다는 건 우리 모두에게 사형선고나 다름없었다. 의대에서 퇴출되면 당장 군대에 끌려가야 할 것이고, 재입학은 기약 없고, 다시 대학 입학 시험을 봐서 대학을 간다는 건 생각하기조차 끔찍했다. 경북대 의대생이라는 신분은 얼마나 안락했던가.

그 대표적인 사례를 하나 들라면, 술 먹고 야간 통행금지를 위반했을 때 경북대 의대생은 특별 대접을 받았다. 술 먹은 날은 경대 의대 배지를 어김없이 달았는데, 취해서 길가에 쓰러져 있다 걸리면 경북대 의대생입니더, 한마디에 순경이 파출소까지 업어다 주었다. 통행금지를 위반해도 경북대 의대생은 피해를 입지 않았다. 다른 위반자들은 한뎃잠을 자더라도 경대 의대생은 숙직실에서 자도록 해주었다. 취기가 가시면 통행금지 시간에도 경북대 의대생은 통행 허가 도장을 찍어준 것은 물론이고…. 뭇사람들의 선망하는 눈길, 동창들을 소시민으로 이끄는 의사로서 안정된 삶, 무엇보다 오인희와 한평생을 살려면 나는 의대를 포기해서는 안 되었다. 의대생 신분을 잃는다는 건 내 청춘의 종말을 고함을 뜻했다. 냉정히 따져 편지 사건의 대가를 치른다고 치자. 운이 나쁘면 감옥에서 만만찮은 세월을 날려버릴지도 몰랐다.

공소기각으로 풀려난 강기복은, 특별사면령도 내렸고 의대생이고 하니 엄한 처벌은 없으리라 장담했지만, 경찰 수사가 어디로 튈지 누가 알겠는가. 강기복을 다시 만난 것은 구속자 석방 환영 모임이 열렸던 참피온 탁구장에서였다. 강기복은 편지 사건을 알고 있었다. 강기복은 경찰에서도 내 이름을 불지 않았다. 나와 약속한 대로 그는 선언문 집필자를 자처했다. 그 부채감은 내가 평생 짊어지고 가야 할지도 몰랐다. 서인석 사고 소식을 전해준 나는 그의 몸 상태를 염려했다. 강기복은 시골에 내려가 며칠 푹 쉬고 오면 괜찮을 거라고 오히려 경찰 조사를 받으려면 마음 독하게 먹어야 한다고 나를 걱정했다. 내가 투쟁선언문을 입에 올리자, 강기복은 즉시 내 입을 막았다. "그 얘기는 입 밖에 내지 마라 카이. 내도 몬 들은 걸로 할 테이까. 우리 사이에도 영원히 없었던 일이다 알았나?"

그 강기복이 서인석 사고 소식에 이대로 주저앉아서는 친구에 대한 예의가 아니라고, 몸만 추스르면 박정희 타도 투쟁에 곧장 나설 거라고, 내년 신학기 투쟁을 예고하며 내 자리도 마련해놓을 테니, 조사 잘 받고 나오라고 나를 격려했다.

"독재정권 폭정에 항의해서 편지 쪼매 보낸 기 머가 잘못됐다는 기가?"

박영길이 무심코 중얼거렸다. 나는 내 귀를 의심했다. 편지 좀 보낸 거라니? 그는 박정희가 유신헌법으로 국민을 탄압하는 걸 애들 장난으로 여기는 걸까. 고문으로 하반신이 마비된 서인석을 직접 눈으로 봐야 독재정권의 폭력을 실감하겠다는 건가. 우리에게 닥친 현실을 제대로 보라고 정말로 영길의 뺨을 후려쳐야 하는 걸까. 그래야 우리가 처한 난국을 이해할까. 막막했다. 독재정권의 실상에 대해 박영길이 저 정도로 인식하고 있다면 경찰 조사는 소풍 가는 것으로 여길 게 아닌가. 박영길은 찌푸린 낯으로 말했다.

"서인석을 빙신으로 맹근 놈들이 나쁜 놈들 아이가. 저그들이 정치를 잘했으모 우리 같은 의대생이 와 나서겠노."

나는 박영길을 빤히 쳐다보았다. 내가 아는 의대생 박영길이 맞나? 아니지, 저 말투는 투정 부리는 국민학생이 아닌가. 사탕을 사 준다고 해놓고 왜 약속을 안 지키냐고, 입술을 내밀며 심통 부리는 아이와 다를 게 무언가. 편지 사건으로 경찰에 자수하러 가는 게 무엇을 뜻하는지 박영길은 알아채지 못하는 걸까. 자수를 한다지만 경찰에서 조사받고 재판으로 이어지면 의대생 신분을 잃을지도 모른다는 내 설명을 농담으로 들었던 걸까. 박영길은 내 의중을 아는지 모르는지 사뭇 항변조로 나왔다.

"유신헌법은 박정희가 죽을 때까지 대통령을 해 처묵겠다는 거 아이가. 혼자 북 치고 장구 치는 기 어데 독재국가제 민주국가가. 미니스커트 몬 입게 할라꼬 가스나들 치마 길이를 자로 재는 나라가 세상천지에 어데 있노? 장발 단속으로 머리도 맘대로 몬 기른다 아이가. 미풍양속을 해친다고 야유회 가는 청년들 기타를 빼앗지 않나…. 이기 경찰국가제 민주국가가. 사회정의가 무너지모 젊은 학생들이 일나는 기 당연한 거 아이가. 민족과 국가를 위해서 정의로운 행동에 나서는 기 학생의 본분이다."

박영길의 항변이 절정으로 치닫고 있었다. 민족과 국가를 위한 정의로운 행동이라니. 귀에 거슬리는 건 둘째 치고 어디서 많이 듣던 풍월이 아닌가. 구구절절 교과서에나 있을 법한 내용을 읊어대던 박영길이 후련하게 말했다.

"편지 검열이라 캤나? 고문이라 캤고? 그기는 민주주의국가에서는 있을 수 없는 일이제. 유신헌법이 악법이라는 건 지나가는 개도 알 끼다. 불의가 판치는 세상을 옳키 뜯어고치 뿌자는 건 정당한 행동이라."

내 귀가 잘못된 건가. 내 청각 기능에 문제가 있지 않고서는 들을 수 없는 얘기를 나는 귓구멍에 우겨 넣고 있었다. 의대생 박영길 입에서 유신헌법을 비난하는 목소리를 듣다니. 궐기문 등사 작업이 우리 우정을 밑거름으로 한 '놀이'의 마지막이 될지도 모른다는 생각이 불현듯 들었다. 오늘 만남은 내 예감이 현실이 됨을 확인하는 자리일 것이고. 중고 시절부터 의대에 이르도록 다져온 우리 우정이 저물고 있음을 나는 느꼈다. 독재정권은 우리를 썩어 문드러진 호박 덩이로 만든 것도 성에 안 차 거름 더미에 보기 좋게 처박아버린 것이었다. 의대에서 쫓겨날 수 있다는 내 말에 박영길이 반발해서만은 아니라는 걸 나는 알았다. 그가 진심으로 정의를 사수하기 위해 항변한 것이 아니라는 것도 분명했다. 정의로운 행동에 나서는 게 학생의 본분이라고? 경북고 시절 선생들과 선배들에게 귀에 못이 박히도록 들었던 말이었다. 너희는 최고 인재다, 여러분이 빈곤한 이 사회를 구해야 한다, 친구들을 위해 희생할 줄 알아야 한다, 중고 시절 우리 귀에 새겼던 아름다운 삶이었다. 개교 50주년 기념행사는 특히 인상 깊었다. 축하 연사로 참석한 공화당 대표는 경북고가 대한민국의 '이튼스쿨'이 되어야 한다고 후배들을 격려했다. 자부심에 도취된 고교생들이 선민의식에 사로잡힌 건 당연했다. 그 강연장에서 공화당 대표에게 열렬한 박수를 보낸 경북고생 하나를 골라낸다면 그 학생은 의대생 박영길과 한 치도 다르지 않을 것이었다.

"모든 건 내가 책임진다."

나는 단호하게 말했다. 박영길에게 면박을 준다면 우리 우정은 단칼에 파탄 나는 것이었다. 조각조각 깨지는 우정을 건사하자고, 자칫 서로의 얼굴에 똥물을 퍼붓는 사태가 벌어질지도 모른다는 불안감에, 나는 앞뒤 재지 않고 말했다. 그리고 두 친구와 함께 작업한 것을 계속해서 후회했다간 내가 견딜 수 없을 것 같았다. 나는 오늘 핵심어인 자수 쪽으로 다시 방향을 틀었다. 자수하자고 친구들을 설득하려는 자리임을 거듭 생각했고, 그것에 초점을 맞춰 얘기하자고 스스로를 독려했다.

"박통 특별사면 소식은 들었을 끼고, 담화문 발표한 것도 바서 잘 알 끼다. 그캐서 말인데…."

"잠깐, 잠깐. 멀 책임지겠다는 기고?"

묵묵히 듣고만 있던 김수명이 내 말허리를 자르고 나섰다. 책임지다니? 나는 수명을 쳐다보았다. 비로소 내가 뱉은 책임이란 단어를 중얼거려보았다. 우발적으로 일을 추진했듯 그 처리 과정도 삐걱대고 있음을 나는 느꼈다. 내 앞가림도 못 하는 인간이 두 친구의 인생을 책임지겠다고? 나는 책임질 수 없다. 친구들의 운명을 결정할 힘이 내게 있다는 착각을 하다니, 가소롭기 짝이 없었다. 두 친구의 운명을 쥐락펴락한 내 혀를 잘라버리고 싶었다. 경찰 조사 과정에서 발생할 두 사람의 혐의를 덜어주자고 악착을 떨었던 걸까.

원래 생각해두었던 바는 따로 있었다. 우리가 했던 일만 사실 그대로 경찰에서 진술하라고 두 친구에게 말하려고 했었다. 그것만이 두 친구를 위험에 빠뜨린 내가 마련할 수 있는 최선책이었다. 자수 문제로 골머리를 싸매도 시원찮을 판에 책임 문제를 운운하고 있으니 갈팡질팡하는 우리의 미래를 보는 듯해 마음이 무거웠다. 경찰 조사 과정에서 내게 미칠 손익은 따져보았지만 친구들에 대해서는 고뇌하지 않은 게 사실이었다. 김수명이 질문을 던지고서야 나는 허둥대며 두 친구를 진지하게 돌아보게 되었다. 동반 자수를 권유하면서도 나는 박영길과 김수명을 진정한 동반자로 여겼던가. 유신헌법 철폐 투쟁선언문을 쓴 것은 강기복을 위험을 감수할 수 있는 동반자로 여겼기에 가능했던 일이었다. 그 정도 애정이 없다면 감옥행을 각오해야 할 선언문을 쓰지 못했을 것이다. 여기서 묻자. 과연 편지 사건을 계획하면서 나는 두 친구를 강기복과 같은 동반자로 받아들였던가. 답은 금세 나왔다. 나는 박영길과 김수명을 국화차를 마시며 한담을 나누는 친구로 여겼지 감옥행을 불사할 동반자로 삼은 적은 없었다. 나는 그 점이 무엇보다 고통스러웠다. 한문회 회원이나 조성우에게도 비밀로 했던 것도 그들에게 피해를 줄까 염려해서였다.

인간의 자존감을 목숨처럼 여기는 내가 두 친구의 영혼을 돌보는 데 소홀히 했다는 게 믿기지 않았다. 실수치고는 치명적인, 결과적으로 내 의도와 상관없이 두 친구는 들러리에 불과했다는 자괴감을 떨쳐버릴 수가 없었다. 그럼에도 나는 두 사람을 애정 어린 친구로 여기기는커녕 독재정권 실상을 파악 못 한다고 저열한 의식 수준을 못 견뎌만 하고 있었다. 박영길이 민족과 국가를 위한 정의로운 행동 운운했을 때는 속이 메슥메슥했다.

그 실망감은 순식간에 나를 악마로 만들었다. 저 정도밖에 생각 못 하는 박영길은 이번 기회에 경찰에 시달려봐야 독재정권 실상을 이해하지 않을까, 하는 섬뜩한 생각이 들었고, 그것은 곧 독재정권 폭력에 무지한 그래서 분노하지 않은 박영길이 경찰에 당해도 내겐 책임이 없다는, 기괴한 논리로 스스로에게 면죄부를 안기기에 이르렀다. 나는 그런 나를 발견하고 경악했다. 자수에 집중해야 했다. 두 친구를 동반자가 아닌 한낱 공범으로 여긴다면 득과 실을 따지느라 내 속에 악마가 춤을 출 것이었다.

"복잡하게 생각하지 말자."

박영길이 경찰에 당해도 싸다는 생각에서 빠져나오려고 나는 거듭 단호하게 말했다.

"내 말은 자네들한테 피해가 안 가게 하겠다는 기다, 다른 뜻은 없다 아이가."

"그기 진무, 자네가 결정할 수 있다는 기가? 듣자 듣자 하이 머든동 엿장수 맘대로네."

김수명이 퉁명스레 말했다. 엿장수 맘대로? 나로서는 듣기에 거

북했다. 김수명의 입에서 나온 말이라고 하기에는 귀에 설었다. 그가 흥분한 걸까? 경찰 조사, 구속, 감옥, 의대 퇴출 같은 단어에 이성을 잃은 걸까. 궐기문 몇 장 등사했다고 의대에서 쫓겨나는 불상사를 보고만 있지 않겠다, 우린 자네가 실행한 편지 사건에 동의한 바도 없다, 그러니 경찰 조사를 받든 재판을 받든 그건 하진무 자네 혼자 알아서 하라고, 나와 박영길을 끼워 넣지 말라고 경고하는 걸까. 평소와 다른 김수명의 태도에 나는 긴장했다. 고고한 선비 같은 그가 자신은 빠질 테니 하진무 혼자 책임지라고 해도 나는 그를 비난할 생각이 없었다. 그러나 현실은 현실이었다. 장욱진 교수에게 두 친구와 함께 출두하겠다고 말하지 않았던가. 박영길과 김수명이 궐기문을 등사한 것만은 숨길 수 없는 사실이었다. 두 친구의 요구대로 나 혼자 경찰 조사를 받는다 쳐도 두드려 맞다 보면 김수명의 방에서 등사한 사실이 내 입에서 나올 건 불을 보듯 뻔했다. 두 친구가 원치 않아도 자수밖에 길이 없었다. 피해를 최소한으로 하자면 자수를 논하는 데 악감정이 끼어들어서는 안 되었다. 서로의 자존감을 지키려면 자수를 앞두고 치밀한 각본을 짜야 했다. 불신은 자멸이었다. 두 친구의 태도에서 나는 불안을 느꼈다. 낡은 밧줄에 셋이 매달려 아등바등하는 꼴이랄까. 그 밑에는 불구덩이가 활활 타오르고 서로 안 떨어지려고 발버둥 치는 우리 세 사람을 상상하노라면 참담했다. 나는 차분히 말했다.

"기분 나빴다모 사과한다. 내는, 단지 우리가 피해를 최소화할 수 있는 길을 찾자는 기다. 자네 둘이 한 것만 밝히모 큰 탈은 없지 않을까 해서 그캤다."

"자네 뜻은 알겠는데, 우리가 꼭 들러리 같다 아이가."

박영길이 끼어들었다.

"들러리라꼬? 택도 없는 소리. 설마 내가 자네 둘을 그래 생각했겠노?"

나는 속내를 들킨 것 같아 펄쩍 뛰었다. 고등학생 의식 수준임을 알았다면 들러리로도 삼지 않았을 거다. 물론 등사 작업도 안 맡겼을 거고. 내 인생 최대 실수다. 내가 얼마나 후회하고 있는지 아는가? 쩍 소리를 내며 갈라지고 있는 우리의 우정을 나는 안간힘을 다해 붙들 수밖에 없다. 위선이라 할지라도 자수를 앞둔 나로서는 자네 둘을 품고 갈 수밖에 없다고.

"톡 까놓고 얘기해보까. 자네 두 사람 아이모 누굴 믿고 그 일을 할 수 있었겠노. 말도 꺼내기 전에 아 뜨거라 하고 마카 도망갔을 끼다. 교정에서, 강의실에서 입만 벙긋했다 하모 퍼뜩 형사 귀에 들어갈 끼란 거 안다 아이가."

"우릴 믿은 거다 이기가? 눈물겨운 우정이네. 그런데 내는 그기 두려버."

김수명이 말했다.

"두렵다고? 머가?"

"시방 이런 상황, 발가벗고 수술대에 오른 것과 머가 다르노. 와 내가 그 꼴을 당해야 하노? 참말로 파이다 파이라! 조사받고 이런 거 내사마 싫다. 씨껍해서 미치뻬겠다. 서인석을 위해서였다. 다른 뜻은 없었다고. 꼴란 등사 몇 장 했다고 경찰에 자수하고 재판이니 머니 그런 절차가 언슨시럽다. 경찰 조사를 받으이 칵 죽어삐는 기 나을 끼다."

"침착하제이, 우리 침착하자고. 이칼수록 냉정해져야 된다."

나는 펼친 두 손을, 풍선처럼 부푼 감정을 다스리듯 내리누르는 시늉을 하며 김수명을 보았다. 빌어먹을, 칵 죽어버리겠다니! 경찰 조사를 받기도 전에 자살 운운하다니. 이래서야 자수를 하겠나. 조사에 대비해 허점이 없도록 서로 입을 맞추기에도 시간이 빠듯했다. 자수 각본은 접어두고 김수명 목숨부터 구해놓고 볼 일이었다. 김수명이 이 정도로 극단적인 반응을 보일 줄은 몰랐다. 자수와 경찰 조사를 생각하면 암담했지만 죽어버리겠다는 김수명부터 안심시켜야했다.

"죽기는 와 죽노. 꼴란 이까짓 일에. 얼뺑하게 굴모 안 돼. 자칫 잘못 판단하모 인생이 파탄날 수 있데이. 경찰 조사에서 어벙하이 굴었다간 우리만 골로 간다 아이가. 정신 똑바로 채리고, 내 말 단디 들어라. 죽는 소리 하지 말라카이. 내사 한 짓이 있으이까 글타쳐도 두 사람에게는 피해가 안 갔으모 해. 다시 말한다. 경찰에서 기죽지 말고 한 것만 얘기해라. 더도 덜도 말고 등사만 했다고, 그것도 몇 장만 했다고, 둘이서 한 것만 밝히라."

"경대 의대 개교 이래 오늘 같은 횡액은 처음이라."

의대 학장의 한마디가 나와 박영길, 김수명이 어떤 처지에 놓였는가를 단적으로 말해주었다. 학장은 상종하기도 싫다는 듯 노골적으로 우리 세 사람에게 적대감을 드러냈다. 학장을 중심으로 왼편에는 죄인인 우리 세 사람이 소파에 엉덩이를 걸쳤고, 우리 맞은편에는 의대 학생과장과 지도교수인 장욱진 교수가 자리 잡고 있었다. 학장실에 들어오기 전에 경찰 출두에 관해서는 학생과장에게 대략 들은 바였다. 그는 학교에서 경찰 수사에 최대한 협조를 했음을 누누이 강조했다. 내 귀에는 의대로서는 할 일을 다했으니, 경찰 처분에 맡기는 수밖에 없다는 뜻으로 들렸다. 거기에 무슨 토를 달겠는가. 나는 묵묵히 학생과장의 설명을 듣기만 했다. 그의 말투에서 나와 박영길, 김수명을 차별하고 있음을 느낄 수 있었다. 이를테면, 예과 시절 교련 반대 데모나 총학생회 선거에 관여한 하진무야 그럴 수 있다 쳐도, 박영길과 김수명이 사건에 연루된 건 도무지 이해할 수 없다는 식이었다.

학생과장은 경찰에서도 두 사람에 대해서는 일절 말이 없었음을 강조했다. 그 말은 두 사람은 무사할 거라는, 가벼운 처벌에 그칠 것임을 암시하고 있었다. 두 사람을 감싸고도는 학생과장의 처사를 나는 부당하게 여기지 않았다. 그의 예상이 실현되기를 진심으로 빌었다. 학생과장의 설명에서 경찰이 나를 편지 사건 주범으로 지목하고 있음을 다시 한번 확인했을 따름이다. 학생처 요시찰 학생 명단에 내 이름이 올라있음을 나는 일찌감치 알고 있었다. 박영길과 김수명은 학생처는 물론이고 경찰 요시찰 명단에도 없을 터이고. 두 친구는 학교에 와서 내게 한마디도 건네지 않았다. 나와 말을 안 하기로 작심한 듯 눈도 마주치기 싫어했는데, 나는 두 친구가 나와 거리를 두려하고 있음을 느꼈다. 공범 의식은커녕 우리는 자네와 처지가 다르다고 의식적으로 나와 멀어지려 했는데, 우리 세 사람의 우정이 파탄 났음을 증명하는 행동이라면 내가 지나치게 예민하게 반응한 걸까. 내 느낌이 틀렸기를 나는 바란다. 이깟 일로 우정이 깨진다면 오랜 세월 쌓아온 추억들이 가련하지 않은가. 나는 학장 면담은 귓등으로 흘리고 김수명을 걱정했다. 김수명이 겪고 있을 고통을 생각하면 무슨 말로 그를 위로해야 좋을지 난감했다. 중학교 3학년 때 알몸으로 떨며 그가 했던 말을 나는 잊은 적이 없었다. 칵 죽어버릴까,라고 한 그의 고백을 나는 농담으로 받아들이지 않았다. 죽기는 와 죽노! 꼴란 궐기문 몇 장 등사했다고 목숨을 끊겠다는 기가? 나는 빰을 후려치며 그에게 호통을 쳤어야 했다. 그러나 악다구니를 퍼붓는 대신 경찰 조사 받을 때 기죽지 마라고, 두 팔로 어깨를 꽉 움켜쥐고 흔들어대며 고래고래 악을 써댔을 뿐이다.

"의대는 공부에 목숨을 걸어야 하는 데라. 지정신이 아이고서야 데모라이 말이 되나 말따."

인상을 찌푸린 학장이 언성을 높였다. 그는 우리 셋을 도려낼 환부처럼 여기는 걸까. 그는 계속해서 우리가 경북대 의대 전통에 먹칠을 했다는 것과 창피한 줄 알아야 한다고, 꼴도 보기 싫으니 눈앞에서 꺼지라는 투로 말했다. 전통이라는 말에 못에 찔린 듯 내 가슴팍에 경련이 일었다. 듣기에 불편했다. 나도 선배들에게 들은 얘기가 있었다. 경북대 의대가 4·19 때 어떠했던가, 스스로 묻지 않을 수 없었다. 학장에게 스승으로서 위엄을 기대하지는 않았다. 우리 처지를 동정하고 위로하고 다독거려주기를 바라지도 않았다. 내가 의대에서 존경하는 교수는 장욱진 교수를 비롯한 서너 명에 불과했다. 의대 담당 형사 눈치를 보며 학생 면담을 거부하는 교수들이 누구누구인가도 알고 있었다. 학장이 교수인 한, 의대생들을 가르치는 선생인 한, 제자들 안위를 걱정하는 시늉이라도 해야 하지 않을까.

"우리 경대 의대로선 치욕적인 사건입니더."

우리를 쏘아보던 학생과장이 학장에게 눈을 돌리며 말했다.

"총장님과 각하와의 관계를 바서라도 있을 수 없는 일입니더. 우리 경대가, 그것도 우리 의대가 각하 등에 칼을 꽂는 행동을 했다는 건 용납할 수 없는 만행입니더. 경찰과 협의하는 과정에서 알았십니다만 하진무 학생이 의대생으로서 자격이 있는지 의심스럽다 아입니꺼. 하진무 학생은 경찰 처벌 여부를 떠나 의대생으로서 통렬히 반성해야 합니더. 의대생이 반정부 데모를 했다는 건 경대 의대생 자격을 스스로 포기한 거로밖에 볼 수가 없다 이깁니더."

각하 등에 칼을 꽂았다고? 각하라면 박정희가 아닌가. 그러니까 서인석 고문을 폭로한 편지가 박정희 등에 칼을 꽂은 것으로 둔갑한 건가? 나는 학생과장의 기괴한 상상력에 할 말을 잃고 말았다. 그 기막힌 발상도 어처구니없지만 칼을 꽂았다는 무시무시한 표현을 학생과장이 아무렇지도 않게 내뱉었다는 데 섬뜩했다.

학생과장은 삼십 대 중반으로 정신의학을 전공한, 이른 나이에 보직교수가 된 의대에서 촉망받는 신진 교수였다. 내 행동을 만행으로 규정한 학생과장의 정신 상태가 의심스러웠다. 정신의학을 전공하는 의대 교수가 한 말이라고는 도무지 믿기지 않았다. 그리고 학생을 보호해야 할 학생과장이라는 작자가 의대생 자격을 의심한 것도 모자라, 스스로 의대생임을 포기한 것이라고 엄포를 놓는 데에는 절망했다. 학장 면담을 한다기에 최소한 용기를 잃지 말라는 덕담이라도 듣기를 기대했던 내가 얼마나 어리석었던지! 그제야 나는 학생과장이 경찰과 나를 두고 어떤 협의를 했는지 궁금했다.

학생과장은 분명히 경찰과 협의를 했음을 밝혔고, 평소에도 그가 의대 담당 형사뿐만 아니라 경찰서 정보계와 빈번히 '업무상 협조'를 하고 있음은 의대생이라면 다들 아는 사실이었다. 말이 업무상 협조지, 실상은 경찰이 요구하는 학생들의 동향이나 신상을 정기적으로 제공하는 것이었다. 거기까지 생각하자 자수하는 게 과연 잘한 결정인지 혼란스러웠다. 학생과장의 말을 뜯어본다면 경찰에서도 자수 효과를 기대하기란 무리라는 생각이 들었다. 학생과장이 저 정도로 강경한 발언을 하는 걸로 미루어본다면 경찰 조사가 가혹할 수 있고, 예상을 뛰어넘는 엄한 처벌을 받을 수도 있다는 소리가 아닌가. 학교가 관여했다기에 혹시나 하고 내게 유리한 쪽으로 생각했던 나는 암담해졌고, 자칫 함정에 걸려든 건 아닐까 하는 의구심이 들었다. 그러나 후회해봐야 소용없었다. 학생과장에게 두었던 눈을 나는 박영길과 김수명에게 돌렸다.

두 손을 무릎에 얹고 옹송그린 두 친구는 죄인처럼 고개를 푹 숙이고 있었다. 학생과장이 그들은 무사할 거라는 암시를 줬음을 두 친구는 새겨듣지 못한 것일까. 나를 단죄하는 학생과장의 태도에서 두 사람이 적잖은 충격을 받은 게 한눈에 느껴졌다. 그들에게 한 일만 경찰에서 진술하라고 떠들어대는 것도 부질없어 보였다. 이제 박영길과 김수명은 내 손을 떠난 것이고, 학생과장 말처럼 경찰의 선처를 기대할 따름이었다. 학장과 학생과장이 입을 닫자 분위기가 어색해졌다. 그때 침묵하던 장욱진 교수가 한마디 했다.

"지가 동행하겠심니더."

"그라이소. 장 교수께서 알아서 하이소."

학장은 기다렸다는 듯이 말했다. 그는 우리를 장욱진 교수에게 떠넘기는 것으로 면담을 마쳤다. 나로서는 놀라운 반전이었다. 알아서 하라니, 해거름 장터에서 헐값에 팔린 떨이 취급을 받으면 기분이 이럴까. 우리를 사들인 이가 장욱진 교수라는 게 그나마 모멸감을 덜어주었다. 학장이 일어서자, 나는 장욱진 교수에게서 눈을 떼지 않았다.

"마 주패거나 고문을 하지는 않을 끼다."

경북 도경으로 향하는 차 안에서 장욱진 교수가 말했다.

"폭력은 안 쓰기로 약속했다 아이가. 내 그것만은 보장한다."

뒷좌석에 앉은 우리는 다 죽어가는 목소리로 알겠심더, 하고 답했다. 학장실에서 면담하는 동안 나는 장욱진 교수가 왜 자리에 함께했는지를 알지 못했다. 다만 그가 있다는 사실만으로 든든했다. 장욱진 교수가 경찰서까지 우리와 동행하겠다고 했을 때 얼마나 위안이 되었던지. 학장과 학생과장에게 연거푸 된서리를 맞았던 터라 나는 대학과 교수들에 대한 분노를 삭이고 있었다. 학장이 부탁했을 리는 없고, 추측건대 장욱진 교수 스스로 우리를 위해 나섰음이 분명했다. 의대에 장욱진 교수 같은 분이 있다는 데에 나는 새삼 감사했다. 학장과 학교가 내친 우리를 거둔 장욱진 교수는 자신이 운전해서 도경까지 데리고 가겠다고 학장과 한 약속을 지켰다. 그가 운전을 하며 부드럽게 말했다.

"학장과 학생과장한테 섭섭했다 캐도 마음에 담아두지 마래이. 두 분에게서 얻은 감정은 깨끗이 잊아뿔고 자네들은 인자부터 오로지 경찰 조사받는 데만 신경 써야 한다. 단디 들어라. 도경 수사과장이 내하고 경고 동기생이다. 그 친구와 자네들 몸에 손 안 대기로 약속했다. 그라이 겁먹지 말고 조사를 잘 받도록 하그라. 난중 일은 생각지 말고 몸조심하란 말따. 엎질러진 물이니 지난 일을 가꼬 왈가왈부하진 않겠데이. 앞으로 수습을 잘해야제. 무엇보다 학업을 중단해선 안 된다. 그래 불행한 사태는 무신 수를 쓰던 막아야제. 엄연히 자수하는 형식을 갖췄으이 정상참작이 될 꺼로. 정부에서도 자수하모 바준다꼬 했으이까, 믿어바야제. 내도 최선을 다할 테이까, 용기 잃지 말고."

우리의 최종 목적지가 어디인지 나는 몰랐다. 내가 아는 것이라고는 장욱진 교수가 도경에 가서 고등학교 동기생인 수사과장을 만나리라는 것이었다. 경찰 조사를 받겠거니 했지 어디에서 조사를 받는지, 누구에게 조사를 받는지 나는 가늠하지 못했다. 내 행선지가 어디인지를 모르고 살았던 적이 있었던가. 내일 내가 어디에 있을지 알 수 없다는 사실이 묘한 불안을 동반했다.

도경 수사과장은 장욱진 교수와의 약속을 행동으로 보여주었다. 그는 우리에게 엽차를 대접했고, 정중하게 악수를 나누자마자 바로 우리를 고등학교 후배로 대우했다.

"장 교수 얼굴을 바서라도 자네들이 잘해야제. 경고 출신들이 이런 일로 인생을 낭비하모 되겠나. 가뜩이나 자네들은 의대생 아이가."

수사과장이 입을 열자 나는 경북고 선후배 간담회에 온 듯한 착각이 들었다. 생판 모르는 사내인 수사과장이 단지 경북고 선배라는 것만으로 믿음이 갔고, 그에게 의지하고 싶은 충동이 일었다. 이 자리가 경북고 동문회였으면 얼마나 좋을까. 경찰에 자수하러 온 게 아니고 경북고 선후배 대화의 자리라면 나는 수사과장에게 어떻게 경찰에 투신했는지를 물어봤을 것을! 기념사진도 찍고 식사라도 했을 텐데. 그러나 기념사진을 찍는 대신 수사과장은 연신 훌륭한 스승을 두었다고 장욱진 교수를 치켜올렸다.

"우리끼리 얘기지만 요즘 같은 때 장 교수 같은 스승이 어데 있노. 의대생들이 학업에 힘써야제 씰데없는 데 한눈팔아가 되겠나. 장 교수를 스승으로 둔 자네들은 행운아라. 그 점을 잊아뿌모 안 돼."

수사과장의 말대로 장욱진 교수가 곁에 있다는 사실이 그 어느 때보다 위안이 되었다. 장욱진 교수는 학생들 앞에서 별 쓸데없는 소리를 한다고 수사과장의 입을 막았지만, 나는 수사과장이 계속해서 장 교수를 칭찬하기를 바랐다. 수사과장을 만난 효과는 예상보다 컸다. 도경 정문을 들어설 때만 해도 경찰 조사를 받겠구나 하고 움츠러들었는데, 수사과장이 고등학교 선배라는 사실이 두려움을 희석시켜주었다.

자수했으니 좋은 결과가 있으리라는 수사과장의 덕담을 들으며 삼십 분이나 지났을까, 우리를 인수해갈 수사관들이 도착했다는 연락이 왔다. 우리는 다시 한번 수사과장과 악수를 나누었고, 약식 경북고 선후배 간담회를 마쳤다. 수사과장실을 나서며 얼핏 달력을 보니 일천구백칠십삼년 십이월 이십구일이었다. 나는 어디로 가는

가. 서인석 병문안을 언제 또다시 갈 수 있을까. 그는 병실에서 혼자 얼마나 심심해할까. 인석이와 짬뽕을 안주 삼아 고량주 한잔을 못 한 게 몹시 후회가 되었다. 그가 외롭지 않기를 나는 간절히 빌었다.

도경 본관 출입문 현관 계단을 나서자 검은색 지프가 서 있고, 가죽 잠바를 입은 사내 하나가 담배를 피우고 있었다. 우리를 데려갈 수사관임을 나는 직감했다. 그는 우리를 보자 지프 문을 열었다. 나는 지프에 오르기 전 장욱진 교수를 돌아보았다. 그의 손을 힘껏 움켜쥐고 싶었지만 차마 그럴 수 없었다. 내 속을 알아챈 듯 장 교수가 손을 들었다 내렸다. 나를 감싸던 든든한 방벽이 뜯겨 나가는 걸 느꼈고, 나는 흠칫 몸을 떨었다.

장욱진 교수의 회고

팔순을 넘긴 장 교수님은 처음에는 하진무의 여자인 나를 알아보지 못했습니다. 입으로는 하진무를 중얼거리면서도 느닷없이 휴가 나왔을 때 받은 사진이 있노라고, 내게 흑백사진 한 장을 내밀어 깜짝 놀랐습니다. 사진을 본 나는 이내 실망하고 말았습니다. 그건 알고 보니 성순식 씨가 군에 있을 무렵 찍은 사진이었습니다. 당신과 성순식 씨를 헷갈려 하던 장 선생님이 끄집어낸 이야기는, 어느 날 연구실에 찾아온 당신이 선생님 이발소에 안 가시냐고 뜬금없이 묻더랍니다. 그래서 주말에나 가볼까 한다고 대수롭지 않게 넘겼는데, 당신이 그렇게 물은 데는 그럴 만한 사연이 있었습니다. 어느 교수 연구실을 찾아 갔더니 그 교수가 당신을 의자에 앉지도 못하게 하고 이발소에 가봐야겠다며 줄행랑을 치더랍니다. 의대 담당 형사가 당신과의 만남을 꼬치꼬치 캐물을 것을 짐스러워한 그 교수가 당신을 내친 것이지요.

"하진무가 실종된 것도 모르고 학장과 과장이 징계를 서두른 거야. 교수들이 설명을 듣기로 했는데 하진무와 성순식을 제명시켰노라고, 학장과 과장이 교수들을 속인 거지. 교수회의장이 삽시간에 난리가 났지. 제명은 복학이 안 돼. 의대생에게 죽으라는 소리나 마찬가지야. 어느 날엔 진무 소식도 모르는데 의대 담당 형사가 전화를 걸어와 묻더라고. 하진무 행방을 아냐고 말이지. 얼마나 화가 나던지!"

안타깝게도 장 선생님은 철야 농성이 있던 날, 나를 선생님 차로 집에 바래다주었던 그날 밤을 기억 못 했습니다. 그날 당신을 학교에 남겨두고 나는 장 선생님 차로 집에 갔습니다. 당신이 장 선생님에게 부탁했던 것으로 알고 있습니다. 그날 밤 차 안에서 장 선생님이 당신 칭찬을 얼마나 하던지요. 의학 공부를 계속했다면 훌륭한 의사가 되었을 거야. 연탄가스 중독엔 동치미 국물이 최고라고 희떠운 소리를 해서 의대생이 할 소리냐고, 내가 꿀밤을 먹였지만 말이야. 신랑 하나는 잘 얻었다고 결혼식 주례를 꼭 서주시겠다고 굳게 약속했었지요. 그런데 늙은 장 선생님은 그날을 하나도 기억하지 못하십니다.

7

“편지 보내기 전부터 만난 사람, 장소, 오고 간 대화, 이동한 경로, 편지 쓴 곳, 등사는 어디서 누구와 했는지, 밥은 어디서 먹고, 어느 우체통에 몇 시쯤 편지를 넣었는지, 잠은 어디서 잤는지, 돈은 어디서 구했는지, 시간대별로 차곡차곡 써. 한 줄도 거짓이 있어선 안 돼. 나를 똑바로 봐. 인상 찡그리지 말고 나를 똑바로 보란 말이야, 이 새끼야! 숨 쉬는 것도 내 허락받아야 돼. 눈동자 굴리는 것도 내 허락 없인 함부로 굴려선 안 돼. 여기 오기 전에 어디서 똥 쌌어?”

“예? 어데서 똥을 싸다니예?”

“이 친구가 말귀를 못 알아듣네. 의대씩이나 다니는 놈이 한국말을 못 알아들어? 오늘 어디서 똥 쌌냐구?”

“아, 예. 그라이까… 경찰에 자수하러 오기 전에 집에서….”

“자수? 누가 자수래? 우리가 자네들을 반국가사범으로 체포한 거야. 누구 맘대로 자수야? 자네가 검사야, 판사야? 법무부 장관이야? 이거 안 되겠네. 자넨 반역죄를 저지른 범죄자야, 죽을죄를 졌다 이거지. 그래서 체포된 거야, 알겠어? 지금 이 순간부터 자네 목숨은 우리 손에 달렸어. 여기서 자네가 목숨 줄 놓으면 누가 알겠나? 자네 명줄은 우리가 쥐고 있다는 걸 명심해야지. 여기 들어와 제 발로 걸어 나간 놈 하나도 없어. 무슨 말인지 알아? 정신 똑바로 차려야지. 엄벙덤벙했다가는 골로 가는 거야. 내가 말이지, 너무 친절해서 탈이라니까."

"예, 알겠심더. 최선을 다하겠심더."

"그래 똥을 어디서 쌌다구?"

"예? 집에서…."

"혓바닥이 얼어붙은 거야, 왜 말을 하다 말아? 그래갖고 자네가 싸돌아다니며 개지랄한 거 게워내겠어? 똥 몇 시에 쌌어? 빨리 대답해 새꺄! 정신줄 놓고 자꾸 헛소리할래?"

"여섯시에 쌌심더."

"진작 그래야지. 아까 내가 읊은 명대사 잊지 않았겠지?"

깍두기머리가 상체를 젖히며 쏘아보았다.

"태어나서 오늘까지 자네 인생 이력서를 발로 밟아가듯 상세히 쓰는 거야. 사진을 찍듯이 영화를 찍듯이. 알았지? 나, 두 번 다시 안 지껄인다. 대가리 좋은 의대생이니 명심해라."

국민학생부터 의대생이 되도록 한 번도 써보지 않았던 인생 이력서가 아닌가. 스물넷에 인생 회고록을 쓸 줄은 몰랐다. 일기는 종종 써봤지만 태어나서부터 이제까지 살아온 나날을 빠짐없이 기록하라는 깍두기머리의 요구에 나는 망연자실했다. 무슨 일을 기록해야 할까. 중학교 때 류머티즘 걸려 일 년 휴학하고 놀면서 폭음탄 터뜨리고 장난친 것도 넣어야 하나? 경북고 3학년 때 삼선개헌 반대 데모한 것을 써넣으면 불리하겠지? 깍두기머리가 똥 싼 것까지 추궁하는데야 뭘 숨기고 뭘 보여주어야 하나. 앞에 놓인 백지가 운동장만큼 커 보인다.

개미 같은 글자로 저 넓디넓은 백지 운동장을 채우려면 몇 날 며칠을 이 방에 처박혀 끼적거려도 어림없다. 몇 날 며칠이 뭔가? 내 인생 전체를 깡그리 기록하라지 않나. 이십사 년밖에 안 살았지만 미주알고주알 써 내려가자면 운동장만 한 백지를 수백 수천 장은 채워야 할지 모른다. 손은 왜 이리 떨리나. 아까부터 켕기는 게 있다. 깍두기머리는 분명히 나를 체포했다고 명토 박았다. 그것도 반국가사범으로! 내가 자수했다는 건 도경 수사과장도 알지 않나. 장욱진 교수가 운전하는 차를 타고 나 스스로 도경에 출두했지 체포된 게 아니다. 더구나 지하실에서 처음 본 깍두기머리에게 체포됐다는 건 말이 안 된다. 이건 아니다, 나는 체포된 게 아니다. 나는 자수했다! 그러나 깍두기머리에게는 입도 벙긋 못 한다. 도저히 그에게 체포된 게 아니라고, 자수했다고 항변할 엄두가 안 난다.

그는 생긴 것도 마음에 안 든다. 깍두기 썰어놓은 듯 바짝 치켜

깎은 머리며 좁은 이마와 짙은 눈썹, 움푹 팬 양미간에서 뻗은 뭉툭한 코… 뒷골목에서 봤다면 영락없는 깡패다. 네모난 턱이 받치고 있는 두툼한 입술은 가지를 썰어 붙인 듯 왜 그리도 푸르죽죽한지, 그 입에서 다정한 말을 기대하기란 어려워 보인다. 무엇보다 그 입술이 벌어질 때마다 터지는, 목욕탕에서 울리는 듯한 베이스 음역의 목소리는 주먹을 휘두르듯 나를 압도한다.

깍두기머리의 눈치를 살핀다. 나를 외면한 그가 늘어지게 하품을 한다. 눈곱을 뗀 그는 뒷주머니에서 주간지 '선데이서울'을 꺼낸다. 지하 조사실에서 버스정류장 신문 가판대에서 파는 선데이서울을 볼 줄이야. 선데이서울에서 동성로를 오가는 버스 냄새가 난다. 나는 며칠 전까지 내가 걸었던 대구 시내 풍경을 떠올린다. 문득, 깍두기머리가 선데이서울을 봐줘서 어찌나 고마운지. 그러나 깍두기머리는 내 마음을 헤아리지 못한다. 손가락에 침을 발라 과장되게 책갈피를 넘기던 그가 내게는 눈도 안 돌리고 말한다.

"눈깔 안 돌려! 이런, 똥 싼 것만 잔뜩 늘어놓아서야 되겠어? 인간은 말이지 단순히 먹고 싸는 존재가 아니잖아. 그랬다간 그건 개돼지지 인간이 아니지. 인간은 생각하는 갈대라고."

자술서를 몇 장 읽어본 깍두기머리가 자신의 머리를 손가락으로 건드리며 나를 노려본다. 나는 그에게서 눈을 떼지 못한다. 나는 얼어붙은 듯 고개만 끄덕인다.

"먹고 싸는 것만 주절대라면 의대생 나리 신세가 처량하겠지? 자존심도 상할 거고. 그래서 내가 선심 쓰잖아. 자네 대가리 속에 무엇을 쟁여 넣었는지 이참에 속 시원히 까발려보라구. 어쩌다 자네가 반역자가 되었는지, 지금의 자네 대가리를 만든 역사를 밝혀야지. 책 좀 읽었지? 그거 죌죌 털어놔봐. 자네에게 반정부 의식을 심어준 책을 깡그리 적어야지. 대학에 들어와서 어제까지 읽은 것 말이야. 저자, 제목, 내용도 밝히면 좋고. 자넨, 참 유명한 형을 두었어. 형한테 좋은 말씀 많이 들었겠지. 존경하는 큰형님이 들려준 사연도 들려줬으면 좋겠어. 물론 다른 사람도 넣어야지. 자네가 요 모양 요 꼴이 되는데 협조한 모든 사람들과 주고받은 밀담이 좋겠지. 자취방이든 강의실이든 여관방이든 암자든 어디든 좋아. 자네 친구 서인석이 찍어낸 불온 유인물 '자유'도 봤겠지? 편지 보니까, 냄새가 풀풀 나더군. 똥 싸재끼듯이 대가리에 들어간 것도 다 토해내."

깍두기머리가 육모방망이로 책상을 내리친다.

"여기서 똥 싸지르고 싶어?"

심장이 멎는 듯 공포가 몰아친다. 나는 두 손을 사타구니에 숨긴다. 다리가 떨린다. 두 손으로 허벅지를 붙들고 싶건만 손이 움직이지 않는다. 고개를 숙이고 가련한 내 다리를 눈으로나마 위로해준다. 그러나 깍두기머리와 정면으로 마주한 내 얼굴은 돌처럼 굳어버린다. 지하실 걸상에 앉아 똥을 쌀 수는 없다. 그래서는 안 된다. 기죽지 말자. 저 깍두기머리도 인간이다. 나처럼 피와 살을 가진 인간이다. 겁먹지 말자. 나는 스스로에게 최면을 건다. 여기서 똥을 싸지른다면 나는 존엄한 인간이 아니다. 깍두기머리에게 지면 나는 인간이 아니다. 그럼에도 자신도 모르게 오줌을 지리고 똥을 싸지를까봐 두렵다. 깍두기머리가 반들반들한 육모방망이로 내가 쓴 자술서를 북북 긁는다. 그리고 내 머리에 손을 얹는다. 오싹하다. 그가 내 머리를 어루만지며 느물거린다.

"어이, 의대생 나리. 그렇게 대가리가 안 돌아가? 의대생 맞아? 자네가 살아온 날이 요것밖에 안 돼? 왜 말귀를 못 알아들으실까. 자식아, 네가 태어나서 이제껏 살아온 날을 주욱 기록해야지. 서울 나들이 며칠 한 걸로 때우면 섭섭하지. 우린, 그런 개수작 아주 싫어하거든. 얘, 화나면 무서워. 지 혼자 막 지랄을 해서 나도 통제를 못 하거든."

깍두기머리 손에서 육모방망이가 빙글빙글 돌았다.

"시간은 얼마든지 줄 테니까, 네가 살아온 날들을 빠짐없이 기록해. 새꺄! 빨리!"

하승무의 회고

"국민학교 일학년 땐가. 하루는 마당에서 놀던 진무가 두레박을 타고 우물 속으로 내려가려다가 아버지에게 딱 걸렸어요. 얼마나 놀라셨겠습니까. 아버지 말씀에 따르면, 두레박줄을 잡은 진무가 우물 가장자리에 다리를 걸치고 막 몸을 들이밀고 있었답니다. 평소엔 가게 일 보느라 낮엔 집에 안 계시던 아버지가 그날따라 현장을 목격한 겁니다. 아버지는 당장 우물 뚜껑에 못질을 했고, 막둥이를 잡아먹을 뻔했던 우물을 폐쇄해버렸지요. 중정에 잡혀갔을 땝니다. 일 년 삼백육십오 일 명절 때 말고는 쉬지도 않던 양반이 가게 문을 닫고 진무를 찾으러 다녔던 모양입니다. 자식이라면 자다가도 벌떡 일어나는 양반인데 장사가 손에 잡혔겠어요."

하승무의 말은 사실이었다. 하진무가 태어나기 전이라고 했다. 하진무는 형과 누나가 겪은 아버지 일화를 오인희에게 들려준 적이 있었다. 어느 날 어머니가 자식 셋을 남겨두고 콩나물을 사러 갔단다. 그 사이에 집에 온 아버지가 어린애들만 있는 걸 보고 기겁했고, 콩나물을 사 온 어머니 귀싸대기를 올려붙이더라고 했다. 에미라는 여자가 새끼들만 남겨두고 어디 집을 비우냐고 말이다.

"진무 소식을 알자고 아버지가 김수명 군 집을 방문했던 모양입니다. 헌데, 안과의사라고 했던가요, 김수명 군 아버지한테 수모를 당한 겁니다. 아들 단속 단단히 하라고. 당신 자식 때문에 외아들인 우리 수명이 잡게 생겼다면서요. 그러니까 김수명 군 아버지는 자식이 어디에 잡혀갔는지 알고 있었던 겁니다."

그해 연말 하진무 소식을 얼마나 기다렸던가. 그 무렵 저녁나절, 뜻밖에 하진무 아버지가 그녀를 찾아왔다. 하진무가 어디에 있는지 아느냐고 묻는데, 오인희는 눈앞이 깜깜해졌다. 전부터 아버지 얘기는 하진무에게 자주 들은 바였다. 국민학교 때는 하도 말썽을 피운다고 책상에 밧줄로 발목을 붙들어 매놓은 적도 있었노라고. 그 겨울밤, 십

이월 들어 하진무를 보지 못해 자신도 애타게 찾고 있노라고 말씀 드리자, 아버지는 쓸쓸히 돌아섰다. 오인희는 하진무의 아버지가 골목을 다 빠져나갈 때까지 그의 구부정한 등을 한참이나 바라보았다.

"아버지가 진무 일로 몹시 상심하셨지요. 오죽했으면 그 나이에 성기능 장애가 올 지경이었어요."

오인희가 그 사실을 알게 된 건 오랜 세월이 지난 뒤였다. 하진무 작은누나인 하경옥이 어머니가 귀띔해준 얘기를 오인희에게 전해주었다. 데모하다 잡혀간 막내 때문에 아버지 속이 문드러졌고, 급기야 성기능을 상실했노라고.

"힘이 장사이던 아버지가 그때부터 급격히 약해지셨지요. 진무가 중정에 잡혀갔을 때도 피눈물을 동이 동이 흘리셨을 겁니다. 장남에 이어 막내까지 그 지경이 되었으니 육신이 온전했겠습니까. 진무가 실종되자 가게도 문 닫고 두 분은 시름시름 앓아누웠습니다. 남산동으로 이사해서도 일어나지를 못했지요. 그렇게 막내아들 진무를 그리다 세상을 뜬 겁니다."

군복으로 갈아입자마자 수사관들이 들이닥친다. 동시에 알전구가 꺼진다. 어둠 속에서 나를 에워싼 그들은 몽둥이로 바닥과 벽을 치며 사방에서 폭언을 퍼부어댄다.

"하진무 개새끼, 우리가 갈기갈기 찌지 죽인다!"

"우떤 개새끼하고 반역을 음모했노?"

"빨갱이 대가리는 부숴버린다!"

"하진무, 의대는 좀 쳤어. 개자식아!"

"사주한 놈이 누구야?"

"정부 전복은 재판도 필요 없어. 총살감이야!"

나는 졸지에 개새끼 소새끼로 전락한다. 내 이름이 불릴 때마다 대형 분쇄기에 몸뚱이가 갈리는 느낌이다. 나는 얼이 빠졌다. 이제 구타를 시작하겠구나. 다섯 명이 나를 돌아가면서 두들겨 패겠구나. 육체가 당할 고통을 예감하자 숨이 막힌다.

'알몸으로 뚜디리 맞은 지 메칠째인지 모리겠는데 군복을 다시 입히더라. 아, 인자 한숨 돌리는가 했더이 살가죽을 찌지발기듯 또 군복을 빗기더라. 다시 알몸이 됐제. 시멘트 바닥에 고정된 철제 의자였데이. 거게 내를 앉히고 두 팔을 팔걸이에 묶더라. 기억이 혼란스러벌까 모리지만 손가락에 먼가를 감는 기라, 머 거즈 같은 기랄까. 그 우에다 야전용 전화기 줄을 연결하더라. 차가운 질감이 섬뜩했지러. 채찍으로 맞은 거매로 씨겁했다. 다섯 놈인가 여섯 놈인가 내를 조졌다. 한 놈이 정성껏 소금물을 뿌렸꼬. 찝찔한 냄새라 칼까, 느낌이라 칼까. 진저리 치뿟제. 참말로 기분 더러벘다. 끼이끽대는 소리가 내 귀를 할퀴었을 끼다. 전화기를 돌리더라. 전기가 내 몸을 지졌꼬, 강도를 높이모 내는 까무러치고….'

서인석의 목소리가 귀에 쟁쟁하다. 나도 들은 바가 있다. 초장에 인정사정없이 구타를 자행한다고, 군홧발로 짓이기고 닥치는 대로 몽둥이찜질을 해댄다고, 매타작으로 사람 혼을 빼놓은 다음에야 조사를 시작한다고…. 그런데 다섯 명이나 번갈아 내 정신 줄을 빼놓으면서도 수사관들은 나에게 주먹질을 하지 않는다. 정강이를 군홧발로 차거나 육모방망이로 어깻죽지를 내려치지도 않는다. 그들은 내 정신을 작신작신 짓밟은 다음에야 방에서 나갔고, 불이 들어오자 깍두기머리 혼자 남는다.

수사관들은 왜 폭력을 행사하지 않을까. 말로는 나를 씹어 먹을 듯이 험악하게 굴었으면서. 장욱진 교수와 수사과장 사이에 오간 약속을 그들은 지키려는 걸까. 나는 손찌검을 하지 않으리라는 장 교수 약속을 애초에 믿지 않았다. 그가 용기를 주려고 단순히 위로 차원에서 한 말이겠거니 했다. 철커덩 쇳소리가 나고 지하실에 들어선 순간 이제 죽었구나 하는 절망감에 눈앞이 깜깜했다. 하마터면 무릎 꿇고 풀썩 주저앉을 뻔했다. 겨우 정신을 차리고 깍두기머리가 가리킨 의자에 엉덩이를 걸친다. 아, 육체와 정신이 갈가리 찢어지겠구나. 엄습한 공포에 나는 정신을 차릴 수가 없다.

그런데 이상한 것은 깍두기머리다. 그는 애장품인 육모방망이를 한 번도 휘두르지 않는다. 쇠막대기보다 더 단단하다고 자랑한 육모방망이를 후려치기는커녕 그는 손바닥으로 뺨 한번 갈기지 않는다. 저들은 정말 고문을 안 할까? 내 몸에 손대지 않기로 했다는 수사과장의 약속을 지키려는 걸까? 정신이 혼미한 상황에서도 나는 한 가닥 희망을 붙들려고 무진 애를 쓴다. 약속을 믿어야 하나 말아야 하나, 오락가락하면서도 공포에서 묻어난 의문은 끊이지 않는다. 전기 고문이나 물 고문, 통닭구이는 몰라도 군홧발로 옆구리를 짓이기지도 않을까?

곰탕을 세 그릇 먹었나?

세 그릇째부터는 '사각턱'이 가져다준다. 육모방망이를 쓰다듬기를 버릇했던 깍두기머리가 떠나간 자리를 사각턱이 채운다. 그는 틈만 나면 권총을 빼내 손으로 쓸고 닦는다. 사각턱이 총을 장난감 다루듯 할 때마다, 설마 저 총으로 나를 쏘지는 않겠지, 하는 의구심을 품으며 나는 백지를 메워나간다. 공포가 내 손을 움직인다. 볼펜을 굴리면서도 나는 자존감을 지키기 위해서 무엇이 필요한지 고민한다. 나라는 인간이 경북대 의대생임을 잊지 말아야 한다. 잊지 않는 데서 나아가 그 점을 수사관들에게 인식시켜야 한다. 자, 나는 경북대 의대생이다! 나를 함부로 다뤄서는 안 된다. 의대생이란 신분은 수사관들의 폭력에서 나를 지키는 방패요 갑옷이다. 술 취한 의대생을 파출소로 업어다 준 순경과 수사관 깍두기머리가 다를 게 뭔가. (나는 이때까지 내가 있는 지하실이 어디에 있는지 그 소속이 어떻게 되는지 알지 못했다. 대구 중정 지부인지, 군 수사기관인지, 도경 대공분실인지 감을 못 잡았다. 도경을 빠져나오자마자 수사관들은 내게 무릎 사이에 머리를 처박게 했고, 눈을 뜬 건 지하로 내려가는 계단에서였다.) 파출소 순경이 경북대 의대생을 대하듯 깍두기머리나 사각턱도 그에 걸맞게 나를 대해야 한다.

내 정체성을 확실히 하자 실낱같은 용기가 솟는다. 지하실에서 살아 나가려면 폭력에 굴하지 않는 힘이 있어야 한다. 내 살과 피가 의대에서 빚어졌음을 수사관들에게 각인시켜야 한다. 나는 성벽을 쌓듯 내 의식 세계를 점검하고 수사관들의 공격에 대비한다. 의대생인 나의 일용할 양식은 의예과 수강 과목이다. 물리화학, 유기화학, 생물학, 동물행태학, 라틴어, 영어, 독일어…. 이어서 내 심장을 뛰게 하고 피를 돌게 하는 본과 수강 과목은 다음과 같다. 일학년은 해부학, 생리학, 생화학, 발생학, 의사학. 이학년은 병리학, 조직학, 세균학, 약리학, 법의학. 삼학년은 내과학, 의과학, 소아과학, 부인과학, 정형의과학, 비뇨기과학, 정신과학, 방사선과학, 임상병리과학. 사학년은 산과학, 예방의학과학, 임상실습. 오, 눈물겹게 고맙다, 나의 기억력이여!

수사관들에게는 하찮게 보일지 몰라도 의대 수강 과목은 내게 목숨이나 진배없다. 학년별로 적어놓고 보니 내가 어떤 인간인지 명확해진다. 지하실에 오기 전에는 의대 수강 과목이 내 육체와 영혼을 이루는 자산이란 생각을 해본 적이 없다. 나는 결코 식물인간이 되지 않을 것이다. 서인석이나 큰형님처럼 육체적으로나 정신적으로 식물인간으로 전락하기를 거부할 것이다. 수사관들이여, 나는 반국가사범이 아니다! 보다시피 나는 의학도다! 나는 눈코, 귀가 멀쩡한 얼굴과 두 팔다리를 가진 인간이고 오인희를 사랑하는 사내다. 당신들은 의대생임을 과시한 내 의지를 인정해야 한다. 나를 살려낼 사람은 하진무, 바로 나임을 선언하는 바이다. 내가 나를 구하는 구원병이 될 수 있으리라는 생각은 예전엔 못 해봤다. 나는, 지하실에서 살아나갈 것이다. 나는 나를 구할 것이다!

"고등학생들까지 끌어들있다 카모 단순한 데모가 아이지. 4·19를 재현할 계획이었꾸마. 고교생을 동원하모 중학생, 국민학생들도 길바닥으로 쏟아질 끼라 예상했을 끼고. 전국에 있는 학생들을 동원해가꼬 정부를 전복할 계획이었나?"

밤색 스웨터를 받쳐 입은 '쌍꺼풀'이 포문을 열자 수사관들은 속사포처럼 질문을 퍼부어댄다.

"총학생회 회장들로 반정부 단체를 만들 계획이었군. 지도부를 꾸렸나?"

"총책이 누고?"

"자금줄은? 거사 자금 누구한테서 받았나?"

"언제 들고 일어나기로 했어? 데모하기로 한 날이 언제냐고?"

"서울 연락책은 누고? 어느 어느 대학하고 접촉했노?"

다섯 명 수사관들에게 포위당한 나는 누구를 상대해야 하나…. 답변은커녕 심문자들의 입을 따라가기에 급급하다. 다섯 명이 사방에서 퍼부어대니 나로서는 속수무책이다. 내가 사각턱의 질문에 답을 하려고 입을 열라치면 깍두기머리가 데모 날짜를 못 박지 않은 까닭을 닦달해쌓고, 이내 쌍꺼풀이 큰형인 하승무 지도를 받지 않았냐고 공격해서 내 입을 막는 식이다. 그들은 내게 말할 틈을 주지 않는다. 그들이 쏘아댄 말 화살에 내 입이 틀어막힌다. 수사관들은 내 답변을 들을 생각이 없는 것이다. 그들이 노리는 것은 내 저항 의지를 무력화하는 것이다. 어느 순간 귀를 틀어막는다. 곤봉으로 맞지도 않았고 순전히 죽인다, 개새끼, 빨갱이는 총살시킨다는 말 폭력에 시달리기만 했는데도 나는 이내 녹초가 되고 만다. 탈진해가면서도 나는 깨닫는다. 인간이 말 폭력에 자근자근 짓밟혀도 지쳐 나가떨어질 수 있음을. 누군가 귀를 덮은 내 손을 강제로 뜯어낸다. 말 화살에 얼마나 시달렸을까. 한순간 귀가 멍해지더니 웅웅대는 소음만 귀에 들끓는다. 머리를 좌우로 흔들고 귓불을 쥐어뜯어도 소음은 가라앉지 않는다. 이윽고 웅얼웅얼하는 이명이 귀를 파먹고, 몸 구석구석이 프라이팬에 들들 볶이는 착각이 든다.

"눈 떠! 정부 전복을 시도했지? 제2의 4·19를 획책한 게 틀림없어!"

"정부 전복이라꼬예?"

나는 반사적으로 외친다. 거짓말처럼 정부 전복이란 단어가 선명하게 들린다. 그게 뭘 뜻하는지 간파하자 막혔던 입이 뚫린다.

"어데예! 지는 모립니더. 모린다 아입니꺼. 편지 한 장으로 정부를 전복한다는 기 말이 됩니꺼?"

"여기 이렇게 썼잖아. 대학생과 고등학생이 한꺼번에 들고일어나 4·19 때처럼 유신헌법을 철폐하자고. 그게 그 말 아닌가?"

"하진무! 배후를 대. 누구 지시받은 거야? 국가를 전복할 음모를 꾸민 작자가 누구야?"

"편지 누가 썼노? 우떤 놈한테 조종받은 기고?"

"어데예, 지 혼자 했심더."

나는 펄쩍 뛴다. 파김치가 된 몸이 본능적으로 반응한다. 국가 전복은 생각해본 적도 없다. 유신헌법을 철폐하자고 했지, 독재정권을 타도하고 민주정부를 세우자는 문장도 담지 않았다. 솔직히 심문을 받으면서도 데모 날짜를 명시하지 않은 점을 지적당하자 부끄러웠다. 거사 날짜도 안 잡고 무작정 유신헌법을 철폐하기 위해 들고일어나자고 했으니 무모한 선동에 불과했음이 드러났다. 궐기문 내용이 부실하기 짝이 없음을 알지만 나는 수사관들의 질문 공세에 더는 말려들지 말아야 한다.

"아무한테도 지시받은 적 없심니더. 박영길하고 김수명이는 아무것도 모립니더."

나는 내가 편지 문안을 썼음을 거듭 주장한다. 두 친구는 등사기만 잡았을 뿐이고, 그것도 열 장 정도 등사하다가 말았다고 우긴다. 답변치고는 군색하고 치졸해서 괴롭다. 국가 전복 혐의를 씌우려는 수사관들에 비하면 우리의 행동은 초라하기 짝이 없다. 박영길은 수사관들 앞에서도 민주주의를 지키려는 학생들의 정당한 행동이라고 강변할까. 김수명은 지하실에 왜 자신이 끌려왔는지, 조사받는 거 싫다고, 강압적인 분위기에서 인생이 까발려지는 게 싫다고 징징댈까. 두 친구에게 불이익이 돌아가지 않도록 안간힘을 쓰면서도 편지 사건이 참 볼품없는 졸작이라는 데 생각이 미치자 맥이 풀린다.

"얼씨구, 친구를 감싸시겠다? 대단한 우정이네. 헛소리하지 말고, 윗선을 대. 북괴 지령받았지?"

사각턱이 한마디 툭 던진다.

"어데예? 북괴 지령이라고예?"

깜짝 놀란 나는 빨려들듯 사각턱을 본다. 그는 총 대신 이쑤시개를 입에 물고 질겅질겅 씹어댄다. 사각턱은, 방금 전 곰탕을 먹고 포만감을 즐기는 표정으로 남의 인생을 작살낼 수 있는 말을 아무렇지도 않게 지껄인다. 분노가 치민다. 진이 빠졌던 몸에 저항 의지가 되살아난다. 사각턱을 향한 분노가 내게 전의를 회복시켜준다. 화를 내는 나 자신이 듬직하다. 수사관들 수작에 말려들지 않으려면 정신 바짝 차리자고 각오를 다진다. 이마를 책상에 쾅쾅 짓찧어서라도 머리가 팽팽 돌아가게 해야 한다. 이마가 찢어지고 피범벅이 되도 상관없다. 이성적으로 생각해야 한다. 수사관들의 노림수를 알아야 한다. 북괴 지령이라니. 거기에 휩쓸렸다간 인생 종 치는 거다. 서인석을 잊으면 안 된다. 그가 어떤 꼴을 당했는지 생생히 기억해야 한다. 방어막을 치고 수사관들의 공세에 맞서자! 죽느냐, 사느냐. 북괴 지령은 인생을 망치는 악마의 구렁텅이다. 서인석을 하반신 마비로 만들었듯 누구라도 거기에 걸리면 파멸이다. 대학이고 오인회고 내 인생이 생매장당하는 것이다. 나는 필사적으로 부르짖는다.

"지는 그런 거 모린다 아입니꺼. 생사람 잡지 마이소. 북괴 지령, 모립니더. 지 혼자 생각하고 편지 보낸 깁니더. 아무하고도 상의한 적 없십니더. 사실이라예, 믿어주이소."

"북괴가 학생 소요를 일으키려고 공작했잖아. 거기에 자넨 포섭당한 거고. 북괴 공작에 놀아난 거 맞잖아. 공작원하고 언제, 어디서 접선했어?"

깍두기머리가 착 가라앉은 목소리로 말한다.

"어데예, 맹세합니더. 이 자리서 쌔 깨물고 죽는 한이 있다 캐도 북괴하고는 아무 상관없십니더. 지는 공작 같은 거 모립니더. 의학공부만 하는 의대생이라예. 공작원이라 캤십니꺼? 꿈에도 만난 적 없십니더. 어데예! 의대하고 집만 왔다 갔다 하는 놈입니더, 지는."

"학생들이 데모를 하면 사회가 혼란에 빠질 거고, 그러면 북괴가 남침할 걸 몰라?"

이쑤시개를 엄지와 검지로 빙글빙글 돌리던 사각턱이 추궁한다.

"남침이라예? 전쟁 나모 젤로 먼첨 나가 싸우겠십더. 자유민주주의를 수호하기 위해 목숨 바쳐 싸우겠십더."

두개골을 쪼개 내 생각을 보여주고 싶다. 고등학생 때 반공궐기대회가 열렸던 공설운동장에서 열혈 학생들이 그랬듯, 수사관들이 보는 앞에서 혈서를 쓸 수 있으면 좋으련만! 사각턱에게 연필깎이 칼이라도 달라고 할까? 이 자리에서 침략전쟁에 목숨 바쳐 조국을 사수하겠다고 혈서를 써 보이겠다고. 그러면 수사관들은 내 진심을 믿어줄까. 북괴와 엮여서는 안 된다. 빨갱이로 낙인찍힌 제2의 서인석이 되면 안 된다.

"약속합니더. 침략전쟁엔 앞장서서 싸우겠심더. 지 목숨을 걸고 맹세합니더."

"광주 대단지 폭도들을 옹호했구만. 가난한 사람들을 정부가 구제해야 한다고? 위험해, 위험한 사고방식이야. 빨간 물이 줄줄 흐르는구만. 그래, 프롤레타리아를 끌어모아 정부를 뒤집어엎겠다? 프롤레타리아혁명 이론에 충실하게 따랐군. 공작원한테 학습 받았나?"

"공작원이라예? 어데예! 지는 참말로 그런 거 모린다 아입니꺼. 혁명 이론도 모립니더. 프롤레타리아라 캤십니꺼? 지는, 그런 무서번 단어 모립니더. 해부학이라모 몰라도 혁명 이론은 공부한 적이 없십니더."

"일본 자본을 끌어들여 공장을 지어야 일자리를 만들 수 있는 거 아닌가? 실업자가 얼마나 되는지 알기나 해? 일본에 종속된다고? 그래서 일본 자본 유입을 반대한다고? 미국 자본이 들어오면 미국에 종속되는 거고, 독일 자본이 들어오면 독일에 종속되고, 차관을 안 들여오면 공장 지을 돈을 어디서 빌려? 종속이 무서워 실업자를 양산할 수는 없잖아. 국민을 먹이고 입히는 게 정부가 할 일 아닌가?"

깍두기머리가 특유의 저음으로 차분히 말한다. 선데이서울을 뒤적이던 깍두기머리가 종속이란 단어를 들이대며 나를 압박한다. 그는 윽박지르거나 흥분하지 않는다. 육모방망이로 책상을 갈기던 바로 그 깍두기머리라고 하기엔 도저히 믿기지 않는다.

"언지예. 그기 말입니더, 신식민지가 될까바 염려해가꼬 그칸 기지예. 일본 제국주의서 해방된 지 몇 년이나 됐다고 그놈들한테 돈을 꺼올라 캅니꺼. 자꾸 그런 식으로 빚지다 보모 일본 놈들한테 또 맥힐까바 걱정돼서 그칸 깁니더."

"북괴 지령을 받고 움직였지? 언제 다시 접선하기로 했어?"

"지 혼자 편지 쓰고 등사하고 다 했십니더."

나는 울부짖는다.

"북괴 지령, 지하고는 상관없다 아입니꺼! 모립니더!"

곰탕을 다섯 그릇 먹었던가. 곰탕 그릇 수로 시간을 가늠하자고 나름 애썼다. 그것을 손꼽기도 차츰 헷갈릴 즈음, 사각턱을 따라 들어간 방에 난데없이 술상이 차려져 있다. 이건 또 뭐 하자는 수작인가. 수사관들에게 집중 심문을 당하고 뻗어버린 나를 위로하자는 속셈일까. 술상을 본 즉시 나는 반발한다. 북괴 지령이라는 터무니없는 혐의를 뒤집어씌우던 작자들이 술상으로 날 녹일 작정인가. 통닭구이 고문을 안 하는 대신 술 고문인가. 내 눈엔 소주가 소주로 안 보인다. 안주가 안주로 안 보인다. 술에 독약을 탔거나 유도심문을 위한 약물을 섞은 게 분명하다. 그렇지 않고서야 북괴 지령으로 몰아가는 반국가사범에게 술상을 차려줄 턱이 있나.

박영길과 김수명은 벌써 들어와 꿔다 놓은 보릿자루처럼 우두커니 서 있다. 수사기관에 끌려와 처음으로 얼굴을 보는 셈이다. 박영길은 무심결에 나와 눈을 마주쳤지만 김수명은 나를 외면한다. 내 일방적인 생각일까. 그는 고개를 갸우뚱 숙이고 있다. 위축된 데다 헐렁한 군복 탓인지 사람이기보다는 허수아비가 서 있는 듯한 착각이 든다. 옷이 인간의 신분을 바꿔놓을 수 있음을 깨닫는다. 군복 입은 김수명이 그 사실을 증명하고 있다. 평소 빛을 발하던 총기 서린 눈동자나 섬세한 손놀림은 온데간데없고, 손가락으로 건드리면 쓰러질 듯 위태위태하다. 내가 됐든, 수사관들이 됐든, 그가 타인 얼굴을 바로 보지 못하고 회피하고 있다는 게 느껴진다. 가공할 폭력이나 충격에 압도당한, 그래서 심신이 쇠잔해진 전형적인 몰골을 그는 여실히 보여주고 있다. 영길은 그런대로 봐줄 만했으나 수명은 부대 자루를 뒤집어쓴 듯 후줄근하니 영 볼품이 없다. 두어 걸음 앞에서 군복을 걸친 수명은 평소에 내가 알던 의대생 김수명이 아니다. 다리 밑에 사는 거지나 육이오 때 피난민이 연상되어 웃음이 나오려는 걸 참는다. 꾀죄죄한 몰골은 귀공자 김수명이 갖춰야 할 품격하고는 거리가 멀어도 한참 멀다.

그는 지금 무슨 생각을 할까. 중학교 삼학년 때처럼 전봇대에라도 목을 매려 할까. 사각턱에게 총을 쏴달라고 애걸할까. 그가 자살을 생각할 만큼 여유를 회복했을지 의문스럽다. 자수를 논의하던 날, 칵 죽어버리겠다고 엄포를 놓던 그를 생각하면 마음 한구석이 짠하다. 그는 지하실하고는 결코 어울리지 않는 인간이다. 그는 공포가 일상인 지하실보다는 국화차와 브람스가 흐르는 다다미방을 지켜야 한다. 군복 입은 김수명을 동성로 한복판에서 만났더라면 못 알아보고 지나쳤을 게 틀림없다. 나는 두 사람을 통해 내 몰골이 어떠하리라는 걸 알아차린다. 타인을 통해 내 신세를 확인한다는 건 독특한 경험이지만 고통스럽다. 고귀한 영혼과 정신세계가 짓밟힌, 폭력에 위협당하는 육체만 남은 인간. 그것이 현실에서 존재하는 나임을 인정한다는 건 비극이다.

술상을 채운 안주로는 순대와 두부, 닭발, 돼지 껍질, 오징어무침, 사과가 접시에 나왔다. 소주는 다섯 병이다. 자리 배정은 깍두기머리 옆에 내가 앉고, 수사관들 사이에 김수명과 박영길이 끼어 앉는다. 술상도 수사 기법에 속하는 게 틀림없다. 술을 먹이고 알코올에 긴장이 풀어지면 나는 수사관들의 심문에 놀아날 것이다. 유도심문에 걸려든 나는 술이 깨면 북괴 지령에 따라 움직인 빨갱이 반국가사범으로 변신해 있을 것이다. 저 술은 소주가 아니다, 독약이다. 약물을 섞은 안주는 내 의식을 흐리는 위장 음식일 뿐이다. 수사관들이 술을 먹기 전에 나는 절대로 술을 입에 대지 않으리라.

"소주엔 순댓국이 그만이지. 연말연시에 고생들 많아. 우리도 기분 좀 내자고."

"안주도 푸짐하네. 이 자식들 이거 아주 호강하네. 대접이 너무 과한 거 아냐?"

깍두기머리가 우리를 휘둘러보며 웃는다.

"날도 쌀쌀하고, 속도 출출하고…. 이럴 땐 쐬주가 최고지."

수사관들은 이구동성으로 한마디씩 던지며 잔을 돌린다. 저들은 송년회로 위장하기로 작전을 짠 걸까. 누가 보더라도 영락없는 송년회다. 술자리마저 수사 기법으로 써먹는 수사관들이 무섭다. 술을 권하면 마시는 시늉만 하자. 안주도 먹는 시늉만 하자. 소주병을 집어든 건 사각턱이다. 그는 가슴께에서 꺼낸 권총으로 익숙하게 병뚜껑을 딴다. 많이 해본 솜씨다. 그의 손놀림을 좇았던 내 눈은 박영길과 김수명을 재빨리 잡아챈다. 내가 권총을 보고 주눅 들었듯 두 친구도 당황하는 기색이 역력하다. 그들은 바짝 긴장한 채 권총에서 눈을 떼지 못한다. 권총을 병따개로 쓰는 술자리라. 두 친구를 보더라도 우리를 기죽이고 자신들이 목적한 바를 이루려는 위장된 술자리임이 분명하다.

"사내자식이 술 마시는 꼴 하고는. 의대생들은 고따우로 술 먹냐? 잔을 따라줬으면 시원하게 쭉 들이켜야지. 잔을 비워야 술맛이 나지. 쩨쩨하게 그게 뭐냐?"

사각턱이 혀를 차며 다시 내게 잔을 부딪친다. 꼼짝없이 잔을 들어야 할 판이다. 깍두기머리와 사각턱이 잔을 들이켰음에도 두 사람은 멀쩡하다. 의대생 망신을 시켜도 유분수지 술 때문에 쩨쩨하

단 소린 듣기 싫다. 그리고 사각턱의 말투에서 묘한 친밀감을 느꼈는데, 이웃집 큰형님 같다고나 할까. 나는 의대생 운운하는 바람에 같잖은 자존심 지키자고 단박에 한 잔을 마신다. 소주가 목구멍을 타 넘자마자 어지럼증이 기습했는데 하마터면 머리를 술상에 찧을 뻔했다. 비로소 지하실에 들어와 잠을 못 잤음을 깨닫는다.

북괴 지령 받은 반국가사범으로 몰던 수사관이 술 안 마신다고 핀잔을 주는 건 어디로 보나 어색하다. 사각턱이 동네 큰형님처럼 굴어도 북괴와 엮으려는 저들의 공작에 넘어가서는 안 된다. 의심스런 술상을 받고 있지만 수사관들의 행태로 보아 한 가지만은 분명해 보인다. 장욱진 교수가 장담한 대로, 도경 수사과장이 한 약속이 지켜지고 있다는 것이다. 과연 수사관들은 나를 고문하지 않을까. 방심해선 안 된다. 박영길과 김수명이 어떤 험한 꼴을 겪었는지 나로서는 알 길이 없다. 수사관들이 지켜보는 앞에서 두 친구에게 물어볼 수도 없다. 외관으로 보건데 그들도 나처럼 맞지는 않았으리라 여긴다.

"누가 주동자야?"

깍두기머리가 내게 잔을 권한다. 이건 또 뭔 수작인가. 그도 사각턱 못지않게 말투가 부드럽다. 그러나 그 말 속에 칼날이 숨어 있음을 나는 간파한다. 나는 지겹게 진술했다. 편지를 쓴 것도 나요, 등사한 것도 나요, 그러니 주동자는 다름 아닌 하진무가 분명하지 않은가. 그런데도 깍두기머리는 천연덕스레 아무것도 모르는 것처럼 시침을 떼고 시비를 걸지 않나. 되풀이해서 캐물으면 내 답변이 달라지리라 기대하는 걸까. 깍두기머리에게서 위험을 감지한 나는 본능적으로 박영길과 김수명을 쳐다본다. 느닷없는 반격에 두 친구는 죽을상이다. 깍두기머리 술수에 놀아나 우리 셋이 책임을 떠넘기며 추한 꼴을 보여서는 안 된다. 나는 오금을 박듯 말한다.

"접니더. 아까 다 말씀드렸다 아입니꺼."

"그랬었나? 의대생들은 우리도 처음 겪어서 말이야. 공부만 하는 줄 알았는데 정부 전복을 모의하니까 수상하잖아."

"어데예! 골백번이라도 말씀드리겠십니더. 여 두 친구는 아무 잘못이 없십니더. 지가 도와달라카이 우쩔 수 없이 등사만 쪼매 몇 장 했십니더."

"그럼 저 친구들이 자네 하수인이야?"

"언지예. 하수인 아이라예! 저희는 그런 관계 아입니더. 중학생 때부터 대학까지 주욱 함께 공부한 친구들입니더."

"이봐. 범죄는 가까운 사이에 모의하는 법이야. 정부를 전복하자면 최소한 목숨을 던질 각오는 해야겠지. 믿을 수 있는 사람이어야 한다 이거야. 정부를 뒤집어엎는 게 애들 장난이야. 까딱 잘못했다가는 이거 되는 거야."

깍두기머리가 손을 펴서 목을 치는 시늉을 해 보인다.

"의사고 나발이고 인생이 작살날 수 있는데 함부로 뛰어들어? 같잖은 친구 사이 의리 때문에? 자네들 바보야?"

“지 탓입니더. 저 친구들한테 도움을 요청한 기 접니더. 지가 책임질 일입니더.”

나는 침착하게 대꾸한다. 수명의 다다미방에서 그랬듯 나는 두 친구가 무사하기를 빈다. 고문을 안 당해서일까. 확실히 여유가 생긴다. 어떤 처벌을 받을지 몰라도 구차해지지 말자. 두 친구와 등사를 한 건 내 실수다. 그러니 형벌은 내 선에서 그쳐야 한다. 실수임을 인정하자 이 상황이 못 견디게 끔찍하다. 궐기문을 쓰기 전으로 돌아갈 수 있다면!

김수명이 서인석을 위해서 자신도 무엇인가를 하겠다는 의지를 밝힌 걸 나는 잊지 않고 있다. 김수명은 거기서 그쳤어야 했다. 등사기는 잡지 말았어야 했고, 나는 등사기를 들고 그의 적산가옥을 찾지 말았어야 했다. 나는 서인석을 병문안한 것으로 내 분노를 잠재웠어야 했다. 지하실이 아니라면 지금쯤 우리는 수명의 다다미방에서 송년회를 하고 있을지도 모른다. 나는 두 친구를 곁눈질한다. 박영길은 잔을 만지작거리고, 김수명은 안주 접시에 눈을 박고 있다. 지금이라도 두 사람을 풀어주었으면 좋으련만. 내가 두 사람 죗값을 떠안는다는 조건으로 말이다. 두 친구 인생을 책임지지는 못하더라도 그들을 불행으로 이끈 실수는 처벌받아야 하지 않을까.

“자네들 어떻게 될 것 같아?”

그때 내 의중을 꿰뚫듯 닭발을 씹으며 깍두기머리가 말한다.

“정부 전복을 모의했으니 사형, 무기 뭐 그렇게 되나?”

깍두기머리가 박영길에게 술을 따라주며 이죽거린다. 박영길은 잔만 받았지 대꾸할 말을 못 찾고 어물어물한다. 깍두기머리가 들라고 재촉하자 박영길은 겁에 질려 얼른 잔을 비운다. 내게 해부학과 골학을 가르쳐준 수재 박영길이 소주잔을 들고 떨고 있다. 군복을 입고 죄수처럼 말이다. 공포에 찌든 친구의 민낯을 빤히 봐야 한다는 건 고통이요, 수치다. 자존감을 잃고 쩔쩔매는 박영길이 나는 못마땅하다. 일부러 헛소리라도 지껄이든지 스스로 알아서 술을 마시는 게 낫다. 안주도 집어 먹고 깍두기머리 잔이 비면 술도 따라주고. 풀 죽은 꼴을 보여봤자 저들 눈에 얕잡아 보일 뿐이다. 어차피 술자리는 긴장이 풀어질 수밖에 없지 않나. 고문 공포를 잠시나마 잊을 수 있다는 것만 해도 커다란 행운이다. 포로일망정 자존감은 잃지 말아야 한다. 쌍꺼풀이 사과를 우적우적 씹는다.

"저분 날에 말입니더, 연탄가스 또 묷다 아입니꺼. 아들 땜에 걱정돼서 살 수가 있어야제, 이사를 하든지 해야제. 가스 묵고 참말로 골이 빌까 걱정된다 아입니꺼."

"연탄가스 먹은 건 이 친구들 같은데? 술 따라줘도 다 죽어가는 우거지상이야. 새파란 친구들이 술맛 떨어지게 골골거리고 말이야, 재수 없게."

사각턱이 소주를 채운 잔을 김수명 입에 들이대며 마셔봐, 마셔봐를 연발한다. 수명은 억지로 마셨다가 사레라도 들렸는지 가슴을 치며 연신 콜록거린다. 그 꼴을 본 수사관들은 배꼽을 쥐고 웃고, 파랗게 질린 박영길은 금세 울음을 터뜨릴 것만 같다. 나는 김수명이 받은 잔을 빼앗아 마시고 싶은 걸 겨우 참는다. 자리를 박차고 일어나 김수명은 술을 못 한다, 그 친구가 마실 술을 내가 다 마시겠다고 큰소리쳤어야 하건만 나는 지켜보기만 한다. 화가 나서 주먹을 부르르 떨지도 않는다. 우리가 무슨 꼴을 당하는지 두 눈으로 똑똑히 봐둬야 한다. 도경 수사과장이 몸에 손대지 말라는 부탁을 했을망정 술상을 차려주라고 하지는 않았을 것이다. 저들은 연말이고 하니 가볍게 술 한잔하자는 걸까. 우리에게 사형, 무기를 운운해가며 말이다. 우리 셋을 돼지 껍질 같은 안주로 삼아서?

깍두기머리가 자신이 마신 잔에 소주를 따라 내게 강권한다. 술자리 기생처럼 느껴져 기분이 더럽지만 나는 눈 질끈 감고 마신다. 안주로 닭발도 씹고. 시시껄렁한 농담으로 우릴 대하면 나도 깍두기머리를 쓰레기로 바라보면 그만이다. 저들이 우리 목숨 줄을 쥐고 있다고 자랑하는 한, 나는 수사관들이 원하는 대로 해줄 용의가 있다. 술 취한 나를 조사하겠다면 실컷 취하고 볼 일이다. 그리고 취중일망정 내가 사건 주모자임을 끝끝내 사수할 것이다.(이쯤에서 내가 왜 수사관들을 깍두기머리니 사각턱으로 부르는지 말해야겠다. 그들은 내가 보는 앞에서 한 번도 동료에게 호칭을 붙인 적이 없었다. 수사관 다섯 명이 한자리에서 술을 마시는데도 서로 직급이라든지 하여간 신분이 드러날 수 있는 호칭을 부르지 않았다. 예를 들어 거짓으로라도 김 실장이나 이 대리니 하는 호칭마저 그들은 거부했다. 고작 어이, 하는 정도로 동료를 부르는 게 전부였다. 그 점에 관한 한 그들은 실수를 저지르지 않았다. 나로서는 수사관들을 구분하려면 얼굴 생김새로 기억할 수밖에 없었다.)

대마초 가수를 비난하던 사각턱이 김수명에게 노래를 부르라고 손뼉을 쳐댄다. 수명이 노래를 못 하고 진땀만 흘리자, 노래도 못 하는 놈은 무기징역보다는 사형을 때려야 한다고 윽박지른다. 박영길에게 춤을 춰보라고 요구한 건 깍두기머리다. 고개를 깐죽대던 그가 손뼉을 짝짝 쳤고, 박영길은 태엽을 감은 곰 인형처럼 상체를 끄덕끄덕하다가 털버덕 앉는다. 환호성을 보낸 깍두기머리가 소주를 따라주었고, 박영길이 잔을 비우자, 깍두기머리는 다시 얼씨구나 하고 닭발을 영길의 입에 넣어준다. 그러나 내 친구 박영길은 닭발을 씹을 생각을 못 한다. 벌건 양념장이 입술에 번졌는데도 그는 멍청하게 닭발을 물고만 있다.

"이 친구 영락없는 피에로네. 이대로 '웃으면 복이 와요'에 출연해도 되겠어. 우리가 구봉서나 배삼룡한테 소개해주자고. 감옥 가면 의사도 못 될 거, 이번 기회에 코미디언으로 전향하는 게 낫겠어."

수사관들이 낄낄대고 웃는데도 박영길은 닭발을 씹을 줄을 모른다. 나는, 더는 눈 뜨고 볼 수가 없다. 영길아! 바보처럼 굴지 말고 닭발을 우적우적 씹어 무라. 그기 술안주다. 안주로 무라꼬 준 닭발이다! 그 곁에서는 김수명이 쌍꺼풀의 술 공세에 시달리고 있다. 돼지 껍질을 수명의 뺨에 비비던 쌍꺼풀은 끈질기게 수명에게 소주잔을 안겼는데, 억지로 받아 마신 수명이 웩웩거리며 토할 기미를 보이자, 토사물을 덮어쓸까봐 기겁해서 의자를 뒤로 뺀다. 나는 당하는 두 친구를 구경만 한다. 그제야 나는 안다. 수사관들이 두 친구를 가지고 놀 뿐 나는 제쳐놓았음을. 나는 술을 채운 잔이 돌아오면 제꺽제꺽 받아 마신다. 닭발, 순대, 돼지 껍질을 닥치는 대로 먹는다. 마셔도 취하지 않는다. 동글관이나 인화반점에서 이 정도 마셨다면 진작 혀가 꼬부라졌을 것이다. 깍두기머리가 "야, 데모 주동자는 다른데"라고 나를 놀리는 소리도 똑똑히 듣는다. 술자리 안주가 된 두 친구를 보면서 나는 생각한다. 지하실에서 벌어진 일을 우리는 기억할 수 있을까? 닭발을 물고 얼이 빠진 박영길을, 돼지 껍질을 얼굴에 처바른 김수명을 내 기억에서 지울 수 있을까. 두 친구는 자신들의 비루한 꼴을 생생히 기억할까. 만약에 석방되고 학교에 돌아가서 공부를 계속한다면? 대구에서 교편을 잡거나 병원에서 일을 한다면 얼굴을 마주 볼 수 있을까. 김수명의 다다미방에서 국화차를 마시는 날이 다시 올까. 지하실이 기억에서 지워지지 않는 한 우리는 서로에게 지옥으로 남을 것이다. 쌍꺼풀이, "이 자식 술 센데, 술독에 푹 담갔다 꺼내야겠어, 북괴의 지령이라고 술술 자백하게 말이야" 하고 나를 집적거린다. 깍두기머리는 "자네가 편지 썼지?" 하고 거머리처럼 김수명에게 달라붙어 떨어지지 않는다. 사각턱이 하수인 말고 주동자가 돼보는 게 어떠냐고 부추긴 박영길은 여전히 닭발을 입에 문 채 얼이 빠져 있다. 영길아, 닭발을 씹어 무라! 수명아, 잔을 비우라! 토할라모 깍두기머리 면상에 왕창 토해뿌라! 속으로만 부르짖은 나는 벌떡 일어나 김수명의 잔을 빼앗는다. 그리고 단숨에 마셔버린다. 나는 누구에게랄 것도 없이 울부짖는다.

"잔 받았으모 씨언하게 마시뿌라. 닭발 안주 물었으모 아작아작 씹어 무라. 씨발, 불쌍해서 몬 봐주겠다!"

곰탕을 몇 그릇 비웠나? 모르겠다. 박영길은 숟가락을 입에 넣고 우물우물 씹고, 김수명은 깍두기를 젓가락으로 집다가 실패한다. 곰탕 국물도 흘린다. 나는 깍두기 한 점을 손으로 집어 먹는다. 칠칠맞게 흘리는 것보다 그 편이 훨씬 깔끔하다. 개들이 주둥이를 밥그릇에 처박고 먹는 풍경이 머리를 맴돈다. 다행히 우리는 개처럼 으르렁대지는 않는다. 나는 두 친구와 눈을 마주치기 싫다. 빨간색으로 칠한 징벌방에 들어갔다 나온 우리 몰골을 눈에 담기란 고역이다. 지하실을 기억에서 지우려면 머리에 새겨두지 말아야 한다.

"자식들 운 좋은데."

사각턱이 백지 한 장씩을 우리에게 나눠준다. 서약서를 쓰라고 한다. 그가 서약서에 들어갈 내용을 일러준다. 이곳에서 겪은 일을 일절 발설하지 않겠다, 국법 질서를 지키며 학업에 힘쓰겠다…, 볼펜으로 쓰고 지장을 찍으라고 한다. 아, 풀려나는구나. 지옥 같은 지하실에서 나가는구나. 군홧발로 정강이를 까이지 않고 몽둥이로 맞지도 않고 밖으로 나간다. 장욱진 교수님, 이 은혜를 우째 갚아야 좋을지 모르겠십니더! 그가 도경 수사과장하고 한 약속이 지켜지

다니. 수사관들은 나를 두들겨 패지 않았다. 가슴이 뛴다. 편지 사건이 이것으로 일단락된다 싶자 날아갈 것만 같다. 어깻죽지에서 날개가 쑥쑥 자라나는 듯하고, 지하실을 훨훨 날아서 나가고 싶다. 박영길과 김수명도 백지를 받자마자 써 내려가기 시작한다. 두 친구의 어디에 그런 힘이 남아 있는지 신기하다.

나는 꿈인지 생시인지 긴가민가하지만 서약서라니 믿기로 한다. 서약서를 쓰는 데 한순간도 망설이지 않는다. 지하실을 벗어날 수 있다면 뭐든지 할 수 있다. 서약서는 한낱 종이 쪼가리에 불과하다. 서약서 따위가 내 영혼을 구속할 수는 없다. 나는 서약서에서 자유롭다, 서약서는 폭력 정권이 만든 위조문서에 불과하다, 그러니 무시해도 상관없다. 독재정권을 부정하듯 나는 독재정권 하수인에 불과한 수사관들이 요구한 서약서를 무시할 권리가 있다. 자존감이 미세하게 떨리는 것을 느끼지만 수치스럽지 않다. 나는 내 영혼에 호소한다. 나는 유신헌법 철폐를 주장했다! 유신헌법이 지배하는 국법을 지키겠다는 서약서 내용이 누가 봐도 앞뒤가 안 맞는다는 것을 나는 안다. 하지만 나는 그 점을 무시한다. 나는 내 영혼을 독재정권에 팔지 않았다. 나는 파쇼정권이 만든 악법을 무시한다. 내 영혼은 그 법 위에 군림한다. 지하실보다는 신선한 바깥 공기가 그립다. 더는 수사관들에게 시달리기 싫다. 인간은, 타인에게 구속되지 않고, 파쇼정권에 구속되지 않고 자유롭게 살 권리가 있다고 나는 부르짖는다.

"허튼짓 그만하고 공부나 열심히 해. 의사 될 놈들이 무슨 얼어 죽을 데모냐, 호의호식하고 살 놈들이. 꼴뚜기가 뛰니까 망둥이도 뛴다더니, 조용히 살아라."

사각턱이 말한다. 그가 빈정거렸음을 나는 안다. 하지만 나는 한쪽 귀로 듣고 흘려버린다. 지하실에서 나가는 게 중요하다! 비늘처럼 촘촘히 박혔던 공포가 한 꺼풀 한 꺼풀 벗겨지는 홀가분함이 온몸에 번진다. 황홀하다!

"앞으로 살아가면서 이거 잊지 마라."

사각턱이 서약서를 들어 보이며 경고한다.

"자네들 생명줄이야. 다시 한 번 섣부른 행동을 했다가는 자네들 인생은 그날로 사망선고야. 명심해."

"예!"

우리 세 사람 입이 동시에 터진다. 두 친구와 사전 약속을 한 적은 없다. 눈도 마주치기 싫지만 나는 고개를 두 친구에게 돌린다. 웃는지, 찡그린 건지 얼굴을 봐도 표정을 알 수 없다. 나는 박영길을 고교생 의식을 지녔다고 비난했다. 심지어 이번 기회에 박영길이 경찰에게 호되게 당한다면 독재정권의 실상을 알게 되리라고 억지를 부리지 않았나. 악마처럼 굴었던 내가 이제 박영길과 동격 인간이 되고 말았다. 친구를 심판했던 오만함은 간데없고 목숨을 구걸해서 살아난 나는, 오인희 남자로서의 자존감은 당분간 꾹꾹 눌러 파묻고 불러낼 생각을 하지 말아야 한다.

“자식들 엔간히 좋은가 보군.”

서약서를 챙긴 사각턱이 자신을 따라오라고 우리에게 명령한다. 그때 갑자기 출입문이 열리고 깍두기머리가 들어온다. 그가 박영길과 김수명을 가리키며 말한다.

“너희 둘은 나가고.”

그런 다음 깍두기머리가 나에게 손짓한다.

“자네는 남아.”

8

"눈 떠! 똑바로 떠!"

깍두기머리가 육모방망이를 쳐대며 악을 쓴다. 깡! 깡! 깡! 쇳가루가 튀며 불꽃을 일으킨다. 나는 그렇게 보고, 느낀다. 눈을 뜬다. 곰탕 그릇 수를 세는 건 진작 잊었다. 펜을 쥐고 백지에 눈을 굴린다. 백지가 하늘이나 구름으로 바뀌어 춤을 춘다. 잠을 못 잘 바에야 몽둥이찜질이 낫다. 지하실에 들어온 지 며칠이나 되었나. 김수명과 박영길은 나갔다. 그들은 곰탕을 몇 그릇이나 비웠나. 프레스가 철판을 찍으며 쿵쾅대는 굉음, 쾅쾅쾅 터지는 폭발음이 귀청을 찢는 소음방에 들어갔다 나온 뒤로는 시간을 감지하기가 갈수록 무뎌진다. 째깍째깍 시곗바늘 소리를 들을 수 있다면 좋으련만. 시간이 멈추었나, 나를 비켜갔나. 감을 못 잡겠다. 낮인지, 밤인지, 저녁인지, 아침인지, 해가 떴는지, 눈이 내리는지, 알 수가 없다.

깍두기머리는 줄기차게 쓰라고 윽박지른다. 도대체 뭘 쓰라는 걸까. 근사하게 보여줄 것이 있는 삶이라면 신나게 써나갔을까. 스물넷 의대생으로 공부밖에 한 것이 없지 않나. 아, 오인희를 사랑한다! 내 인생에서 최고로 잘한 일. 그 사랑을 여기에 써야 하나? 오인희는 보호해야 한다. 내가 여기서 죽는 한이 있더라도 그녀의 이름이 나와서는 안 된다. 내 사랑을 수사관들에게 밝혀야 한다면 이 자리에서 혀 깨물고 죽는 게 낫다. 오인희는 지하실에서도 나를 숨쉬게 하는 근원적 존재가 아닌가. 오인희 이름이 더럽혀진다면 하진무는 살아야 할 까닭이 없다. 깍두기머리에게 수모를 당할 때마다 나는 필사적으로 오인희 얼굴에 매달린다. 지하실에서 부르고 싶은 유일한 이름, 오인희! 그녀의 이름으로 얼룩진 내 영혼이 정화되기를! 인생 이력서에서 그녀의 이름이 빠진다면 그건 하진무 인생이 아니다. 지하실에 갇혀 거짓 인생을 기록하는 나는 하진무가 아니라 영혼 없는 허깨비다. 빌어먹을 거짓 자술서! 언제 어디서나 오인희 이름은 내 피로 쓴다, 하진무가 눈 부릅뜨고 살아 있는 한!

오인희의 회고

재수생이던 그해 여름, 우리는 충동적으로 서울역 앞에서 인천 송도행 버스에 올랐습니다. 그날은 한여름인데도 날이 끄무레했어요. 송도 바닷가에는 조개껍질 같은 텐트만 몇 동 보일 뿐 해수욕장은 한산했습니다. 백사장을 걷던 나는 몇 분 지나지 않아, 에라 모르겠다

하고 벌러덩 드러누웠지요. 모래밭 걷기란 내겐 사막에서의 고행이나 다름없었으니까. 진무 씨, 당신은 그런 날 기도 안 찬다는 표정으로 내려다보았지요. 어라? 뭐 저런 가시나가 다 있나? 아무 데서나 지 편한 대로 픽픽 드러눕고. 진무 씨가 뭐라 생각하든 지친 내게 모래밭은 이불이나 다름없었습니다. 송도해수욕장을 찾았던 이튿날 새벽은 푸르스름한 안개처럼 다가옵니다. 짭짜름한 바다 냄새, 갯벌, 솔가지에 걸린 새벽달, 파도 소리와 끼룩대는 갈매기, 비 개인 여름 새벽 공기, 솔숲 사이로 뻗은 오솔길, 비에 젖은 식당과 여관 상점들. 해송이 어우러진 새벽 산책은 지금도 선명한 풍경으로 남아 있습니다. 바람결에 솔잎에서 구르는 물방울에 얼굴을 내맡기던 스무 살과 그 새벽은 언제나 한 묶음으로 피어납니다. 어둠이 내리자, 나는 당신을 의식하지 않고 여관에 들었습니다. 어둠이 내리면서 해수욕장에는 비가 내렸고, 바닷가는 삽시간에 썰렁해졌답니다. 여관에 몸을 부리고서도 우리는 밖에서처럼 낄낄대기 일쑤였지요. 차를 오래 탄 탓인지 피곤이 엄습했고, 나는 버릇처럼 이불을 깔고 뒹굴었답니다. 희희덕대며 지껄이던 당신이 내 몸에 손이라도 댈라치면 나는 냅다 발로 걷어찼지요. 옆방에서 시끄럽다고 벽을 쿵쿵 쳐대도 우리는 이불에 구르며 공방전을 벌였고요. 비 내리던 그 밤, 송도여관에서 나는 당신이 내 몸을 안을 수 있게 내버려두었습니다. 스무 살에 사랑은 연기가 아님을 그날 밤 깨달았답니다. 아, 인간의 육체가 절정에서 빚어내는 쾌감이라니. 새벽에 깨어나니 창밖에 달빛이 환했지요. 달님이 그대로 내 몸으로 들어오는 황홀함이라니! 언젠가 당신은 각자의 몸에 우리 둘의 인생을 심어놓자고 했습니다. 당신 말이 옳았습니다. 사십 년이 지난 지금도 내 몸은 그날 밤을 온전히 되살리고 있으니까요. 동성로, 동인여관, 삼덕성당을 지난 우리 두 사람의 발길은 봉산동으로 접어들곤 했답니다. 경북대 사대 부설국민학교, 경북대 사대 부설중학교, 공원처럼 숲이 우거진 경북대 의대를 돌아보고 길 건너 미국문화원으로 이어지는 길을 하염없이 걸었습니다. 닭갈비집, 노래방, 옷가게, 술집, 카페가 들어선 삼덕동 골목은 예전에는 고즈넉한 주택가였습니다. 삼덕동 한복판에 예전엔 교도소가 있었습니다. 사대 부중을 다닐 무렵, 학교에 가려면 그 앞을 지나쳐야 했어요. 어느 날 당신과 삼덕동을 거닐며 교도소가 있던 데를 일러주자 당신은 애들하고 놀러온 적이 있는 것 같다고 추억에 잠겼지요. 사대 부중 여학생인 내게 육중한 철문이 가로막은 교도소는 무시무시했답니다. 듣기에 죄지은 사람들이 갇힌 감옥이라나요. 언제나 철문이 굳게 닫혀 있었고, 총을 든 경찰이 보초를 섰습니다. 성벽 같은 담은 얼마나 높았던지! 주택가 담하고는 비교가 안 되었답니다. 여중생인 나는, 빨간 벽돌로 튼튼히 쌓은 그 담장 안을 한 번만이라도 구경하고 싶었습니다. 그러나 내 작은 키로는 까치발을 해도 어림없었습니다. 나는 무서운데도 교도소 앞을 지나칠 때는 느릿느릿 걸었습니다. 길바닥에 물을 뿌리는 경찰복 입은 아저씨가 교도소 구경을 하라고 철문을 열어줄지 모른다는 기대를 저버리지 않았으니까요. 개돼지도 아닌데 사람이 사람을 우리 안에 가둔다는 게 이해할 수 없었답니다. 당신에게도 말했지요. 그 안에 어떤 사람들이 살고 있는지, 무슨 죄를 지었기에 짐승처럼 돌담 안에 갇혀 있는지 궁금했었노라고. 우리 두 사람이 걸었던 삼덕동 골목은 집 안에서 부르는 노래나 풍금 소리가 담장을 넘나들곤 했습니다. 느릿느릿 걸어도 이따금 오가는 사람들을 마주할까, 우리에게는 알토란 같은 골목이었어요. 두 개의 밤 풍경이 떠오릅니다. 골목을 비추는 달빛과 가로등. 삼덕동성당 옆, 골목 한 귀퉁이에 정구장이 있었습니다. 달이 뜬 그 밤 당신과 나는 노래를 부르지요. 바람이 서늘도 하여 뜰 앞에 나섰더니… 보리밭 사잇길로 걸어가면 님이 부르는 소리 있어… 나는 당신의 어깨에 기대어 달님을 눈으로 좇지요. 가로등은 동인여관과 이웃한 빈터에 서 있었습니다. 아무도 없는 그곳에서 우리는 자주 춤을 추었지요. 당신의 왼손이 내 오른손을 잡고, 내 왼손은 당신의 어깨에, 당신의 오른손이 내 허리를 감지요. 당신이 입으로 쇼스타코비치 왈츠를 연주하지요. (그 무렵엔 쇼스타코비치가 금지곡이었을 텐데 당신은 어디서 쇼스타코비치를 듣고 왔는지!) 나비처럼 사뿐히 발을 놀리려 해도 당신은 자주 내 발등을 밟아요. 고깔모자를 쓴 가로등이 우리 머리 위에서 주홍빛을 뿌려주던 밤.

"오인희, 잊지 마. 앞으로 우린 이렇게 살 거야. 언제나 이 순간처럼 살아야 돼. 백 년을 살더라도 마음먹은 대로 살지 못하면 죽은 인생이야. 나는 그렇게 안 살 거야."

당신이 내게 속삭였습니다. 나는 당신에게 고개를 끄덕였어요. 가로등 불빛에 물든 당신은 나를 힘껏 안았습니다.

"내 심장 뛰는 소리 들리지? 이게 살아 있는 인생이야. 서른, 마흔 아니 육십이 넘어도 내 심장은 지금처럼 쿵쾅거릴 거야. 오인희 네 얼굴이 내 심장을 뛰게 해! 난 그 울림을 잊지 않을 거야. 그건 죽은 인생이거든."

나는 닥치는 대로 쓴다. 볼펜 쥔 손이 움직이는 대로 움직일 뿐이다. 지난 삶이 토막토막 흐른다. 종이에 적힌 내 인생도 잠에 묻힌다.

"졸지 말고 계속 써. 자꾸 쓰면 반드시 기억난다. 뭐든지 써."

깍두기머리의 말은 맞다. 볼펜을 쥐고 쓰면 쓸수록 지난날이 새록새록 떠오른다. 예전엔 몰랐던 놀라운 글쓰기 힘이다. 까맣게 잊었던, 그 어떤 지난 삶도 기막히게 살려낸다. 마법이 따로 없다.

"안 돼! 내는 죽지 않았다카이. 죽으모 안 돼!"

나는 울부짖는다. 눈을 뜨니 지하실이다. 꿈이 워낙 생생하다. 오인희는 어디로 갔을까. 나는 죽지 않고 살았나? 진정 꿈이었나? 손으로 코와 입술을 더듬고 눈두덩을 꼬집는다. 살아 있다! 죽지 않았다! 꿈속에서도 죽어서는 안 된다.

"잠자러 여기 들어온 줄 알아? 일어서!"

깍두기머리가 육모방망이를 휘두른다. 깡! 깡! 그 소리가 반갑다. 내가 죽지 않았음을 확인한다. 그래선 안 돼. 오인희를 두고 죽을 순 없어!

"따라 나와."

깍두기머리가 문을 연다. 나는 자리에서 일어선다. 걷는다. 불빛이 흐릿한 복도를 걷는다. 깍두기머리가 이끄는 대로 계단을 오르고, 지하실 방에도 여러 군데 들어갔다 나온다. 나는 그저 어기적어기적 걷는다. 졸린 눈을 비비며 비척비척 걷는다. 방향감각도 없는데, 어딘지도 모르는 계단을 오르내리다가 다시 깍두기머리가 연 문으로 들어간다.

얼마 만에 보는 바깥 세상인가. 지하실에서 나왔다는 것만으로 숨통이 트인다. 비록 지프차 안이지만 살 것만 같다. 뒷좌석에 앉은 내 양옆에는 밀착한 수사관들이 내 몸을 압박한다. 나는 옴짝달싹할 수가 없다. 시선은 오직 정면만 향할 뿐이다. 옆 차창은 기웃거려봤자 꺼먼색이라 갑갑함만 불러일으킨다. 나는 운전석과 조수석 사이 차창으로 거리를 오가는 사람들을 눈으로 쓸어 담는다. 약국에서 나오는 할머니, 사과 선물 상자를 든 중년 여인이 한약방을 돌아 골목으로 접어들고, 쌀가게에서 흥정하는 여인들, 신문 가판대와 버스정류장에서 버스를 기다리는 교복 입은 학생들…. 차창에 넘실대는 사람들을 나는 홀린 듯 바라본다.

사람들의 평범한 일상이 저토록 아름다웠던가. 정육점에서 돼지고기를 사들고 나오며 깔깔대고 웃는 여자가 부럽다. 거리를 활보

하며 신문도 사 보고 풀빵과 호떡도 먹고 싶다. 그러나 행인들이 안겨주었던 기쁨도 잠시, 오인희를 만날 생각을 하면 막막하다. 아침인지 점심인지 넌덜머리 나는 곰탕을 먹고 나서다. 깍두기머리가 증거물 수집하러 외출할 거라며 옷을 갈아입으라고 했다. 증거물인 등사기와 고교 졸업 앨범을 확보하러 간다는 것이었다.

외출이라는 말에 가슴이 설레었던 나는 이내 풀이 죽었다. 오인희를 무슨 낯으로 보나. 오인희 남자가 오인희 보기를 두려워하다니. 내 얼굴을 찢어발기고 싶다. 오인희가 알아보지 못하게. 지하실에서 저지른 일들이 난파선 부유물처럼 눈앞에 출렁거린다. 죄의식 없이 서약서를 쓰고, 비난을 퍼부었던 박영길과 동격 인간이 되고, 심지어 침략전쟁에 목숨을 바치겠노라고 맹세를 했다. 이러고도 오인희 남자라고 할 수 있을까. 잠시만 졸아도 사각턱이 팔꿈치로 옆구리를 찌른다. 지하실을 벗어났지만 나는 한순간도 눈을 감아서는 안 된다. 잠들 기미만 보이면 사각턱과 깍두기머리가 어느새 어깨나 팔을 흔들어댄다. 달리는 차 밖으로 몸을 던져서라도 이 시간을 모면하고 싶다. 그러나 내겐 차 문을 열 힘도 남아 있지 않다. 깍두기머리와 사각턱은 맷돌처럼 나를 찍어 누른다.

오인희를 생각하면 죽고 싶은 심정이다. 오인희에게 고교 졸업 앨범을 맡기는 게 아니었다. 내게 이런 날이 올 줄은 정말 몰랐다. 오인희를 피하려고 안달을 하다니 도저히 있을 수 없는 일이다. 내 발등을 찍어야 할 일은 또 있다. 오인희 집 주소를 깍두기머리에게 순순히 알려주고 말았다. 나는 숨기려고 기를 쓰지도 않았다. 오인희 이름을 드러내지 말자고 다짐했건만 증거물을 수집하러 간다는 데야 더 버틸 재간이 없었다. 반면 고교 졸업 앨범을 구해준 조성우는 순순히 털어놓았다. 그가 나중에 당할 일은 가늠하지 않았다. 오인희 이름을 밝히지 말아야 한다고 단단히 각오를 했건만, 그녀의 얼굴을 볼 수 있다는 생각에 그만 허물어지고 말았다. 그 후유증을 우려했음에도 나는 자제력을 잃고 말았다. 오인희를 본다는 건, 단순히 집을 찾아가는 것에 그치는 문제가 아니다. 어쩌면 수사관들은 꼬투리를 잡으려고 오인희 아버지 뒷조사를 하고 가족들 신상조사를 마쳤을 것이다. 오인희 아버지와 식구들이 겪었을지도 모를 고난을 생각하면 눈앞이 깜깜하다. 목적 달성을 위해서라면 수단과 방법을 가리지 않는 수사관들이 아닌가. 술 고문을 나는 잊지 않았다.

내가 아는 고등학교 동창은 그의 집안은 물론 형님 처가까지 극심한 탄압을 받았다. 서인석이 관여했던 '자유'지 사건으로 수배 중인 동창 녀석을 체포하기 위해 경찰은 식구들을 하나하나 잡아들였다. 신문 보급소를 운영하던 부친은 보급소 문을 닫고 몸져누웠다. 상품 포장용 종이 상자를 생산하는 중소기업을 운영하던 그의 형은 세무조사를 받고 회사 문을 닫고 말았다. 동창 녀석의 집안을 말아먹은 경찰은 동창 형님 처가 대문에 순찰함을 설치했다. 경찰 감시를 견디다 못한 처가에서는 이혼을 요구했고, 동창의 형님은 결국 결혼 생활이 파탄 나고 말았다. 그런 사실을 뻔히 알고 있으면서도 나는 오인희 집 주소를 경찰에 밝히고 말았다. 변변한 저항도 못 하고 말이다.

오인희에게로 가는 이 순간은 죽음인가 삶인가. 살아 있다고 하기에는 너무 고통스럽다,라고 나는 내뱉는다. 진심이다. 부디 오인희가 가련한 영혼을 뿌리치지 않기를! 나는 부끄럼도 모르고 오인희에게 또 매달린다. 죽음에 발을 내딛더라도 나는 두려워하지 않으리라. 오인희가 곁에 있는 한. 부디 그 사랑이 지옥 같은 현실에서 나를 구원하기를!

"오인희만 있으모 된데이. 내를 살리낼 수 있는 사람은 오직 오인희뿐이다…."

나는 혼잣말을 중얼거린다. 허벅지를 붙인 깍두기머리 귀에도 가 닿지 않는 목소리로. 지프차는 동인목욕탕 건너편에 있는 양복점 앞에서 멈춘다. 차에서 내린 나는 수사관들과 동성로를 건너 사거리 쪽으로 걷는다. 어지럼증에 발걸음이 휘청거린다. 분주히 오가는 사람들 때문에 정신이 혼미하다. 오인희를 만나러 갈 때 뻔질나게 지나던 길임에도 몽유병자처럼 방향감각을 잃고 두리번거린다. 꿈속에 내동댕이쳐진 것처럼 모든 게 낯설다. 손수레에서는 빵모자를 쓴 사내가 고구마와 군밤을 팔고, 제일극장 앞에는 대낮임에도 젊은 친구들이 북적거린다. 내 걸음은 지물포, 정육점, 만홧가게, 구멍가게, 추어탕집, 연탄가게를 지나 골목으로 접어든다.

수사관들은 사냥감을 몰아대듯 내 곁에 바짝 붙어 따라오고 있다. 밀착 감시를 푼 수사관들이 도망을 가라고 해도 나는 몇 걸음 못 가 고꾸라졌을 거다. 건물들 사이를 파고든 오후 햇살이 내 눈을 찌른다. 몇 걸음 걷지 않아 파란 대문이 보인다. 버릇처럼 그쯤에서 걸음을 멈춘 나는 어지럼증도 달랠 겸 숨고르기를 한다. 수사관들은 내게서 눈을 떼지 않는다. 나는 그들을 무시하고 힘차게 외친다.

"영길아! 영길아!"

느닷없이 고함을 지르는 나를 수사관들은 내버려두지 않는다. 그들은 내 입을 틀어막고, 나는 혼신을 다해 소리를 지른다. 나는 오인희에게 평소처럼 보이고 싶다. 수사관들에게 기죽은 내 꼴을 보이기 싫다. 수사관들의 입막음에도 악착같이 외치건만 목소리는 더는 나오지 않는다. 뱃가죽이 꺼진 듯 급작스런 허기에 말문이 막히고, 나는 버르적대다가 늘어지고 만다.

"이 자식 뭐 하는 거야? 왜 이래?"

나를 부축한 깍두기머리가 내 빰을 툭툭 쳐댄다. 나는 그 상태에서도 입을 놀려 영길이를 부른다. 목청껏 외쳤다 싶은데 소리는 전혀 나오지도 들리지도 않는다. 내 입을 막았던 사각턱이 손을 떼고, 수사관들도 내 행동을 제지하지 않는다. 그들도 내 입에서 나온 엉뚱하기 짝이 없는 '영길아!'가 무엇을 뜻하는지를 알아챈 걸까.

"주소 보니 저 파란 대문이 맞네."

깍두기머리가 말한다. 깍두기머리 손에서 벗어나 혼자 서려고 나는 비척거린다. 오인희에게 허물어진 몰골을 보여서는 안 된다. 삼 분이나 지났을까. 오인희가 대문을 열고 나온다. 나는 허리를 꼿꼿이 펴려고 애쓴다. 오인희에게 시들시들한 꼴은 보이기 싫다.

"우야꼬! 어데 갔다 인자 왔노? 연락도 안 하고."

내 손을 잡은 오인희가 발을 동동 구른다.

"얼굴이 와 이라노? 반쪽이 됐다 아이가. 먼 일이 있었던 기고?"

"얘기는 난중에 하고 저분 날에 맽깄던 고교 졸업 앨범 있제? 그거 가꼬 나온나."

나는 울상인 오인희에게 말한다. 그제야 그녀도 곁에 있는 수사관들을 흘낏거리고, 상황 파악을 했는지 걱정스런 낯으로 주춤주춤 물러선다. 나는 그녀에게 밥은 잘 먹고 있냐고, 아픈 데는 없냐고 안부도 묻지 못한다. 안부 인사는커녕 앨범을 돌려받는답시고 불쑥 나타나 가슴을 철렁하게 했을 뿐이다. 앨범을 맡기면서도, 극장에서도, 광화문 포인트다방에서도 그녀에게 편지 사건을 설명하지 않았다. 그녀가 무슨 일이 생겼는지를 그토록 캐물었음에도 나는 묵묵부답으로 일관했다. 지금도 아무것도 모르는 오인희를 불안에 빠트리고 있다. 그것도 낯선 사내 둘을 달고 와서 말이다. 그녀가 느꼈을 당혹감을 생각하자 참담하다.

문득 나라는 인간에게 오인희를 이런 식으로 대할 자격이 있는지 의문스럽다. 지난 가을 데모부터 오늘까지 돌아보더라도 그녀에게 해준 게 없다. 예과 때는 해인사 여행도 가고 서울 극장 나들이도 자주 했건만 올 가을 겨울에는 삭막하게 보냈다. 아, 오인희를 너무 혼자 있게 했구나. 고작 이 꼴을 보자고 오인희를 홀로 버려두었나. 오인희에게 피해 안 가도록 조심한 탓이지만 그녀를 방치했음은 엄연한 사실이다. 유신헌법 철폐 투쟁도 실패하고 사랑하는 여자를 볼 면목도 없는 인간, 바로 나 하진무다. 오인희는 앨범이 든 가방을 들고나온다. 나는 가방을 받으며 말한다.

"간데이. 밥 잘 묵꼬."

"우야꼬… 진무 씨, 어데로 가는 기고? 그래 가모 우짜노?"

오인희가 울먹이며 돌아선 나를 부른다. 멈칫했던 나는 가방을 움켜쥐고 걷는다. 그녀의 목소리가 등짝에 달라붙었지만 뒤돌아보지 않고 골목을 빠져나간다.

"손도장 찍어."

깍두기머리가 서류 뭉치를 내민다. 그가 육모방망이로 짚은 곳을 나는 멍하니 들여다본다. 수마에 무릎 꿇은 나는 될 대로 되라는 심정이다. 의자에 앉아 있기도 버겁다. 육신이 퍼석퍼석한 흙덩이 같다. 깍두기머리가 호통이라도 치면 머리부터 발끝까지 산산이 부서져 내릴 것만 같다. 아무데나 쓰러져 자고 싶다. 내 신상이 어떻게 처리되든 상관없다. 내 의지로 할 수 있는 것이라고는 아무것도 없다. 잠을 자야 한다, 내가 원하는 건 그것뿐이다. 심문과 자술서 쓰기를 무사히 통과했던가. 사각턱도 쌍꺼풀도 깍두기머리도 더는 닦달하지 않는다. 모르겠다. 제대로 조사를 받았는지 모르겠다. 어떤 처벌을 받을까. 그것도 감을 못 잡는다. 결과를 가늠하기에는 내 사고력은 진작 바닥을 드러냈다. 나는 언제부터인가 생각하기를 멈추었다. 이성은 잠든 지 오래되었고, 불면에 잠식당한 지성은 생존 욕구마저 시들해지도록 말라비틀어졌다. 쓰라면 쓰고 먹으라면 먹었다. 수사관들에게 길들여진 나를 지배하는 것이라고는 수면욕뿐이다. 돼지우리에 처넣어도 좋으니 잠깐이라도 자게 해주었음 원이 없겠다.

나는 무의식적으로 깍두기머리가 던져준 서류를 끌어당긴다. 아, 이제 끝나는구나. 잠을 잘 수 있겠구나. 지하실을 나갈 수만 있다면 무슨 짓을 못 하겠는가. 서류 뭉치에 손을 얹은 나는 두세 겹으로 겹쳐 보이는 글자를 더듬더듬 훑어 내려간다. 손가락으로 짚어가며 손도장을 찍을 자리를 찾던 내 눈에 국가보안법이라는 글자가 불쑥 솟구친다. 국가보안법이라니! 죄목이 국가보안법이라니! 나는 기겁한다. 잠이 확 달아난다. 내가 국가보안법으로 처벌해야 할 중죄인이라니. 이럴 수는 없다. 그것은 곧 죽음이요, 생매장이 아닌가. 눈꺼풀을 쓸어내며 국가보안법 위반이라는 글자를 거듭 확인한다. 심장이 얼어붙는 것만 같다. 불면에 흐느적대던 공포가 어느새 다시 활개를 치기 시작한다.

"이기는 아입니더!"

나는 부르짖는다.

"뭐야?"

깍두기머리가 눈을 치뜬다. 귀찮다는 표정이 역력하다.

"이기는 참말로 아입니더. 이캐선 안 됩니더. 지는 인정할 수 없심니더."

어디에서 그런 힘이 났는지 모르겠다. 불면으로 시름시름 앓던 나는 단호히 국가보안법을 거부한다. 얼마 만에 내 의지를 드러내 보였는지! 깍두기머리는 어라, 이놈 봐라, 하는 표정으로 나를 꼬나본다.

"인정할 수가 없으시다? 인정할 수가 없다. 나 참 어이가 없네."

그는 육모방망이를 손바닥에 치며 굵은 저음으로 말한다. 목소리에 음산함이 묻어난다.

"자네 여기가 어딘지 잊었구만. 지금 애들 장난하는 줄 알아?"

"장난이라예? 지 목심이 왔다 갔다 하는 판에 장난이라예? 국가보안법으로 처벌받아야 할 맨키로 저 죄짓지 않았심더. 차라리 이 자리서 억수로 뚜디리 패이소. 죽도록 맞겠심더. 죄지은 맨키 벌 받겠심더. 국가보안법은 안 됩니더. 죽어도 안 됩니더."

"자넬, 패라고? 이거 섭섭해서 어쩌나. 기껏 대접해줬더니 매타작을 해달라. 사람을 뭘로 보는 거야. 어이, 자네 눈엔 우리가 깡패로 보이나? 대한민국을 수호하기 위해 대공 전선에서 불철주야 뛰는 우리들이야. 그런 우리를 공로패는 못 줄망정 깡패 취급하다니

섭섭해. 자네, 입 함부로 놀릴 건가?"

"지가 말을 잘몬했다모 용서하이소. 우쨌든 국가보안법은 안 됩니더."

나는 애원한다. 깍두기머리가 육모방망이로 등짝이며 팔뚝, 어깻죽지를 후려치기를 진심으로 바란다. 국가보안법을 지울 수만 있다면 얼마든지 맞을 자신이 있다. 국가보안법만 대체할 수 있다면 팔다리가 부서지더라도 상관없다.

"이 친구야. 자넨 대한민국을 부정했잖아. 국가를 전복하려고 했던 거 아냐? 전국에 있는 대학생과 고등학생을 동원해서 대한민국 정부를 뒤집어엎으려고 했잖아!"

"그래 생각해본 적 없십니더. 국가보안법은 안 됩니더. 다른 걸로 바까주이소. 집시법이라든동 하여간 다른 죄목으로 바까주이소. 국가보안법은 죽어도 안 됩니더!"

나는 육모방망이를 붙잡고 눈물을 질금거린다. 깍두기머리가 육모방망이로 때린다면 지하실 바닥을 데굴데굴 구르며 맞을 용의가 있다. 엉덩짝에 넓적다리에 종아리에 발바닥에 육모방망이가 퍽퍽 소리를 내며 육체를 파먹을 때마다, 나는 기쁨에 겨워 킬킬댈 것이다. 머리, 가슴, 뱃구레, 옆구리, 허리, 등짝, 허벅지, 종아리가 갈가리 찢겨 나갈수록 국가보안법도 조각조각 떨어져 나가며 희열을 안겨주리라. 그렇게 되어야 한다. 이런 식으로 내 인생을 망친다는 건 얼토당토않다. 나는 이십 대 팔팔한 나이에 감옥에서 평생 썩을 생각이 없다. 궐기문 한 장으로, 그것도 전국대학총학생회 회장들에게 편지를 보냈다는 것만으로, 내 인생을 파멸로 몰아넣어서는 안 된다. 감옥에서 인생을 낭비하는 것은 육체에 가해지는 고통과는 차원이 다르다. 고문을 당한 육체는 손상을 입더라도 세월이 지나면 회복이 가능하다. 정신적 상흔이 평생 갈 수도 있지만 감옥에서 썩는 것보다 낫다. 고문이라면 서인석이 있지 않은가. 하반신이 마비된 내 친구 서인석.

인석이는 고문 사례치고는 최악이다. 한마디로 지독히 운이 나빴다고나 할까. 고문을 받았다고 해서 누구나 하반신이 마비되는 건 아니다. 그랬더라면 수사기관에 잡혀간 그 숱한 사람들이 병신이 되거나 죽어 나갔을 것이다. 강기복도 지난번 시위로 경찰에서 무지막지하게 맞았다. 그는 시골에서 개를 잡아 달여 먹고 부서진 몸을 회복했다. 팔다리를 못 쓰거나 어디 한 군데 마비되지 않고 그는 멀쩡히 돌아다닌다. 외양만으로는 강기복이 경찰에서 고문을 당했다고는 누구도 안 믿을 거다. 설사 갈비뼈가 몇 대 부러지는 한이 있더라도 국가보안법 굴레는 벗어야 한다. 뼈는 언젠가 붙는다. 그러나 국가보안법 빨간딱지는 이마를 인두로 지진 듯 영원히 지워지지 않는다. 큰형님처럼 식물인간이 될 수는 없다. 감시당하며, 하고 싶은 공부도, 직업도, 세상 나들이도 할 수 없다면 그건 죽은 인생이다. 나는 꿈과 하고 싶은 일이 많은 청년이 아닌가. 고작 스물넷이다. 오인희와 세상 곳곳을 여행해야 하고, 집을 짓고 자식들도 낳아야 한다. 의사가 되어 환자를 치료하고 책도 써야 한다. 식물인간이 된다면 내 인생 설계는 깡그리 잿더미에 파묻힐 것이다. 살아남는 것보다 중요한 게 어디 있는가. 생존 본능을 거스르는 것이야말로 인생을 모독하는 것이 아닌가. 저들은 나와는 아무 상관도 없는 작자들이다. 그저 우연히 만났을 뿐이다. 지하실만 벗어나면 영영 얼굴 볼 일이 없을 거다. 저들도 나를 기억하지 않을 거고. 그럼 지하실에서의 나도 없었던 거다. 터무니없는 국가보안법을 떠안고 인생을 망쳐서는 안 된다. 주저 말고 생존 본능에 나를 맡기자. 서인석을 재수 없는 사례로 떠넘기면서도 아무렇지도 않다. 서인석을 위한답시고 편지 사건을 저질렀던가? 몽둥이로 척추를 맞을 확률은 그리 높지 않다. 인석인 운이 나빴을 뿐이야. 살고 봐야 한다. 서인석처럼 되기는 죽어도 싫다. 무엇보다도 생존 본능이 국가보안법을 피해야 함을 일깨우고, 깍두기머리에게 맞설 수 있는 힘을 뭉클뭉클 샘솟게 한다.

"어이, 의대생 나리. 죄목을 바꿔달라고? 엿장수 맘대로인 줄 아나 보지? 대한민국을 전복하자고 선동해놓고 쩨쩨하게 나오는 거 아냐? 국가보안법은 돼야 비싸게 보이지. 집시법은 너무 싸구려야. 자네를 그렇게 취급하면 안 되지."

"어데예. 잘못했심니더. 국가보안법만 취소해주이소. 지발 집시법으로 정정해주이소. 죗값을 달게 받겠심더. 반성하고 있심니더."

서류 뭉치를 밀친 나는 의자에서 일어난다. 나는 한 걸음 옆으로 비켜서서 깍두기머리를 마주 본다. 그리고 바닥에 무릎을 꿇는다. 나는 눈물로 호소한다.

"지도 애국할 수 있는 길을 열어달라는 말씀입니더. 의학도로서 국가를 위해 봉사할 수 있게 기회를 달라는 깁니더."

"어라, 무릎 꿇고 비시겠다. 이거 생각보다 심각하네. 이렇게 세게 나올 줄 몰랐는데. 이거 봐, 국가보안법이 그렇게 싫어?"

"싫은 정도가 아입니더. 그래 바꿀 수만 있다모 목이라도 매달고 싶은 심정입니더."

"목을 매다시겠다? 이거 점점 재밌어지는데. 자네가 그러니까 마음이 약해지잖아. 국가 전복을 획책한 반국가사범이 국가보안법이 마음에 안 들어 목을 매시겠다. 게다가 대한민국을 위해 봉사까지 하시겠다. 이거 어느 게 진심인지 헷갈려서 말이야."

"진심입니더. 지는 앞날이 창창한 의학돕니더. 국가를 위해 목숨을 바치겠심더. 애국자가 되겠심더."

"자네 형처럼 말인가? 자네 큰형은 한일협정을 반대했어. 나라를 시끄럽게 해서 그렇지, 그건 나름대로 애국이라고 볼 수 있지. 하지만 자넨 달라."

"아입니더. 지도 큰형님매로 애국하고 싶습니더. 혈기만 믿고 저지른 실수라예. 젊은 놈 목숨 한분 구해준다 여기시고 선처해주이소."

"실수라, 실수…. 젊은 대학생이 실수할 수 있지. 암, 할 수 있고 말고."

깍두기머리가 고개를 숙인 내 턱에 육모방망이를 들이댄다. 목울대가 섬뜩하다. 그가 육모방망이에 힘을 주자 내 얼굴이 맥없이 들린다. 눈앞에 그가 눈알을 뒤룩거리며 쪼그려 앉는다. 그가 속삭인다.

"실수를 만회하려면 속죄하는 의식을 치러야겠지?"

"하모예! 머든지 하겠심더!"

나는 고함을 지르듯 말한다. 깍두기머리의 처분에 따르기로 한 이상 자존심 따위는 잊어버린 지 오래다.

"국가보안법만 바까준다모 시키는 거 머든지 하겠심더."

"좋아, 그 정신을 높이 사겠어."

깍두기머리가 벌떡 일어선다.

"마음에 들어. 뭐든지 하겠다, 사내가 그 정도는 돼야지."

"고맙심더, 머든지 시키만주이소. 마카 하겠심더."

"좋아, 시작하지. 자네 여기서 똥 싸지 않을 자신 있나?"

"예?"

"내가 말하지 않았어? 반복은 안 한다고."

"하모예, 똥 안 쌈니더. 죽어도 안 싼다 아입니꺼."

"좋아, 마음에 들어. 자, 이제 본격적으로 시작해볼까. 개처럼 기어!"

"예? 그기 먼 말씀이신지…."

"야, 이 새끼야. 자꾸 얼간이처럼 굴래? 나 두 번 말 안 한다고 했지!"

깍두기머리가 육모방망이로 책상을 후려친다. 우지끈! 책상 모퉁이가 부서져 나간다.

"어데예. 알겠심니더."

나는 재빨리 두 손바닥으로 바닥을 짚고 무릎으로 긴다.

"자, 자세는 잡혔고. 짖어, 개처럼 짖어."

"컹, 컹, 컹, 컹, 컹!"

"목소리가 작다. 아니지, 개 소리가 작다. 더 크게 미친개처럼 짖어!"

깍두기머리는 육모방망이로 벽과 바닥을 두드린다. 깡, 깡, 깡, 깡, 깡!

"그리고 외친다, 나는 갭니다."

"컹컹컹! 내는 갭니더!"

"국가보안법에 나를 팔았습니다. 그래서 나는 갭니다. 더 빨리 기어, 빨리, 빨리 기지 못해!"

"국가보안법에 내를 팔았심더. 그캐서 내는 갭니더. 컹! 컹! 컹!"

"나는 죽어도 싼 놈입니다. 평생 개처럼 살겠습니다. 기어! 기어!"

"내는 죽어도 싼 놈입니더. 평생 개매로 살겠심더. 컹, 컹, 컹!"

"개새끼 기는 것 봐라, 동작 봐라, 넌 굼벵이가 아니라 개야, 빨리 기어!"

깍두기머리가 두 다리 사이, 엉덩짝 바로 뒤에서 육모방망이로 바닥을 쳐대며 나를 몰아붙인다. 우렁우렁 울리는 그 목소리에 혼이 빠진 나는 긴다. 손바닥에 불이 나고 무릎이 까진다. 이마에 땀이 비 오듯 한다. 그래도 나는 컹컹대며 짖기를 멈추지 않는다.

"나는 유신헌법에 충성을 다하겠습니다. 기어! 짖어!"

"내는 유신헌법에 충성을 다하겠심니더. 컹컹컹!"

"나는 갭니다. 나는 내가 역겹습니다. 짖어! 더 빨리 기어!"

"내는 갭니더. 내는 내가 역겹심니더. 컹컹컹컹컹!"

"나는 갭니다, 짖어! 짖어! 짖으라구 개새끼야!"

"내는 갭니더. 컹컹컹! 내는 갭니더!"

깍두기머리가 문을 열고 나간다. 지하실에는 나 혼자다. 얼마나 지하실 바닥을 기었을까. 육신이 걸레 조각 같다. 개처럼 기면서 무어라 짖었던가. 모르겠다. 깍두기머리가 시키는 대로 따라 했을 따름이다. 내 입에서 나온 건 개 목소리가 아니라 틀림없는 사람 목소리였다. 그것만은 기억한다. 나로서는 국가보안법 굴레를 벗었다는 것만이 중요하다. 내 운명의 저울은 어느 쪽으로 기울어질까. 저 세상에서 천국과 지옥을 가르는 심판대에 선 심정이 이럴까. 무섭게 쏟아지던 졸음이 거짓말처럼 가신다. 마른 흙처럼 파삭파삭해진 몸은 후 불면 날아갈 지경인데 정신은 맑다. 심장을 꺼내어 얼음 위에 올려놓으면 이럴까. 그렇지 않고서는 뚜렷해진 내 의식을 설명할 길이 없다. 한쪽에서는 여전히 공포가 스멀거린다. 내 운명을 낚아채기 위해 손을 뻗치는 죽음 같은 그림자가 느껴진다. 나는 그것에 격렬하게 저항한다. 국가보안법이 아닌 집시법이 나를 품기를 간절히 기원한다. 얼마나 시간이 지났을까. 사각턱이 곰탕을 내민다.

"먹어!"

나는 수저를 들고 곰탕을 먹는다. 사각턱에게 결과를 묻고 싶지만 꾸역꾸역 밥만 먹는다. 나는 똥을 싸지 않았다. 수저를 입에 넣으며 속으로 중얼거린다. 나는 존엄한 인간이다. 여기서 벌어진 일은 전부 잊어버린다. 서약서에도 그렇게 썼지 않던가.

"자네, 운 좋은 줄 알아."

밥을 다 먹자 사각턱이 한마디 던진다.

"언제라도 잡아 처넣을 수 있으니 각별히 조심해. 평생 개로 사는 것도 잊지 말고."

그게 지하실을 벗어난 내게 던진 수사관들의 작별 인사다. 나는 두 번 다시 당신들을 안 볼 것이다. 빈 그릇에 고개를 처박고 나는 속으로 부르짖는다.

수사관들은 나를 풀어주었다. 나는 재판받지 않고 석방되었다. 집시법이라도 감지덕지할 판인데, 수사관들은 감옥으로 안 보내고 나를 내보내주었다. 누구에게 감사해야 좋을지 몰랐다. 장욱진 교수에게 감사해야 하나? 아니면 개처럼 기어서 목숨을 구한 나 자신에게? 모르겠다. 답은 천천히 구하자. 살아 있다는 게 중요하다.

지프차에 탄 나를 수사관들은 한적한 교외에 내려주었다. 칼바람이 몰아치고 있었다. 그들은 나를 버려두고 바로 떠났다. 멀어져 가는 차를 하염없이 보던 내 무릎이 저절로 꺾였다. 맨땅에 머리를 처박은 나는 울부짖었다. 그러나 내 입에서는 소리가 나오지 않았다. 짐승처럼 버르적대기를 얼마나 했을까, 마침내 가슴이 복받쳐 올랐고, 눈물이 터졌다. 나는 마른 풀을 쥐어뜯으며 통곡했다.

9

작은누나 하경옥에 따르면 집에 기어 들어온 내가 그대로 쓰러져 꼬박 서른여섯 시간을 자고 나서 눈을 떴다고 했다. 작은누나는 저대로 영원히 깨어나지 않을까봐 가슴을 졸였다고 울먹거렸다. 나는 눈물이 글썽한 눈으로 나를 내려다보는 작은누나를 실감하지 못했다. 웬 낯선 여자가 울고 있나 했고, 한참 지나서야 작은누나임을 알아보았고, 누나가 다가올 봄에 시집을 가리라는 것과 남편 될 사람이 같은 교사임을 생각해냈다. 나는 뜬금없이 예비 매형은 잘 있냐고 물어서 작은누나를 더욱 눈물짓게 했고, 급기야 진무가 살아났다고 어머니를 부른 작은누나 얼굴에 웃음이 번지게 하는 기적을 연출했다. 나로서는 전혀 생각지 못했던 말이 입 밖으로 튀어나온 것이었다. 서른여섯 시간을 곯아떨어졌다 깨어나서 입 밖에 던진 말치고는 엉뚱하기 짝이 없었다. 나도 얼굴을 두어 차례밖에 본 적이 없는 매형 될 사람 안부를 왜 물었는지 모르겠다. 내 정신이 온전치 못함을 증명하는 것이라고 해도 굳이 부인하지 않겠다. 잠을 자고 또 자도 머리는 빠개질 듯 아팠고 온몸은 골병이 든 것처럼 쑤셨다. 어머니가 해준 밥을 먹고 하루 종일 누워서 천장을 보며 멍하니 시간을 보냈다. 졸리면 자고 또 잤다. 잠자는 것 말고는 할 일이 없다는 듯 나는 이부자리를 벗어나지 않았다. 오인희에게서 전화가 왔지만 나는 받지 않았다. 며칠 내로 연락을 하겠다는 말만 작은누나가 전했을 뿐 나는 그녀의 목소리를 듣지 않았다. 작은누나에게서 소식을 들은 그녀는 무조건 집으로 찾아오겠다고 했다. 나는 말렸다. 병자처럼 이부자리에 누워 그녀를 맞이하기 싫었다. 비루한 내 몰골을 식구들한테는 드러낼망정 오인희에게만은 그래서는 안 되었다. 그녀를 사랑하는 남자로서 언제 어디서나 번듯한 나를 보여주어야 했다.

내 의지를 다지면서도 그 강도가 빈약함에 가슴이 아팠다. 지하실에서 깍두기머리에게 당했던 하진무를 어찌 그녀에게 설명할까. 개처럼 짖고 기는 나를 봤다면 오인희는 어떤 얼굴을 할까. 혹시, 그녀도 경찰에 끌려갔던 걸까. 그때까지 한 번도 생각해본 적이 없었다. 설마 경찰이 죄 없는 오인희를 건드렸을까. 동창 녀석의 사돈 집안까지 집요하게 괴롭힌 경찰이 아닌가. 내 뒷조사를 하다 보면 오인희 집안을 캐고도 남을 경찰이다. 증거물인 고교 졸업 앨범을 확보했으니 오인희를 잡아들이려면 얼마든지 가능한 일이었다. 그녀의 집안을 뒤졌을까? 가족을 조사하고, 제일극장 상무인 그녀의 아버지를 연행해서 조사했을까. 오인희를 무슨 낯으로 보나?

하루에도 몇 차례씩 내 방이 지하실로 둔갑하는 나날을 보내던 새해 어느 날, 긴급조치가 공표된 지 닷새쯤 지나서인가, 의대 학생과장에게서 전화가 왔다. 총장님이 나를 보자고 한다는 것이었다. 오인희 말고는 처음으로 전화를 받은 것인데, 그 목소리가 나로서는 감당하기 버거웠다. 최우수 장학생으로 선발됐음을 통고하는 듯 그의 목청은 힘이 넘쳤고 활기찼다. 기쁜 소식을 전하는 임무를 즐긴다는 듯 그는 일방적으로 약속 날짜를 잡았고, 도지사도 참석하니 시간에 늦지 말라고 신신당부했다.

나는 전화를 끊고 나서도 한동안 어리둥절했다. 학생과장의 전화를 어떻게 해석해야 좋을지 난감했다. 그는 내가 석방된 걸 어떻게 알았을까? 의대 담당 경찰이 통보해주었을까? 충분히 그럴 수 있었다. 자, 그럼 총장은 왜 나를 초청했을까? 물음을 던져도 답이 안 나왔다. 편지 사건을 저지르고 수사기관에 잡혀갔다 풀려난 나를 총장이 봐야 할 까닭이 없었다. 고생했다고 격려해주려고 나를 불렀을 리도 없지 않은가. 총장이나 도지사의 시각으로 보면 나는 국가 변란을 획책한 범죄자일 뿐이었다. 그들 사고방식대로라면 깊이 반성하고 자숙해야 마땅했다. 학교 명예를 드높인 것도 아닌데 총장과 도지사가 일부러 자리를 만들면서까지 나를 챙긴다는 건 어딘가 부자연스러웠다.

백번 양보해서 학생 지도 차원이란 미명하에 총장은 그럴 수 있다 치자. 도지사는 편지 사건을 저지른 나와 연결 지점이 전혀 없지 않나. 학생과장이 몇 차례나 총장님 초청이라고, 초청에 방점을 찍었음을 나는 잊지 않았다. 그가 마치 개선장군을 맞이하듯 목청을 높이는 데는 의구심마저 일었다. 무턱대고 총장을 만난다는 것도 우스꽝스럽기 짝이 없었다. 두통에 시달리는 머리를 쥐어짜도 총장이 왜 날 봐야 하는지 그 까닭을 하나도 찾아낼 수가 없었다. 그리고 학생과장의 돌변한 그 태도는 뭐란 말인가. 도경에 출두하던 날 학장 못지않게 매몰차게 대했던 그가 나를 반긴다? 총장이나 학생과장은 내 처지가 어떨지 한 번도 생각해보지 않았던 걸까.

의대 학생과장의 회고

의대 학생과장을 지낸 정신과 의사 최 아무개 박사를 만났습니다. 그는 강원도 산골에 마음치유센터를 운영하고 있었습니다. 그분의 명성이야 익히 들었던 터라 예상은 했지만 만나기가 몹시 힘들었습니다. 최근 출간한 베스트셀러 '산에서 삽시다'에 관해 말씀을 듣고 싶다고 사정사정한 끝에 어렵사리 그와 대면했습니다. 건강 전도사라는 명성에 어울리게 최 박사는 팔순임에도 기억력도 또렷하고 혈색도 좋았습니다. 그는 처음에는 한사코 당신을 모른다고 잡아뗐습니다. 경북대 의대에 재직했던 이력을 들이대면서 당신이 실종된 날 밤 철야 농성을 떠올려보라고 설득했습니다. 최 박사는 직원을 시켜 나를 강제로 쫓아내려고 했습니다. 나는 하진무의 여자라고, 그날 제명되고 실종된 하진무의 여자라고, 철야 농성하던 날 무슨 일이 있었는지 알 자격이 있노라고 사정을 설명했습니다. 법적으로 따지려 드는 것이 아니다, 그저 당신이 사라진 날 무슨 일이 있었는지 알고 싶을 뿐이라고 호소했습니다. 최 박사는 하진무를 제명하고 학생들을 징계한 것은 총장의 결정이라고 했습니다. 자신은 하진무 제명을 알고 나서 총장에게 격하게 항의했노라고, 의대가 학생을 쫓아낼 수는 없는 법이라고, 학생들 편에 섰음을 명확히 했습니다. 그의 진술은 내가 알고 있는 것과 달랐습니다. 나는, 학생과장이 정보과 형사와 하진무를 제명시키기로 사전 밀약을 했다고 들었습니다. 의대 친구들은 어제 일처럼 기억했습니다. 학생과장실에서 정보과 형사 입회하에 시위 주동자 색출 작업을 벌였노라고! 징계 학생 학부모 모임에서 하진무를 제명시켜야 한다는 학생과장에게 학생들은 당신이 교수냐고 항의했다고 말입니다. 학생과장에게 경찰 꼭두각시임을 자백하면 용서하겠노라고 증언한 친구도 있습니다. 나는, 끝끝내 자기 잘못을 인정하지 않는 최 박사에게 돌아서며 한마디 했습니다.

"아무리 유신체제라지만 사람 생사 확인을 먼저 하셨어야죠."

경북대 본교는 위수령으로 출입을 통제했음에도 나는 의대 학생과장 덕분에 정문을 무사통과했다. 총장실에는 도지사, 도경 국장, 가슴에 '유신과업 완수하자' 리본을 단 본교 교무과장, 의대 학장이 나를 기다리고 있었다. 한눈에도 나를 환대하기에는 과분한 인사들이었다. 총장 인사말이 끝나자 한동안 그들은 내 건강을 염려하며 고생했다고 격려를 아끼지 않았다. 어색했고, 불편했다. 나는 자리에 앉은 지 오 분도 지나지 않아 내가 있을 곳이 못 됨을 알아챘다. 도대체 그들이 왜 내 안위를 걱정해주는지 이해할 수가 없었다. 편지 사건이 그들에게 칭찬받을 행동인가? 결코 그렇지 않을 것이었다. 교무과장 가슴에 달린 '유신과업 완수하자' 리본이 말해주듯 그들은 하나같이 유신헌법 지지자들이었다. 나는 유신헌법을 철폐하자고 궐기문을 썼다가 수사기관에 잡혀갔다 나온 몸이고. 한편의 기이한 희극 무대에 오른 느낌이랄까. 그들은 나를 화제 인물 삼아 열연을 펼쳐 보였는데, 먼저 무대에 등장한 이는 의대 학장이었다.

"총장님과 도지사님, 특별히 도경 국장님께서 자네가 무사히 풀리나게 억수로 애를 썼데이. 그 점 단디 명심해야겠제. 아무튼 학교로 돌아올 수 있어서 천만다행이라. 욕봤고, 진심으로 환영한데이."

의대 학장이 내민 손을 나는 잡아야 할지 말아야 할지 망설였다. 나는 똑똑히 기억한다. 그가 내 눈을 찌를 듯 손가락을 휘저으며 창피한 줄 알라고 빈정거린 사실을. 뒤이어 입을 연 건 도지사였다. 그는 댓바람에 흥분했다.

"경북대 학생들이 데모를 한다는 기 말이 안 된다카이. 그기 무신 말인고 하이, 도민들이 박정희 대통령 각하의 은혜를 저버리는 만행을 저지르는 기다 이기라. 그걸 와 모릅니꺼. 국가 시책에 딴죽을 거는 불평불만 분자들을 이 기회에 마카 쓸어삐리야 합니더. 민족의 생존이 유신 과업 완수에 달렸다 아입니꺼. 유신 정신으로 똘똘 뭉치가꼬 각하 영도하에 탱크매로 밀어붙이 뿌야 합니더. 걸거치는 국론 분열 세력은 마 쌔리 뽀사뿌야 된다 말입니더. 하진무 학생이 유신 과업 완수에 선도적인 역할을 해줄 끼라 믿심니더."

총장이 뒤질세라 입에 거품을 물었다.

"하모요. 앞으로 보이소. 지가 이 자리에 있는 한 우리 경북대에서 데모는 읎심니더. 감히 우리 각하를 모독하는 데모를 생각하모 피와 살이 마른다 아입니꺼. 기대해도 좋심니더. 우리 하진무 학생이 각하를 거부하는 학생들을 선도하는 데 앞장설 끼라 믿심니더."

"믿심니더!"

교무과장이 복창했다. 그는 '유신과업 완수하자' 리본을 손으로 만지며 나섰다.

"지는예, 집에서도 이 리본을 안 뗀다 아입니꺼. 밤낮을 안 가리고 교수로서, 교무과장으로서 유신만이 살길임을 학생들과 대구 시민들에게 알릴라꼬 불철주야 애쓰고 있심니더."

거기까지 말한 교무과장이 갑자기 두 팔을 번쩍 들고 일어났다.

"박정희 대통령 각하 만세!"

그가 외치기 무섭게, 총장, 도경 국장, 도지사, 의대 학장도 재빨리 두 팔을 들고 만세 삼창을 해댔다.

"만세!"

"박정희 대통령 각하 만세!"

"만세!"

도경 국장이 열변을 토했다.

"월남을 보라카이. 국제 정세가 긴박하게 돌아간다 아입니꺼. 유신만이 대한민국을 위기에서 구할 수 있십니더. 유신 정신으로 국민들이 똘똘 뭉친다모 경제 위기도 물리칠 수 있십니더. 위대한 영도자 박정희 대통령을 지도자로 모신 기 우리 민족 최대의 영광임을 잊아뿌지 마입시더."

총장, 도지사, 도경 국장, 교무과장, 의대 학장은 누가 과연 충정어린 박정희 추종자인지를 과시하는 데 몸을 사리지 않았다. 그들은 말끝마다 각하, 대통령, 박정희를 갖다 붙이기를 일삼았고, 관객으로 앉은 학생인 나를 의식하는 이는 아무도 없었다. 박정희를 위해서라면 섶을 지고 불에 뛰어들기를 마다하지 않을 것처럼 다들 기세등등했다. 유신 과업을 완수하는 데 한몫 못 한다면 혀를 깨물고도 남을 사람들로 보였다. 내 눈에는 그들의 행동 하나하나에 과장과 허풍이 뚝뚝 묻어났는데 당사자들은 하나같이 진지하기 이를 데 없었다.

그들은 자신의 지위를 박정희와 유신체제를 옹호하는 데 바칠 것을 뜨겁게 맹세했는데, 사이비 종교 광신도라면 저럴까 싶을 만큼 열에 들떴다. 잠깐이나마 나는 그들이 일부러 과잉 행동을 보이는 게 아닐까 하는 의구심을 갖기도 했다. 그러나 눈물이 글썽해서 박정희를 부르짖는 도지사와 영구 집권을 기원하는 교무과장은 진심을 토로하고 있었다. 과잉 충성으로 보일 만한 그들의 말과 행동은 계산되거나 꾸며낸 게 아니었다. 그들의 행동에서 나는 그들이 오늘 같은 모임을 빈번히 가져왔음을 알 수 있었다. 나는 이 자리에 왜 나온 걸까. 그들의 진심에서 우러난 박정희 숭배가 거짓이 아님을 확인할수록 내 안에 절망도 깊어갔다.

내가 아는 강기복이라든지 조성우가 사는 세상하고는 전혀 다른 세계에 사는 이들을 나는 정면으로 마주하고 있었다. 또 하나 인상 깊었던 점은 그들의 입을 통해 체감한 유신체제가 불러온 위기감이었다. 예상했던 것보다 박정희 추종자들이 토로하는 위기의식은 절박했다. 내일 당장이라도 정권이 무너지기라도 할듯 그들은 박정희와 유신정권 사수를 위해 몸을 바칠 것을 결의했다. 총장과 도지사는 이성을 잃었다기보다는 뭔가에 쫓기고 있었다. 유신정권이 위태롭다는 것을 본능적으로 알아챈 그들 나름의 표현 방식이었을 것이다. 총장과 시카고대학 경제학박사 출신인 도지사가 허튼소리를 일삼는 것을 나로서는 달리 이해할 방법이 없었다. 백번 생각해도 대학 총장이 학생을 앞에 두고 실연할 무대는 아니었다.

"학원이 안정을 찾아야 사회도 법질서를 회복하고 국가가 발전할 수 있다 이깁니더. 하진무 군. 군이 앞으로 학내에서 반정부 데모가 발붙이지 몬하게 선도적 역할을 해줄 끼라 믿네."

내 이름을 들먹인 총장이 거침없이 말했다.

"여게 모인 분들 마카 자네한테 거는 기대가 크다 이 말이라. 우리 경북대가 면학 분위기를 조성하고 모범을 비야 각하도 유신 과업에 매진할 수 있다카이."

결국 이거였나? 총장은 박정희와 사범학교 동창이라고 했다. 데모하다 경찰에 잡혀간 학생들을 총장 직권으로 징계할 수 있도록 학칙을 개정한 것도 지금의 총장이었다. 총장을 우두머리로 한 그들은 내게 학생들 데모를 뿌리 뽑는 데 앞장서달라고 온갖 장광설을 늘어놓았는데, 그 말은 곧 내게 학교 앞잡이 즉 프락치가 되라는 것으로 들렸다. 긴급조치가 총장과 도지사에게 자신감을 불어넣은 탓일까. 그들은 야만적인 폭거에 동참할 것을 강요하면서도 주저함이 없었다.

"앞산에서 자넬 순순히 풀어준 데는 다 그만한 이유가 있는 법이고, 자넨 그 점을 깊이 생각해봐야제."

총장이 내 어깨를 토닥이며 말했다.

앞산이라니? 그럼 중정에서? 서울에서 남산이 중앙정보부를 뜻하듯, 대구에선 앞산이란 곧 중앙정보부 대구지부를 뜻했다. 그럼 내가 중앙정보부에 끌려갔단 말인가? 깍두기머리와 사각턱은 중정 수사관들이고? 나는 그제야 큰형님이 중앙정보부 대구지부가 나를 노리고 있음을 귀띔해준 사실을 기억해냈다. 나는 그때까지 내가 묵었던 지하실이 경찰 대공분실인지, 보안사인지, 중정인지 알지 못하고 있었다. 총장의 입을 통해 뒤늦게 그 사실을 알게 된 것이었다.

"총장님과 여게 교수님들이 자넬 석방시킬라꼬 각별한 관심을 기울였음을 자넨 명심해야 된데이."

도경 국장이 말했다. 나는 그의 설레발이 빈말로 들리지 않았다.

그의 말은 도경에서 중앙정보부로 끌려간 걸 확인해준 셈이랄까. 중정은 왜 나를 풀어주었을까. 고문도 안 하고 말이다. 뭔가 밑그림이 잡혔다. 학생과장은 처음부터 이런 각본을 짜고 나를 경찰에 넘겼던가? 그래서 중정에서는 몽둥이로 발바닥을 때리는 대신 술 고문을 했던가. 총장, 도지사, 도경 국장이 참여해서 나를 포획한 이 그물은 무언가. 왜 하필 나였을까.

"가죽 잠바는?"

음악 감상실 하이마트에 자리 잡기 무섭게 오인희가 궁금해한 것은 가죽 잠바 행방이었다. 나로서는 뜻밖이어서 당혹스러웠다. 오인희를 어떻게 대해야 좋을지 몰라 긴장했던 나는 답을 못 하고 우물쭈물했다. 사실 오인희와 약속을 하고서도 가죽 잠바에 대해서는 까맣게 잊고 있었다. 나로서는 겨울철에 입는 옷에 불과했지 그녀가 생각하는 만큼 커다란 의미 부여를 해본 적이 없었다. 도피하고 경찰에 자수하고 중앙정보부 지하실에서 시달리다 나온 처지에 가죽 잠바를 생각할 겨를이 내겐 없었다. 나는 뒤늦게 가죽 잠바를 전당포에 맡겼음을 떠올렸고 한숨을 포옥 내쉬었다.

막다른 골목에서 복병을 만난 꼴이랄까. 뭐라고 둘러댈까를 고민했지만 마땅한 핑곗거리가 생각나지 않았다. 저번 날 서울에서 봤을 때는 큰형님 집에 두고 왔다고 했던가. 다음에 만날 때는 반드시 입고 나오겠다고 철석같이 약속했던가. 초장부터 오인희에게 거짓말을 해야 하나. 가죽 잠바 건이 아니더라도 오인희에게 숨기고 있는 게 한둘이 아니다. 작년 가을부터 오늘까지 내가 겪은 일들을 털어놓는다면 오인희는 기절초풍할 것이다. 하이마트에 오는 내내 나는 그녀가 품었을 오해를 풀어주고 안심시킬 수 있을까를 고민했었다. 가죽 잠바로 궁지에 몰려서는 오늘 만남을 수월히 넘기기 어려울 거였다. 그녀의 시름을 덜어주고 화기애애하게 대화를 이어가려면 선의의 거짓말에 익숙해져야 한다. 얼굴 표정도 흔들림 없이, 그녀가 눈치 못 채게.

"아이다, 집에… 집에 고이 모시둤데이…."

나는 우물거렸다. 하필이면 무릎을 덮는 검정 외투 차림이었다. 집 안에 있다 밖에만 나오면 몸이 으슬으슬 추웠다. 겨울 날씨치고는 춥다할 수 없는 영하 오도였다. 지하실 여파 탓인지 몰라도 떠는 몸에 이불이라도 둘둘 말고 나갔으면 했던 나로서는 가죽 잠바는 엄두도 못 냈다. 가죽 잠바를 전당포에 맡긴 걸 알면 오인희는 배신감에 분노가 극에 다다를 거였다. 화를 내다 못해 아예 자리를 박차고 나가버릴지도 몰랐다. 전당포에 있는 가죽 잠바가 몰고 올 파장을 상상하는 것만으로 나는 몸이 얼어붙는 것 같았다. 오인희를 만나기 전부터 움츠러들지 말자고 속다짐을 하지 않았던가. 앞산 지하실에서 겪었던 일들을 떠올렸다간 오인희와 대화는커녕 얼굴도 못 쳐다볼까 두려웠다. 게다가 안방처럼 드나들던 음악 감상실 하이마트가 지하실에 들어온 듯 답답한 것도 나로서는 불만이었다. 실내 한복판에 자리한 연탄난로와 의자와 탁자 사이를 기역 자로 뻗어 있는 연통도 갑갑증을 부채질했다. 음악 감상실에 들어온 지 이십 분이나 지나도록 베토벤도 브람스도 귀에 들어오지 않았다. 즐겨 듣던 드보르자크 '교향곡 7번' 3악장을 신청하기는커녕 나는 밖으로 뛰쳐나가고 싶은 걸 억지로 참고 있었다. 사람 몸 하나 겨우 지나갈 목조 계단을 오를 때부터 거부감에 발걸음이 무거웠고, 음악이 흐르는 비좁은 실내에 들어서자 곧장 앞산 지하실이 연상되었다. 음반이 빼곡한 벽면도 압박감이 심했는데, 어느 순간에는 벽이 통째로 한 뼘 한 뼘 조여오는 착시에 가슴이 철렁했다. 내 증세를 오인희에게 들킬까봐 나는 두 발을 꼼지락대며 전전긍긍했다.

"내가 꼭 입고 다니라고 안 했나. 그거 아나? 올겨울 들어 진무씨가 입은 거 한 분도 몬 봤데이."

오인희가 턱을 내 쪽으로 내밀었다.

"말은 안 했지만 내 딴에는 수호신으로 선물했다 아이가. 하찮은 가죽 잠바지만 내 몸매로 여기모 얼매나 좋노? 내가 자길 감싸고 있다는 그런 느낌…. 하도 살벌하게 돌아간다 아이가, 오죽하모 그래 생각을 다 했겠나. 내는, 증말 가죽 잠바 입은 자기 모습을 보고 싶었데이. 솔직히 이라모 안 되는 줄 알면서도 쏭이 나는 기 우짤 수 없데이. 내 맘을 눈곱맨키라도 헤아렸다모 가죽 잠바 입는 걸 까묵을 수는 없을 끼다. 자기가 그거 딱 입고 나왔으모 내가 얼매나 기뻐할지 생각했다모 이칼 수는 없는 기다. 내가 자길 위해 해줄 수 있는 기 없다 아이가. 기껏 가죽 잠바를 수호신으로 섬기는 내도 내가 와 이카는지 모리겠고…."

나는 오인희의 가죽 잠바 수호신론을 묵묵히 들었다. 그녀가 그토록 가죽 잠바에 커다란 의미를 두고 있는지 나는 생각해보지 못했다. 가죽 잠바를 자신의 몸처럼 여기라는 데는 오인희가 얼마나 나를 끔찍이 생각하는지 체감할 수 있었다. 검은색 가죽 잠바를 입는 순간 나는 그녀와 한 몸이 된다! 마법에 걸리듯 그 상상을 하는 것만으로 온몸이 행복감으로 그뜩 차올랐다. 그리고 잃었던 생기가 내 몸을 휘감았다. 나는 확신한다. 가죽 잠바만 입으면 경찰에 안 잡히고 중앙정보부 지하실에도 끌려가지 않으리라는 것을. 오인희가 안겨준 가죽 잠바가 파쇼정권 폭력으로부터 나를 보호하는 방탄복임을 왜 몰랐던가. 가죽 잠바를 입기 원했던 그녀의 속내를 구체적으로 알게 된 것도 나로서는 귀한 선물이었다. 하도 살벌하게 돌아가니까. 오인희는 분명히 그렇게 말했다.

오인희는 내게 벌어진 일을 알고 있는 걸까? 어디서 주워들은 거라도 있는 걸까? 그녀가 눈으로 본 건 고교 졸업 앨범을 되찾으러 간 날 수사관들에게 둘러싸인 내 몰골이다. 그것만은 충분히 해명해야 한다. 그날 목격한 것만으로 그녀는 불안에 시달렸을 것이다. 그래서 가죽 잠바를 수호신으로 삼는 데 열을 올렸을 터이고. 고교 졸업 앨범을 회수하러 간 내막을 해명하는 선에서 매듭짓자. 중앙정보부 지하실은 물론이고 총장이 나를 프락치로 만들려는 수작을 부린 것을 그녀가 알아서는 안 된다. 앨범에 얽힌 일만 그녀에게 들려주면 의혹을 해소할 수 있으리라. 내일이라도 기분 전환을 위해 서울에 가서 연극이라도 보자. 졸업 학년을 맞는 그녀의 진로와 한동안 들려주지 못했던 나의 의대 생활도 시시콜콜 얘기하자. 새 학기 수강 과목과 학점을 짜게 주는 교수에 대해 입방아 찧으며 시간 가는 줄 몰랐던 우리가 아닌가. 긴급조치와 휴교령은 접어두고 자잘한 일상을 속속들이 나누자. 그러다 기분이 좋아지면 우리의 미래에 대해서도 말해보자. 올해 그녀는 졸업 학년이 아닌가. 교직을 택할지 대학원에 진학할지, 그 후에 우리의 인생을 어찌할지, 결혼에 대해서도 진지하게 머리를 맞댈 때가 됐다.

지난가을에 묵었던 운문사 계곡의 여관에서 결혼 얘기를 꺼내자 오인희는 지금은 때가 아니라고 한마디로 말을 잘랐다. 그녀는 박정희가 물러나고, 유신 독재가 끝나고 애도 마음 놓고 낳을 수 있는 세상에서 하자고 빗장을 걸었다. 박정희가 애 낳는 것까지 간섭하냐고 따지고 드는 내게 오인희는 단호하게 말했다.

"하모, 국민교육헌장 잊아뿟나? 역사적 사명을 띠지 않으모 세상에 태어나지도 말라 안 하나. 내는 역사적 사명 같은 거 모린다. 그러이까 결혼해도 아를 낳을 수 없데이. 박정희가 시퍼렇게 살아 있는 한 우린 결혼 몬 한다. 알았제?"

이제 해도 바뀌었으니 장욱진 교수를 우리의 주례 선생으로 생각하고 있다는 것도 그녀에게 귀띔해주자. 그 전에 내가 오인희에게 청혼을 하는 것은 물론이고. 힘을 내자. 내겐 가죽 잠바가 있지 않나.

"그 앨범들 아인나, 사실은 그기 우찌된 긴가 하모…."

차분히 상황 설명을 하자고 나는 말문을 열었다.

그러나 숨을 고르는 나를 오인희는 기다려주지 않았다.

"앨범이 중요한 기 아이다."

내 의중을 꿰뚫은 듯 그녀는 반박했다.

"도대체 그동안 먼 일이 있었던 기고? 진무 씨 몰골이 우짠지 아나? 시방 내 속이 우짠지 아나 말따? 내를 서울역으로 올라오라칸 거도 진무 씨가 일방적으로 결정했데이. 한마디 상의는 있어야 할 끼 아이가. 언제 어데서나 서로의 행방을 알고 있자고 한 기 누군지 잊아뿟나? 내는, 그기 먼 말인지 몰랐데이. 인자사 진무 씨가 와 그 말을 했는지 알겠데이. 와 자기가 서울에 머물렀는지, 안즉까지 내한테 일언반구 설명하지 않았데이. 지난 연말에는 감쪽같이 사라졌다 해가 바뀌가꼬 나타났데이. 집에 전화를 해도 자기는 전화를 안 받고 자기 누부하고 통화하는 내 심정이 우얄지 생각해밨나? 사람이 죽었는지 살았는지 모리는 내는 애가 씨는데, 꼴란 한다는 말이 난중에 보자꼬? 그기 내한테 할 소리가? 자기는 행방불명댔는데 내 심정이 우얄지 생각이나 해봤나, 이 말따. 누굴 붙들고 하소연해야 되는 기고? 탁구장에 가도 기복 선배는 없제, 조성우 씨도 안 보이제. 영길 씨와 수명 씨는 전화를 해도 안 받제. 영길 씨 어무이는 가스나가 아무 머스마한테 전화질 해싼다꼬 머라카제, 수명 씨 아부지는 다시는 우리 아들 만날 생각하지 말라꼬 하진무한테 꼭 전하라 카더라. 내가 와 그 사람들한테 그 수모를 당해야 하노!"

"그런 일이 있었나? 내는, 참말로 몰랐데이."

박영길과 김수명의 등장은 나로서는 놀라웠다. 오인희를 무시했다는 건 뜻밖이었다. 전화를 안 받는다는 건 나를 안 보겠다는 뜻이 아닌가. 그러지 않을 거라면 인사치레라도 내 소식을 전했을 터이고, 그건 친구로서 당연한 처사가 아닌가. 오인희가 받을 충격은 그다음 일이었다. 중앙정보부 지하실에서 나온 뒤 처음으로 듣는 박영길과 김수명 소식이었다. 나 또한 지금 당장 영길과 수명을 만날 생각은 없었다. 시간을 충분히 가지고 얼굴을 볼 생각이었다. 그때 가서 오인희 말이 사실인지 아닌지 확인해도 늦지 않을 것이다.

"박영길과 김수명 일은 내가 정식으로 사과한데이. 먼가 잘몬 알려진 기 있다 아이가. 그 친구들이 와 그캤는지 모리겠네. 그기사 차차 알아보기로 하고."

나는 짐짓 앨범이 영길과 수명하고는 관련이 없음을 명백히 했다.

"앨범 사건이라는 기 알고 보모 벨끼 아이거든."

나는 일부러 심드렁하니 말했다. 앨범 사건이라… 뱉고 보니 그럴싸했다. 이로써 편지 사건은 한낱 고교 졸업 앨범에 얽힌 사건으로 축소되고, 뒤바뀐 셈이었다. 그러나 그건 나만의 일방적인 생각일 뿐이었다. 오인희는 곧바로 내가 묻어두려 했던 점들을 들추어냈다.

"앨범 사건이라 캤나? 잘도 갖다 붙인데이. 좋다, 앨범 사건이라꼬 치자. 영길 씨와 수명 씨가 그 사건하고 아무 상관도 없는데 내한테 그래 무례하게 굴었다는 기가? 전화도 하지 말고 만날 생각도 말라 캤는데, 아무 상관도 없다고, 시방 그기 말이라꼬 하나!"

"참말이다. 그 친구들하곤 상관없는 일이다. 영길이와 수명이 그래 나온 걸 낸들 우짜라고. 먼 사정이 있거나 오해가 있다 아이가. 그 점은 내가 꼭 알아볼 끼다. 약속한다, 그 친구들이 와 그캤는지 내도 답답해서 미치삐겠다."

영길과 수명을 빼기로 한 이상 물러설 수는 없었다. 나는 그들 없이 단독으로 앨범 사건에 관련됐음을 풀어나가야 했다.

"고교 졸업 앨범은 경북고 후배들인 명성회 아들이 부탁한 기다. 초청 강연 건으로 그캤다 카데. 내가 경고 다닐 때 명성회 활동한 거 자기도 잘 알제? 가들이 전국 고교생들하고 연계한 강연회를 구상했다 카데."

"경고생들 강연 때문이라고? 자기가 고교생들까지 신경 쓰는 줄 몰랐데이. 갈수록 내가 모리는 기 천지삐까리네. 내는 자길 많이 안다고 생각했는데 그기 아인가베. 백번 양보해서 글타 치자. 앨범 구해줬다고 사람을 잡아가 뿌고 닦달하나? 그기 말이 된다고 생각하나?"

"단순한 강연회가 아이었다 카데. 그래 문제가 됐고. 내도 몰랐는데, 아들이 시국강연회를 열었다 카더라. 경고 아들이 초청한 강사가 함석헌 선생이었고. 강연 내용도 발언 수위가 높았고. 고교생들한테 독재정권 만행을 두고 보지 말고 데모를 하라꼬 부추겼다이. 말 다했제."

"그캐서 잡히갔다고 치자. 그라모 그동안 어데서 머 하다 나왔노? 그 남자들 수사관들 맞제?"

"그래 쪼매 조사만 받았데이. 앨범 구해준 걸 경고 후배들이 불었다 아이가. 고교생들이 벌인 일이라 조사만 하고 벨일 없이 넘어갔던 기고. 경찰이 뺏득하모 아무나 잡아가는 거 자기도 알제?"

"아무나 잡아간다꼬? 아무 죄도 읎는 사람을? 게다가 벨일 읎었다고? 그기 시방 내한테 믿으라는 기가? 앨범 하나 때문에 사람을 그 지경으로 맹글었다 이기가? 그때 진무 씨 몰골이 우쨌는지 아나? 내는, 그날 잠 한숨 몬 잤다. 사람 꼴이 말이 아이었다. 그캤는데도 아무 일 없었다는 기가? 수사관들한테 끌려가는 자기를 내 두 눈으로 똑똑히 봤다. 수갑만 안 찼제 영판 범죄자 취급했데이. 그 꼴을 보고도 내 속이 편할 줄 알았나? 근데도 자기는 전화를 안 받았데이. 내 속은 지옥인데, 자기 생각하모 미치삐겠는데, 수사관들한테 끌려가는 모습 비주고 자긴 감감무소식이었다. 연락은 안 되고, 전화도 안 받고."

"전화를 몬 받은 건 실수였데이. 잠을 자느라고 말따, 그래 이틀인가 잠만 잤다. 얼굴이사 이만하모 바줄 만하다 아이가. 인자 아무렇지도 않다."

"얼굴이 반쪽이다. 거울도 안 보나? 지금 내 속이 우얀지 아나? 도대체 멀 숨기는 기고? 그동안 먼 일이 있었노? 자기가 내를 버리두고 이틀씩 사흘씩 퍼뜩 사라졌다 나타난 건 다반사라. 청도에 숨었던 거매로. 먼 사정이 있겠다 그카고 넘갔는데, 낼 서울로 불러올렸다 아이가. 긴급 약혼 여행을 빙자해가꼬. 그날도 자긴 낼 실망시켰데이. 자기 행동에 대해 해명하지 않았다. 내는 기다렸다. 자기가 내한테 이카고 저캐서 내가 그런 짓을 저질렀다고 사정을 털어놓을 줄 알았제. 그때도 낼 미궁에 빠뜨리더이 시방도 노박 그카네. 그때도 유령매로 굴더이 오늘도 그카네. 우리 둘이 함께 있는데도 자기가 유령 같은 느낌, 그 기분이 우짠지 아나? 그래 서울에서 종적을 감추더이 곽중에 얼굴이 반쪽이 되가꼬 내 앞에 나타났데이. 그카고 한다는 말이 경찰에서 쪼매 조사를 받고 나왔다고?"

나는 듣기만 했다. 뭐라고 대꾸해야 위기를 넘길까. 애초에 앨범사건쯤으로 때워볼 생각이었다. 오인희가 그 정도에서 넘어가준다면 이다음 기회에 해명해도 되리라 여겼다. 나로서는 충분히 이해했다. 그녀가 왜 그렇게 나오는지. 처지를 바꿔보라. 나라도 그러지 않겠는가. 아니지, 만약에 그녀가 수사기관에 끌려가 조사를 받는다면 나는 미쳐버릴지도 모른다. 하루 이틀 그녀의 행방을 모르고 지낸다면 나는 정신이 나갈 것이다. 그러니 오인희 심정을 내가 왜 모르겠는가.

하지만 오인희가 캐물을수록 나는 말문이 막혔다. 오인희에게서 깍두기머리나 사각턱을 떠올린 건 아니었다. 지하실에서의 내 몰골을 떠올리지 않으려고 무던히 애썼다. 오인희 물음에 근사한 답변을 해서 위기를 벗어날 궁리를 할 때마다 번번이 깍두기머리와 사각턱이 육모방망이와 총을 들이대며 나를 위협했다. 오인희에게 깍두기머리와 사각턱을 소개할 수는 없었다.

"혹시나 해서 그카는데, 집에 먼 일 읎었나?"

나는 무턱대고 입을 열었다. 나로서는 궁여지책이었다. 앞뒤 재지 않고 내질렀다고나 할까. 무슨 수를 쓰던 이 곤궁에서 빠져나가야 했다. 그래서 불러들인 게 오인희 집안이었다.

"자기를 경찰이 안 찾았나? 혹시 아부지가 경찰에 붙뗄리가거나 머 그래 안 좋은 일은 읎었나? 긴급조치 아이가. 자기 집을 경찰이 수색했을까바 내가 얼매나 걱정했는지 아나?"

"지금 그기 문제가 아이다. 자기, 참말로 와 이카노? 내는, 진무 씨 행적을 알고 싶다. 자기 참말로 유령매로 굴 끼가? 내는, 단 한 사람한테서라도 위로받고 싶데이. 그캐야 살아갈 수 있으이까. 그 사람이 진무 씨였으모 좋겠고. 내가 진무 씨한테 위안이 되는 사람이모 더 좋고. 그캐서 청도까지 자길 만나러 간 기고. 진무 씨가 자꾸 감추고 앞뒤가 안 맞는 소리만 지껄이모 내는 우짜라고? 우리가 위안이 되는 존재가 되기로 한 약속 잊아뿟나? 바라. 위안은커녕 고통만 안겨준다 아이가. 우리 집은 걱정 읎다. 아부지도 무사했고, 내도 잡혀간 적 없데이."

"거짓부리 마라. 경찰이 자길 그냥 놔뒀을 리 없데이."

나는 단정적으로 말했다. 경찰이 오인희 집안을 건드렸으리라는 생각에 한번 붙들리자 빠져나올 수가 없었다.

"자기, 내가 걱정할까바 거짓말하는 기가? 제일극장으로 경찰이 찾아왔제? 솔직히 말해바라. 경찰이 자기 아부지 붙잡아갔제?"

머릿속을 어지럽히던 장면 장면을 나는 닥치는 대로 쏟아내고 있었다. 도피 중일 때나 지하실에서 오인희 집에 피해가 갈까봐 얼마나 속을 태웠던가. 한번 입 밖에 내고 나자 상상만 하던 일이 의구심으로 번졌고, 나는 기어코 확신하기에 이르렀다. 오인희가 나를 추궁하는 것도 그 때문이 아닐까. 경찰이 오인희를 붙잡아갔다면 그녀는 내가 지하실에서 무슨 짓을 했는지 알고 있을지 몰랐다. 오인희를 심문한 경찰이 개가 된 내 꼴을 안 알려줄 리 없지 않은가. 오인희는 유신헌법에 충성을 맹세하겠다고 컹컹 짖었던 내 꼴을 확인하려 드는 것이고.

오인희가 집요하게 캐묻는 게 그 때문이라면 이 자리에 오래 머물면 안 되었다. 누군가 우리 두 사람을 감시할지 몰랐다. 나를 프락치로 삼으려 했다면 경찰은 나를 스물네 시간 감시할 것이다. 그 첫 시험 무대로 오인희가 출연한 것이고. 그 생각에 사로잡히자 더는 자리에 앉아 있을 수가 없었다. 나는 실내를 둘러보았다. 연통이 빠져나가는 창문가에는 효성여대 배지를 단 여대생 둘이 소곤대고 있었다. 오늘의 음악 선곡을 적은 작은 칠판 옆에는 두 남녀가 머리를 맞댄 채 눈을 감고 있었다. 두 사람은 음악에 취한 듯 손을 꼭 잡고 있었는데, 한눈에도 연인으로 보였다. 연탄난로에 손을 쬐고 있는 이십 대 초반 남자 둘, 음악을 선곡하는 여자는 언제나 긴 머리를 찰랑대는 하이마트 주인 여자고. 실내 어디에도 경찰로 보이는 사람은 눈에 띄지 않았다. 하지만 음악을 감상하는 사람들 중에 경찰 끄나풀이 있을지 누가 알겠는가. 오인희와 나를 감시하러 경찰이 저 남학생들 중 한 명을 보냈을지도 모른다. 나를 프락치로 활용하기로 작정한 그들이 나를 시험하기로 든다면 오인희와의 만남을 놓칠 리 없었다. 오인희가 피해를 입어서는 안 되었다. 빌어먹을 경찰 놈들!

"인희야. 여게서 나가야 된다."

나는 실내를 두리번거리며 속삭였다. 그제야 모차르트 '레퀴엠'이 귀에 들렸다.

"우리 둘이 같이 있으모 안 된다."

"자기, 참말로 와 그라노? 나가다이? 어델 가자는 기고?"

"여겐 위험하데이. 난중에 설명할 테이까, 먼첨 여게서 나가자."

"밑도 끝도 없이 나가자고, 자기 참말로 내 속 터지는 꼴 보고 싶나! 선은 이카고 후는 저카다고 내한테 해명해야제. 어데로 또 내 빼겠다는 기고. 그카고 우리가 같이 있으모 안 된다니, 앞뒤 사정을 설명해야 내가 알아듣제."

"우리 둘이 함께 있는 것만으로도 위험하다."

"자기 참말로 이상해졌네. 우리 언제까지 이래야 되노? 대통령을 바까야 끝이 나나?"

"대통령이 바끼? 누가 들으모 우짤라고 그카노? 오인희, 미칬나? 그래 말 함부로 하모 안 되는 거 모리나."

"몰라, 내는 모린다. 이카다 숨 멕히 죽겠데이. 박정희가 언제까지 대통령 하는 기고? 죽을 때까지 영원히 대통령이가? 그 생각만 하모 참말로 하늘이 꺼지는 것 같다. 박정희가 있는 한 진무 씬 계속해서 저항할 거 아이가. 우린 언제나 맘 놓고 사랑할 수 있노."

"죽을라꼬 환장했나. 사람들이 본다."

나는 주위를 둘러보며 벌떡 일어섰다.

"나가자! 내캉 있다가 자기 다치겠다. 내는 자기 다치는 거 죽어도 몬 본다."

10

"강기복이 알제?"

"모립니더."

"경북대 학생이 강기복을 모린다모 말이 되나."

"지는, 의대생입니더. 본교하고는 교류가 읎심니더."

"하모, 하모. 자네사 의대생이제. 그라모, 조성우는 아나? 같은 의대생 아이가."

남부서 조사2계 사무실. 동향보고서를 쓰자마자 경북고 선배에다 내 담당이라고 자신을 소개한 심 형사는 나를 닦달하기 시작했다. 조성우? 나는 속으로 적잖이 놀랐다. 심 형사 입에서 조성우 이름이 나올 줄은 몰랐다. 강기복이야 수사기관들이 총출동해서 잡으려고 혈안이 되었을 것이지만 경찰이 조성우를 찾고 있는 건 성우가 강기복과 거사에 참여하고 있다는 뜻이다. 국수공장에서는 물론, 구속자 석방 모임이 있었던 탁구장에서도 조성우는 내게 일절 말이 없었다.

삼월 거사에 내 몫을 챙겨놓겠다던 강기복의 약속을 나는 잊지 않고 있었다. 지금 내 처지로서는 엄두도 못 낼 일이지만. 조성우는 삼월 거사에 대해 어떤 낌새조차 내비치지 않았다. 원래 데모 모의라는 게 비밀 유지가 철칙이긴 했다. 그걸 뻔히 알면서도 조성우에게 섭섭한 감정이 생기는 건 어쩔 수 없었다. 한편으로는 조성우의 결단에 박수를 보냈다. 이번 거사 참여는 어떤 희생이라도 치러낼 각오를 단단히 해야 한다는 걸 나는 알고 있었다. 조성우가 강기복이 추진하는 삼월 거사에 참여했구나, 나는 단정 지었고, 성우의 용기에 거듭 박수를 보냈다.

"이름이야 알고 있십니더만."

"하모, 알고 있겠제. 핵심만 말하꾸마. 자넨, 강기복과 조성우 동태를 파악해서 알리도. 특히, 강기복은 퍼뜩 잡아들이야 돼. 시간이 없다 아이가. 강기복에 관한 거라모 머든동 수집하라카이. 강기복을 잡아들이는 기 자네와 내가 할 일이라. 안즉 대구에 숨어 있을 끼라. 서울도 몇 차례 들락끼렀는데 시방은 대구에 있을 끼다. 한민족문화연구횐가 글마들한테도 접근해가꼬 정보를 캐내라. 자네라모 할 수 있을 끼다. 급해. 시간이 엄써."

나는 심 형사가 말한 골자를 알아들었다. 이거였나? 총장과 도지사가 나에게 원한 게? 경찰서에 출두하면서 줄곧 궁금했었다. 앞산 지하실에서 작성한 서약서와 총장의 권유가 실제로 작동하는지. 심 형사의 말만으로 모든 것은 명백해졌다. 경찰 정보계 학원반에서 요시찰 학생들을 A, B, C 등급으로 나눠 감시하고 있음은 일찍이 알고 있었다. 그건 대학도 마찬가지였다. 선도 대상 학생이라고 해서 유신정권에 저항하는 학생들을 교수들이 선정해 관리하고 있었다. 나는 몇 등급쯤 될까. 요시찰 인물로 감시당하는 것은 알았지만 직접 경찰에 출두해 동향보고서를 쓰기란 처음이었다.

"톡 까놓고 얘기하꾸마."

심 형사는 내 의중은 아랑곳 않고 말했다.

"워낙 시급함을 다투는 사안인 기라. 신학기에 학원이 시끌시끌해질 거란 유언비어가 난무하는 거 알고 있을 끼다. 상황이 급하다카이. 그캐서 더욱더 자네가 발 빠르게 움직이야 돼."

나도 상황이 긴박하고 돌아가고 있음을 알고 있었다. 긴급조치를 발동했음에도 이른바 삼월 위기설이 현실로 드러나고 있었다. 다가올 신학기에 대학생들이 전국 규모의 시위를 벌일 거라는 소문은 입에서 입으로 번졌다. 강기복이 주도적으로 참여한 그 시위 계획은 지금으로서는 성공 여부가 불투명했다. 적어도 내 판단으로는, 심 형사가 말했듯, 경찰은 시위 지도부 검거에 총력을 기울이고 있었다. 버스터미널, 기차역, 시장 거리, 독서실, 당구장, 주택가 골목 전봇대까지 시위 주동자 얼굴 사진이 인쇄된 지명수배자 전단이 길거리를 도배하고 있었다. 도심 어디에서나 눈에 밟히는 전단지에서 눈길을 끄는 건 어마어마한 현상금이었다. 일월을 지나이월로 접어들며 현상금은 몇 배로 불어났고, 급기야 간첩 신고 포상금을 웃돌기에 이르렀다. 대학생 수배자치고는 상상을 뛰어넘는 액수였고, 그것은 경찰이 시위 지도부 학생을 검거하는 데 극약 처방을 내렸음을 만천하에 알린 셈이었다. 실제로 경찰은 가택수색에 나섰고, 여인숙이나 여관 등 숙박업소를 일일이 뒤지고 다녔다. 일급 수배자인 강기복이 체포되는 건 시간문제였다. 경찰은 삼월 거사에 가담한 학생들을 전국대학에서 마구잡이로 잡아들이고 있었다. 설사 2선, 3선 지도부를 짜놓았다 해도 과연 삼월 거사가 강기복의 구상대로 실현될지 의문스러웠다. 공조 체제를 갖춘 중앙정보부, 보안사, 경찰 수사관들은 삼월 학생 시위를 저지하는 데 사력을 다하고 있었다.

"대구, 경북 지역 총책이 강기복이라. 먼첨 글마 동향 파악하는 데 최선을 다해도. 시급함을 다투는 문제라는 걸 다시 한분 명심하고. 자네가 나서주모 된다 아이가."

"지는 원캉 모리는 일입니더. 아시다시피 앞산에 댕기오고 나서 집 안에만 틀이백히 지냈심더. 몸 추스르모 지냈다 아입니꺼."

나는 일부러 엄살을 떨었다. 그리고 딱 부러지게 말했다.

"지하고 상관도 읎고 관심도 읎심니더. 의학 공부하기에도 벅차다 아입니꺼. 다른 데 신경 쓸 겨를이 읎심니더. 기대를 저바리서 죄송합니더만 아무래도 지 능력 밖이라예."

"이카모 섭섭해서 우야노. 우리 기대를 저버리모 안 된다. 먼가 잘몬 알고 있나본데, 이 자리서 내 명백히 하꾸마. 자네가 우리한테 협조하기로 한 약속 잊으모 안 돼. 서약서를 장난으로 알모 안 된다 이말이라. 자네가 서명한 기다. 알긋나? 그카고 강기복이 말인데, 탁구도 치고 영화도 같이 구경하는 사이 아이가? 그 정도로 친한 선배가 잘못되모 되겄나. 솔직히 까놓고 얘기하꾸마. 강기복이 다른 데 넘가뿌는 것보다 우리가 처리하는 기 억수로 나을 끼다. 내 장담한다. 다른 데 체포되모 뻬도 몬 추릴 끼다. 앞산 가봤으이까 잘 알 끼다. 우떤 기 강기복이 신상에 이로울지 생각해바라. 자네가 진심으로 강기복이를 위한다모 우리 쪽으로 델꼬 온나. 그카고 충고 한마디 하까? 우린 자넬 스물네 시간 지키볼 끼다. 명심하라꼬. 자넨 인자 우리캉 한배를 탄 기라."

프락치로 의심받는 지리교육과 학생을 본 건 심 형사와 면담을 마치고 조사실을 막 나와서였다. 격려랍시고 내 등을 두드리는 심 형사 낯짝에 침을 뱉지 못한 것을 후회하는 참인데, 조사2계 사무실 난롯가에 앉아 있는 청년과 눈이 마주쳤다. 내 운명을 스스로 개척하기는커녕 경찰 앞잡이로 전락했다는 사실에 기분이 엉망이었는데, 청년 얼굴이 어딘가 눈에 익었다. 총학생회 선거운동 할 때 이따금 보았던 사범대 지리교육과 학생이었다. 속이 뜨끔했고, 얼굴을 보지 말았어야 한다는, 뭔가 잘못됐다는 느낌이 퍼뜩 들었다. 지리교육과 학생이라면 경찰 프락치로 찍힌 친구가 아닌가. 언젠가 한문회에서도 프락치로 의심해서 뒤를 추적했었다. 여러 차례

뒷조사를 한 결과, 프락치 판정을 내린 것으로 알고 있었다. 돌아서려던 나는 다시 유심히 청년을 쳐다보았다. 당황한 그가 재빨리 내게서 고개를 돌렸다. 저 친구가 여긴 어인 일일까? 형사들에게 정보를 제공하려고 온 걸까. 그렇지 않다면 멀쩡한 학생이 위수령이 내린 방학 중에 경찰서에 죽치고 있을 리 만무했다.

비로소 지리교육과 삼학년인 그를 둘러싼 소문이 하나둘 기억났다. 지난해 시위 때 내가 작성한 투쟁선언문이 일찌감치 경찰의 손에 넘어간 것도 그의 활약 때문이라고 들었다. 시위 준비에 깊숙이 참여했던 사학과 친구가 잡혀간 것도 지리교육과 학생 짓이라는 게 나중에 밝혀졌다. 그가 밀고하는 바람에 약속 장소에 나갔던 사학과 친구는 검거됐고, 구속되고 말았다. 지리교육과 친구도 현장에서 잡힌 것으로 나는 알고 있었다. 그 건으로 그 또한 구속되었고. 그런데 지금쯤 감옥에 있어야 할 그가 버젓이 경찰서 정보계에서 난로를 쬐고 있다니, 뭔가 이상하지 않은가. 지리교육과 친구가 등을 돌리고 향한 벽면에는 박정희 얼굴 사진이 걸려 있었다. 박정희 사진과 지리교육과 친구를 한눈에 담는데 문득 의문이 생겼다.

저 친구는 나를 어떻게 생각할까? 그는 틀림없이 나를 알아봤을 거였다. 혹시 나를 자신의 동업자쯤으로 여기는 건 아닐까. 다가가서 잘해보자고 악수라도 건넬 걸 그랬나. 유신 과업 완수하는 데 힘을 보태자고. 헌데 그는 나를 피했다. 그건 경찰 프락치임을 자인한 것이고. 빌어먹을, 하필 경찰서에서 마주칠 건 뭐란 말인가.

세상에 홀로된 기분이 이럴까. 아무에게도 연락해서는 안 된다. 친구도, 고교 동창도, 의대 동료를 만나서도 안 된다. 그들에게 피해를 줄 순 없다. 나 하진무는 이 시간부터 오염 덩어리다. 경찰 감시를 받는 프락치에다, 친구들을 파멸로 몰아넣을 수 있는 위험인물이다. 내 얼굴에 위험을 경고하는 해골이라도 그려 붙여야 할까. 지인들을 위해서라면 그 정도 선의는 베풀어야 하지 않을까. 남부경찰서를 나와 겨울 햇살이 눈부신 거리에 섰을 때 내 심정이 그랬다.

소방서와 예식장을 지나며 나는 터덜터덜 걸었다. 한일극장에서 영화나 볼까. 거기서 두 편 정도 영화를 보며 죽치노라면 어둠이 내릴까. 시간을 때우기에는 극장만 한 곳도 없지 않은가. 심 형사에게 당한 걸까? 시궁창에서 발가벗고 뒹굴다 나온 듯한 지랄 같은 이 기분은 무언가? 내 방 책상에, 도서관에 파묻힌다고 해서 해결될 문제가 아니었다. 경찰서에서 동향보고서를 쓰고 나왔다고, 강기복 행방을 추궁당했다고, 프락치로 꼼짝없이 걸려들었다고, 기분이 엉망진창이라고 고래고래 악이라도 써야할 판인데도 속으로만 꾸역꾸역 삼켰다. 어디 가서 고함을 지를 건가. 학교 운동장에서? 극장에서? 팔공산 갓바위에서? 수성못에 얼굴을 처박고 외치나? 방구석에서 이불 뒤집어쓰고 경찰 프락치 안 하겠다고, 의학 공부하게 제발 좀 날 내버려두라고, 박정희가 대통령 안 하는 세상에서 살고 싶다고 울부짖어봐야 무슨 소용 있나.

사람이 먹고 입고 싸는 얘기만 하면서 지낼 수는 없지 않은가. 육모방망이를 휘두르던 깍두기머리도 인간은 생각하는 갈대라고 하지 않았던가. 이 시간부터 나는 생각하는 갈대가 되어서는 안 된다. 심 형사가 요구한 동향보고서를 떠올리며 든 생각이었다. 당장 오인희를 불러내고 싶었다. 국밥집이나 만둣집이나 인화반점이나 아무 데라도 좋았다. 남부경찰서에서 조사를 받고 나왔노라고, 동향보고서란 희한한 자술서를 쓰고, 프락치를 강요받았노라고, 내 가슴에 켜켜이 쌓인 울화 덩어리를 마구마구 털어놓고 싶었다. 하지만 그럴 수가 없었다. 게다가 나를 감시하겠노라고 하지 않았나. 오인희를 동향보고서에 올려서도 안 된다. 심 형사는 오인희를 노리고 있을지도 몰랐다.

조성우가 나타난 건 내가 마음속에서 동향보고서를 북북 찢어발기고 있을 즈음이었다. 중앙통을 건던 내 발걸음은 어느새 한약방을 끼고 있는 골목으로 접어들었고, 누군가 내 이름을 불렀다. 나는 내 귀를 의심했다. 내가 아는 모든 사람을 피해야 하는 처지를 괴로워하던 순간에 누군가 나를 찾다니. 어떤 인간인지 몰라도 무척이나 재수 없는 위인이라고 혀를 차며 못 들은 척하고 그냥 지나치려 했지만, 내 거룩한 뜻을 아는지 모르는지 상대는 내 이름을 계속 불렀다. 남들이 들으면 큰일 날세라 작은 소리로 부르기 시작했다. 얼마 지나지 않아 그도 내 의도를 조금은 알아챘는지 두어 차례 더 하진무를 부르는데야 눈을 돌리지 않을 수 없었다. 찐빵집과 나란히 있는 미장원이 보였고, 그 문짝에 붙은 영화 포스터를 등지고, 조성우가 나를 바라보고 있었다. 내가 지나가기를 기다렸다는 듯이 말이다.

"진무 세이, 남부서에서 나오는 거 맞지예?"

조성우가 다그치듯 물었다.

"어? 어데… 그캤지 머. 그런데 우짠 일이고?"

경찰서에 출입한 건 어찌 알았고, 그딴 건 왜 묻냐고, 혹시 일부러 나를 보려고 길목에서 지키고 있었냐고 맞받아야 하는데, 말이 안 나왔다. 취조하듯 공격적인 말투하며 나로서는 몹시 불쾌했다. 삼십 분 전까지 심 형사에게 시달렸던 내가 아닌가.

골목에 숨었던 조성우가 나를 이끈 곳은 '소년만화'라는 간판을 내건 만홧가게였다. 다방도 아니고 웬 만홧가겐가 했지만 미적미적 뒤를 좇을 수밖에. 전봇대에 비스듬히 기대어 영화 포스터를 보는 시늉을 하던 조성우는 진작 몸을 피하듯 행동했으니까. 적어도 내 눈에는 그가 남의 눈에 안 띄려고 조심하고 있음이 느껴졌다. 만홧가게에 들어서자 국민학생들 예닐곱 명이 만화책에 고개를 처박고 있었다. 연탄난로가 그나마 온기를 뿜어냈는데, 꼬맹이들 무릎을 지나치며 등을 돌려 뛰쳐나가고 싶은 걸 겨우 참았다. 죄짓고 은신처에 숨어드는 느낌이랄까, 아무런 설명도 없이 무작정 만홧가게로 기어든 조성우에게 반감이 솟는 건 어쩔 수 없었다.

나는 흥분을 억누르고 내게 닥친 상황을 하나하나 따져보았다.

남부서에서 나왔는데, 느닷없이 조성우가 나타났다. 내 동선을 알고 있었다는 듯 골목에서 기다렸고, 만홧가게 뒷방으로 나를 몰아넣었다. 부엌이랄 것도 없는, 연탄아궁이만 달랑 있는 방문을 열자 아랫목에 이불 한 채가 깔려 있고, 대낮인데도 굴속처럼 어두컴컴했다. 어림짐작만으로는 국수공장이 그랬듯, 조성우 중학 동창의 가게이려니 여겼다. 내가 경찰에 출두하리라는 걸 조성우가 알 리 만무했다. 그렇다면 조성우는 내 뒤를 밟았다는 얘기가 된다. 저 친구가 왜 그래야 하지? 심 형사 말고는 내가 경찰에 출두한다는 사실을 알 수가 없다. 조성우도 경찰에 볼일이 있었던 것일까? 그것도 앞뒤가 안 맞았다. 심 형사가 조성우를 잡으려고 혈안이 됐음을 내 눈으로 확인하지 않았나. 그러니 조성우가 남의 눈에 안 띄려고 몸을 움츠리는 것은 정당하다. 이제라도 나는 조성우에게 알려주어야 하지 않을까. 경찰에서 자넬 추적 중이라고. 심 형사가 자네 동향을 알아내어 보고하라고 내게 명령을 내렸다네, 그러니 우린 서로 얼굴을 보면 안 되는 처지라고, 귀띔을 해주어야 하는데 나는 침묵했다. 그런데 조성우와 나 사이로 흐르는 서먹서먹한 분위기의 정체는 무엇인가. 우리 둘은 이런 식으로 대면한 적이 없었다.

"진무 세이. 오해할까바 먼첨 말해두는데, 우연히 남부서에서 나오는 세이를 봤어예. 우연히…. 내도 처음에는 내가 잘못 본 줄 알았다 아잉교."

"그랬나? 그래 벨일은 아이고… 저분 일 때문에 정리할 기 쪼매 있고 해서….”

나는 얼버무렸다. 심 형사와 있었던 일을 낱낱이 까발릴 수는 없었다. 조성우 앞에서 내가 움츠러들 게 뭐 있는가. 그는 내가 심 형사를 만났는지 모른다. 프락치로 내몰린 건 더더욱 모를 테고. 언제부터 조성우와 나 사이가 이렇게 되었나. 냉정해지자. 남부서에서 있었던 일을 털어놓아서는 안 된다. 거듭, 냉정해지자! 경찰서에서 나오는 날 봤다면 조성우가 오해를 안 하는 게 이상할 지경이 아닌가.

“그런데 자넨 우짠 일로?”

“혹시, 진무 세이! 그 안에서 지리교육과 친구 몬 봤어예? 김성식이라고.”

“지리교육과? 김성식이?”

조성우에게 말려드는 이 찜찜함은 무언가. 조성우는 내 물음에 답을 하지 않았다. 도리어 작심한 듯 물음을 퍼부었다. 어떻게 받아들여야 할까. 역공을 한 건가? 뭐라고 답을 해야 하나. 난롯가에서 손을 쬐던 지리교육과 친구 이름이 김성식이었던가. 이 기묘한 인연을 어찌하나. 조성우는 경찰서 안에 있는 김성식을 추적 중이고, 심 형사는 그런 조성우를 잡겠다고 설치고. 중간에 낀 나는 이러지도 저러지도 못하고.

“문디 자슥이 거게 들어갔는데 안죽 안 나온다 아입니꺼. 진무 세이! 국문과 최영철이가 행방불명된 거 알지예?”

"잘은 모리지만 얼핏 들은 것도 같고…."

나는 확답을 피했다. 경찰의 학생 체포가 극심해지자 대구에서도 누구 하나 죽어 나갈지 모른다는 무시무시한 소문이 돌고 있는 건 사실이었다. 최영철에 대해서는 나도 주워들은 바가 있었다. 학생이 행방불명됐다면 심각한 사건이었다. 내가 이래도 되는가. 삼월 거사에 내 몫을 마련하겠다던 강기복은 어디 있는지조차 모른다. 거처를 모르는 게 뭔가. 심 형사는 그를 잡아들이는 데 앞잡이가 돼달라고 성화다. 한문회 친구들은 물론 강기복에게 연락이 와도 그를 위해서라도 피해야 할 처지다. 사람 심리란 참 묘해서, 강기복을 멀리해야 한다는 걸 알면서도, 그에게서 연락이 없다는 사실이 못내 서운한 건 어쩔 수 없었다.

"지난 연말이라예. 그라이까 진무 세이 앞산에 드가 있을 땝니더."

조성우가 말했다. 성우가 어떻게 알았을까? 성우가 안다면 의대는 물론이고 웬만한 친구들도 다 알고 있다는 얘기였다.

"진무 세이. 내 말 듣고 있어예?"

골똘한 나를 일깨운 조성우는 내처 말했다.

"최영철이 소식이 끊기뿟어예. 동대구역 앞에서 건장한 머시마 둘한테 끌리가는 걸 여동생이 밨다캅니더. 지프차에 태워가꼬 어데로 갔다 카는데 그 뒤로 소식이 없는 기라예. 살았는지 죽어뿟는지 행방이 묘연하다 아입니꺼. 그날 지리교육과 김성식이하고 역구내 우동집에서 만나기로 했는 갑데예. 그런데 정작 나타나야 할 김성식이는 안 보이고 수사관들이 최영철을 덮치뿟다 아입니꺼."

"그라모 최영철이 납치된 기 김성식이 때문이라는 기가? 그캐서 자네가 김성식을 추적 중이고?"

조성우는 최영철 납치 사건을 왜 내게 설명하는 걸까. 아, 물론 납치 사건을 사소하게 여긴다는 것은 결코 아니다. 나로서는 내가 앞산에 있었다는 걸 성우가 어떻게 알았는지 그 점이 더 궁금할 따름이다. 성우는 진작 알고 있었다는 듯 자연스레 말하지 않았던가. 그러나 조성우는 나는 안중에도 없다는 듯 또박또박 말했다.

"최영철이 내 고향 친굽니더. 중학생 때 대구로 이사했지만 대학에 와 다시 만났다 아입니꺼. 세이도 알다시피 고향 동창 놈들이 몇 명이나 됩니꺼. 최영철이 둘도 없는 내 친구라예."

"안타까븐 일이네. 그나저나 우야꼬 내는 김성식이를 몬 봤는데. 글마 얼굴을 알아야 보든동 말든동 하제."

무심코 나온 말이었다. 조성우에게 불필요한 오해를 사기 싫었다. 최영철이 납치된 건 불행한 일이지만 김성식과 내가 엮이는 건 막아야 했다. 경찰서에서 김성식을 봤다 하면 조성우는 김성식의 동태를 꼬치꼬치 캐물을 것이다. 김성식이 경찰에 밀고한 내용을 까발리고, 그 자식을 응징해야 한다고 조성우는 핏대를 올릴 것이고. 심 형사에게 동향보고서를 쓰고 나온 게 한 시간이나 됐나? 심 형사에게 경찰 정보원으로 내몰리는 내가 프락치인 김성식 문제로 골머리를 썩인다면 주제넘은 짓이었다. 나는 만홧가게 골방에서 조성우와 마주 앉은 것만으로도 고통스러웠다. 자리를 박차고 나가고 싶은 걸 억지로 참고 있었다. 조성우에게 말하고 싶었다. 나와 함께 있으면 안 된다고, 우린, 감시당하고 있다고. 동향보고서에 조성우를 만나 김성식 문제를 상의했다고 쓸 수는 없었다. 심 형사가 시험 삼아 내 뒤를 추적했다면? 지금이라도 경찰이 만홧가게 골방을 덮친다면? 나는 꼼짝없이 프락치로 낙인찍힐 것이다. 말을 최소한 적게 하고 이 자리를 뜨는 게 급선무였다. 내가 처한 상황에 조성우를 끌어들여서는 안 되었다.

"진부 세이. 김성식이 생각 안 납니꺼? 한분회 모임이나 총학 선거운동 할 때 봤을 낍니더. 내는 세이가 글마 얼굴 알고 있는 줄 알았는데…. 김성식이 프락치가 학실하다 아입니꺼. 쥐새끼 같은 놈이 사람 여럿 잡았심더. 까놓고 얘기하지예."

한숨 돌린 조성우가 목소리를 낮추었다.

"강기복 선배가 위험하다 아입니꺼. 그 새끼가 기복 선배 엮어 넣을라꼬 눈이 디집혔다 캅니더. 사람이 실종대뿟어예. 최영철이 생사가 불분명하다 이깁니더. 김성식이 그 프락치 새끼 때문에 시방 난리가 났심더. 한문회고 어데고 잡히모 죽는다꼬 마카 잠수탔어예. 우리가 안 당할라 카모 김성식이 조지야 합니더."

나는 듣기만 했다. 조성우는 내가 알아서는 안 되는 것들을 흥분해서 지껄이고 있었다. 평소처럼 나를 대하듯이 말이다. 조성우는 나를 믿고 있었다. 나는 그 점이 고마웠다. 하지만 한 가지 의문은 있었다. 조성우는 내가 앞산에 갔던 것을 알고 있다. 그렇다면 지금 내 처지를 알지 않을까. 경찰서에 들어갔다 나온 걸 목격했다고 하지 않았나. 정황만으로도 충분히 의심할 만하지 않나. 성우는, 설마 하진무가 프락치일까, 하는 의심을 한 번도 안 해봤다는 건가. 그래서 김성식과 강기복을 입에 올리는 걸까.

"그래, 기복이 세이는 잘 있나?"

듣다 보니 그냥 넘기기가 무엇했다. 강기복 이름이 나온 이상 모른 척한다는 건 더 이상한 일이었다. 조성우가 그와 연락을 주고받고 있음을 전제로 물은 것이었다. 나는 평소처럼 말했다고 생각했다. 탁구장에 기복 선배 있냐고, 안부를 묻듯이. 강기복 소식을 못 들은 걸로 할까도 생각했으나 그의 행방이 무척 궁금한 것도 사실이었다.

"하모요. 기복 선배는 잘 있어예. 내도 얼굴 보기 힘들다 아입니꺼."

조성우는 그쯤에서 입을 다물었다. 강기복 행방은 더는 말해줄 수 없다는, 확고한 의지를 드러낸 그는 말 줄기를 다시 김성식으로 몰고 갔다.

"김성식이한테 당한 친구가 한둘이 아입니더."

"김성식이를 퍼뜩 찾아야 되겠꾸마. 희생을 줄이자모 그캐야제. 내는, 상황이 그래 심각한지 몰랐다."

나는 김성식에서 빠져나오고 싶었다. 김성식 이름이 나올수록 그와 내가 동류로 묶이는 것 같아 기분이 나빴다. 최영철 실종 사건 때문에 대구 대학생들이 공포에 떨고 있음을 나도 들어서 알고 있었다. 삼월 위기설이 증폭되면서 수사기관에 잡히기만 하면 군대로 끌려가든지, 고문을 당하든지, 죽음을 각오해야 하리라는 흉흉한 소문이 내 귀에까지 들어왔다.

"몰랐다 캤심니꺼? 진무 세이. 오늘 참말로 이상하다 아잉교. 세이답지 않심니더."

"내답지 않다꼬?"

"신무 세이. 참말로 몰라서 그캅니꺼? 세이는 노박 내 질문을 회피하고 있어예. 김성식이도 모린다, 최영철이 실종대뿟는데도 시큰둥하고. 긴급조치로 상황이 긴박하게 돌아가는데, 모린다 안 카나. 평소 세이하고 너무 달라예."

실망했심니더, 조성우는 차마 그 말은 하지 않았다. 그러나 나는 그보다 더한 모멸감에 시달리고 있었다. 조성우가 몰아치는 걸 뻔히 알면서도 대꾸할 말을 못 찾고 허둥거렸다.

"미안타. 내사 요즘 정신이 쪼매 엄따. 회복이 덜 됐는 기라."

하이마트에서 절규하던 오인희, 정보원으로 한배를 탔다고 선언한 심 형사가 내 머릿속을 어지럽혔다. 심 형사와 얼굴을 맞댄 조사실 풍경을 조성우가 봤다면 어떤 표정을 지을까. 조성우는 여전히 나를 믿고 있었다. 어둑한 방 안 천장에 매달린 알전구 빛이 피곤했다. 성우야, 퍼뜩 만홧가게 골방에서 나가자. 아까부터 말을 안

했지만 답답해서 죽을 지경이다. 어서 여기서 나를 빼내다오.

"알아예, 진무 세이 앞산서 당한 거 알고 있어예. 내도 세이를 이래 만나서 미치삐겠어예. 이카는 내가 참말로 파이다 아입니꺼. 하지만 사람이 실종대뿟어예. 사람 목숨이 위태위태하다 이깁니더."

"내가 당한 거 알고 있다 캤나?"

"알 만한 사람은 마카 알고 있어예. 학생과장이 학교서 힘썼다카미 우찌나 자랑을 해쌓던지. 의대에서는 소문이 짝 퍼졌다 아입니꺼."

"학생과장이 그래 씨부렀다고?"

이건 또 뭐란 말인가. 하진무 앞산 사건을 공개해 나를 옴짝달싹 못 하게 하자는 수작인가. 공개적인 낙인을 찍는다면 의대 생활은 어찌하나. 나는 본능적으로 위험에 처했음을 알았다. 제대로 대처하지 않으면 프락치로 오인받고, 의대 생활은 물론이고, 내 인생이 갈가리 찢길 게 뻔했다.

"내사 마 위태위태하다. 오늘 자넬 만나지 말았어야 했는갑다."

"그래예? 내를 안 봤어야 했다 이깁니꺼?"

조성우가 날카롭게 내 말을 가로챘다.

"먼 사정이 있나 보지예. 내가 말해보까예? 총장하고는 얘기가 단디 됐심니꺼?"

"그기 먼 소리고?"

"세이가 하도 모린다고 캐쌓서 내가 갈차주까 해서예."

"갈차준다꼬? 멀?"

"의대에서 세이를 두고 무신 소문이 돌고 있는지 참말로 몰라서 그캅니꺼?"

"모린다, 알아듣게 설명해바라."

"세이는 앞산서도 그래 풀리났다 아입니꺼. 세이는 손끝 하나 안 다치고 멀쩡히 나왔어예. 아무개는 구속되고, 아무개는 중정에 보안사에 잡히가 뿌고 생사를 모리는 판인데, 세이는 경찰서를 드나든다 아입니꺼. 서인석 선배는 하반신 마비가 대뿟고, 최영철이는 실종댔는데 말입니더. 그거 우에 설명하겠어예? 그뿐이 아입니더. 풀리나는 즉시 총장실에서 귀빈 대접을 받았어예. 총장, 도지사, 도경 국장, 교무과장이 학원안정화를 위해서 세이를 칙사 대접했다 카대예?"

"어데, 아이다, 그기 말따…."

앞산에서 개처럼 긴 나를 어찌 설명하나. 유신헌법에 충성을 맹세하고, 서약서를 쓰고 풀려났다고 어찌 밝히나.

"진무 세이, 도대체 먼 일이 있었던 깁니꺼?"

"먼 일이라이? 시방 내를 의심하는 기가?"

"의심이라 캤심니꺼? 앞산에서, 총장실에서 먼 일이 있었나 묻는 깁니더."

"조성우, 자네가 우째 내한테 이칼 수 있나. 다른 사람은 몰라도 자네마저 내를 의심하나?"

"의심이 아이라 진실을 알고 싶은 깁니더. 사람이 실종대뿟심니더, 백주 대낮에. 사람 목숨이 위태롭다 이깁니더!"

"이 자슥이 확!"

굴속 같은 만홧가게 골방에서 뭐 하는 짓인가. 호텔 스카이라운지로, 국수공장으로 내 은신처를 마련해준 조성우가 아닌가. 의대에서 유신헌법 철폐를 논할 수 있는 유일한 친구. 나를 숨겨준 것만 보더라도, 조성우와 하진무는 생사고락을 함께한 친구가 아닌가. 그 조성우에게 주먹질을 하려는 이 순간은 뭐란 말인가. 내 주먹은 아랑곳 않고, 입술에 검지를 댄 조성우가 '쉬' 소리를 내며 속삭였다. 애들이 듣는다고.

"진무 세이, 단디 들으이소. 사람 목숨이 먼첩니더. 진실만이 사람 목숨을 구할 수 있어예. 우리가 서로 믿지 몬한다모 우리만 불행해집니더. 내뿐만 아이라 누구도 세이의 행적을 이해 몬 할 낍니더. 내니까 세이한테 이카는 기라예. 대낮에 사람이 실종대는 판국에 세이는 버젓이 경찰서에서 걸어 나왔어예. 내 눈이 안 디집히뿌모 그기 이상하다 아입니꺼?"

"성우야…."

나는 멱살을 쥐었던 주먹을 풀었다. 컹컹컹! 조성우에게 짖어주고 싶었다. 지하실 바닥을 기고 개처럼 짖었노라고, 살려달라고 국가보안법을 지워달라고 애걸했다고 고함을 지르고 싶었다. 그러면 조성우 속이 후련해질까. 사람 목숨이 위험에 처했는데 개처럼 기었다는 고백은 설득력이 없었다. 곱다시 당하는 수밖에. 조성우가 별의별 의심을 하더라도 나는 견뎌야 했다.

"시방 내사마 할 말이 엄따."

나는 힘겹게 입을 열었다.

"자네가 먼 생각을 하든 해명할 길이 엄따. 다만 한 가지, 자네가 생각하는 것매로 경찰이나 학교하고 뒷거래는 안 한다. 앞산에서 풀려난 건 운이 좋았다고 치자. 총장이 내를 구워삶을라꼬 그캤다 치자. 내가 그 작자들한테 넘어가 뿔 사람으로 보이나? 내, 그런 인간 아이다. 김성식이라 그캤나? 내를 그 자슥하고 같은 놈 취급하지 마래이. 비겁하게 안 살라꼬 나름 발버둥 치고 있다. 내 영혼에 흠집 안 나게 할라꼬 기를 쓰고 있다."

조성우의 회고

"제가 알게 모르게 진무 형에게 빚이 있습니다. 생리학으로 기억합니다. 비쩍 마른 선생이었는데 성적을 가혹하게 매겼어요. 원래 생리학으로는 낙제하는 법이 없는데, 이 양반은 무더기로 낙제 점수를 주는 겁니다. 의대 동창의 동생도 안 봐주고 낙제 점수를 주는 바람에 학교에서 퇴출시킨 걸 자랑으로 여기는 교수였습니다. 저도 거기에 걸려들었죠. 재시를 봤는데도 낙제 점수를 면치 못했습니다. 저와 십여 명이 꼼짝없이 학교에서 쫓겨날 판이었습니다. 그때 제가 도움을 청한 게 진무 형이었습니다. 의대에서 형의 영향력이 컸고, 형이 나선다면 깐깐한 생리학 교수도 움직일 수 있으리라 판단했던 겁니다. 진무 형과 작당한 저는 생리학 교수를 반월당 기생집으로 모셨습니다. 보아하니 이 양반이 그런 델 한 번도 안 가본 영판 샌님이었습니다. 연구실과 집만 왔다 갔다 했다던 생리학 교수를 술에 담갔다 꺼낸 그 기생집에서 생리학 삼시를 칠 수 있게 해달라고 사정을 했고, 기어코 허락을 얻어냈습니다. 그게 아마 '히포크라테스정신회'를 만들려고 한창 작업할 때였을 겁니다. 한번은 총학생회장 선거를 앞둔 밤이었습니다. 후보자마다 확보한 대의원들에게 술을 먹이고 집에를 안 보내는 겁니다. 향촌동 술집마다 경대생들이 넘쳐났어요. 술 먹인 다음에 여관에 재웠다가 그대로 학생회관으로 데려가는 거지요. 그게 눈꼴시었던 제가 막걸리에 취해 니들이 정치꾼이냐 어쩌고 해가며 욕설을 해댔고, 시비가 붙었어요. 술김에 악다구니를 퍼부어대니 이쪽저쪽에서 주먹이 날아오고 쌈판이 벌어졌지요. 그 와중에 절 구한 게 진무 형이었어요. 아무리 의협심이 발동했더라도 취객들에게 흠씬 두들겨 맞을 뻔했는데, 진무 형이 살려낸 거지요. 이번에도 예과 때일 겁니다. 진무 형이 참여했던 후보자가 총학생회 회장이 되고 나서 전국대학생 4·19학술토론회를 열었습니다. 한데, 학교 당국이 허가를 안 내주는 겁니다. 장소를 옮겨가며 행사를 강행하려는 학생들과 교직원들이 몸싸움을 벌이고 난리가 났어요. 그때 학생과장이 법대 교수였어요. 현수막을 뜯어내고 유인물을 빼앗는 교직원들과 학생들이 뒤엉켜 싸웠지요. 주먹질과 발길질이 난무했습니다. 난투극이 벌어진 강의실에서 가장 악질적으로 나댄 게 법대 교수였어요. 학생들이 교수를 끌어안고 뒹굴었으니까요. 학생과장을 구한답시고 교직원들이 반격을 가했고, 저도 안면을 얻어맞아 코피가 나고 엉망이었어요. 피범벅이 된 저를 끌고 나온 게 진무 형이었습니다. 부상자를 치료해도 시원찮을 의대생이란 놈이 잘하는 짓이라고 혀를 차면서 말이지요."

11

"내 수호신 가죽 잠바께서 전당포에 계신데이. 다시 모시와야제."

나는, 오인희 집이 있는 골목을 빠져나오자마자 그녀에게 말했다. 염색한 군용 잠바를 입고 나온 걸 트집 잡기 전에 선수를 치자고, 집을 나서기 전부터 벼르고 별렀던 터였다. 오인희 얼굴을 보면 주저하지 않고 고백하기로. 가죽 잠바를 전당포에 맡긴 걸 알면 오인희가 커다란 충격을 받으리라는 걸 알았다. 그러나 언제까지 그 일을 감출 수는 없었다. 나에겐 탈출구가 필요했다.

앞산에서 나왔건만 나는 순탄한 일상으로 돌아가지 못했다. 심 형사를 만나고 난 뒤로는 외출부터가 내키지 않았다. 지인 만나기를 꺼렸고, 학교 행차도 짐스러웠고, 학생들 구속 소식은 넘치는데 바라만 보고 있자니 죄스럽고, 내가 지금 뭐 하고 있나 하는 무력감에 질식할 것만 같았다. 거기다 경찰 프락치로 내몰린 걸 생각하면 모든 걸 다 때려치우고 어디론가 연기처럼 사라졌으면 싶었다.

나를 아는 사람이 아무도 없는 곳으로! 나를 억압하는 무리가 없는 세상으로 마법에 의지해서라도 존재 이전을 할 수 있다면!

내가 탈출구로 택한 건 가죽 잠바였다. 오인희가 선물한 가죽 잠바는 그녀의 몸인 동시에 나를 지키는 수호신이 아니던가. 돌이켜보면 가죽 잠바를 자신의 몸이라고 한 오인희 주장은 옳았다. 가죽 잠바가 오인희인 한 나는 그 가죽 잠바를 사랑하는 남자다. 사랑하는 가죽 잠바를 전당포 철창 안에 처박아놓고, 내 몸과 마음이 온전하리라 여겼던 걸까.

"방금 머라 캤노? 그라이까 내가 선물한 잠바를 전당포에 맽기뿟다는 기가?"

오인희가 걸음을 멈추었다.

"미안타, 우쩌다 보이 그래됐데이. 구질구질하게 변명은 안 한데이."

"우야꼬! 우짜모 그칼 수 있노? 이기 말이 되나. 내가 머라 캤노? 내로 여기라꼬 선물한 긴데, 그걸 전당포에 맽기뿟다는 기가? 그라모 머꼬, 내를 전당포에 팔아넘가 뿟다 이기가. 그카고도 멀쩡하게 숨 쉬고 살았다는 기가? 내를 팔아치아 뿌고도 잠이 오더나? 밥이 목구멍으로 넘어가더나. 인자 알겠데이, 자기가 와 도망 댕기고, 경찰한테 후달리는지. 수호신을 전당포에 넘가뿌고도 무사할 줄 알았나? 우짜모 낼 팔아치아 뿔 생각을 다 했을꼬, 아무리 사정이 급하다 캐도 사람이 그칼 수는 없는 기다."

잘못했다, 죽을죄를 지었다, 나는 오인희가 언성을 높일 때마다 추임새처럼 용서를 빌었고, 그마저도 통하지 않는다면 길에서 무릎을 꿇고 두 손이 발이 되도록 빌 용의도 있었다. 이미 예상했던 일이 아닌가. 오인희가 그냥 넘어갈 리 없다는 걸 알았고, 어떤 비난과 처벌도 감수하자고 마음을 굳게 먹지 않았던가. 급기야 오인희가 인신매매범 취급해도 나는 항변하지 않았다. 가죽 잠바를 전당포에 넘길 때 자기를 생각하지 않았냐고 그녀가 캐물어도, 나는 가죽 잠바와 인간을 동일시하는 그녀의 거룩한 합일 정신을 깨달을 수 있는 날이 내게도 오기를 빌 뿐, 죗값은 두고두고 갚겠다고 맹세했다.

"잠바 값은 내가 낼 끼다."

오인희는 종로 전당포 목조 계단을 오르며 잘라 말했다. 나는 절대로 그럴 수는 없는 법이라고, 지은 죄를 눈곱만치라도 사해줄 생각이 있다면 가죽 잠바 생환의 값은 죄인이 치르게 해달라고 사정했다. 오인희는 고집을 꺾지 않았다. 대머리 전당포 주인에게서 가죽 잠바를 받아들고서도 가죽 잠바 값을 누가 치를까를 두고 우리는 한바탕 실랑이를 벌였다. 오인희는 자신이 선물한 가죽 잠바를 수호신으로 삼았으니 양보할 수 없다는 주장을 폈다. 죄를 용서받을 기회를 달라고 애걸했지만 그러나 오인희는, 그리되면 자신을 대하듯 하기로 한 약속은 물거품이 되는 거라고 단박에 거절했다. 내가 돈을 내면 하진무가 산 것이기 때문에 수호신의 영험함을 기대할 수 없게 되고, 평범한 가죽 잠바로 전락할 거라고 강경하게 나왔다. 나는 할 수 없이 가죽 잠바를 구하는 성스러운 임무를 오인희에게 양보하지 않을 수 없었다. 오인희는 육천 원을 전당포 주인 사내에게 지불하고 나서야 의기양양하게 목조 계단을 내려갔다. 나는 콩나물국밥집에 앉자마자 군용 잠바를 벗고, 오인희가 입혀주는 가죽 잠바를 다시 몸에 걸쳤다. 그녀는 생환 의식을 치르듯 내 손을 잡아끌어 팔소매에 집어넣고, 어깨선마저 토닥토닥 두드려 맞춰주고 나서야, 흡족한 미소를 지었다.

"김수녕을 만나바야 한데이."

나는 서슴없이 말했다. 수호신 가죽 잠바도 입었겠다, 위안이 되는 존재로 거듭나기로 한 이상 오인희에게 사소한 일상은 털어놓을 작정이었다. 오인희에게 근심거리가 될 만한 것은 삼가고, 그녀와 나를 붙들어 매는 데 도움이 될 만한 사례만 가려 선보일 참이었다.

"내 전화도 거부한 수명 씬데? 자긴, 자존심도 읎나?"

오인희는 내키지 않아 했다.

"친구 사이에 자존심은. 수명이 몸이 안 좋은갑다. 심각한 기 아이고 얼굴이라도 비야 할란 갑다. 자기 전화 안 받은 것도 이분에 알아바야제."

나는 일부러 지나가는 말투로 주절거렸다. 그래야 오인희가 대수롭지 않게 여기고 흥미를 보이지 않으리라 여겼다. 김수명에 대한 그녀의 반감이 예상보다 심하지 않아 다행이었다. 김수명을 찾아가보라고 전화를 한 건 박영길이었다. 어머니가 하는 식당으로 전화를 해도 도통 통화가 안 되던 박영길이었기에 나는 무척 반가웠다. 전화도 안 받고 무시당했다는 오인희 얘기를 듣고서 그대로 있을 수 없어 두 친구를 만나려고 했으나, 연락이 안 되었다. 박영길 어머니가 장사를 하는 칠성시장 국밥집으로 찾아갔건만 헛걸음만 하고 말았다. 시장에 갈 때마다 국밥을 말아주시던 어머니가 영길이를 만날 생각은 마라고 문전박대했다. 김수명도 별반 다르지 않았다. 아버지가 당한 수모를 알고 나서 나는 아예 그를 안 보리라 작정했었다. 그러나 박영길 전화를 받고 나선 내 마음이 흔들렸다. 전화를 안 받더라도 언젠가는 한번 보리라는 생각을 완전히 접은 것은 아니었다. 그리고 궁금한 점도 있었다. 영길과 수명도 프락치를 강요받고 동향보고서를 쓰는지 알아야 했다. 수명이가 안 좋은갑다. 한분 찾아가바라. 정작 수명의 안부를 전한 박영길은 당분간 서로 보지 않는 게 좋겠다고 전화를 끊었다. 나는 박영길과 통화한 내용은 오인희에게 밝히지 않았다.

김수명이 이즈음 의대에서 가장 관심을 끄는 인물이 됐음을 알게 된 것도 내 마음을 움직인 한 요인이었다. 그 사실을 내게 알려준 건 예과생 성순식이었다. 성순식이 본과 진급 인사를 한답시고 느닷없이 집으로 찾아왔다. 국수공장에서 지낼 무렵, 고등학생 교복을 구해준 일을 떠올리고 나는 뒤늦게나마 그에게 고마움을 표하며 반갑게 맞아들였다. 앞산에 다녀온 뒤, 나를 찾는 발길이 뚝 끊어졌던 터라 그의 방문이 반갑기도 하고 우려스럽기도 했다. 해부학을 미리 공부해두는 게 좋다고 한담을 나누다 성순식이 뜻밖에 김수명 근황을 전해주었다. 의대생들이 적산가옥 다다미방을 찾았다는 것과, 병문안 결과를 주워들은 대로 늘어놓았다. 김수명이 총기를 잃고 말이 어눌해졌다는 둥 음식을 못 먹는 바람에 뼈만 남았다는 둥, 그를 둘러싼 다양한 의견은 하나같이 그의 심신이 허약해졌음을 증언했다. 성순식은 자기가 봐도 김수명의 몸이 예전보다 나빠졌고, 대인기피증에다 대화 자체가 힘든 것을 보니 앞산 후유증이 틀림없다는 진단을 내린 이들도 있다고 말했다. 비록 내 눈으로 확인한 것은 아니지만 나는 성순식 얘기를 들으며 착잡하기 그지없었다. 김수명은 왜 내게는 털어놓지 않았을까. 사실은 박영길 전화를 받기 전에 앞산 지하실 동반자로서 책임을 느꼈기에 여러 차례 그에게 전화를 했었다. 그러나 그는 우물쭈물하다가 전화를 끊어버렸다. 내 이름을 대고, 끊지 말고 얘기를 하자고 설득했건만 그는 수화기를 내려놓곤 했다. 나는 화도 났지만 그가 받았을 충격을 생각하니 안쓰러웠고 괴로웠다. 한편으로는 수명이 나를 피할 줄은 몰랐다. 계속해서 전화를 거절하자, 그를 향한 못마땅한 감정이 생겼고, 그깟 일로 충격을 받고 심신이 황폐해졌다고? 하는 반발심마저 일어났다. 지하실에서 잠깐 고생했다고 뭇사람들의 입방아에 오르내리는 신세라니. 나는 지하실에서 개처럼 기었던 나 자신을 잊고 그를 성토하는 데 열을 뻗쳤다. 김수명이 그토록 허약한 인간이었던가. 내가 알던 김수명은 어디로 갔단 말인가. 그를 편지 사건에 끌어들인 건 믿는 구석이 있어서였다. 그가 속내를 털어놓지는 않았지만 나는 그의 지성을 믿었다. 책과 사색으로 구축한, 세계를 비판적으로 인식하는 이성과 고양된 도덕성을 바탕으로 한 인간애, 그 두 기둥이 떠받든 신념 체계가 김수명이라는 인간을 지켜내리라 믿었다. 골방에서만이 아니라 독재정권과 실제로 맞닥뜨리더라도 이겨내리라 기대했다. 내게 마르크스의 '공산당선언' 영문판을 선물한 그가 아니던가. 그런 확신이 있었기에 다다미방에서 궐기문을 찍어내면서도 나는 떳떳했다. 성순식이 전해준 소문에 기댄다면 나는 그를 잘못 본 게 틀림없었다. 독재정권 폭력에 희생당하는 사람을 보면서도 눈감는 인간이라면 그는 학처럼 고고한 인간이랄 수 없었다. 나는 김수명의 서푼짜리 지성이 역겨웠다. 박영길은 전화 통화에서 나에게 분명히 말했다. 김수명이 자신이 회장으로 있는 의대 문학 모임에도 안 나가고 건강 때문에 휴학할지도 모른다고. 그쯤 되면 김수명을 심약한 인간으로 몰아친다고 해서 나를 성급하다고 나무랄 사람은 없으리라. 그러나 나는 함부로 김수명을 단죄하기 싫었다. 무엇보다 내게 그럴 자격이 없음을 나 스스로 잘 알았다. 김수명과 박영길은 며칠씩 잠을 못 자거나 매타작을 당하지도 않았다. 자술서 쓰느라고 시달렸을 따름이었다. 두 친구가 앞산에서 편히 쉬다 나온 건 물론 아니었다. 깍두기머리와 사각턱의 위협에 술도 안주도 제대로 못 먹고 얼이 빠지기도 했다. 그러나 방망이로 엉덩이를 맞거나 군홧발에 무릎을 까이지는 않았다. 내가 아는 한 수사관들은 두 사람을 신사적으로 대해주지 않았던가. 놀림감이 되기도 했지만 그 정도야 서인석에 비하면 애들 장난에 불과했다. 지하실에서 자술서 몇 장 썼다고 정신적 충격 운운하면서 심신이 황폐해진 것이다. 실제로 고문을 당했다면 어떤 결과가 빚어졌을까. 김수명을 데리고 하반신이 마비된 서인석을 일찍이 찾아갔어야 했다. 자, 여기 고문으로 몸이 망가진 친구가 있다. 자네가 당한 건 아무것도 아니다, 엄살 그만 떨어라! 자네 지성을 욕되게 하지 마라! 김수명이 강기복처럼 강인한 인간이 되어야 한다는 건 아니다. 그건 또 다른 폭력일 테니까. 그럼에도 앞산 지하실을 한 차례 다녀왔다고 병자 행세를 하는 김수명이 나는 마뜩지 않았다.

서로에게 보이지 말아야 할 민낯을 우린 너무 많이 지켜보았다. 인생에서 두 번 다시 되풀이해서는 안 되는 꼬락서니, 차라리 꿈이었으면, 결코 기억하고 싶지 않은 서로의 몰골을 눈과 귀로 보고 듣고 새겼다. 그건 돌이키고 싶지 않은 악몽이었다. 내가 이럴진대 김수명은 오죽하겠는가. 김수명을 영원히 안 보고 산다는 생각을 하면 내 인생을 찌그러진 깡통 속에 가두는 것 같아 한없이 초라해진다. 현실에서 가능하지도 않을뿐더러 친구를 멀리한다면 나는 또 다른 일도 피해가려 들 것이고, 사람 만나기를 두려워할 것이고, 어느덧 찌그러진 깡통 꼴이 된 나를 발견하고 외마디 비명을 지를 것이다. 내가 원했던 인생은 이게 아니라고! 그땐 목구멍에 피가 나도록 외쳐봤자 소용없을 것이고. 세상과 사람들에게 버림받은, 찌그러진 깡통 꼴로 이리저리 구르는 나를 구제하기에는 너무 늦을 것이므로. 결국 김수명을 봐야겠다고 결심한 것도 나를 위해서였다. 또 하나는 오인희를 신경 쓰지 않을 수 없었다. 편지 사건을 고교 졸업 앨범 사건으로 바꿔치기한 데다, 김수명은 아무런 관련이 없고, 감기 몸살을 앓는 그를 위해 병문안을 가는 것으로 각본을 짰지 않나. 김수명의 다다미방에서는 앞산 지하실과 편지 사건을 드러낼 수 있는 단어 하나라도 나와서는 안 되었다. 나는 특히 후자를 조심하자고, 결코 말실수를 해서는 안 되리라 다짐하고 또 다짐했다.

인간이 하루아침에 저리 달라질 수 있을까. 적산가옥 다다미방 문을 열고 들어선 나는 내 눈을 의심했다. 안 그래도 마른 체질인 김수명이 얼굴이 반쪽이 되어 있었다. 지금이 이월 초순이니 불과 한 달 열흘이 지났나. 앞산 지하실에서 나온 지 말이다. 원래 쌍꺼풀인 눈은 눈 밑을 면도칼로 파낸 듯 꺼졌고, 볼따구니 살도 일부러 도려낸 듯 아기 손이 들어앉을 만큼 움푹 파였다. 눈빛은 흐리멍덩한 데다 광대뼈가 도드라진 탓에 얼핏 뼈만 앙상한 고행승처럼 보였다. 얼굴색만이 아니라 행동도 예전에 알던 김수명하고는 확실히 달랐다. 전화로 오후 세시에 찾아가겠다는 연락을 했음에도 그는 마지못해 방문을 열어주었다. 나를 마주한 순간 그의 얼굴은 묘하게 일그러졌다. 왼쪽 입술이 반쯤 열리면서 씁쓰레한 웃음이 잠깐 일렁이나 싶었는데, 미간을 찌푸리며 고개를 외로 틀었다. 그가 내 시선을 피하고 있다는 게 느껴졌다. 뒤따라 들어온 오인희를 보고는, "아, 우짠 일로…" 하고 적잖이 당황해했는데, 오랜만입니다 어쩌고 인사를 나누었음에도 반기는 기색이 없었다. 나야 그렇다 쳐도, 김수명 못지않게 어색해한 건 오인희였다. 내 옆구리를 슬쩍 찌르며 턱짓으로 김수명을 가리킨 그녀가 눈으로 물었다. 감기 몸살로 아프다 캐서 문병을 왔는데, 김수명의 저 태도는 머꼬? 나는 모른 척했다. 오인희가 감기 환자 신경질 정도로 받아넘기고, 수명의 행동에 의구심을 갖지 않기를 바랄 뿐이었다. 나는 앞산 지하실 후유증에서 비롯된 소문의 진상을 파악하고, 무엇보다 그의 건강 상태를 눈으로 확인해야 했다. 그리고 왜 나를 피하는지 차근차근 알아볼 참이었다. 오인희를 왜 박대했는지도 알아야 했다. 안과의사인 수명의 아버지가 우리 아버지에게 보인 행동은 그럴 수 있다 치자. 자식을 위하는 부모 맘으로 그랬다고 백번 양보하자. 아버지가 그런다고 수명까지 오인희를 야박하게 대할 일은 없지 않은가. 나를 불편하게 하는 것은 또 있었다. 직접 대면한 김수명의 병색이 짙었음에도, 그에게 품었던 분노가 좀처럼 사그라지지 않았다. 게다가 그의 말투나 행동으로 보아 과연 대화를 이어나갈 수 있을지조차 의심스러웠다. 그 점은 다다미방에 앉은 지 십 분이 안 돼 검증이 되었다. 간단한 인사가 오가자 김수명은 버릇처럼 국화차를 대접하겠다고 부산을 떨었는데, 지켜보는 우리가 불안해서 앉아 있을 수가 없었다. 차주머니에서 국화잎을 꺼내면서 바닥에 흘리지를 않나, 찻잔을 잡은 손은 떨었고, 주전자를 들었다가 하마터면 끓는 물에 화상을 입을 뻔했다. 보다 못한 오인희가 일어나서 찻물을 따랐다. 그쯤 되면 아무리 맛난 국화차라 할지라도 입으로 들어가기도 전에 체할 게 뻔했다. 김수명이 불청객을 내치려고 일부러 그러는 것 같지는 않았다. 그는 여전히 나와 오인희 눈을 마주치지 못했다. 찻잔을 놓으며 혼잣말을 우물우물하는 불퉁스런 목소리를 듣는 우리도 여간 불편하지 않았다. 몸은 어떤가 하고 내가 관심을 보이자, 수명은 입을 벙긋했음에도 정작 말은 못 하고 어정쩡한 웃음만 흘리고 말았다. 오인희가 감기 몸살이라던데 약은 먹고 있냐고 살갑게 굴자, "어데예. 몸에 창살이 백히가꼬… 몸이 조각조각… 찢어지뿔라 캅니더. 쥐가 갉아묵는지… 머리통에서 빠각빠각… 소리가 납니더." 그는 앞뒤가 안 맞는 말을 천연덕스레 내뱉었다. 그것으로도 모자랐는지, 갈퀴처럼 손을 세우더니 머리를 마구 긁적거렸다. 머리칼이 헝클어졌건만 김수명은 매만지지도 않고 내버려두었다. 불편한 심기를 시위라도 하는 건가. 언제나 용모단정한 김수명에게 까치집 머리라니 당치도 않았다. 오인희가 휘

둥그레진 눈으로 김수명과 나를 번갈아 봤지만, 나는 국화차에 입을 대고 그녀의 눈길을 외면했다. 오인희가 의문을 품거나 말거나 나는 신학기에는 시험이 줄줄이 있을 거라고, 위수령으로 조기방학을 하는 바람에 우리만 죽도록 고생하게 생겼다고 짐짓 투덜댔다. 원래 내가 묻고 싶은 말은 이랬다. 소문은 들었데이, 그래 증세가 우떤노? 어데가 우째 아픈 기고? 앞산 지하실에서 글마들한테 쪼매 심하게 당했제? 밥도 몬 묵는다고 들었는데, 그 정도로 심각한 기가? 얼굴 꼴이 그기 머꼬? 정색하고 말을 건네야 하건만 오인희 때문에 입에서만 맴돌다 말았다. 앞산 후유증을 앓고 있는 수명에게 시험이 어쩌고저쩌고 하고 있는 나도 답답하지만, 그런 날 보는 수명도 얼마나 황당할까. 어쩌겠는가. 나는 그런 식으로 대화를 이어갈 수밖에 없으니. 오인희에게 들키지 말아야 할 뿐만 아니라 그녀에게는 철저히 수명의 병문안을 온 것으로 한정시켜야 했다. 수명이 전화를 안 받은 사실을 두고 오인희는 수명과 내가 모종의 사건에 연관된 게 아닐까 하는 의구심을 가질 만했다. 그것이 고교 졸업 앨범 사건이든 뭐가 됐든지 말이다. 나는 수명과 함께하는 이 자리에서 오인희가 품었을지도 모를 의혹을 풀어주어야 했다.

"핵교는… 벨로 재미읎다… 가고 싶지도 않고…."

김수명이 시뜻이 중얼중얼거렸다.

"먼 소리고? 학교는 가야제."

"생각 없다…."

"생각이 없다꼬?"

내가 다그치자, 그는 꾸지람 들은 아이처럼 시무룩해졌다. 학교에 생각이 없다는 건 무슨 뜻인가? 다른 사람이면 몰라도 김수명이 의대를 관둔다는 건 있을 수 없는 일이었다. 남들은 낙제를 하더라도 의사가 되려고 아등바등하지 않던가. 나는 누구보다 김수명이 의학 공부를 열심히 하고 있음을 알고 있었다. 특히 그는 인간의 정신세계에 관심이 많았다. 김수명을 생각하면 나는, 나도 모르게 겨울밤 가로등 밑에서 알몸으로 벌벌 떨던 중학생 김수명을 떠올리곤 했다. 더불어 그가 받았을 상처도. 내 짐작이지만, 수명은 고등학교 시절과 의대생인 오늘까지 그날 밤 충격에서 자유롭지 못할 것이었다. 그 사건이 그에게 얼마나 커다란 상처로 남았는지 나는 가늠해볼 엄두조차 못 낸다. 다만 이것만은 생각해볼 수 있다. 수명이 정신적 외상을 치유하려고 갖은 노력을 다해왔으리라는 것을. 지금 이 순간에도 그는 그 상처를 떨쳐내려고 몸부림치고 있지 않을까. 정신적 외상을 무릅쓰고 남모르게 의학 공부에 매진해온 김수명이 의대에 생각이 없다고, 마치 어린애가 구슬치기 놀이가 지겨워졌다는 식으로 말하는 데 나는 적잖이 놀랐다. 비로소 나는 앞산 지하실이 그에게 끼쳤을 충격을 다시금 실감했다. 중학교 삼학년 때 수명이 겪은 알몸 추방 사건을 거기에 겹쳐보았다. 어리석게도 다다미방에 오기 전까지는 미처 생각도 못 해본 일이었다. 그리고 앞산 지하실 건으로 김수명이 받았을 정신적 상처가 내 예상을 뛰어넘으리라는 것을 나는 받아들였다. 알몸 추방 사건과 앞산 지하실 후유증을 앓는 김수명을 앉혀놓고 전공 문제를 화제로 삼는다는 게 얼마나 우스꽝스러운지. 수명의 다다미방을 나는 왜 찾았던가. 그의 건강 상태를 점검하고 오인희가 품은 의혹을 풀어주겠다는 내 계산이 얼마나 얄팍한 수작인지. 게다가 김수명은 의대를 관두겠다고 하지 않나. 극약 처방을 내린 그가 내 의중을 꿰뚫어본다면 얼마나 가소로워할까. 오인희와 동행한 다다미방에서 나는 김수명을 상대로 무슨 짓을 하고 있나.

"몸이 쪼매 힘들다 캐도 공부는 계속해야제. 개강할 때까지 시간은 넉넉하다 아이가. 체력 보강도 해가꼬 시험도 바야제. 낙제 한 분 안 하고 진급한 우등생이 약해빠진 소리하모 안 되제."

나는 그야말로 병문안 온 사람이 할 수 있는 뻔한 소리를 해댔다. 그래, 총장이 학생을 경찰 정보원으로 내모는 대학을 다녀서 뭐 하냐고, 푸념조로 지껄일 수는 없었다. 김수명 문제는 그것과는 질적으로 달랐다. 그는 자신을 위해서라도 의학 공부에 매진해야 했다. 그리고 늦었지만 알몸 추방 사건이 현재진행형임을 나는 인정해야 했다. 김수명을 상대로 앞산 지하실 후유증을 탐색하는 것은 더는 무리였다. 기왕 문병을 왔으니 지내는 형편이나 주고받자고 나는 속내를 바꾸었다. 그러다 보면 김수명 스스로 상처든 고뇌든 털어놓을지 몰랐다. 그러나 어쭙잖은 내 기대는 일찌감치 무너져 내렸다.

"의학 공부… 체력 보강… 시험…."

툭툭 내뱉듯 말하던 김수명이 고개를 저으며 말했다.

"몰라, 내는… 몰라… 내는… 지하실이… 안 떠나. 자네… 보는 기… 억수로 힘들데이…."

"낼 보는 기 힘들다 캤나?"

나는 속으로 뜨끔했다. 혹시 수명의 입에서 엉뚱한 말이 튀어나오지 않을까 바짝 긴장했다. 김수명이 고통스럽게 입을 열고 있는 것만은 분명했다. 전에 없이 말을 심하게 더듬지 않나, 손으로는 연신 찻잔을 달그락대며 무언가에 쫓기듯 초조한 빛을 감추지 못했다. 성순식이 전해주었듯, 김수명은 정상이 아니었다. 무엇이 김수명을 저 지경으로 만들었을까. 지하실이라는 단어도 켕겼다. 그는 여전히 지하실 공포에 시달리고 있는 걸까. 그래서 날 보면 앒산 지하실이 떠오른다는 건가.

"지하실에서… 나가고 싶데이… 지하실에… 갇혔다 답답해… 답답해…."

"도대체 먼 말을 하는 기고?"

버럭 고함을 지른 나는 김수명을 생뚱맞은 소리나 지껄이는 팔푼이로 몰아갔다.

"여겐 지하실이 아이다. 자네 다다미방이라카이. 국화차도 마실 수 있고, 자네가 좋아하는 바그너와 브람스를 들을 수 있데이. 책도 얼매든지 읽을 수 있다 아이가."

나는, 김수명 얼굴에서 눈을 떼지 않았다. 그러나 두 손을 깍지 낀 수명은 시선을 이리저리 휘두르며 안절부절못했다. 나는 그 와중에도 앞산 지하실이라는 단어를 입에 담지 않았다. 오인희를 의식해서였다. 그녀에겐 고교 졸업 앨범 사건과 수명하고는 아무런 관련이 없다고 진작 밝히지 않았던가. 이 상황을 그녀가 오해해서 의문을 가진다면 그건 순전히 김수명의 건강 탓이었다. 나와 수명을 지켜본 오인희는 진작 의심스런 눈초리를 내게 보내고 있었다. 오인희는 지하실을 말 그대로 지하실로 새겨들어야 했다. 그 지하실이 중앙정보부 앞산 지하실을 뜻함을 결코 알아서는 안 되었다.

"지하실은 씨껍한데이. 이대로… 도망가뿌야 돼. 낼 잡을라꼬… 올 끼다. 자넨… 어데… 숨었노?"

"숨긴 와 숨노?"

나는 즉시 반발했다. 오인희가 눈치채서는 안 되었다. 수명에겐 가혹하지만 그의 독백을 단순한 헛소리로 몰아야 했다.

"수명이 자넬 해칠 사람은 아무도 없다. 예전맨키로 강의실에서 공부하모 된다. 아, 이 친구 참말로 와 이카노. 단순 감긴 줄 알았는데, 상태가 영 말이 아이네. 제발 정신 차리라! 개강하모 착실하게 공부해서 시험 보모 된다."

나는 깍지 낀 수명의 손을 잡고 흔들어댔다. 정신 차려 이 친구야! 수명이 악몽에서 깨어났으면 싶었다. 한편에서는 아직도 지하실 망령에 붙들려 있다는 데 부아가 치밀었다. 앞산 지하실에서 나온 지가 언젠가? 자네 정말로 이렇게 약해빠졌던가. 이 정도밖에 안 되는 인간이었어?

“지하실이라 캤나? 누가 누굴 해친다는 기고?”

그때까지 우리 두 사람 수작을 지켜보던 오인희가 예민하게 반응했다.

“어데! 지하실은 먼 지하실, 괜히 해본 소리다. 수명이 이 친구가 몸이 안 좋긴 안 좋은갑다.”

오인희 물음을 얼렁뚱땅 덮은 나는 얼결에 수명의 이마에 손을 갖다 댔다.

“땀나는 것 쪼매 바라. 이마가 불띠이데이.”

“내 몸에… 손대지 마라. 다가오지 마라!”

갑자기 격하게 반응한 수명이 내 손을 쳐내며 부리나케 엉덩이를 뒤로 뺐다. 정작 놀란 건 나였다. 굼뜨게 움직이던 그가 그토록 거칠게 내 손을 뿌리칠 줄이야. 그렇지 않아도 수명을 심신이상자로 모는 듯해서 언짢았던 터였다. 김수명이 내게 적대감을 드러낼 줄은 몰랐다. 앞산 지하실에서 당한 것을 내 탓으로 여기는 걸까. 그럴 수 있었다. 서인석을 생각해서일 뿐이라고 자신의 행동을 한계 지은 그가 아닌가. 단순한 우정으로, 하반신이 마비된 친구가 불쌍해서 동정표를 던졌을 뿐이라고, 그것 때문에 중앙정보부에 끌려가 고문을 당할 줄은 몰랐다고, 그는 나에게 항변하는 걸까. 김수명이라면 충분히 그럴 수 있었다. 그는 누구보다 섬세한 감성의 소유자가 아닌가. 그는 누구보다 선한 인간성을 지니지 않았나. 깍두기머리와 사각턱, 어째서 당신들은 고귀한 지성을 자랑하는 김수명을 알아보지 못하고 강제로 자술서를 쓰게 하고 폭언을 일삼았던가. 왜 권총으로 위협하고 그의 영혼을 파괴하는 야만적인 짓을 저질렀던가. 깍두기머리 씨, 솔직히 말해봅시다. 내 친구 김수명이 나를 거부하기보다는 자신을 파괴한 당신들을 증오해야 마땅한 것 아니오? 나를 적대시하는 내 친구 수명에게 나는 지극히 실망했다오. 부대 자루 같은 군복을 입혀서 허수아비로 만든 게 누구던가? 내게 영문판 '공산당선언'을 선물한 내 친구 수명에게 소주를 억지로 마시게 한 게 누군가? 술도 못 하는 수명은 소주 한 잔에 콜록거리고 울먹이지 않았던가. 박영길에게 닭발을 입에 물리고 곰 인형처럼 춤추게 한 이들은 누구였나. 벌건 양념칠을 한 입을 보고 피에로라고 코미디언으로 변신해보라고, 고맙게도 '웃으면 복이 와요'에 출연시켜주겠다고 선심 쓴 건 누군가. 수명이 모욕당한 이성도 되살리고 망가진 육체도 회복하려면 어찌해야 좋을지 당신들은 아는가? 깍두기머리여, 나는 당신 앞에서 개처럼 기었지만 박정희와 유신체제를 향한 적개심을 거둔 적은 없다. 웃기는 개수작 부리지 마라고 비웃어도 좋다. 내가 당한 모욕을 되갚으려면 나는 그 점을 잊어서는 안 된다. 깍두기머리여, 나를 살게 하는 힘이 뭔지 아는가? 당신들을 향한 분노다! 나라고 왜 치욕스럽지 않겠는가. 짓밟힌 내 영혼이 가여워서 밤마다 잠을 못 이룬다. 사랑하는 여자에게도 속을 털어놓지 못하고 거짓말을 했다, 아무 일도 없었노라고.

통곡은 한 번으로 족하다. 나는 두 번 다시 눈물을 보이지 않으리라, 다짐한다. 그러니 내 친구 김수명도 지하실 상처를 떨쳐내고 일어서야 옳다. 그래야 죽지 않고 살아남을 수 있으니까.

김수명은 상처가 너무 깊었던 걸까. 그는 울먹이며 내 기대를 저버렸다.

"글마들이… 내를… 발가빗겄데이… 내 인생을… 샅샅이 발가빗기고… 짓이기뿟다."

그의 눈에 눈물이 그렁그렁했다. 발가벗기다니? 혼란스러웠다. 군복으로 갈아입히기는 했지만 깍두기머리가 알몸으로 만들지는 않았다. 김수명은 알몸 고문을 당했다는 건가? 술판이 벌어졌고, 깍두기머리가 돼지 껍질을 수명의 뺨에 비비며 놀렸다. 수명은 웩웩거리며 토했고. 놀림감은 됐을망정 알몸 고문은 없었던 것으로 나는 알고 있었다. 발가벗긴 채 자술서를 썼던가? 수명은 푸른 하늘 같은 자신의 영혼에 똥칠을 했다는 건가.

"자술서… 쓰는 기… 부끄러벘다. 내… 인생이 한 꺼풀 한 꺼풀… 발가빗기지는… 그 참담함이라이… 씨껍하게 싫었데이… 씨껍하게…."

김수명이 눈물을 흘렸다. 그제야 나는 그의 눈물이 무엇을 뜻하는지 알았다. 그는 자술서 쓰기를 인생이 난도질당한 것으로 여기고도 남을 인간이 아닌가. 자술서랍시고 백지에 그가 살아온 나날을 기록하기란, 그로서는 받아들이기 힘든 고통이었으리라. 그는 한낱 종이 쪼가리에 낙서하는 것쯤으로 왜 넘기지 못하나.

까까머리 중학생 김수명은 알몸인 채 전봇대에 숨어서 내게 목숨을 끊는 방법을 물었다. 경찰에 자수하러 간다고 했던 날도 그는 칵 죽어버리겠다고 극한 발언을 서슴지 않았다. 의대생 김수명은 내게 자문을 구하지 않고도 죽는 방법을 알고 있을 것이다. 지하실에서 그는 알몸으로 죽음을 생각하던 그 겨울밤을 떠올렸던가. 치욕을 감당하기에 지하실은 그에게 가혹했던 걸까. 유리 상자에 담긴 펄떡펄떡 뛰는 그의 심장을 들여다보는 느낌이 드는 건 왜일까. 누가 감히 그 고귀한 심장을 훼손했던가. 앞산 지하실이 우리에게 지옥이었음을 나는 인정했다. 내 손은 어느새 김수명의 뺨에 흐르는 눈물을 훔치고 있었다.

"힘든 거 안데이. 그캐도 이겨내야 한데이. 이 악물고 버티는 기다. 갯값 취급 안 당할라모 무조건 살아남아야 한다."

나는, 흐느끼는 그를 가슴에 품었다. 그리고 속으로 말했다. 누구는 개가 되고도 살아남았다 아이가.

김수명의 회고

"내겐 청춘이 없습니다. 나는 그 일을 겪고 의대를 그만두었습니다. 그리고 대구를 떠났습니다. 나는 그 일을 내 인생에서 지워버렸듯 하진무도 잊었습니다."

12

저녁 일곱시 사십분쯤 전화벨이 울었다. 책상에 책만 늘어놓고 의자에 축 늘어졌던 나는 반사적으로 몸을 일으켰다. 전화를 받아야 하나 말아야 하나. 집에 전화가 오면 수화기를 드는 건 으레 내 몫이었다. 이즈음 주로 내가 집에 머문 탓도 있지만 작은누나는 결혼식 준비로 바빴고, 어머니는 저녁내 심 형사 뒤치다꺼리를 하느라 지친 몸을 쉬고 있었다. 나 때문에 몸이 상한 아버지는 가게에서 아직 안 돌아오셨고. 전화벨이 마루에서 자지러질 듯 울리는데도 나는 선뜻 전화를 받을 생각을 못 했다. 누굴까? 아, 이번 전화는 심 형사는 아닐 것이다. 왜냐하면 그가 국수를 먹고 방금 전에 우리 집에서 나갔으니까. 내가 수화기 들기를 망설이는 데는 도청 문제도 한몫했다. 집 전화가 도청당할지도 모른다는 의구심이 들면 상대가 누구든 통화는 고역이었다. 3월이 다가오면서 구속 학생 숫자는 눈덩이처럼 불어나고 있었다. 서울에 있는 큰형님 귀띔이 아니더라도 수사 당국은 대구를 특별 관리하기 시작했고, 서울에서 파견된 중앙정보부 수사관들이 직접 수사를 지휘하고 있다는 풍문이 사실로 드러나고 있었다. 조성우와 성순식이, 이번에 잘못되면 누구 하나 죽어 나갈지도 모른다는 말을 왜 선불리 입에 올렸겠는가. 현실이 이럴진대 전화에다 대고, 시위 주동자 체포하려고 대구 시내 여관을 깡그리 뒤졌다느니, 개강과 동시에 대학에 군이 진주할지도 모른다는 뜬소문을 쑥덕거릴 수는 없었다. 전화벨이 계속 울렸다. 안방에서는 기척이 없었다. 조마조마한 내 심정을 대변하듯 심장박동은 빨라지는데 전화벨은 멈출 기미를 안 보였다. 전화를 건 상대가 지쳐서 행여나 끊을지도 모른다는 내 기대가 무색하게 벨소리는 끈질기게 이어졌다. 전화벨이 그치기를 고대하며 속으로 열까지 셌다. 그렇게 뭉그적대던 나는, 어머니에게 심려를 끼칠까 마지못해 수화기를 들었다.

"여보세요, 하진무 집잉교?"

수화기 저 편에서 대뜸 내 이름이 터져 나왔다. 목소리가 귀에 익었다. 총학생회 선거운동을 함께한 법정대 친구였다. 나는 그가 군 복무 중임을 재빨리 기억해냈다. 군에서 전화를 했을 리 없으니 휴가를 나온 것일 테고. 동시에 그가 강기복과 같은 정치외교학과임을 떠올렸다. 입대하기 전까지 그는 한문회 회원으로 활동했다. 거기까지 갈무리한 나는 가슴을 쓸어내렸다. 십 분만 일찍 전화가 왔어도 골치 아플 뻔했다. 내게 동향보고서를 강제하려고 들이닥친 심 형사가 집을 떠난 게 십 분도 채 안 되었다. 내가 남부서 정보계로 지정한 날짜에 나가지 않자 그가 집으로 찾아온 것이었다.

두 번째 동향보고서를 쓰러간 날 심 형사는 당분간 정보계에 자주 들렀으면 한다고, 그게 여의치 않으면 전화를 해서 다른 장소에서 만나도 좋다고 나를 압박했다. 등골이 오싹해진 것만큼 나는 위기감을 느꼈다. 이대로 있다가는 정말로 프락치로 전락할지 모르겠기에 동향보고서고 뭐고 다 집어치우자고 집 안에 틀어박혔다. 내가 할 수 있는 최소한의 저항이랄까. 그런 날 잡으러와서일까, 심 형사는 내 얼굴을 보자마자 밖으로 나가기를 강요했다. 그 길로 따라나섰다간 무슨 일을 당할지 몰랐다. 마침 저녁때임을 간파한 나는 재빨리 어머니에게 국수를 삶아달라고 부탁했다. 심 형사가 뻔히 보는 앞에서 말이다. 나는 심 형사를 고교 선배에다 내 담당이라고 어머니에게 정식으로 소개했다. 심 형사도 마지못해 어머니와 인사를 나누었고, 나는 기회를 놓치지 않고 우리 심 형사님 저녁도 안 드신 것 같은데, 식사 대접이라도 해야 한다고 너스레를 떨었다. 내 뜻을 알아챈 어머니는 인사를 마치기 무섭게 손님을 방으로 모시라고 심 형사를 붙들어놓은 뒤, 멸치 국물을 우려낸다고 부리나케 부엌으로 드셨다. 우리 어머니가 누구신가. 언제라도 배고프다고 하면 득달같이 밥솥에 쌀을 안치는 분이 아닌가. 고등학교 이학년 때는 삼십 명도 넘는 명성회 친구들을 몰고 와 밥을 해 먹인 적도 있었다. 손님 밥해 먹이기를 끔찍이 여기는 어머니가 심 형사를 곱게 보낼 리 없었다. 나를 끌고 나가지 못한 심 형사는 꼼짝 없이 집에 발이 묶였고, 어머니가 삶아준 국수로 저녁을 때웠다. 그는 내 방에서 국수를 먹으면서도 동향보고서 작성을 철저히 지킬 것과 강기복 동향을 캐묻기를 잊지 않았다. 나는 책으로 어지러운 책상을 가리키며 개강하면 닥칠 시험에 대비하느라 눈코 뜰 새가 없다고, 심지어 내년이나 후년에는 의대 재학 중에라도 결혼을 하리라고 허풍을 떨었다. 오인희를 염두에 둔 나는 인생의 중대사라는 결혼을 심 형사를 안심시키기 위한 방편으로 용케 써먹었다. 나는 데모에서 손 뗐다, 의대 공부만으로도 벅차다, 결혼해서 가성을 꾸릴 거라고, 심 형사가 믿거나 말거나 내 인생 계획을 헐값에 팔아넘겼다. 만약에 심 형사와 마주 앉았는데, 법정대 친구의 전화가 왔다면 쉽게 빠져나가지 못했으리라. 전화 건 사람을 캐묻고, 법정대 친구임을 확인하면 그가 강기복과 같은 정외과 출신임을 알아내고, 심 형사는 곧장 법정대 친구 체포에 나설 거였다. 상상만 해도 아찔했다.

"목소리 들으이까, 억수로 반갑데이. 입대한다꼬 술판 벌인 기 엊그제 같은데 벌씨러 휴가 나온 기가? 몸은 건강하제?"

나는 법정대 친구하고도 되도록 말을 아꼈다. 예상대로 그는 군에서 휴가를 나왔다고 했다. 휴가를 나왔으면 친구에게 전화하는 건 예삿일이 아닌가. 군 복무 중 휴가 나온 친구들한테는 언제라도 밥과 술을 사 먹이기를 나는 버릇해왔다. 예전 같으면 시방 어데고? 내 퍼뜩 나갈게, 하고 호기롭게 약속 장소를 정하고 뛰쳐나갔을 텐데, 나는 친구 안부 전화를 듣는 시늉만 하고 있었다. 외출을 꺼려하는 내 머릿속에 잡힌 건 동향보고서였다.

"전화로 이칼 기 아이다. 아무리 삭막해도 얼굴은 바야제. 군바리 사람 만들어줄라모, 참피온 탁구장으로 나온나."

드디어 법정대 친구의 입에서 호출 명령이 떨어졌다. 오랜만에 회포를 풀어야 한다는 그의 제안은 일찌감치 예견된 것이었다. 그럼에도 나는 선뜻 답을 못 했다. 속에서 나가서는 안 된다, 법정대 친구를 만나면 그와 나 둘 다 좋을 게 없다고 선을 긋기 시작했다.

어제 오후에 집으로 찾아온 성순식도 예외가 아니었다. 해부학을 미리 공부하고 싶다고 가르침을 달라고 넉살을 떠는데야 그를 물리칠 재간이 없었다. 마지못해 학보사 기자 시험을 봤을 때 언론 자유를 거론한 성순식을 내쫓은 주간교수를 어용 교수로 내몰며 시간을 때웠다. 반면에 성순식은 해부학은 안중에도 없는 듯 한문회 수학과 아무개가 잡혀갔고, 실종된 최영철은 감감무소식이고, 경찰에 잡혀간 학생들이 오륙백 명을 넘었다고 분노를 표했다. 내가 공부하던 해부학 교재를 본과 진급 선물로 주자, 성순식이 목소리를 낮추었다. 조성우가 내일모레 다섯시에 국수공장에서 보았으면 한다고, 자기는 그 말만 전해달라고 해서 심부름을 왔노라고…. 일주일 만에 해부학을 속성으로 가르쳐달라는 부탁을 끝으로 성순식은 집을 나섰다. 나는 그를 더는 붙잡지 않았다. 사실, 성순식을 보낸 뒤 조성우가 들어앉은 내 머릿속은 잠잠할 새가 없었다. 조성우가 지정한 때까지는 스물네 시간이 채 안 남았다. 그를 만나러 국수공장으로 갈 건지 말 건지 오늘밤 안으로 결정해야 했다. 만화방에서 조성우는 나를 경찰 프락치로 의심했다. 의대 학생과장이 퍼뜨린 총장실 면담 소문에 기대어. 조성우는 날 만나서 뭘 어쩌자는 걸까. 그가 성순식을 일부러 보냈다면 하찮은 일은 아닐 것이다. 경찰 정보원에 대해서는 알아듣게 말했으니 재론하지 않을 거고, 김성식을 잡아 족치자고 할까, 아니면 삼월 거사와 관련 있을까. 조성우가 강기복과 연결됐다면? 나는 구십구 프로 그릴 걸로 믿는다. 그렇다면 결코 조성우를 만나서는 안 된다. 강기복과 조성우 둘 다를 위해서 말이다. 아까 방에서 심 형사는 내게 경고했었다. 동향보고서 거르지 말고 접촉한 사람 낱낱이 보고하라고. 그리고 강기복을 체포하는 데 실적이 없으면 각오하라고. 그는 이번 사태를 원만히 해결하지 못하면 자기 목이 위험할 판이라고, 과장되게 엄살을 떠는 것으로 내 처지가 어찌 될지를 에둘러 깨우쳐주었다. 국수를 맛나게 먹으면서 말이다. 심 형사의 경고를 되새긴다면 나는 국수공장에 발걸음을 해서는 안 되었다. 조성우가 말했듯 국문과 최영철이 납치된 건 지리교육과 김성식이 활약한 탓이다. 내가 제2의 김성식 꼴이 나서야 되겠는가.

조성우가 보자는 것에 비하면 법정대 휴가병은 골머리 싸맬 일은 아니었다. 학생보다 신분 보장이 확실한 군인이 아닌가. 누가 휴가 나온 군인을 의심하겠는가.

"탁구장이라 캤나?"

나는 짐짓 목청을 높였다. 우리에게 참피온 탁구장은 곧 강기복으로 통했다. 거기 가면 강기복이나 친구들이 있었고, 탁구장은 우리의 아지트였다. 예전 같으면 막바로 나갔을 것이다. 탁구를 한판 치고 향촌동으로 옮기든지 어쩌다 늦은 밤에는 골방에서 술판을 벌인 적도 있었다. 휴가병도 내 반발을 의식했는지, 탁구 한판 치고 한잔해야지라고 응수했는데, 나로서는 참피온 탁구장이 금지 구역처럼 느껴지는데야 어찌하랴. 심 형사는 강기복 때문에 대구 경찰이 비상이라고, 그 자식을 잡아야 두 발 뻗고 잘 텐데 피가 마른다고, 강기복 체포하면 일계급 특진은 따놓은 당상이라고, 자기 손으로 기필코 잡고 말겠다고 벼르지 않았던가. 경찰이 탁구장 주변을 감시한다면? 호랑이 아가리에 머리를 처박는 꼴이 아닌가. 강기복과 함께 잡힌다면? 나를 미끼로 미행하던 경찰이 탁구장을 급습하면? 하진무 때문에 강기복이 잡혔다고, 나는 빼도 박도 못하고 김성식이처럼 프락치로 굳어질 것이다. 나는 재빨리 강기복이라는 이름 석 자를 검열했다. 명확하게 강기복은 기피 인물이다. 그가 약속한 선물 보따리에 무엇을 담았는지 짐작하기에 나는 안 보리라 작정했다. 강기복을 기피 인물로 확정했으면 된 거 아닌가. 휴가병에게까지 야박하게 굴건 없지 않은가. 자, 돌다리도 두드려보고 건너라 했겠다, 나는 휴가병에게 다시 물었다.

"혹시나 해서 그카는데, 기복이 세이하고 같이 있는 거 아이가?"

"무신 소리고? 읎다. 내 혼자다. 그 선배가 와 내캉 있겠노?"

나는 그가 거짓말을 안 했으리라 믿었다. 휴가병과 시국에 대해 토론하지는 않을 것이고, 동향보고서에도 쓸 일이 없으리라. 나는 안심했다. 그럼에도 나는 선선히 물러나지 않았다. 휴가병이 보기에 섭섭해도 할 수 없었다. 강기복과 연결되어서는 안 되었다. 나는 휴가병이 짜증나건 말건 다시 물었다.

"강기복 선배 없는 기 학실하다 캤다?"

"막걸리 한잔하자는 데 먼 절차가 이래 복잡하노?"

휴가병이 불만스레 되받았고, 그가 도리어 강기복 선배하고 친한 걸로 아는데 안 좋은 일 있었냐고 역공을 가해왔다. 비로소 나는 그런 일 없다고, 휴가병이 거짓말을 안 한 것으로 확신했고, 탁구장에서 보자고 전화를 끊었다. 나는 법정대 친구가 휴가 나온 군인임을 명심했다. 그는 유신정권을 거꾸러뜨리고 말겠다는 삼월 시위에 연루될 일은 결코 없을 것이다. 아무리 군에 가기 전에 한문회에서 활동을 했을지라도 강기복과 연락이 닿지는 않았으리라 확신했다. 일급 수배자 강기복이 간덩이가 붓지 않고서야 탁구장에 나타날 리 만무했다.

사람과의 단절은 죽음이고, 휴가병을 보는 것도 나를 위해서라고 스스로를 위로하며 들어선 참피온 탁구장은 썰렁했다. 벽 거울과 마주한 3번 탁구대에 중학생 둘이 탁구를 치고 있을 뿐이었다. 강기복 사촌 동생인 더벅머리 총각이 계산대에서 내게 알은체를 했다. 가림막을 친, 대기자용 탁자에서 나를 기다리던 휴가병이 환하게 웃으며 내게 손을 내밀었다. 일찌감치 막걸리를 비우고 있던 휴가병이 악수를 하며 얼굴 잊어먹겠다고 호들갑을 떨었다. 그는 군복 대신 검정 외투 차림이었다. 사복을 입은 그는 입대 전보다 훨씬 살이 쪄 보였다. 요즘 군대는 인간 사육을 잘하나 보다, 디룩디룩 살쪘다고 놀려대자, 그는 몰라보게 말랐다고, 내 얼굴이 말이 아니라고 쉬엄쉬엄 공부하라며 잔에 막걸리를 따랐다. 휴가병과 부딪친 잔을 막 마시고 났는데, 출입문이 열렸고, 기다렸다는 듯이 강기복이 들어왔다. 아, 그토록 경계를 했건만, 허탈했다. 뒤통수를 된통 얻어맞은 기분이랄까. 나는 대뜸 휴가병에게 볼멘소리를 해댔다.

"보래이, 이카는 기 아이다. 분명히 내한테 기복 선배 없다고 했다 아이가."

"바라 바라, 그래 팍팍하게 나갈 기 머 있노. 기복 선배가 자네 보고 싶다 쿠는데. 그캐서 용감한 이 군인 아저씨가 총대를 멨다 아이가."

휴가병이 쾌활하게 받았다. 그가 호탕하게 나오는 바람에 내 꼴만 우습게 됐다. 아무것도 모르는 휴가병에게 무작정 화를 낼 수도 없었다. 날 미행해온 심 형사가 덮칠지도 모른다고 귀띔해줄 걸 그랬나. 동향보고서에 자넬 참피온 탁구장에서 만났다고 기록해줄까? 강기복 선배와 함께 있었노라고. 그는 평소처럼 강기복 부탁을 받고 내게 전화를 했으리라. 그 정도는 선후배 사이에 일도 아니지 않나. 휴가병과 왈가왈부하는 건 접고 나는 강기복에게 눈길을 돌렸다. 작년 12월 구속자 석방 모임에서 봤으니 얼굴 본 지가 두 달이 넘었다. 그날 막걸리 잔치를 벌였던 곳이 바로 이곳 참피온 탁구장이었다. 모처럼 원 없이 마시고 놀았다. '11월 5일 시위'를 주동했던 강기복과 구속자들의 석방을 환영하는 자리인 만큼 유신정권에 타격을 가했다는 희열감에 들떴고, 앞으로 더 강력하게 싸워나가리라는 기운이 넘쳐나던 밤이었다. 그날 서인석을 화제로 환담을 나누었던 나와 강기복은 얼마나 다정했던가. 투쟁선언문으로 묶인 그와 나는 든든한 연대감으로 뭉쳐 있었다. 그것은 구속을 각오하고 일을 함께 추진한 사람들만이 느낄 수 있는 인간관계였다. 그게 불과 두 달 전이었다. 이제는 어떤가. 투쟁선언문 쓰기를 권유했던 강기복을 내가 거부하고 있다. 나 대신 선언문 집필자를 자임한 그를 말이다! 누구보다 나를 믿고 중책을 맡겼던 강기복을 나는 기피 인물로 삼았다. 도피 중임에도 강기복은 건강해 보였다. 내 눈길을 끄는 건 안경이었다. 그를 배척했음에도 나는 얼굴에 걸친 안경을 보고 하마터면 웃을 뻔했다. 비산동 국수공장에 있을 무렵, 고등학생 교복을 입은 나도 변장을 한답시고 안경을 끼지 않았던가. 강기복은 원래 안경을 안 썼다. 하지만 그는 키가 백팔십 센티인 만큼 어디를 가도 눈에 쉽게 띄었다. 얼굴 혈색이 좋다는 건 잘 지낸다는 건가. 일급 수배자인 그에게 지내기 어떠냐고 인사를 건네는 것도 우습지 않나. 솔직히 그가 탁구장에 들어오자 왈칵 반가웠다. 강기복을 피하자고 안달을 했으면서도 무사한 그를 보자 달려가서 끌어안고 싶은 걸 억지로 참았다. 나로서는 전혀 예상치 못한 감정이었는데, 그를 기피하는 만큼 보고 싶은 감정이 용솟음쳤던 모양이었다. 내 영혼 저 깊은 곳에 잠복했던 강기복을 향한 감정이 그를 본 순간 분출한 것이고, 거기에는 강기복이 내민 손을 붙잡지 못하는 안타까움도 작용했을 것이다.

"천하의 하진무가 언제부터 이래 쪼잔해졌노. 사람을 피하고 말따. 와 내가 씨껍할 병이라도 옮길까바?"

강기복은 안주로 사온 오징어무침을 내밀며 내 곁에 앉았다.

"피하긴 누가 피했다 캅니꺼?"

나는 일부러 드세게 받아쳤다. 스스로 강기복을 볼 염치가 없다고 여긴 탓일까. 목소리가 커졌다. 딴에는 미안한 마음을 녹여보자고 반발 강도를 높였다. 그러지 않고서는 강기복과 눈을 마주치지 못할 것 같았다. 지레 움츠러들었다간 사람 꼴만 우습게 될 것이었다. 그리고 솔직해지자. 이런 순간이 한번은 닥치리라 예상하지 않았던가. 언제까지 강기복을 피할 수 있으리라 여기진 않았다. 그를 보지 말아야 한다고 각오를 다질수록 한편에서는 언젠가 강기복과 정면충돌을 면치 못하리라는 것도 헤아리고 있었다. 강기복이 내게 뭘 요구할지 나는 뻔히 알고 있지 않나. 치졸한 꼴 보이지 말자. 정면 돌파다! 한편으로는 우습기도 했다. 휴가병에게 거듭 다짐을 받았으면서도 이렇게 허망하게 당하다니. 법정대 친구인 휴가병도 보통내기가 아니다. 아니할 말로 강기복과 같이 있다 잡히기라도 하는 날에는 어떤 불행이 닥칠지 가늠해보지 않았단 말인가. 그는 현역병 신분이 아닌가. 헌병대로 넘어가고 군사재판이다 뭐다 한 순간에 인생이 찌그러질 수 있었다. 휴가병도 휴가병이지만 강기복 행보도 거침이 없기는 마찬가지였다. 나는 탁구장에 자리 잡고서도 설마 강기복이 등장할 줄은 몰랐다. 경찰 추적을 그가 모를 리 없지 않나. 하여튼 배짱 하나만은 두둑한 인간이었다. 강기복은 내 처지를 훤히 꿰뚫고 있을 것이다. 김성식이 프락치임을 간파했다면, 경찰이 내게 무엇을 요구하는지도 모르지 않을 것이다. 그럼에도 강기복은 나를 보려고 위험을 무릅썼다. 삼월 거사에 나를 끌어들이려다 자칫 그 자신이 체포될 수 있음에도. 강기복 체포는 대구지역 삼월 거사에 치명적인 손실이 될 것이다. 그것을 뻔히 아는 그가 도피 중임에도 나를 만나러 왔다. 강기복은 나를 믿고 있는 것이었다. 그 사실을 나는 뼈아프게 되새겼다. 그러나 나는 못난 아우를 믿어줘서 고맙다고 그에게 솟는 반가운 마음을 표현할 수가 없었다. 강기복이 참여한 신학기 시위에 대해 나도 알아볼 만큼 알아보았다. 교련 반대나 작년 11월 시위하고는 차원이 다르리라는 게 내 나름의 판단이었다. 박정희 유신정권을 이번 기회에 쓸어버리자는 게 다가올 시위의 고갱이였다. 한마디로, 1960년 4·19를 재현하자는 것이었다. 정권 타도를 목표로 한 거사라면 그만큼 희생이 클 것이고. 내가 긴장하지 않을 수 없는 까닭이 거기에 있었다. 강기복과 동행하려면 목숨을 내놓을 각오를 해야 했다. 그것은 곧 죽으러 가는 길이었다. 인생을 걸고 결단하지 않을 바에야 섣불리 덤벼서는 안 되었다.

"톡 까놓고 말한다."

오징어무침을 한 점 먹은 강기복이 말했다.

"준비가 착착 진행되고 있데이. 지난주에도 서울서 내리온 지도부와 만났다. 핵심만 말하모 이렇다. 서울, 영호남이 한꺼분에 들이치는 기다. 작년 가을맨키로 중구난방으로 캐쌓는 기 아이라 지방에서부터 서울로 치고 올라가뿐다. 지방에서 먼첨 터뜨리고 분위기를 봐가꼬 서울서 일시에 일어나는 기다. 그쯤 되모 전국에서 동시에 일어난다고 바야 할 끼고. 내친김에 판을 확 뒤집어엎어 뿌야제. 다음 주에는 서울 지도부하고 지역 책임자들이 모일 끼고…."

"잠깐, 잠깐!"

나는 강기복의 말을 잘랐다.

"중간에 말을 끊어서 미안한데예, 기복 세이, 우리 의대는 안즉 멀었심더. 시간을 일 년만 더 돌라 아입니꺼. 그동안 준비를 해야제, 의대는 맹탕인 기라예. 사일구 때도 의대는 잠자코 있었던 거 안다 아입니꺼. 우리 의대는 무리라예."

나로서는 전혀 예상도 못 했던 답변이 입에서 튀어나왔다. 강기복 공세에 의대를 방패막이로 삼을 생각은 해본 적이 없었다. 의대가 삼월 거사와 무슨 상관이 있단 말인가. 오래전 의대 치부를 꺼내면서까지 말이다. 의대를 저평가해봐야 누워서 침 뱉는 꼴이 아닌가. 의대생이라고 해서 독재정권 폭압에 손 놓고 있어야 한다는 뜻은 아니었다. 시간을 달라는 것도 우습다. 일 년이라는 시간이 주어지면 의대생들이 각성해서 반정부 시위에 나설까? 그걸 누가 보장하나. 눈앞에 닥친 강기복 공세만 피해가면 그만인가, 뒷감당은 무슨 수로 하고. 내 입으로 말하지 않았나, 의대는 맹탕이라고. 하긴, 의대 풍토를 뜯어고치자는 생각은 오래전부터 해왔었다. 의대 문제는 강기복이 개입할 사안이 아니었다. 강기복 손을 빌리지 않고 의대생들이 스스로 알아서 해결해야 할 일이었다.

"무리라 캤나? 그카모 안 하겠다는 기가?"

"안 하겠다기보다는 시간을 돌라 이말이지예."

강기복 말발에 말려들고 있다는 느낌을 받았지만 나는 멈출 수가 없었다. 비로소 나는 조성우가 왜 나를 국수공장에서 보자고 했는지 알 만했다. 만화방에서 총장실 밀담을 무기로 나를 공격했듯, 조성우는 내게 삼월 거사 참여를 타진하려고 만나자고 했을 것이다. 강기복을 대면하자 확신이 섰다. 강기복이 조성우에게 날 만나보라고 지시를 했을 것이고, 그게 못 미더웠던 강기복이 직접 행차를 한 것이고…. 그만큼 강기복이 날 끌어들이려고 애쓰고 있음을 반증하는 셈이랄까. 조성우는 삼월 거사에 핵심 역할을 맡은 게 틀림없었다. 국수공장엔 안 가도 되겠다. 조성우보다는 강기복과 담판을 짓는 게 나았다.

"한 일 년 착실히 준비해가꼬 사람들도 쪼매 맹글어놓고, 하다못해 공부 모임이라도 있어야제, 의대는 불모지라예."

일 년 준비한다고 의대가 변하리라는 보장은 나도 포기한 바였다. 그러나 후자는 맞았다. 앞산 지하실을 겪고 나서 의대를 이대로 방치해서는 안 된다는 생각을 굳히고 있었다.

"자네, 시방 공부해가꼬 박통하고 싸우자는 기가?"

"공부해서라기보다는…."

밀려서는 안 되었다. 상대는 강기복이 아닌가. 그는 뭐든지 직설적이었다. 말을 돌려서 하거나 상대 의견을 차분히 들으려 하지 않았다. 작년 십일월 시위 때도 학생 동원을 책임진 일이학년이 계획에 차질을 빚으면 어떻게 할 것인지를 묻자, 강기복은 즉각 강공책을 들고 나왔다. 유인물을 뿌리고 구호를 외치는데도 책상을 붙들고 있으면 각목으로 후려쳐서라도 강의실에서 학생들을 내쫓으라는 지시였다.

"현실을 있는 그대로 인정하자는 깁니더."

나는 차분히 말했다.

"내도 까놓고 말하겠심더. 의대는 참여할 만한 여건이 안 됩니더. 당장 삼월에 일을 벌인다 캐도 동원할 학생이 하나도 없다 아입니꺼."

이 무슨 졸렬한 변명인가. 구차하다, 내 입으로 뱉었지만 참으로 구차하다. 조성우가 강기복 쪽으로 넘어갔으니 의대에서 언뜻 짚이는 친구라곤 예과생 성순식뿐이었다. 신학기에 그가 본과생으로 진급한다 쳐도 그와 삼월 시위를 논의한다는 건 말이 안 되었다. 촉박한 시간도 그렇지만 성순식이 조성우와 연결됐다면 그마저도 헛물켜는 일이 될 수도 있었다. 지금 내가 무슨 횡설수설을 하고 있나. 의대를 방패막이로 삼는 것도 못 할 짓인데, 성순식을 끌어들여 헛된 변명거리를 조작하려고 허청거리다니. 강기복이 원하는 건 의대가 아니라 내가 참여하는 것이다. 나는 그걸 알면서도 의대를 핑계로 요리조리 빠져나갈 궁리를 하고 있었다.

"박통이 민주주의 씨를 말릴 때까지 기다리자는 말이가. 긴급조치로 국민들 마카 쌔리잡을 때까지 두고 보자는 기가."

"그기 아이라, 우리 의대는 아무런 준비가 안 됐다 아입니꺼."

도대체 언제까지 의대를 팔아먹으려는 걸까. 강기복이 의대에 초점을 맞추는 게 아님을 뻔히 알면서 의대 타령을 일삼자니 처량했다. 그는 내 속을 훤히 들여다보고 있으리라. 자식이 황당무계한 소리를 지껄인다고 코웃음 치리라는 것도 나는 안다. 내는, 몬 하겠심니더, 한마디 하면 끝나는 것이었다. 그러나 그게 도무지 말이 되어 나오지 않았다.

"자네, 편지 한 통으로 파쇼정권을 뒤집어엎어 뿔 수 있다고 생각했나?"

"시방 그 애기가 와 나오는 깁니꺼?"

"편지 한 통으로 들고일나자고 할 땐 언제고, 시방은 준비가 안 됐다카이, 너무 왔다 갔다 하는 기 아이가?"

"편지는 내가 성급했다 칩시더. 우리 의대는 동원할 사람이 아무도 없다 아잉교."

"자꾸, 의대 의대 하지 마라. 내는 자넬 생각한 기지, 의대 기대한 적 엄따. 자네는 독재정권하고 싸우는 걸 머리로 하나? 철학으로 해? 책으로 학생운동 할라 카나?"

"이론 없는 투쟁은 백전백패라예, 자멸 행위라예."

내가 지금 무슨 말을 지껄이고 있는 건가. 강기복이 겨누는 칼날 앞에 내 입은 무력했다. 내 꼴이 우스운 줄은 알지만 물러설 수가 없었다. 미적미적했다가는 꼼짝없이 강기복 손아귀에 말려들 거였다. 평소에도 강기복은 이론이나 공부를 들먹이기보다는 실천만이 현실을 개선할 수 있다는 주장을 굽히지 않았다. 박정희가 언제 이론가지고 사람 잡아들이고 죽였냐는 것이었다. 작년 11월 투쟁선언문을 부탁할 때도 그는 자신은 이런 거 쓰는 거 질색이라고 손사래를 친 적이 있었다. 언제나 강경한 그이지만 후배들이 많이 따르는 데는 그럴 만한 까닭이 있었다. 그의 친화력에 이끌리는 만큼 후배들은 실천을 우선시하는 강기복의 돌파력을 높이 샀다. 그 점에 관한한 경북대에서 그를 따를 자가 없었다. 그는 희생을 감수하더라도 끊임없이 학생들을 모아 시위를 벌여나가기를 주장했다. 한문회에서도 후배들과 종종 마찰을 빚지만 그의 강경 방침은 먹혀들었고, 신학기를 앞두고 그 정점을 향해 치닫고 있었다.

"내는 다만 우리 역량이 안 된다는 걸 말하는 깁니더."

"그라이까 우리 힘이 모지란다 이거 아이가. 올해 내년 죽치고 세월 보내모 우리 힘이 세지나? 힘으로 밀어붙이 뿌야 저쪽도 균열이 생기고 약해지는 법이라꼬. 한분 물어보자. 내가 옳나? 자네가 옳나?"

나는 답할 수 없었다. 담판 짓사고 섣부르게 덤벼서는 안 되었다. 시위에 참여하고, 수배가 떨어지고, 체포되고, 재판을 받는다면, 중형을 면치 못하리라. 오 년, 칠 년, 십오 년 형을 받을지도 몰랐다. 그 세월이 흐르는 동안 오인희는 어찌 되나? 심 형사에게는 결혼할 거라고 큰소리치지 않았나. 그런 내가 의대를 접고 강기복 손을 맞잡을 수 있을까. 내 인생을 구렁텅이로 몰아넣느냐 의대 생활을 하느냐, 갈림길에 서 있는 것이고, 죽음을 불사할 수 있느냐 하는 결단을 내리지 않는다면 강기복의 제안은 신기루에 불과할 따름이었다.

"진무 자네, 선언문만 쓰더이 너무 이론에 묻힌 기 아이가? 행동으로 옮길 땐 물불 안 가리고 덤벼야제. 자네답지 않아."

"머라꼬예? 보자 보자 하이까 말이모 다 하는 줄 아능교?"

왜 자꾸 자존심을 건드리는 걸까. 강기복이 투쟁선언문을 뒤집어쓴 것에 관한 한 나는 늘 짐스럽게 여기고 있었다. 나는 강기복이 경찰에게 고문당하는 데 내가 일조했음을 잊지 않고 있었다.

"기왕 말 나온 김에 숨김없이 털어나 뿌자. 자네 자꾸 의대 핑계만 댄다 아이가. 몬 하겠으모 몬 하겠다고 솔직히 말하그라. 내도 안다. 이분에 잡히모 콩밥 씨껍하게 묵을지 모린다. 한 몇 년 푹 썩을지도 모리제. 그 꼴 안 당할라모 올봄에는 완전히 끝장내야 한다."

"내가 언제 몬 하겠다고 했능교. 시간을 돌라 캤지. 의대는 아무것도 해놓은 기 엄따 아입니꺼."

"자꾸 의대 핑계 댈래? 고문당하기 싫고, 감옥 가기 싫어서 몬 하겠다고 하모 될 걸 구질구질하게 의대를 왜 자꾸 갖다 붙이노?"

"머라꼬예? 사람을 멀로 보는 깁니꺼?"

나는 자리를 박차고 일어났다.

"말이모 다 하는 줄 압니꺼?"

"이카모 안 되제."

휴가병이 나를 뜯어말렸다.

"내를 주패고 싶나? 쌔리바라. 그캐서 자네 속이 후련해진다모 패라."

강기복은 묵묵히 막걸리 잔을 비웠다.

"와 내 속을 뒤집는 깁니꺼! 글안해도 머리가 터질라 카는데!"

나는 애꿎은 의자만 발로 찼다. 탁구를 치던 중학생들이 우리 쪽을 힐끔대며 탁구장을 빠져나갔다. 나는 차라리 강기복이 까놓고 묻기를 바랐다. 프락치 강요받았냐고? 동향보고서 쓰냐고? 그럼 답하리라. 그래, 나 경찰 프락치 노릇 안 하려고 몸부림치고 있다, 그러니 제발 나를 그만 놔달라고 악을 쓰고 싶었다.

"진무야 참그래이."

휴가병이 내 손을 잡아끌었다.

"와 사람을 비참하게 맹그는 깁니꺼!"

"됐다, 마 고마해라. 자네 마음 알았으이 엔가이 해라."

강기복이 나를 돌아보았고, 휴가병이 나를 끌어 앉혔다.

"자, 잔 받거라."

강기복이 술을 따랐다.

"의대생 철학자, 하진무. 난중에 위대한 철학자 되거든 내 잊아뿌지 마라. 마시라."

나는 단숨에 잔을 비웠다.

"자네하고 협상은 끝났데이. 마지막으로 한마디 하겠다. 하진무, 자네는 다음 타자로 남아라. 우리도 씨가 마르모 안 된다 아이가. 우리가 없어져도 자네가 남아서 불씨를 살리라."

"약속 지키겠심니더."

나는 강기복에게 잔을 돌려주며 일렀다.

"기복 세이도 내 말 단디 들으이소. 오늘 이 자리 없던 걸로 하입시더. 내도 세이 안 만난 기고, 세이도 내 안 본 깁니더."

"하모, 자네도."

그 와중에도 나는 동향보고서를 생각하고 있었다. 오늘 나누었던 얘기를 경찰에 알릴 수는 없었다. 지난 연말 특별사면령이 내리고 강기복이 석방되고, 자수 결심을 하면서 나는 스스로에게 기회주의자인가 하고 물었다. 지금 나는 또 묻는다. 내 안위만 챙기기에 급급한 저급한 인간인가. 내 내면을 읽은 걸까, 강기복이 잔을 들며 말했다.

"오늘 우리는 마카 유령이다. 올봄에 박통 깬 다음에 인간으로 다시 만나는 기다."

"그라입시더."

나는 잔을 부딪치며 말했다.

"유령 아닌 인간으로 꼭 다시 만납시더!"

오인희의 회고

의대생이자 학생운동에 투신했던 인간 하진무를 보여주는 어린 날의 추억담을 나는 결코 잊을 수가 없습니다.

"우리 국민학교 땐, 한 반에 여자, 남자애들 서너 명 이름이 비슷했다. 고아원에 사는 애들이었지. 이를테면 남자애들은 김준명, 김준석, 김준호, 김준철. 하나같이 김씨 성에 '준' 자 돌림이었어, 오학년 우리 반 급장 강서영 아버지가 고아원 원장이었어. 고아원 애들은 그 사람을 아버지라고 부른다고 했어. 그런데 애들 성이 '김'가여서 이상하게 여겼지. 여자애들 이름은 이랬어. 김혜원, 김혜영, 김혜주, 김혜숙. '혜'

자 돌림이었어. 다들 학교에 오면 기가 죽어 지냈어. 입을 꾹 다물고 말을 안 하려고 했고. 고개를 푹 숙이고 다니기가 예사였어. 그게 싫었던 나는 악착같이 그 애들과 눈을 마주치려고 했고. 어쩌다 눈이 딱 마주치면 애들이 배시시 웃는 거야. 그게 그렇게 좋다가도 가슴이 칼로 베인 듯 아팠어. 어린 나이에도 말이야. 점심때도 가슴이 아렸어. 그 애들은 약속이나 한 듯 도시락을 손으로 가리고 먹는 거야. 그래서 몰래 훔쳐보면 쌀 한 톨 없는 꽁보리밥에다 생된장뿐이었어. 어느 일요일이었어. 그날따라 그 애들 생각이 몹시 나더라. 일요일에는 뭐하나 궁금했어. 고아원 근처로 갔지. 우리가 다닌 국민학교는 교복이 없었어. 그런데 그 애들은 사시사철 중학교 교복 같은 껌정물 들인 옷을 단체복처럼 입고 다녔어. 옷 한 벌로 해를 나는 거지. 그날 멀찍이 떨어져서 보니까, 그 검정 옷 대신 누더기를 걸치고 밭에서 일을 하는 거야. 자그마한 애들이 호미 한 자루씩 손에 쥐고서 말이지. 한참을 숨어서 봤어. 해가 뉘엿뉘엿 질 때야 밭에서 나오는 거야. 양말도 안 신었고, 다 떨어진 고무신을 신고 해거름에 애들이 두 줄로 서서 고아원으로 가더라고. 나는 얼른 피했지. 줄 맞춰 가는 그 애들이, 누더기 걸친 그 애들이 영화에서 본 죄수 같더라고."

4·19 때 군중들에게 험한 꼴 당한 정치인 이야기도 오래도록 잊히지 않습니다. 지금으로 치면 진골목을 지나는 주택가였지 싶네요. 당신은 그 정치인 집이 대구에서 가장 큰 주택이라고 했으니까요.

"자유당 정권 때, 이승만이 총애하던 정치인이나 자유당 국회의원들의 위세가 하늘을 찌를 듯 대단했어. 대구에서 그 양반 말 한마디면 안 되는 게 없다 했거든. 사일구 때 길거리에 엄청난 사람들이 몰려나왔어. 와와 함성을 지르던 군중이 그 정치인 이름을 연호하며, 그 집으로 쳐들어가자고 야단이었지. 한번 불붙은 사람들 열기는 걷잡을 수 없었어. 나는 저녁도 안 먹고 사람들 꽁무니를 따라갔어. 구경도 그런 구경이 없었으니까. 밥을 쫄쫄 굶고도 배고픈 줄 몰랐으니까. 어마어마한 사람들이 그 정치인 집으로 향하는 골목으로 몰려들었어. 평소에는 순경들이 지키는 바람에 집 근처엔 얼씬도 못 했다더군. 하마터면 꼬맹이 하진무는 밟혀 죽을 뻔했어. 군중들 기세가 무서웠거든. 대궐 같은 집 안으로 몰려간 사람들이 그 집 살림살이를 다 끌어내더군. 장롱, 의자, 책상, 소파, 귀중품이건 뭐건 닥치는 대로 끄집어냈어. 그걸 사거리에 산같이 쌓아놓고 불을 질렀어. 어린 눈에도 굉장했지. 불길이 치솟을 때마다 사람들 환호성이 덩달아 터졌어. 불빛에 벌겋게 드러난 얼굴로 박수치고 고함지르던 사람들이 눈에 선해."

13

자고 나면 날아드는 구속 학생 소식은 나를 불면과 악몽으로 내몰았다. 3월 개강을 하자마자 내가 아는 한문회 회원만 해도 여럿 잡혔다.

한문회 회원들의 회고

—성인하. 경북대 국문과 출신. 민청학련에 연루돼 감옥 생활. 남조선민족해방전선에 가담했다가 칠 년간 옥살이를 하고 사면 복권됐다가 교사로 퇴직.

"그때 하도 급한 김에 할매집 골방에 숨었거든. 내 담당 형사가 할매 방을 뒤지고도 안 돌아가. 여기 있는 거 알고 왔다고 으르딱딱거리면서 골방까지 오더라고. 거 왜 뒷간 가기 전에 할매 방하고 붙은 쪽방 있잖아, 손잡이께 손바닥만 한 유리를 달아놓았던. 그 유리창으로 할매 벙어리 딸이 눈알을 들이밀고 우리를 훔쳐봤잖아. 욕쟁이 할매 벙어리 딸 방이거든. 할매가 나를 그 방에다 숨겨줬어. 박 형사가 나 잡겠다고 들이닥쳤을 땐 장롱에 딱 숨었지. 방바닥에서는 벙어리 딸이 이불 뒤집어쓰고 있었고. 멧돼지처럼 생긴 박 형사가, 성인하 이 새끼 좋은 말로 할 때 나와라, 꽥꽥 고함질러대지, 벙어리 딸은 달달 떨어쌓지, 미치겠더만. 할매가 딸내미 방이라고 악착같이 막아서는데도 기어코 방문을 여는 거라. 벙어리 딸이 얼굴만 예쁜 줄 알았더니 머리도 비상하더만. 그 와중에 할매 딸이 이불 덮고 환자 흉내를 내더라. 말도 못 하는 딸이 앓는 소리를 낸답시고 입으로 우물우물해쌓는데, 듣는 내가 가슴이 아려서 견딜 수가 있나. 겁에 질린 데다 괴상한 소리를 우물거리며 시름시름 앓는데도 악질 박 형사가 방문을 열더라고. 병자 행세하는 딸을 봐서라도 돌아갈 줄 알았는데, 웬걸, 구둣발로 방 안에 들어서기 무섭게 장롱 문을 여니 옴짝달싹할 수가 있나."

—오성수. 경북대 전자공학과 출신. 민청으로 구속, 1980년 전두환 신군부 집권 시 내란음모죄로 구속. 가톨릭농민회에서 활동, 농민운동에 투신해 안동에서 농사짓고 있음.

"새벽에 들이닥친 형사들이 집 안을 샅샅이 뒤지고도 날 못 찾았어. 놈들이 언제나 돌아가나 하고 입술이 바짝 타들어가는데, 하필이면 할아버지가 다락방 문을 열지 뭐야. 제사 준비한다고 제기며 병풍을 꺼내시려고 했던 거지. 다락방에 숨은 건 어머니만 알고 계셨거든. 귀먹고 눈 어두운 할아버지가 형사들을 안중에나 두었겠어. 오직 제사 생각뿐이셨겠지. 다락방 문을 열었는데 시커먼 데서 내가 불쑥 나타나자 기절초풍하신 거지. 할아버지가 쓰러지시는 바람에 집안이 발칵 뒤집혔고, 꼼짝없이 잡히고 말았지. 졸지에 초상 치를 뻔했잖아. 내가 그 뒤로 집안에서 완전히 찍혔다고. 할아버지 저승길 재촉한 불효막심한 놈이 바로 이 몸이라."

—권영배. 경북대 철학과 출신. 민청으로 구속. 노동운동에 투신했다 수차례 구속. 시민운동단체 활동.

"연애하랴 데모하랴 방심한 탓도 컸지만 자취방에서 하룻밤만 자고 떠날 참이었다고. 영천 암자에 사촌 형님이 계셨거든. 눈뜨면 새벽 첫차로 떠나려고 준비 다 해놓고 잤는데, 그날 연탄가스를 잡술 건 뭐냐고. 형사들이 방문을 연 게 오전 열한시쯤 됐을 거라. 그때까지 나는 뻗어 있었고. 대구 경찰이 아니었으면 이 몸은 진작 저세상으로 갔거나, 연탄가스 먹은 머리로 침 질질 흘리며 헬렐레했을 거라고. 데모도 하고 볼 일이라. 안 그랬으면 한겨울에 땅속에 드러누울 뻔했다고. 거기까진 좋다 이거야. 병원에서 깨어나자마자 다시 잡아갈 건 뭐냐고. 가스 먹고 어리바리한 놈을 치사하게 때리지를 않나, 잠깐이나마 목숨 구해준 은공을 어이 갚을까 고민했는데, 그런 나를 비웃듯 개 취급하더라고."

작년 12월에 강기복과 함께 석방됐던, 참피온 탁구장 구속자 석방 환영회 주인공들도 빠짐없이 잡혀 들어갔다. 그들이 나 대신 구속됐다는 자괴감을 떨칠 수가 없었다. 친구들은 줄줄이 구속되는

데 나는 무엇 하고 있나. 비겁한 인간으로 스스로를 몰아칠수록 불면은 기승을 부렸다.

꿈에서 나를 옭아맨 건 해부대에 오른 사체였다. 안구가 적출된 사체는 해부학 시간에 우리 조에 배정됐던 남자 사체였다. 생시처럼 선명했다. 움푹 꺼진 눈을 들여다보는 것만으로도 오싹했는데, 발가락에 달린 인식표에는 하진무라는 이름이 뚜렷했다. 하진무라니, 사체가 하진무라니 이래서는 안 된다고 나는 허우적거렸다. 그런데 그게 다가 아니었다. 사체 얼굴이 이내 내 얼굴로 바뀌었다. 그럼에도 나는 메스를 얼굴에 들이댔다. 하진무 얼굴을 자르면 안 된다고 비명을 지르면서도 메스를 쥔 내 손은 코와 입술을 잘라냈다. 사체에 가위눌린 나는 죄인을 용서해달라고 빌다가 깨어나곤 했다. 나를 죄스런 심정에서 헤어 나오지 못하게 한 정점에 있는 인물인, 강기복이 체포된 사실을 알게 된 것은 4월 6일 토요일이었다. 그날은 작은누나 하경옥 결혼식이 있어서 날짜도 잊어버리지 않는다.

나는 작은누나 결혼식을 친구들에게 일절 알리지 않았다. 물론 동향보고서를 염두에 둔 탓이었다. 굳이 그럴 필요가 있을까, 차라리 고교 동창들과 의대 친구들에게 연락해서 이참에 나를 아는 친구들을 다 불러 모을까 하는 생각도 해보았다. 의대에서 기피 인물이 돼간다든지, 앞산 지하실 여파로 자의든 타의든 나를 피하는 모든 사람들을 초청해서 오해를 푸는 것도 좋으리라 여겼다. 그러기에는 결혼식장보다 좋은 데가 어디 있겠는가. 심 형사에게 당하는 압박감이라든지, 총장과 밀실 협약을 둘러싼 소문을 직접 화제로 삼지 않아도 좋으리라. 경사스런 잔칫날이 아닌가. 눈 질끈 감고 청첩장을 보내면 고교 동창과 의대 친구들이 나를 외면하진 않을 거였다. 하객으로 참석한 친구들과 공개된 장소에서 대화를 나눈다면 나를 보는 친구들 눈이 한결 더 부드러워지리라. 누군가 총장실에서 오간 대화의 진상을 알고 싶다면 나는 사실대로 답을 해주면 그만이었다. 박영길과 김수명이 증인이듯, 앞산 지하실에서 며칠간 고생 좀 했노라고, 하반신 마비된 서인석이 안타까워서 그랬노라고, 부담 없이 털어놔도 좋을 것이었다. 많은 하객들로 붐비는 피로연에서 가슴에 쟁여놓았던 속내를 친구들에게 들려준다면 나를 둘러싼 오해는 어렵지 않게 해소할 수 있지 않을까. 하지만 나는 친구들을 초대하지 않는 쪽을 택했다. 내 생각을 실천하기에는 돌아가는 상황이 참담했다. 나는 어머니가 친구들 몫으로 나눠준 청첩장을 의대 쓰레기통에서 태워버렸다. 머릿속으로는 고교 동창과 의대 친구들을 전부 불러 모을 수 있을 것처럼 부산을 떨었건만, 막상 청첩장을 놓고 결혼식에 초대할 친구들 명단을 뽑아보다 오 분 만에 집어치우고 말았다.

작은누나 하경옥 결혼식장에서 친구들을 대신하기로 한 인물이 오인희였다. 그러나 일당백이 아니라 일당천을 자신했던 오인희는 혼배미사가 시작되는데도 성당에 도착하지 않았다. 심사가 뒤틀려 있었던 나는 제일극장에 전화도 하지 않았다. 좋다, 연락도 없이 결혼식에 불참하시겠다, 배짱 한번 두둑하네, 나는 오인희를 원망하며 혼배미사에 참례했다. 오인희는 혼배미사가 끝나도록 모습을 드러내지 않았다. 나는 작은누나와 부모님께 얼굴을 들 수 없었다. 졸업하고 나와 결혼할 생각이 있으면 오인희가 작은누나 결혼식에 빠져서는 안 되었다. 작은누나 하경옥이 누군가. 오인희에게는 장차 시누이가 될 사람이 아닌가. 그 사실을 알고 있다면 천재지변이 아닌 한 결혼식에는 무조건 참석해야 옳았다. 어머니는 연신 인희가 우째 안 왔을꼬, 하며 내 눈치를 살폈는데, 나는 속만 끓였지 고집스레 제일극장에 전화하지 않았다. 어머니에게도 오인희를 감싸기 위한 변명 한마디 하지 않았다. 나중에 오인희가 된통 당하더라도 그건 순전히 그녀 탓이라고, 나는 한번 발동한 오기를 가라앉힐 생각을 안 했다. 그때까지도 나는 두고 보자는 식으로 앙심만 품었지 오인희 집에 무슨 일이 있으리라고는 전혀 생각도 못 했다. 이번엔 결코 그냥 넘어가지 않으리라 벼르던 참인데 난데없이 성순식이 계산동 성당에 나타났다. 친구들을 초청한 바 없던 나로서는 의외의 출현에 놀랐고, 성순식은 그저 혼배미사에 참석하러 왔을 뿐이라고 넉살을 떨었다. 결국, 작은누나 결혼식에 참석한 친구로는 의대 후배 성순식이 유일했다. 그러나 그의 너털웃음도 오래가지 않았다. 그는 내게 강기복이 잡혔음을 알려주었다. 누부 결혼을 축하합니데이, 어쩌고 해가며 하객 행세를 하던 성순식이 나를 성모상 쪽으로 이끌더니 방금 비산동 국수공장에서 조성우를 만나고 오는 길이라고, 어젯밤에 강기복이 체포됐음을 재빨리 귀엣말로 속삭였다. 내 얼굴에 웃음이 가셨고, 나는 한동안 할 말을 잃고 멍하니 성당 종탑만 바라보았다. 얼빠진 나를 일깨운 건 성순식이었다.

"그칸데 말입니더, 기복 선배가 잡힌 데가 희한하다 아잉교."

"희한하다이? 어덴데?"

나는 성당 마당을 그득 채운 하객들을 보며 무심한 척 물었다.

"제일극장에서 잡힜다 캅니더. 그것도 간판 제작 창고에 숨어 있다 그캤답니더."

"제일극장?"

되묻기 무섭게 내 가슴은 쿵쾅거리기 시작했다. 제일극장 창고라… 제일극장 창고… 매형인 간판장이 화백이 일하는 제일극장 창고라…. 나는 홀린 듯 중얼거렸고, 순식간에 머릿속이 복잡해졌다. 가장 먼저 든 생각은 오죽 도피처가 없었으면 극장 창고에 숨었을까 하는 안타까움이었다. 이어서 오인희 집안에 어떤 후폭풍이 덮칠지 염려스러웠다. 강기복이 누군가. 민청학련 대구·경북 지역 총책이 아닌가. 범인은닉죄가 언뜻 스치고 후유증이 만만치 않으리라는 예상이 들었다. 하지만 나는 제일극장을 더는 거론하지 않았다. 성순식도 예과 시절 언젠가 나를 따라 제일극장에 영화를 보러 간 적이 있었다. 당장 오인희 집으로 달려가고 싶은 충동을 가까스로 억누르며 나는 조성우 소식을 물었다.

"국수공장에서는 쪼매 봤고 시방은 어데로 잠수했을 깁니더."

나는 성순식에게 건성으로 고개를 끄덕였다. 조성우가 잡히지 않았다니 천만다행이었다. 그는 고향 의성 중학 동창들한테 신세를 지는 게 틀림없었다. 호텔 지배인 숙소나, 공장에 다니는 친구들, 도서 외판원 하는 친구나 자동차 정비업소에서 일하는 중학 동창들을 전전할 조성우가 안 잡히길 간절히 빌었다. 나는 그날 혼배미사가 끝나고 가족사진까지 찍으며, 작은누나 결혼식에 가족으로서 최선을 다했다. 국수를 먹은 성순식을 보내고 나자, 비로소 나는 강기복을 찬찬히 돌아볼 시간을 가졌다. 강기복은 막다른 골목에서 잡힌 것이었다. 오인희 아버지가 제일극장 상무로 있는 걸 그가 모를 리 없었다. 얼마나 절박했으면 극장 창고에 몸을 숨겼을까. 강기복은 도망갈 데가 없었던 게 분명했다. 매형 신변 안위도 그렇지만 오인희 집안에 불어닥칠 위험을 생각했다면 제일극장으로 발걸음을 하지 않았으리라. 대구 시내에서 강기복이 갈 데가 없었다는 사실이 못내 가슴 아팠다. 사냥꾼들에게 쫓기는 들짐승처럼 이리저리 내몰리다 극장 창고에서 붙잡힌 강기복! 얼마나 외로웠을까. 탁구장에서 유령이 아닌 인간으로 만나자던 약속은 물거품이 되는 걸까. 나는 그가 내게 했던 말을 잊지 않고 있었다. 강기복이 체포됐음을 알고 나자 탁구장에서 그와 나눈 대화가 허망할 따름이었다. 그리고 이상하게도 그를 언제 다시 볼 수 있을까, 과연 다시 볼 수 있기나 한 걸까, 하는 의구심이 무섭게 파고들었다. 나로서도 놀랐는데, 강기복 체포가 불러온 충격이 그만큼 컸다는 반증일 것이었다. 실제로 나중에 심 형사를 대면하고 나서는 의구심이 사실로 굳어질까봐 몹시 두려웠다. 심 형사만큼 강기복 체포를 아쉬워한 사람이 또 있을까.

"우리가 잡았어야 하는 긴데 아수버. 자슥이 말이지, 기왕 잡힐 거모 우리한테 잡혀주모 좀 좋노. 일계급 특진인데 말따. 데모해서 그카지 따지고 보모 경고 후배 아이가. 안됐데이, 재수 없는 놈들한테 잡혔다. 우리 손에 넘어왔으모 누부 좋고 매부 좋고 얼매나 좋은가 말따. 험한 꼴 당하지 말아야 할 낀데."

일계급 특진에 눈이 먼 심 형사가 강기복 안위를 걱정하다니 가증스러웠다. 나는 그때까지 강기복이 어느 기관에 잡혔는지 모르고 있었다. 경찰인지, 중앙정보부인지, 군 수사기관인지 알아채지 못했고, 강기복이 체포된 사실에만 절망하고 있었다. 심 형사가 말한 재수 없는 놈들이 어떤 놈들인가를 알게 된 건 성순식을 통해서였다. 조성우 소식을 물어다주던 성순식이 어느 날 강의실로 날 찾아왔다.

"기복 선배, 대산공사에 잡히갔답니더. 씨껍하게 당했다 캅니더"라고 귀엣말을 했다.

대산공사라면 대구에 있는 보안사를 뜻했다. 군 수사기관임에도 대산공사라는 간판을 내걸고 민간인들을 불법으로 체포, 구금함으로써 악명을 떨쳐왔다. 대구에서 앞산이나 대산공사하면 으레 통닭구이나 관절꺾기, 전기 고문 따위 온갖 고문을 자행하는 지하실을 떠올리기 마련이었다. 그제야 심 형사가 험한 꼴 당하지 말아야 한다고, 혀를 찬 속내를 알 만했고, 강기복이 당하고 있을 혹독한 고문을 떠올리자 몸서리가 쳐졌다. 대산공사에서 무작스레 맞아서 걷지를 못한다거나 심지어 장기가 파손되었다는 등 하나같이 소름 끼치는 소문은 익히 들은 바였다. 그날부터 보안사 지하실에서 고문을 당하는 강기복이 머리에서 떠나지 않았다. 매타작과 물고문에 육신이 갈가리 찢긴 강기복이 지르는 비명이 귀에 쟁쟁했다.

유신헌법 철폐 시위로 캠퍼스가 뒤숭숭한 가운데 의대에서는 날마다 시험이었다. 작년에 위수령으로 일찍 방학한 탓에 못 치렀던 시험까지 몰아쳐서 보는 바람에, 체력이 달려서 시험을 못 보겠다고 의대생들은 연일 아우성이었다. 시험 와중에 학생들의 수업 거부와 집단행동을 일절 금한다는 긴급조치 4호가 공표되었다. 명색이 대학생인데도 함부로 수업에 빠져서는 안 되었다. 강의에 출석하지 않거나 시험을 거부하면 징역형이나 사형에 처할 수 있었다.

"참말로 학교 나오기 싫다. 의사 될라꼬 할 수 없이 나온다만 이기 어데 대학이가, 도살장이제."

의대생들도 서슴없이 불만을 쏟아내던, 강기복 체포 소식을 들은 지 이틀쯤 지난 때였다. 학생과장에게서 전화가 왔다. 학장님 면담이 잡혔으니 학장실로 나오라는 것이었다. 무슨 일인가 묻자 학생과장은, 학장님이 부르는 거라고 나와 보면 알 거라며 날짜와 시간을 일방적으로 통고한 뒤 전화를 끊었다. 총장실 면담을 주선할 때와는 천지 차이였다. 앞산 지하실에서 풀려났을 때는 나를 개선장군처럼 대했던 학생과장이 아니던가. 날마다 학교에 나가는데 따로 전화를 한 것도 수상쩍었다. 용건도 안 밝히고 죄인 다루듯 무조건 나와 보면 알 거라니. 총장이 제안한 학원안정화 사업을 독려하려는 걸까. 강기복이 주도한 삼월 시위를 목격하고도, 그게 얼마나 허망한 짓거리인지 아직도 깨닫지 못하는 걸까. 만약에 학장이 프락치 문제를 꺼낸다면, 가슴에 손을 얹고 당신 행동을 돌이켜보라고 물러서지 않고 대꾸해주리라.

"하진무 군, 자네 지정신이가?"

의대 학장은 자리에 앉자마자 신문을 내던지며 내게 쏘아붙였다. 제정신이라니? 나는 몹시 불쾌했다. 나로서는 전혀 예상치 못한 봉변이었다. 나와 마주 앉은 학생과장도 사나운 눈매로 적의를 뿜어내고 있었다. 나는 그때까지도 두 사람이 잡아먹을 듯이 덤비는 까닭을 전혀 눈치채지 못하고 있었다.

"무신 말씀입니꺼?"

"무신 말씀? 신문에다 우리 의대를 작신작신 씹어놓고도 시침을 뗄 끼가?"

학장이 손바닥으로 신문을 두드리자, 〈대구매일〉 신문을 집어든 학생과장이 빨간 펜으로 둥글게 표시한 지면을 펼쳐 보였다. 내 이름이 선명한, 내가 쓴 독자투고 기사였다. 2월 중순쯤인가, 유령이 되어서는 안 된다고, 개로 남아서는 안 된다고, 고뇌하고 몸부림치던 내가 덥석 문 게 소아마비 학생을 불합격시킨 경북대 치의예과 처사를 비난하는 신문 독자투고였다.* 신문에서 소아마비 학생 불합격 기사를 본 나는 의학도의 양심이 이끄는 대로 반박문을 썼고, 즉시 원고를 대구매일신문사로 보냈다. 솔직히 나를 움직인 건 의학도 양심보다는 조성우와 강기복이었다. 두 사람은 유신헌법 철폐 운동에 목숨을 걸다시피 했는데, 방관자로 있자니 정말로 유령이 되지나 않을까 더럭 겁이 났다. 뭐든지 하지 않고는 미칠 것 같았다. 어느 날은 방 안에서 방바닥을 기고 있는 나를 발견하고 기겁했다. 입 벌리고 짖지 않아서 천만다행이었지, 어머니가 봤더라면 놀라 자빠졌을 거였다. 강기복에게 떠밀려 독자투고를 결행하면서도 나는 내심 내 처지를 따져보았다. 적어도 겉으로는 이렇다 할 연관성이 없어 보였다. 유신정권을 위협하는 반정부 활동도 아니지 않나. 신문을 읽고 독자로서 기사 내용에 관심을 표명하는 거야 독자의 고유한 권리가 아닌가. 독자투고는 아무나 할 수 있는 것이었다. 기사 내용도 의대생인 내 신분과 딱 맞아떨어졌고, 무엇보다 공개적이고 합법적인 행위라고 나는 스스로를 설득했다.(유신시대에 합법을 논하다니 제정신인가!) 의학도로서 이 정도 행동도 못 하고

*『내 님, 불멸의 남자, 현승효』(노천희 엮음, 삶창)에서 따옴.

눈 감는다면 나는 의사 될 자격이 없는 인간이다! 나는 결단을 내렸고, 펜을 들 수 있었다. 다행히 신문사에는 내 의견을 지지하는 독자들의 전화가 빗발쳤고, 내가 우려했던 사태는 벌어지지 않았다. 오인희도 양식 있는 사람이라면 할 만한 얘기라고 흐뭇해하지 않았던가. 묵은 신문을 들춰내 무엇 하자는 수작인가. 설마 독자투고를 트집 잡으려는 건 아니겠지. 나는 학장이 그 때문에 나를 면담하자고 했으리라고는 생각도 못 하고 있었다. 나는 신문을 보는 시늉을 한 다음, 내가 무슨 잘못을 저질렀냐고 항의하듯, 멀뚱멀뚱 쳐다보았다.

"바라 바라, 이 친구 이기 아주 큰일 낼 친구라. 신문에다 우리 경대 의대를 욕보이고도 눈 하나 깜짝 안 하는 거 좀 바라."

엉덩이를 들썩이며 눈을 부라리는 학장이 볼썽사나웠다. 그래서 나더러 어쩌라는 건가. 내가 쓴 원고가 어째서 학장을 욕보인 것인지 나로서는 이해할 수가 없었다. 시큰둥한 내 태도가 마음에 안 들었을까. 학생과장이 발끈했다.

"자네가 쓴 이 기사 때문에 시방 우리 의대가 발칵 뒤집히뿟다 아이가. 자넨 재학생들과 교수님들 얼굴에 먹칠을 한 기다. 우리 경대 의대 명예를 실추시키놓고도 내 몰라라 할 끼가? 총장님께서도 이 기사를 보고 노발대발하싰다."

"지는 우리 의대 명예를 실추시킨 적이 읎심니더. 소아마비 학생을 차별한 부당한 입시 현실을 지적했을 뿐이라예."

나는, 총장님이 유신 과업 완수에 앞장서기를 바랐던 내게 실망하셨겠군요, 잘됐습니다, 이제 환상을 깨셔야지요! 학생을 경찰 정보원으로 내모는 건 대학교 총장이 할 짓이 아닙니다,라고 대꾸하려다 참았다. 딱하게도 학장은 나하고 말싸움하자고 작정한 모양이었다.

"부당한 처사라 캤나? 우리 의대 학생 선발 방침을 부당한 짓으로 매도하자는 기가? 불구자가 의사가 될 수 있다고 보는 기가? 의사는 인간 생명을 다룬데이. 불구인 몸으로 실수라도 했다가는 사람 목숨을 잃을 수도 있데이. 누가 책임질 끼고?"

학생과장도 뒤질세라 공격을 퍼부었다.

"부당한 입시 현실이라 캤나? 자네가 멀 잘몬 알고 있구마. 교직과목과 의예과에 한해 불구자를 불합격시킨 관례를 치의예과에도 적용했을 뿐이다."

나는 물러서지 않았다. 나는, 독자투고에 쓴 원고를 고스란히 입으로 되살려냈다.

"불구자라는 단어도 소아마비 학생을 업신여기는 잘몬된 말입니더. 지체부자유 학생 중에서도 색맹이나 약시인 학생들은 전공과목 특수성에 비추어 받아들일 수 없는 사례를 인정 몬 하는 기 아입니더. 지도 알아보았습니다만, 이분 치의예과에 불합격한 수험생은 왼쪽 다리가 쪼매 자유롭지 몬할 뿐 공부하거나 행동하는 데 지장을 받지 않는다고 들었십니더."

"내 참 듣자 듣자 하이 뚫린 입이라꼬 몬 하는 소리가 없네. 잘못을 빌어도 시원찮을 판에 감히 우릴 가르칠라 카나? 자네가 무신 짓을 저질렀는지 원캉 모리고 있구마. 아예 인정을 몬 하겠다는 기가? 자넨, 우리 의대를 배신한 기다, 배신자라 이기지. 교수님들이 자넬 용서하지 않을 끼다."

"하진무 군, 의대 명예를 쌔리 밟아뿌고도 반성할 줄 모르는 기가. 경북대 의대는 자네가 의학을 공부하는 대학이다. 자네 말고도 많은 학생들과 교수님들이 연구하모 환자를 돌보고 있다 아이가. 자넨, 우리를 마카 욕보인 기다. 졸업한 선배들은 또 우떤지 아나? 우리 경대 의대 망신시키뿟다꼬 전화기에 불이 난다. 퍼뜩 자네를 징계하라꼬 동창회에서도 난리라. 의대 구성원 마카 자네에게 등을 돌렸다 이기다. 말하자모, 자넨 우리 의대의 적이라, 적! 공적이라카이."

나는 학장과 학생과장에게 외치고 싶었다. 차라리 프락치 활동에 적극 나서라고 노골적으로 협박을 하십시오, 치사하게 독자들도 인정한 독자투고를 물고 늘어져서 이따위 한심한 수작을 부리다니 부끄럽지도 않습니까, 하고 말이다. 나는 역겨움을 참고 담담하게 대꾸했다.

"지는, 그래 생각 안 합니더. 지는 누구보다 우리 경대 의대를 사랑합니더."

학생을 배신자나 공적(公敵)으로 모는 이들에게 이성적인 대화를 기대하기란 무리였다. 피로감이 몰려왔다. 비집고 들어갈 바늘 구멍만 한 틈도 없는 막막한 벽 앞에 선 기분이랄까. 의대 교수들에게 적으로 몰리다니, 믿어지지 않았다. 학장이 갑자기 가면을 벗어 던지듯, 톡 까놓고 얘기하겠다고 말했다.

"내사 마 빙빙 돌리가꼬 말 안 하겠데이. 단도직입적으로 말하꾸마, 자네 총장님하고 약속한 거 와 실천 안 하노? 사내가 한분 말했으모 지키야 한다. 유신 과업 완수에 팔 걷어붙이고 나서겠다고 총장님하고 약속했다 아이가?"

"지는, 그래 한 적 없십니더. 분명히 말씀드리모, 지 입으로 총장님하고 약속한 적 없십니더. 지는 그래 몬 합니더."

결국, 학장이 나를 부른 까닭이 이것이었나. 경찰 프락치 노릇 잘하라고 윽박지르려고? 나는, 다시 한번 유신 과업 완수에 앞장서지 않을 거라고 확실하게 말했다. 강기복과 마주했을 때처럼 길게 고민하지 않아서 좋았다. 강기복 제안이 죽으러 가는 길이었다면, 학장에게는 내가 살기 위해서라도 짧게 그러나 확실하게 답해야 했다. 여기서 밀리면 나는 개가 되는 것이다!

"하진무 군, 자네가 앞산에서 살아나온 기 누구 덕인지 알고 있나?"

학장이 나를 정면으로 쏘아보았다.

나는 할 말이 없었다. 무사히 풀려날 수 있도록 힘써주셔서 감사합니다,라고 나는 총장과 학장에게 말하지 못했다. 학장은 뒤늦게 공치사를 듣고 싶은 걸까. 나는 그들의 손아귀에 걸려들었음을 치욕으로 받아들였지, 빚을 졌다는 생각은 해본 적이 없었다. 나는 곡절 많은 내 석방이 불러온 수모를 견뎌내야 했다. 현재로서는 얄궂은 특혜를 입은 내 처지를 갈음할 길이란 그것밖에 없었다. 일종의 면죄부랄까, 스스로 내린 결정이지만 나는 떳떳했다. 학장은 뭘 더 바라는 걸까. 의대 품으로 돌아올 수 있게 선처해주셔서 고맙다고, 머리를 조아리고 순명하기를 바라는 걸까. 아니면 세상에 공짜는 없으니 자신들이 들인 품값을 경찰 정보원 노릇으로 갚으라는 걸까.

"하진무 군, 자네가 공짜로 자유로버진 줄 아나?"

내가 좀처럼 입을 열지 않자 학장이 입술에 침을 바르며 뇌까렸다.

"총장님이 경찰들한테 쏟아부은 밥값이 한두 푼인 줄 아나? 자네 하나 구하자고 총장님이 직접 나섰다 아이가. 배은망덕도 유분수지 은혜를 원수로 갚아? 긴급조치다 머다 요즘 시국이 좀 살벌한가 말따. 학생들이 더 이상 피해를 안 입도록 자네가 나서주기를 바라는 거 뻔히 알면서 학교 뒤통수를 쳐? 우리 경대 의대가 학생 교육을 포기했다 캤나? 말이모 다 하는 줄 아나!"

밥값이라…. 신문을 패대기치며 씩씩대는 학장을 보면서 나는, 사람을 잘못 본 건 아닌가 내 눈을 의심했다. 내 눈이 아무리 피곤하기로서니 학장을 못 알아볼 정도는 아니었다. 나를 석방시키려고 총장이 경찰에 밥을 샀음을 증언한 이는 의대 학장이 맞았다. 웃음도 안 나왔다. 대학 총장이 주도한 석방 운동치고는 유치하기 짝이 없었다. 학장이라는 사람이 학생을 앉혀놓고 한다는 소리치고는 듣기가 민망했다. 지금이라도 밥값을 게워낼까. 학장은 그러길 바라는 걸까. 밥값이 얼마입니까? 당장 갚아드리겠습니다, 입을 뚫고 터지려는 내 항변을 막은 건 학생과장이었다.

"하 군, 총장님 밥값뿐인 줄 아나? 우리는 자네가 무사히 풀리날 수 있도록 초장부터 경찰에 적극 협조했다 아이가."

"협조했다고예?"

협조,라는 단어가 풍기는 음험함에 내 신경이 곤두섰다. 학생과장은 나를 볼모로 경찰과 무슨 거래를 했다는 걸까.

"우린, 총장님보다 자넬 더 아꼈데이. 학장님과 내가 아이었으모, 자넨 지금쯤 경찰에서 고문을 당하거나 감옥에서 콩밥을 묵고 있을 끼다."

"눈물겹도록 고맙심더. 도대체 절 위해 무신 협조를 했다는 깁니꺼?"

"하모 하모, 고마워해야제, 그캐야 하고말고. 경찰이 시험 답안지를 요구해서 퍼뜩 응했데이. 필적 검사를 할라꼬 그캤다데. 우린, 자네 시험 답안지를 넘가주 뿟다. 여게 학장님이 큰 결단을 내리싰제. 덕분에 자네 사건을 퍼뜩 마무리 지을 수 있었던 기라. 우리가 손쓰지 않았으모 자넨 중형을 면치 몬했을 끼다. 인자 자네가 누구

덕에 석방된 줄 알았나?"

"맙소사! 참말로 너무하십니더. 우째 그런 짓을!"

"그런 짓이라꼬? 우리가 발 빠르게 대처하지 않았으모 자넨 이 자리에 있지도 몬했다."

"그 보답으로 지를 경찰 끄나풀로 넘가주기로 한 깁니꺼?"

"경찰 끄나풀이라꼬? 말을 가리서 해야제, 이 친구야. 자네가 학교를 계속 다닐 수 있는 길은 그 방법밖에 없었다. 자네가 도와준다모 학원안정화도 이루겠다, 학생들 피해를 막을 수 있으이 얼매나 좋은 일인가 말따. 자네 하나만 생각을 고치뿌모 두루두루 좋은 일이다카이. 경찰과 협조해서 구해줬더이 꼴란 이기 보답이가."

"잘하싰심더, 애쓰싰심더, 고맙심더!"

나는 학생과장에게 또박또박 말했다. 그리고 학장을 뚫어져라 쳐다보았다. 분노가 솟구쳤지만 머릿속이 텅 빈 듯 아무 말도 나오지 않았다. 경찰에 학생 답안지를 내주고도 아무런 죄의식을 못 느끼는 그들에게 나는 절망했다. 학장과 학생과장의 머릿속엔 괴물이 들어앉은 게 틀림없었다. 그들의 양심에 호소하기를 포기한 나는 자리에서 일어났다.

"오늘부로 지는 총장님과 학장님 그카고 대학 당국에 진 빚이 없심니더. 더는 드릴 말씀이 없심더."

나는 두 사람에게 목례를 하고 돌아섰다. 가슴 한구석에 박혔던 갈고리가 떨어져 나가는 기분이랄까, 홀가분했다. 총장은 더는 나를 학생 시위를 막는 데 써먹으려 들지 않을 거였다. 내 본심을 알았으니 더는 헛된 꿈을 꾸지 않으리라. 나로서는 예상치 않은 소득이었다. 비로소 나는 심 형사에 맞설 명분을 챙긴 것이었다. 앞으로는 심 형사 요구에 응하지 않으리라. 나는 학교에 빚지지 않았고, 따라서 더는 노리개가 되지 않으리라. 강기복은 독재정권 타도에 목숨을 걸었는데, 독자투고 건으로 경찰과 학생과장 손아귀에서 놀아난 내 처지가 꼴사납긴 했지만 말이다.

14

나는, 지금의 내 인생을 정직하게 기록할 자신이 없다,고 썼다가 볼펜으로 북북 그어버렸다. 그 정도로는 성에 차지 않았다. 철조망을 치듯, 볼펜으로 가로세로 줄을 쳐 글자를 훼손했어도 내 눈에는 글자가 살아서 움직거렸다. 파손된 글자는 저절로 자음과 모음을 이어 붙였고, 죽였다고 생각한 문장이 오롯이 되살아났다. 문장을 완전히 짓뭉개야 했다, 아무도 못 알아보게. 다시 볼펜을 쥔 나는, 세밀화를 그리듯 글자 하나하나마다 볼펜을 꾹꾹 눌러서 거미줄을 쳐나갔고, 미친 듯이 볼펜을 휘둘러 종이가 찢어진 다음에야 손을 멈추곤 했다. 무엇에 홀린 듯 그 짓을 몇 차례나 되풀이했다. 내가 쓴 문장을 지우며 무슨 생각을 했던가. 볼펜으로 내가 쓴 글자들을 없앴듯 지금 이 자리에 앉아 있는 나라는 인간도 지워버릴 수 있을까? 나를 지우다니? 여기 남부경찰서 조사실에서 동향보고서랍시고 거짓으로 내 삶을 적고 있는 나 자신을 무(無)로 만들고, 마치 녹는 기계 부품을 갈아치우듯, 어제까지 삶은 버리고 새로운 인간으로 재탄생할 수 있을까? 그 문장도 세 차례나 썼다가 볼펜으로 새까맣게 칠해버렸다. 심 형사가 한 글자도 알아채서는 안 되겠기에. 그가 요구하는 것은 하진무의 내면 기록이 아니었다. 심 형사는 한문회 회원이나 조성우 나아가 성순식이 동향보고서에 등장하기를 원했다. 그는 경북대에서 유신정권을 반대하는 시위를 주동하는 학생들의 움직임을 낱낱이 알고 싶어 했다. 그러나 나는 심 형사가 원하는 바를 따를 생각이 없었다. 그 대신 내가 끼적거린 것은 의학과, 간호학과 친구들과 어울린 팔공산 나들이였다.

강의 시간이 비거나 의대 생활이 갑갑하다 싶으면 우리는 행선지를 불문하고 버스 종점까지 다녀오기를 즐겼다. 그날은 100번 버스를 선택했고, 무작정 버스에 올랐다. 그날 우리가 목적지로 삼은 곳은 파계사였고, 오전부터 보슬비가 내렸다. 우산도 없이, 비닐을 둘러쓴 채 비를 맞으며 예닐곱 명이 산책을 즐겼다, 점심도 굶고. 유신정권이니 데모니 민청학련 사건이란 단어는 누구도 입에 올리지 않았다. 누군가는 고대 그리스 철학을 잠꼬대처럼 중얼댔고, 채플린에서 마릴린 먼로를 거쳐 말런 브랜도까지 이십 세기 영화사가 물안개에 젖어 흘렀고, 앞으로 십 년 후에 무엇을 하고 있을지가 화제에 오르자, 각자의 미래가 다양하게 펼쳐졌다. 산부인과, 비뇨기과, 정형외과 의사는 그렇다 쳐도, 첼로 연주를 포기하지 않기를 바라는 친구도 나왔다. 하산 길에 동화사를 지날 무렵, 대화를 이끌던 첼로 연주자가 격정을 못 이기고 청춘은 아름답다!고 냅다 고함을 질렀다. 일순간 다들 걸음을 멈추었고, 몽환적인 분위기에 취했던 친구들도 이내 첼로 연주자를 뒤따랐다. 오가는 이들 눈치 볼 것도 없었다. 앞서거니 뒤서거니 다들 약속이나 한 듯 두 팔을 뻗치고 혹은 두 손을 입에 모으고 힘껏 외쳤다. 청춘은 아름답다! 청춘은 아름답다! 청춘이 아름답지 않았다간 큰일이라도 난다는 듯 우리는 대구 시내를 향해 청춘은 아름답다고 악을 써댔다. 어찌나 후련했던지! 다들 얼굴이 시뻘게져서 허리를 뒤틀며 팔공산이 떠나가도록 웃어젖혔다! 시내로 들어가는 버스 안에서는 주머니에 있는 돈을 다 털어 모으느라고 한바탕 소란을 피웠다. 그 돈으로, 한일극장에서 영화 '졸업'을 볼 것인지, 학교 근처 인화반점에서 자장면을 먹을 것인지, 동성로 미도방에서 만두를 먹을 것인지를 두고 어린애들처럼 입씨름을 벌였다.

나는 보슬비가 내리던 팔공산 나들이를 적어나갔다.

심 형사는 한 시간 뒤에 돌아오겠다고 했다. 동향보고서를 쓴다고 조사실에 남은 나는, 그의 명령을 시답잖게 들었다. 계속되는 반유신 데모로 그가 한창 독이 올랐음을 나는 알고 있었다. 강기복이 구속되고 중형에 처해졌지만 경북대 반유신 시위는 2학기에 들어서도 연거푸 터졌다. 민청학련 사건으로 사형, 무기징역을 남발하면 잠잠해질 줄 알았던 학생 시위는 전혀 잦아들 줄을 몰랐다. 2학기 경북대 시위는 강기복을 비롯한 구속 학생 석방을 전면에 내세웠다. 7월에 비상고등군법회의 심판부는 인혁당재건위 사건 관련자 여덟 명에 사형을 언도했다. 그중에 내가 아는 이는 경북대 학생운동을 이끈 여정남 선배였다. 안면이 있는 경북대 선배가 사형 선고를 받았다니 실감이 안 났다. 민청학련도 그에 버금갔는데, 사형이 여섯 명에 무기징역이 일곱 명이었다. 강기복 선배에겐 징역 이십 년에 자격정지 십오 년이 떨어졌다. 예상을 뛰어넘는 중형에 나는 엄청난 충격을 받았다. 강기복과 함께했으면 나도 장기 징역형에 처해졌을 게 틀림없었다(앞산에서 조사받았던 편지 사건을 덤터기로 뒤집어쓰는 건 당연했을 터이고). 징역 이십 년은 내가 상상할 수 있는 범위를 넘어섰다. 스물여덟 청년이 이십 년을 감옥에서 썩는다는 게 무엇을 뜻하는지, 나는 상상할 수 없었다. 빛나는 청춘은 가뭇없이 사라지고, 중년 사내가 되어야 세상 빛을 볼 수 있다는 건가? 만약에 내게 중형이 떨어졌다면? 의학 공부는 끝나고, 오인희와도 과연 사랑을 지속해나갈 수 있을까? 부모님은 어찌 되나? 큰형님에 이어 나까지 감옥 생활을 한다면 두 분은 충격을 감당하지 못할 거였다. 징역 이십 년이란, 한마디로 내 인생이 파탄 나는 것을 뜻했다. 징역 이십 년은 사랑하는 선배 강기복 인생이 결딴났음을 뜻했다. 조성우가 주도적으로 참여한 구속 학생 석방 시위가 있던 날, 내 머리를 떠나지 않은 인물이 강기복이었다. 나는 그 시위에 발을 들이지 못했다. 조성우는 물론 한문회 회원 누구에게서도 시위 계획에 동참해달라는 요구를 받지 못했다. 그들에게 기피 인물이 되었음을 깨닫고 나자 묘한 감정이 솟구쳤다. 참피온 탁구장에서 강기복 제안을 뿌리쳤으면서도 한문회 회원과 조성우에게 따돌림 받았다는 사실이 못내 가슴 아팠다. 내가 스스로 택한 길이었음에도 나는 서운한 감정을 숨길 수 없었다. 그래서였을까, 시위 현장을 지날 때면 강기복 선배 생각이 많이 났다.

"후퇴란 없다."

그의 목소리가 어찌나 생생하던지! 그는 없지만, 교정에는 그의 석방을 요구하는 함성이 드높았다.

"더 씨게 밀어붙이 뿌야 한데이. 부도덕한 정권은 망한다. 희생을 무릅쓰고 박정희 파쇼정권 타도 투쟁을 멈추모 안 된다. 짐승 취급 안 당하고 인간으로서 존엄함을 지킬라모 싸우고 또 싸워야 한다."

나는 목숨을 걸고 싸우자는 그의 제안을 거부했다. 그는 나를 훗날을 대비한 예비주자로 지목했고, 경북대 학생운동이 사그라지지 않게 씨앗불 노릇을 해주기를 바랐다. 나는 그 약속을 지키고 있는가? 그렇지 못했다. 씨앗불은커녕 경찰서 조사실에서 동향보고서나 끼적이는 신세가 아닌가. 강기복 예비주자는 너무 먼 얘기고, 지금 당장은 족쇄 같은 동향보고서를 떨쳐버리는 게 급선무였다. 오늘은 심 형사와 결판을 내야 하리라! 언제까지 동향보고서를 볼모로 끌려다닐 수는 없었다. 내 결심을 더욱 굳게 한 데는 총장도 한

뭇 거들었다. 민청학련 사건은 조작이라고 학생들 함성이 교정을 울리던 날, 가장 우스운 꼴을 보인 이가 총장이었다. 유신! 철폐! 독재! 타도! 시위대가 후문을 향해 달려가는데 중간쯤에서 시비가 벌어졌다. 스크럼을 짜고 뛰쳐나가는 학생들을 누군가가 두 팔을 벌리고 막아섰다. 총장이었다. 교직원들에게 둘러싸인 총장은 선무당 마냥 학생들에게 고함을 쳤다.

"데모는 금지다. 학생은 공부가 먼첨이라, 데모는 안 돼, 몬 한다! 내 눈에 흙이 들어가기 전엔 안 돼. 박정희 대통령 각하를 반대하는 놈들은 모조리 퇴학이다! 유신헌법을 반대하는 놈들은 퇴학이다!"

삿대질을 해대는 총장을 학생들은 밀쳐냈다. 구경하던 학생들이 총장을 향해 '우' 하고 비난 함성을 퍼붓는데도 그는 시정잡배처럼 날뛰었다. 누가 봐도 꼴사나운 풍경이었다. 총장을 떠받치던 교무과장은 '유신과업 완수하자' 리본을 떼인 채 바닥에 굴렀다. 넥타이와 와이셔츠가 헝클어진 총장을 뒤로하고 시위대는 후문을 향해 내쳐 달렸고. 총장과 교무과장을 보면서 나는 생각했다. 내가, 하진무가 고작 저런 사람들 손에 놀아났던가.

팔공산 나들이 대신 실제로 동향보고서에 들어가야 할 것은 조성우, 성순식과 어울린 날들이었다. 강기복 석방 시위가 있기 열흘 전, 나는 비산동 국수공장에서 조성우를 만났다. 예전과 달랐던 점은, 본과로 진급한 성순식이 자리를 함께했다는 것이었다. 감옥에 있는 강기복과의 약속을 나는 한시도 잊은 적이 없었다. 조성우에게는 털어놓지 못했지만 나는 내 식대로 차곡차곡 절차를 밟아나가자고 생각을 쌓아가던 참이었다. 그 첫 단계가 동향보고서 끊어버리기와 의대 풍토를 개선해보자는 것이었다. 경북고 출신 의대생들 서너 명과도 남들 모르게 접촉했고, 그들에게서 긍정적인 답변을 얻어낸 터였다. 유신정권에 반대한다든지 하는 시국 얘기는 일절 빼고 사소하다면 사소한, 의대에 만연한 시험 부정행위 문제부터 교수와 학생 사이 봉건적인 주종 관계 따위를 집중적으로 개혁하자는 데 친구들도 선뜻 동의했다. 국수공장에서의 저녁 모임은 성순식이 다리를 놓아 날을 잡았는데, 조성우도 날 꼭 보았으면 했기에 어렵지 않게 시간을 맞출 수 있었다. 국수공장이 경찰에 들키지 않았다는 것도 나로서는 안심이 되었다. 오랜만에 얼굴을 본 조성우는 펄펄 끓는 쇳물 같다고나 할까, 그에겐 분노가 살아 있었다.

"박통이 미치뿟다 아입니꺼."

그는 대뜸 얼굴이 붉으락푸르락했다.

"진작 알았지만도 이 정도로 막 나갈 줄은 몰랐다 아입니꺼. 작년 연말에 풀어준 것도 인자 보이 다 꼼수 부린 기라예. 그때 감옥에 있던 사람들 내보내고, 수배자들 풀어준다 캤을 때 알아봤이야 했는데. 민청으로 마카 잡아 처넣을라꼬 수작 부린 기라예. 민청에다 인혁당 좀 보이소, 지 눈에 거슬리모 시민이건 학생이건 안 가리고 마카 구속시킸다 아입니꺼. 그것도 군사재판에 넘깄심니더.

사형! 사형! 구속도 성에 안 차 말 안 들으모 마카 쥑이삐겠다 이기라예. 국민을 마 주패뿌겠다고 나대는 정권이 깡패랑 다를 기 머가 있능교? 미친개는 몽둥이로 쌔리 잡아뿌야 한다카이."

시간이 조성우를 바꾸어놓은 걸까. 대구호텔 스카이라운지 지배인 숙소에서 머물던 그 밤의 조성우와는 달라도 너무 달랐다. 장욱진 교수 물음에 답했던 해부학 첫 시간을 부끄럽게 회고하던 조성우는 온데간데없고, 격한 감정을 여과 없이 분출하는 의분에 찬 의학도가 내 앞에 있었다. 무엇이 조성우를 격분하게 만들었는지. 그 답을 알면서도 나는 선뜻 그에게 동조해서 흥분할 수가 없었다. 나는 차분히 말했다.

"그캐도 살아야제."

인생 다 산 늙은이 같아서 마뜩잖았지만 조성우에게 휩쓸리지 말자고 내심 안간힘을 썼다.

"민청과 인혁당 재판으로 유신정권은 끝나뿟다고 본데이. 내는 확신한다. 박정희 독재는 오래 몬 간다. 점쟁이매로 들리서 머 하다만 수천만 명이 한 인간 때문에 고통 받는다는 건 인간의 수치다. 파괴된 인간성을 회복할 때만 우리는 살아 있는 기 아일까. 박정희라는 괴물도 그 지난한 과정에 놓인 하나의 장애물에 불과하겠제. 인간은 그걸 깨고 한 걸음 나아가야제. 힘들겠제, 도중에 희생도 클끼고. 그러나 숨통을 조여도 우리는 지렁이매로 느리게 나아갈 끼다. 지렁이를 바라, 꿈틀대는 거 같지도 않지만 비 그치고 보모 기어간 흔적이 남는다 아이가. 눈에는 안 비도 우린 시방 지렁이매로 꿈틀대는 기 아일까."

내가 생각해도 한가한 소리로 들렸지만 하루아침에 독재정권을 타도하자고 목에 핏대를 올릴 수는 없었다. 나는 강기복이 아니었다. 다행히 조성우도 대놓고 반대하지는 않았다.

"그캤으모 얼매나 좋겠심니꺼! 내도 인간이고 싶다 아잉교. 박통한테 짐승 취급받는 거 씨껍하게 싫다 아입니꺼!"

나는 성순식이 곁에 있었지만 굳이 감출 필요가 없다고 생각해서 털어놓기로 했다. 나로서는 치부가 될 수도 있지만 그런 것에 얽매이지 않기로 했다. 의대 개혁과도 맞물린 문제여서 숨겨서는 안 되고 공론에 붙이는 게 옳다고 판단했다.

"성우야, 낼 보그라. 순식이도. 학장과 학생과장이 내 시험 답안지를 경찰에 넘가뿟다 카더라. 필적 감정을 위한 증거물로 말따."

"시험 답안지를 넘가뿟다고예? 학장하고 학생과장이 미칬나. 그런 일이 있었는지는 참말로 몰랐다 아입니꺼. 의대가 아이라 도살장이라예. 교수가 학생을 잡는 도살장이다 이깁니더."

"도살장이라…. 하모, 도살장이 엄연한 우리 현실이라. 그걸 인정한다모 우린 거기에 눈감으모 안 되제. 그카모 우린 증말 개가 될지도 모린다."

"내는, 개 되기 싫다 아입니꺼."

조성우가 말했다.

"그캐서 말입니더, 진무 세이. 내가 경찰 프락치 김성식이를 족치뿟다 아입니꺼."

그 말을 듣는 순간 왜 내 가슴이 뜨끔했는지 모르겠다. 방금 전에 학장이 시험 답안지를 빼돌리는 바람에 이러저러해서 경찰 프락치 소리를 듣는다고 억울함을 호소했음에도 왠지 프락치란 단어는 거북살스러웠다. 내 불편한 심기는 아랑곳하지 않고 조성우는 말을 이어갔다.

"금마 자취방을 내가 덮치뿟다 아입니꺼. 이 자슥이 대명동 계대 쪽에 방을 구해놨더라고예. 한분은 수성못까지 뒤를 밟았는데, 다른 놈들 때문에 손을 몬 봐줬어예. 그때 수성못에 집어 처넣어뿌가 자백을 받았어야 했는데…. 하여간 경찰서에서 나온 놈을 미행해가꼬 자취방에 들어가는 걸 붙잡았지예. 모가지를 틀어쥐고 내가 물었어예. 내 친구 최영철이 어데 있노? 생사라도 알아야 할 끼 아이가, 하면서 인간적으로 나갔지예. 김성식이 이 새끼 참말로 더러번 놈이다 아입니꺼. 무조건 모린다는 깁니더. 자기는 한 분도 본 적이 엄따꼬 생사람 잡지 마라 카미 지랄하는데, 턱주가리를 날려뻣지예. 니 만날라꼬 나갔다가 잡혀간 기 아이가 들이대도 김성식이는 지는 모리는 일이라고 한사코 잡아떼더라 이깁니더. 하마터모 그날 그 새끼 죽일 뻔했어예. 억수로 쑹이 나서 목을 졸라뻣는데, 멈출 수가 없는 기라예. 어느 순간 퍼뜩 정신을 채리고 손을 풀기는 했는데, 그 새끼 반쯤은 죽이뻣어예. 의대생인 내가 사람 목을 조리지 않나 깡패매로 주먹을 쓰지 않나, 이카다 내가 돌아삐까바 씨껍했다 아입니꺼. 영철이는 생사를 모르제, 강기복 선배는 개맨키로 뚜디리 맞고 감옥살이하제. 진무 세이, 내는, 혹시 우리가 미치삐가 죽어가는 기 아일까 참말로 씨껍한다 아입니꺼."

"죽어뿌모 안 된데이. 미치뿌모 안 된다 아이가. 살아야제. 우리도 살자, 우린 의대생이다. 그래 하는 말인데 우리 의대 한분 살리보자. 도살장 꼴 난 의대, 곪아가는 경대 의대 멋지게 살리보자."

나는 속에 담아두었던 말을 꺼냈다. 조성우 호소에 답이 안 되어도 상관없었다. 조성우가 품은 의문은 어차피 하루아침에 해결할 수 있는 문제가 아니었다. 독재정권이 무너져야 경찰 프락치도 사라질 거고 행방불명된 최영철이도 소식을 알 수 있을 거였다. 그날이 오기를 기다리기보다는, 내가 할 수 있는 일을 조성우에게 들이대보자고 작심했던 바를 행동에 옮긴 거였다. 나는 학장과 학생과장이 경찰과 합작해서 나를 경찰 정보원으로 만들려는 공작을 꾸몄음을 한 번 더 강조하려다 멈칫했다. 자칫 의대 개혁 작업이 나 개인의 앙갚음으로 비칠까 해서였다.

"의대를 살리자 캤십니꺼?"

조성우가 뜨악해했지만 나는 내 구상을 거침없이 밝혔다.

"교수와 학생이 영판 주종 관계인 의대를 바까보자는 기다. 교수가 학생을 경찰에 팔아넘가 뿌는 얼빵한 짓이 일상인 의대를 정상으로 바까보자."

"민청학련으로 수백 명이 잡히갔는데 의대를 살리자 캅니꺼? 최영철이는 생사를 모리는데 의대를 바까보자 이깁니꺼?"

"살아갈라모, 살아남을라 카모 먼 짓이든 해야 할 끼 아이가. 우린, 의대생이데이. 민청학련 때문에 지정신이 아인 거 안다. 자네 성에 안 차는 줄 안데이. 글타고 이래 손 놓고 있을 수는 없다. 그라모 참말로 우리 미치뿐데이. 참말로 개가 대뿐다."

내 감정에 너무 치우친 감이 없지 않았지만 나는 멈출 수가 없었다. 예상대로 조성우는 격렬하게 반응했다.

"경찰이 우리 경대 학생운동 씨를 말리뿌겠다꼬 덤비는데 꼴란 의대 붙들고 있자고예? 총장도 거기에 동조했다 쿠데예. 최영철이 뿐만 아이라 누구 하나 죽어 나간다 캐도 우리 경대 학생운동 말살시키뿌겠다꼬 눈이 뒤집히뿟다 아입니꺼. 이 판국에 도살장 같은 의대 살리자 이깁니꺼?"

"하모, 히포크라테스 선서가 살아 있는 의대 맹글어보자. 이름도 지봤다. 히포크라테스정신회다, 우떤노?"

"히포크라테스정신회라꼬예? 미친 정권이 사람을 개 잡듯이 쥑이뿌는데, 한가하게 히포크라테스정신회 맹글자고예? 히포크라테스 정신으로 파쇼정권과 맞서자고예? 아무리 우리가 행핀읎어도 그카지, 사람이 죽어 나가는 판국에 히포크라테스정신회가 멉니꺼!"

"청춘은 아름답다꼬?"

동향보고서를 읽어가던 심 형사가 눈살을 찌푸렸다.

"이기 머 하자는 수작이고? 자네 시방 이걸 동향보고서라꼬 쓴 기가? 청춘 타령이라, 긴급조치 비상시국에 청춘 타령이라, 청춘 남녀가 보슬비를 맞으모 백일몽을 꾸싰다꼬. 청춘이 아름다버서 미치삐겠다고? 그래 우짜라고! 자네, 지금 내하고 장난하자는 기가?"

"심 형사님하고 장난할 생각 없심니더. 지가 겪은 일들을 있는 그대로 기록한 것뿐입니더."

나는 최대한 목소리를 낮춰 대꾸했다. 심 형사가 호통을 치거나, 눈을 부라리거나, 협박을 하더라도 나는 무심해지리라. 나는, 내 영혼의 숨결을 고스란히 펼쳐 보였을 뿐입니다,라고 말했어야 했다. 심 형사가 알아듣든 말든 친구들과 보낸 고귀한 시간들을 그에게 들려주었을 따름이었노라고. 나는 사냥개처럼 경찰 앞잡이나 할 사람이 아님을, 인간의 정신과 육신을 치료해야 할 의사가 되려고 의학을 공부하는 학생임을, 당신들이 함부로 개처럼 부려먹어도 좋은 인간이 아님을 그는 알아야 했다. 그렇지 않고서는 심 형사와 나의 대면은 무의미했다. 심 형사에게 스스로를 지키기 위해 내가 내세울 거라곤 알량한 영혼뿐이었다. 독재정권 경찰을 무슨 수로 당하겠는가. 심 형사 강압에 맞서서 순순히 무릎 꿇지 않으리라, 정보원 강요를 거부하리라, 굳은 결의를 다지는 것보다 나는 내 영혼에 의지하는 쪽을 택했다. 두려움도 덜하고 마음도 편해졌다. 어차피 경찰서 조사실에 갇힌 처지에 저들에게 반항하기란 그 결과가 너무 빤했다. 심 형사가 주먹으로 가슴을 치거나 지하실로 끌고 가 고문을 하면 나는 꼼짝없이 당할 수밖에 없지 않은가.

"그라이까 여게 기록한 기 자네 생활의 전부다 이기지. 바라 바라, 하진무 군. 내는 자네하고 장난할 시간이 없다. 자네 실적이 우떤지 아나? 우리를 도와주기로 했으모 성의를 보여야 할 거 아이가. 시간 없으이까, 오늘은 내 톡 까놓고 말하꾸마. 강기복이도 다른 쪽에서 채 갔으모 조성우는 우리 손에 넘가줘야 하는 거 아이가?"

"지는 조성우가 누군지 모릅니더."

"경고 후배에다 같은 의대생인데 조성우를 모른다꼬? 전에는 안다고 분명히 말했데이. 인자 와 오리발 내밀기가? 인간관계를 디럽게 하싰나? 우리가 아는 한 조성우와 자넨 의대 본과 이학년 맞제?"

"하모예, 하지만 지는 조성우와 말 한마디 나눠본 적이 없심니더. 모리는 친굽니더."

"모린다, 의대생 하진무가 의대생 조성우를 모리신다, 그라모 우리가 알게 해줘야겠구마."

심 형사가 동향보고서를 찢어발겼다. 그러거나 말거나 나는 감정 동요 없이 무심한 눈길로 입을 다문 채 꿈쩍하지 않았다. 경찰서에 오기 전부터 오늘은 결판을 내리라 다짐했었고, 마침내 그 시간이 닥친 거였다. 동향보고서고 경찰 정보원이고 나는 무조건 거부할 참이었다. 복잡하게 생각할 거 없다. 내 사생활을 경찰이 알아야 할 까닭이 없지 않은가. 모든 국민은 사생활을 침범당해서는 안 된다고 헌법에도 나와 있지 않은가. 유신독재 치하고 나발이고 나는 자유로운 인간이다. 그거 하나만 잊지 않기로 했다. 나는 가끔 속으로 부르짖곤 했다. 박정희라는 한 개인 때문에 사천만 명이 지옥을 겪는다는 건 있을 수 없는 일이라고, 한 인간 때문에 수많은 사람의 영혼이 상처를 입는 현실을 용서해서는 안 된다고, 그래서 나는 가끔 상상했다. 박정희와 동네에서 흔히 볼 수 있는 공중목욕탕에서 발가벗고 만나는 장면을. 수증기 자욱한 목욕탕에서 그와 일대일로 마주한다면 나는 물어보리라. 어째서 당신은 타인의 자유를 구속하고 목숨을 함부로 빼앗느냐고, 왜 국민을 억압하는 독재자가 되었냐고 말이다. 목욕탕에서도 박정희는 나를 두드려 패고 내 목을 조를까. 감히 대통령인 자신에게 대들었다고 발가벗은 몸으로 발길질을 하고 당장 나를 끌어내 감옥에 처넣으라고 길길이 날뛸까. 그와 나는 똑같은 인간이다. 왜 같은 인간으로서 나는 박정희에게 자유를 억압당하고 영혼에 상처를 입어야 하는가. 그와 목욕탕에서 발가벗고 대면하는 장면을 떠올리면 나는 스스로 자유로운 영혼을 지닌 인간임을 자각한다. 그리고 정말로 그렇게 살게 되기를 간절히 기원한다. 지금 내 앞에 있는 심 형사도 마찬가지다. 박정희나 심 형사가 사람 잡아먹는 괴물은 아니지 않은가.

"유신 과업 완수에 헌신하기로 한 거 아이가?"

심 형사가 정면으로 나를 쏘아보았다.

"자네 저 앞산 서약서 잊아뿟나? 그거 가꼬와서 비주까? 자넨 우리한테 협조하기로 하고 풀려난 기다. 우리한테 정보를 제공하기로 했으모 성실하게 활동해야제, 이라모 계약 위반인 거 모리나? 우린, 당장 자넬 잡아 처넣을 수 있다카이."

"지는 정보원 하겠다고 한 적 없심니더."

의대 학장과 학생과장이 시험 답안지를 넘겨준 사실을 안 이상 나는 그들에게 빚이 없음을 스스로 명확히 했다. 따라서 정보원 강요나 경찰 협박은 나하고 아무런 상관없는 일이었다. 앞산 서약서도 약효를 다한 무용지물일 뿐이었다.

"바라 바라, 하진무. 경고 후배라꼬 신사적으로 대접해줬더이 막 나가겠다 이기가?"

"지는 의대생입니더. 경찰 정보원이 아입니더. 의대생으로서 공부에만 최선을 다하고 싶습니더."

"배 째라 이기가? 내는 참말로 오늘 시간 없다. 자네하고 입씨름할 시간 없데이. 내, 참말로 긴말하기 싫다. 마지막으로 묻겠다, 협조할 기가 안 할 기가?"

"지는 협조할 기 없심니더. 의학 공부에 매진해야 합니더. 지가와 경찰 일에 협조해야 합니꺼? 지는, 학생이지 경찰이 아입니더."

"이 자슥이, 말이모 다 하는 주 아나?"

자리에서 벌떡 일어난 심 형사가 내 멱살을 틀어쥐었다.

"경고 후배라꼬 살살 다뤘더이 눈에 비는 기 없나? 니는, 자슥아 개새끼야. 기록 비주까? 앞산에서 니 머라 캤노? 유신 과업 완수에 목숨 건다고 안 캤나? 시키는 건 머든지 하겠다고 맹세했다 아이가? 국가를 위해서 유신 과업 완수에 목숨을 걸겠다꼬 약속했다 아이가. 이 개새끼가 그단새 말을 바까? 의사 되게 팬의를 바줄라꼬 했더이 인자 와서 오리발 내미는 기가? 개새끼 주제에?"

"개새끼 노릇 할 맨키 했심니더. 지는 빚이 없심니더. 그카고 분명히 말씀디립니더. 지는 개새끼 소리 들을 맨키 죄지은 적 없심니더."

"하진무, 이 개새끼 안 되겠구마. 니는 인자 의대 다 다녔데이. 대학 생활 끝난 줄 알아라. 감히 대한민국 경찰을 희롱해?"

"앞으로 심 형사님 보는 일 없을 깁니더. 지는, 경찰 정보원 몬 합니더."

"개새끼가 보자 보자 하이까 몬 하는 소리가 없네. 니는 새끼야, 우리가 기른 개야. 니가 하기 싫다꼬 멋대로 관둘 수 있는 기 아이야. 내 보기 싫다 캤나? 보고서 안 쓰겠다 캤나? 정보 수집 몬 하겠다 캤나? 누구 맘대로? 오늘부로 하진무 개새끼 인생 종 친 줄 알그래이. 청춘? 아나, 청춘이다, 개새끼야! 그 좋은 청춘 감옥에서 푹 썩어바라. 개새끼가 사람 말 무시하모 우예 되는 줄 아나? 갈 데가 딱 한 군데 있제, 감옥! 하진무 니는 우리 손에서 처리한다!"

오전 열한시, 참피온 탁구장에 들어서자마자 시계를 흘낏 본 나는 강기복 사촌 동생인 더벅머리 청년에게 대뜸 가방을 달라고 말했다. 암호처럼 한마디 던졌을 뿐인데도, 조성우가 일러둔 대로 더벅머리 청년은 재빨리 알아챘다. 바닥 물걸레질을 하던 그는 긴장한 표정 그대로 캐비닛을 열더니 밤색 인조가죽 가방을 내게 건네주었다. 담에 탁구 치러 올게, 나는 악수도 못 하고 부리나케 참피온 탁구장을 빠져나왔다. 더벅머리 청년에게 미안했다. 강기복이 구속된 뒤 혼자서 탁구장을 꾸려가는 그를 자주 들러보지도 못했다. 강기복 선배가 감옥에 들어가고 나서는 한문회 회원이나 주위 친구들도 탁구장에 발걸음을 끊다시피 했다. 나만 해도 무척 오랜만에 탁구장에 들렀던 터였다. 더벅머리 청년이 내 얼굴을 안 까먹고 잽싸게 대처해준 게 고마울 따름이었다. 더벅머리 청년도 그 가방이 어떤 가방인지 대충 짐작은 할 거였다. 그와 대화할 시간도 없었지만 가방에 얽힌 사연을 들려줄 수는 없었다. 어디에 쓰일 가방인지 더벅머리 청년이 알아봤자 그에게 도움 될 게 없을뿐더러 모르는 게 속 편했다. 그가 조성우의 부탁을 거절하지 않았다는 것만 해도 대견스럽다고나 할까. 사촌 형 강기복이 중형을 선고받았음을 알면서도 도피자의 가방을 떠맡기란 웬만한 용기로는 어림없었다. 나만 해도 참피온 탁구장에 열시 반에 도착했음에도 곧장 출입문 계단을 오를 엄두를 못 냈다. 대백다방에서 커피를 한 잔 마신 다음 탁구장 주변을 일부러 한 바퀴 돌았다. 노상에 양은냄비를 진열하는 주방용품 가게 주인을 지나쳤고, 정육점, 메리야스 가게, 지물포, 청과물 가게, 전봇대에 쇠사슬로 묶어두었던 손수레를 옮기는 노점상에 눈길을 주며 주변을 살폈다. 혹시 경찰이 있을까 해서였다. 강기복이 구속된 뒤로는 경찰이 참피온 탁구장을 감시하지 않으리라 여겼지만 조심해서 나쁠 게 없었다. 그리고 심 형사가 내 행적을 추적할 수도 있었다. 제2의 김성식이를 붙여서 나를 미행한다면 나는 꼼짝없이 걸려드는 것이었다. 부디 그런 불상사가 없기를 바라면서, 주변에 경찰 감시가 없음을 확인한 다음에야 참피온 탁구장 출입문을 열 수 있었다.

조성우에게 전화가 온 건 병리학 책을 뒤적이던 어젯밤 열한시쯤이었다. 심 형사와 대거리를 한 지 불과 이틀밖에 안 지난 터여서 온통 그 생각에 골몰하고 있었다. 책이 눈에 들어올 리 없었다. 심 형사가 과연 어떻게 나올까를 고민하는 와중에 걸려온 전화 상대가 조성우였고, 나는 책을 덮어버렸다. 조성우는 내 목소리를 듣자마자 자기 말을 듣기만 하라며, 탁구장에서 가방을 가져다 달라고 했다. 장소는 대봉동 일신학원 신문 가판대 앞이고 시간은 낮 열두시라고 빠르게 말했다. 조성우는 답을 듣기 무섭게 전화를 끊었다. 나는 조성우의 가방이 무엇을 뜻하는지 알았다. 그것은 경찰 추적을 피해 도망 다닐 때 요긴하게 쓸 물건들만 챙겨둔 도피용 가방이었다. 조성우는 이럴 때를 대비해 미리 참피온 탁구장에 가방을 숨겨두었고, 운반자로 나를 택한 것이었다. 심 형사에게 들은 내용에 의하면 그는 점점 막다른 골목으로 내몰리고 있었다. 국수공장이 털린 것을 알려준 건 성순식이었다. 경찰이 급습했을 때 조성우는 없었기에 위기를 넘겼지만, 국수공장을 경찰에 찔러준 게 중학교 동창인 대구호텔 스카이라운지 지배인이라는 사실이 못내 뼈아팠다. 조성우로서는 형제처럼 믿었던 친구에게 배신을 당한 셈인데, 그로서는 충격이 이만저만이 아닐 것이었다. 외판원이든, 염색공장 노동자든 하다못해 시내 건달이든 조성우가 도움을 청할 중학교 동창이 줄어들었다는 사실은 그의 신변이 절박해졌음을 뜻했다. 남부서 조사실에서 나를 몰아치던 심 형사가 내게 보여준 유인물이 한 장 있었다. 최근에 있었던 시위 현장에서 나온 투쟁선언문을 내게 들이대며 누가 썼는지 아느냐고 물었다. 나는 모른다고 답했고, 심 형사는 조성우 개자식이 쓴 거라고, 상황이 이런데도 협조 안 하면 하진무 인생 험한 꼴 날 줄 알라고, 나를 협박했다. 그것만으로 조성우는 일급 수배자로 승격한 셈인데, 김성식이를 족친 사실이 들통나면서 졸지에 폭행범 덤터기를 쓰게 되었다. 소문에 따르면 생명의 위협을 느낀 김성식이 조성우에게 당한 사실을 실토했고, 경찰은 정보원 신변 보호 차원에서라도 조성우를 강력하게 처벌하리라 벼른다는 것이었다. 믿고 의지했던 중학교 동창에게 버림받은 조성우에게 비빌 언덕이 남아 있을까. 가방을 들고 혼자 시내를 떠돌 그를 생각하자 가슴 한구석이 서늘해졌다.

조성우의 회고

"김영삼 정권 때부터 슬슬 민주화 조짐이 보였지요. 그 전에 제가 경대 정형외과 과장인 서 아무개 선생을 찾아갔어요. 나중에 그 양반이 경대 총장을 지냅니다. 경대 의대 출신 중에는 하진무 말고도 군에서 의문사한 성순식이라고 있습니다. 그 두 사람을 지금이라도 학교 차원에서 조사해봐야 하지 않겠냐고 얘길 꺼냈더니 대뜸 짜증부터 내더군요. 고리짝 일을 지금 파헤쳐 뭐 하냐고 노골적으로 싫어하더군요."

양손을 깍지 낀 채 팔꿈치를 책상에 얹고 조성우가 입을 열었다. 고요한 성당에서 묵상에 빠진 느낌이랄까. 오인희는 조성우의 그런 모습에서 기도하는 듯한 어떤 경건함을 느꼈다.

"군부독재가 종식되고 반쪽짜리나마 문민 정권이 들어섰다고 사회 곳곳에 민주화 열풍이 불어닥칠 때였지요. 제가 우연찮게 법무부에서 서기관 노릇을 하게 됐습니다. 하진무 사건을 추적할 수 있는, 그 사건을 뒤집어볼 수 있는 자리에 있었지요. 서류를 뒤지고 자료를 찾았어요. 법무부 손이 닿을 수 있는 곳은 다 뒤지고 민간단체까지 샅샅이 훑어도 하진무 이름이 도통 안 나오지 뭡니까. 오죽했으면 제가 집안이 멸문한 줄 알았겠어요. 호적도 안 나오지 주소도 없지, 멸문은 하지 않았더라도 하진무 집안에서 아예 호적 정리를 했단 말인가? 그렇지 않고서야 하진무 흔적이 그렇듯 안 나올 리 없단 말이에요. 그런데 좀 더 시간을 갖고 추적해보니 승무 형님이 교수다 총장이다 국회의원까지 하고 있더라고요. 기가 막히면서도 대충 이해가 됐어요. 국회의원을 하는 데 동생이 걸림돌이 될 수도 있겠구나, 그래서 손 놓고 있었구나, 안타깝지만 그게 현실이더군요. 주소도 안 나오기에 하진무 학번, 이름, 생년월일까지 적어서 관련 자료를 경북도청 의문사진상규명위원회에 관련 자료를 정리해서 제출했지요. 근데, 가족이 아니라고 반려하더군요."

오인희도 일찍이 경험한 바였다. 하진무를 사랑했던 사람이라고, 지금도 내 가슴에는 그가 살아 있다고 공무원들에게 호소할 수는 없었다. 그들 눈에 오인희는 하진무와는 아무 관련이 없는 사람이었다.

"성순식이라고 들어봤을 겁니다. 경대 의대 출신으로 군에서 의문사한 친굽니다."

조성우는 깍지 낀 양손을 풀지 않고 계속 말했다. 오인희는 성순식이라는 이름을 알고 있었다. 하진무와 의대 철야 농성까지 함께한 후배였고, 그 사건으로 군에 끌려가 의문사를 당했다고 들었다. 조성우를 의대 동창들이 기피하는 까닭을 알 만했다. 하진무 실종에 관해 직접 나서서 조사하고 사건을 추적한 경북대 의대 동창은 조성우가 유일했다. 조성우가 인도주의실천의사협의회 소속이고 시인임을 오인희는 최근에야 알았다.

"성순식이 제대 삼 개월을 남겨두고 의문사를 당합니다. 구보를 하다가 죽어버려요. 군에서는 열사병으로 죽었다고 발표했습니다. 발표라기보다는 유족들에게만 알렸죠. 칠십 년대였으니까요. 유신시대였으니까요! 제가 시신을 검안한 군의관을 찾아냈어요. 운명의 장난인지 그 군의관이 경대 의대 동창이지 뭡니까. 안국환이라는 친군데, 진술서를 쓰라고 하니까 벌벌 떨면서 안 쓰겠다고 버티지 뭡니까. 어떻게 그걸 알아냈냐면서. 제가 안국환에게 청산가리 독살이 아니냐고 따졌지요. 열사병은 원래 검사를 해야 하거든요. 시신이 열이 하도 높아서 물에 담갔다 꺼냈다고 하더군요. 청산가리는 몸이 탑니다. 뜨거워요. 시신을 만지지 못할 정도예요. 일반 열사병은 그렇게 뜨겁지 않습니다. 내가 따지고 드니까, 안국환이 확인서를 써주었어요. 첫째, 열사병은 추정 진단이다, 이건 뭘 말하느냐, 확진이 아니라는 뜻입니다. 둘째, 청산가리 독살은 전문가의 의견이 필요하다, 이건 청산가리 독살이 맞다,라는 뜻이고요. 시신을 부모에게도 안 보여주었다더군요. 형님 한 분한테만 보여줬다는데, 시신이 파랬다는 것으로 봐 저는 백프로 청산가리 독살로 봅니다. 진무 형처럼 제가 직계가족이 아니었기 때문에 진상규명에 애를 먹었지요. 성순식이는 국가유공자랍시고 국립묘지에 안장해놨습니다. 죽은 날짜에 제도 지내고, 유족들은 연금도 타는 것으로 알고 있어요. 성순식은 진무 형님에 비하면 양반이지요. 시신이라도 건졌으니 말입니다. 민청이 터졌을 무렵은 제가 한창 도망 다닐 때였습니다. 진무 형하고도 연락이 끊어지고 혼자 돌아다녔지요. 외로운 늑대처럼 말입니다. 그 암담한 시절에 딱 한 번 통쾌했던 적이 있었습니다. 잡힐 건 뻔한데 도망 다니자니까 그야말로 속이 타더군요. 죽을 때 죽더라도 먹고나 보자고 소주와 오징어를 샀어요. 어디로 갔는지 아십니까? 히말라야시다 나무가 죽 늘어선 백화점을 지나면 대구 엠비시 방송국이 나오는데, 지금 백합아파트가 있는 자리였어요. 그땐 꽤 높은 동산이었죠."

깍지를 푼 손으로 턱을 쓰다듬던 조성우가 빙그레 웃었다.

"숨 막히고 갑갑해서 미칠 것 같았지요. 체포돼서 당할 거 생각하니까 온몸이 터져버릴 것 같고…. 술병 들고 꾸역꾸역 동산에 올랐어요. 소주를 마시고 제가 거기서 뭐 했는지 아십니까? 대구 시내를 굽어보면서 한바탕 똥을 쌌습니다. 엉덩이를 까재끼고 왕창 똥을 쌌습니다. 아주 시원했습니다. 내 몸에 갇혔던 공포가 단박에 사라지더군요. 그때처럼 후련하게 똥을 싸본 적이 없습니다."

대봉동 제일예식장 근방이라면 경북고 시절을 빼놓을 수가 없다. 고교 이학년 때 이웃한 일신학원에서 수학을 배웠던 데다 툭하면 계성고나 다른 학교 남학생들과 싸움질을 했었다. 지금쯤 심 형사는 조성우를 잡으려고 눈에 불을 켜고 있을 거였다. 그가 나를 옭아 넣으려고 미행을 붙였다면 나는 오늘 꼼짝없이 걸려드는 것이고, 조성우도 현장에서 체포될 거였다. 나는 버릇처럼 주위를 둘러보았다. 가방을 들고 주변을 살피며 걸었음에도 조성우와 약속한 시간까지 십 분이 남았다. 평일 오전이어서 제일예식장 앞은 조용했고, 학원에도 학생들 발걸음이 뜸했다. 신문 가판대에서 복권과 신문을 산 삼십 대 남자가 내 쪽으로 오더니 찐빵집으로 들어갔다. 경북고로 향하는 한길과 봉산동으로 뻗은 도로를 훑어보았다. 조성우는 그림자도 안 보였다. 신문 가판대에 들어앉은 중늙은이와 눈을 마주치기도 어색해하는 참인데 대봉동 성당에서 종소리가 울렸다. 종탑에 눈길을 던지는데, 내 앞에 택시가 와서 멈추었다. 이윽고 창문이 열리더니 조성우가 얼굴을 내밀었다. 성우야, 나는 이름을 불렀고, 동시에 가방을 넘겨주었다.

"진무 세이, 우리 유령되지 마입시더. 내는, 외로운 기 억수로 싫다 아잉교. 쪼매 있다 얼굴 보입시더."

조성우가 웃으며 말했다. 내가 손을 흔들 새도 없이 차창이 닫혔고, 택시는 나를 지나쳐 멀어져갔다. 유령이 되지 말자니, 그건 강기복과 나 사이에 주고받은 말이 아닌가. 유령 아닌 인간으로 다시 만나자고 했던가. 그 약속을 하고 강기복은 감옥으로 갔다. 오늘은 조성우가 유령이 되지 말자 한다. 그는 어디로 가는 걸까. 그가 홀로 헤매야 한다는 사실이 눈에 밟혔다. 우린, 언제쯤 다시 얼굴을 볼 수 있을까? 그가 안전하게 머물 곳이 있는지도 의심스러웠다. 강기복은 극장 간판 창고에서 붙잡히지 않았던가. 성우야, 멀리 아주 멀리 달아나라. 우리가 유령이 아닌 인간으로 다시 만나는 날까지 꼭꼭 숨어 있어라. 절대로 붙잡히지 마라! 부디 혼자라도 외롭지 마라.

15

서인석은 어떻게 밥을 먹을까? 그 좁은 방구석에서 대소변을 처리하는 데 진땀을 흘리지는 않을까. 내당동 개인병원에 입원해 있을 때는 병상에 누워 있는 모습만 보았다. 하반신 마비라지만 나와 이야기를 하는 동안에는 아무런 불편이 없어 보였다. 이건, 병원을 나와 한참 뒤에 든 생각이었다. 일층 병원 창문을 열고 뛰어내리는 것조차 포기했었다. 병신 육갑한다는 소리 듣기 싫다고 웃어 넘겼다. 서인석의 사고 소식을 듣고 첫 병문안을 갔던 날은 사실 내가 더 긴장했었다. 고문으로 육체가 망가진 그가 정신마저 온전치 못할까봐 내 쪽에서 오히려 인석을 경계했었다. 지나고 보니 그랬다는 생각이 든다. 언제인가 서인석이 내당동 개인병원에서 중리동 대구의료원으로 옮겼다는 소식을 들었다. 본격적으로 재활 치료를 하리라는 것이었다. 친구라는 놈이, 나는, 뭔 중뿔난 인생을 산다고 대구의료원에 병문안 한번 가보지를 못했다. 다시 비산동 단칸방에서 살았던 서인석에게로 돌아가자. 중리동 대구의료원에서 퇴원한 서인석이 방을 얻어 홀로 산 곳이 비산동 염색공단 동네였다.

서인석이 세 든 곳은 판자로 엮은 집이었다. 바깥문 짝을 열면 곧장 한길에다 공장 담장이 눈을 막았고, 화공약품 냄새가 코를 찔렀다. 연탄 가게와 잇닿은 집은, 연탄아궁이를 들인 방 하나에 바닥이 맨땅인 부엌이 딸려 있었다. 그것만 보면 하반신 마비인 서인석의 행동반경이란 게 빤했다. 단칸방엔 공장 쪽으로 서인석의 눈이 되어주었을 쪽창이 하나 있었다. 방바닥에 누운 서인석은 가로세로 삼십 센티쯤 되는 그 쪽창에 하루 종일 눈을 주었을까. 한낮에도 어둠침침한 그 방에서 쪽창을 통해 햇볕을 쬐었을까. 한길을 오가는 사람들의 웃고 떠드는 소리를 들었을까. 알전구가 대롱대롱 매달린 그 방에 가구라곤 앉은뱅이책상과 옷장이 전부였다. 달력과 거울이 벽 한 귀퉁이를 채웠고, 책상에는 그의 손때가 묻은 책들이 가지런히 꽂혀 있었다. 다리를 접었다 폈다 하는 양은 밥상도 기억이 난다.

이 단칸방에서 서인석은 무얼 하며 시간을 보냈을까. 주인 없는 그 방에서, 동굴 속처럼 침침한 그 단칸방에서, 나는 서인석이 무슨 수로 세수를 하고 연탄불을 갈고 밥을 차려 먹었을까를 생각했다. 그리고 상상했다. 두 손으로 바닥을 짚고 상체를 밀어붙여 부엌 문턱을 넘고, 양동이에 받아놓은 물로 세수를 하고, 수챗구멍으로 세숫대야 물을 쏟아버렸을까. 어머니가 가져다 준 반찬을 밥상에 올려놓기란 어렵지 않았으리라. 양은 냄비에 쌀을 안치고 연탄아궁이에 밥을 했을 것이다. 연탄아궁이 불구멍을 열었다 닫았다 조절하면서 말이다. 대구의료원에서 물리치료를 받은 서인석이 어느 정도 회복했는지 나는 알지 못한다. 마비되었던 하반신이 다리를 움직일 수 있을 만큼 재활에 진척이 있었는지도 모른다. 단칸방에 머물던 십여 분 동안 마비된 몸을 이끌며 일상을 살아가는 서인석이 곁에서 움직이는 느낌에 줄곧 사로잡혔다. 내가 뭐 하냐고 물으면, 보모 모리나? 걸레로 방 닦는다 아이가, 하고 그가 씨익 웃으며 대꾸라도 할 것 같았다.

방청소 다 하면 운문사 계곡에 야영하러 가자고 금세라도 일어설 것 같았던 내 친구 서인석이 죽었다. 사인은 연탄가스 중독이었다. 반찬을 싸들고 왔던 누나가 부엌 문짝을 따고 들어갔을 땐 서인석은 이미 싸늘한 주검으로 변한 뒤였다. 문짝을 두드리며 인석이를 다급하게 외쳤을 때부터 연탄가스 때문에 속이 메슥거려서 숨을 제대로 쉴 수가 없었노라고, 누나는 증언했다. 연탄집게가 그대로 꽂힌 바퀴 달린 이동식 연탄 화덕이 방 한복판에 있었고, 바닥에는 빈 소주병과 약봉지가 뒹굴고 있었고 유서 한 통이 머리맡에 있었다.

고문으로 하반신이 마비되었던 서인석은 죽어서도 편치 못했다. 경찰은 사인 규명과 부검을 핑계로 즉시 그의 주검을 빼돌렸다. 가족들에게서 탈취한 시신을 중리동 대구의료원 영안실에 가두어버렸다. 경찰은 사흘 동안 가족장을 치르고 화장을 한다고 일방적으로 통고했다. 장례 절차부터 화장까지 모든 것을 경찰이 알아서 하겠으니 유족은 손 놓고 있으라는 식이었다. 어머니는 아들의 주검 앞에서도 무력했다. 경찰은 철저히 어머니를 무시했을 뿐만 아니라 아들의 죽음을 알리지 말 것과 장례와 관련하여 불상사가 생겨서는 안 된다고 거듭 경고했다. 하반신이 마비된 서인석은 살아서도 단칸방에 유폐된 나날을 보냈다. 친구들로부터도 철저히 외면당했다. 세상과 작별하는 순간에도 그는 혼자였고, 죽어 영안실에 갇혀서도 외로움에서 벗어나지 못했다. 내당동 개인병원에서도 대구의료원에서도 비산동 단칸방에서도 영안실에서도 친구들은 없었다. 인석의 마지막 가는 길을 지키는 이는 어머니와 누나뿐이었다. 그것도 경찰 감시하에 말이다.

내가 서인석 죽음을 알게 된 것은 의대 시위대를 따라 행진을 하다 한일극장에 다다랐을 무렵이었다. 경북대 본교에서 잇따른 데모에 영향을 받은 의대에서도 10월 중순으로 접어들자 중간고사를 거부하고 첫 거리 시위를 벌였다. 심 형사를 비롯한 경찰들이 호위하는 가운데 시위대는 동인동 학교를 출발했고, 나는 눈치껏 후미에 따라붙었다. 심 형사가 보건 말건 간호학과생들한테 묻혀 꼬랑지에서 걷는데, 한일극장 앞에서 공중전화를 거는 오인희를 기적적으로 발견했다. 시위대를 벗어난 나는 즉시 오인희를 불렀고, 전화통을 붙들고 짜증을 내던 오인희는 화들짝 놀라서 달려왔다. 우리 집 번호를 연거푸 돌리고 있던 그녀는 서인석 죽음을 전했고, 나는 머릿속에 퍼뜩 떠오른 한복집으로 무작정 향했다. 그날 충격 탓이긴 해도 너무 우왕좌왕했다. 곁에서는 오인희가 서인석 죽음을 알게 된 사연을 주절주절 풀어놓았다. 일감을 받으러 갔던 오인희 어머니가 마침 서인석 죽음을 전하러 온 누나와 마주쳤고, 그길로 득달같이 집에 와서 오인희에게 전한 것이었다. 그날 오인희와 나는 정신없이 돌아쳤다. 대안동 한복집에 가서야 서인석이 비산동에서 혼자 지냈음을 알고 부랴부랴 택시에 몸을 실었다. 비산동 연탄 가게에서 내리자마자 단칸방에 들어갔을 때는 이미 경찰이 서인석의 주검을 앗아간 뒤였다. 어머니와 누나가 손쓸 틈도 없이 서인석은 죽어서도 경찰의 포로가 되었다. 그길로 다시 오인희와 나는 중리동 대구의료원으로 달려갔지만, 살았을 때 홀대했던 친구를 죽어서도 상봉하기가 힘들었다. 경찰은 영안실에 우리를 들여보내지 않았다. 누나가 한참이나 실랑이를 벌인 다음에야 오인희와 나는 겨우 영안실에 발을 들여놓을 수 있었다. 싸한 소독약 냄새와 냉기가 감도는 영안실은 한눈에도 급조했음을 알 수 있었다. 서인석의 주검은 어디 있는지 알 수 없었고, 영정 사진도 없는 영안실엔 위폐만 덩그러니 놓인 채 향불 한 점만 연기를 피어올리고 있었다. 명색이 장례식장임에도 조화 한 송이 안 보였다. 나무 칸막이로 차단벽을 쳐서 외부와 단절한 영안실 마룻바닥은 냉골이었고, 어머니 곡소리만 구슬펐다.

서인석이 잠든 영안실에 조문객은 없었다. 경찰이 입막음을 해 놓았으니 대학 친구들이나 고교 동창들도 인석의 죽음을 알 턱이 없었다. 향을 사르고 주검을 향해 절을 하면서도 나는 인석의 죽음을 실감하지 못했다. 고문, 하반신 마비, 연탄가스 중독사, 시신 탈취, 강제 격리 장례, 화장, 유서 강탈, 조문객 방문 금지…. 내 앞에 벌어진 일을 눈으로 보고 겪으면서도, 그러한 야만 행위가 내가 사는 세상에서 버젓이 벌어졌다는데 내 이성은 마비되었다. 서인석 주검을 봐야겠다는 내 뜻을 사복경찰은 무시했다. 어머니와 누님이 항의했지만 경찰은 허락하지 않았다. 서인석 주검은 어디 있는가. 한 인간의 죽음을 이런 식으로 막 대해도 되는 걸까. 개죽음도 이런 개죽음이 없었다. 고문당하고 하반신이 마비된 것도 통탄할 노릇인데, 죽음마저도 허섭스레기 취급해서야 서인석이 온전히 눈을 감을 리 없었다. 개죽음이다! 개죽음! 나로서는 인석의 죽음을 설명할 길이 없었다. 인석이 죽음을 그렇게 부르게 될 줄은 몰랐다.

서인석이 유서를 남겼음을 알게 된 건 누나를 통해서였다. 머리맡에 놓인 봉투에서 유서가 나왔다는 말에 나는 귀가 번쩍 뜨였다.

"유서예?"

나는 물었고, 누님은 틀림없이 인석이의 유서라고 확신했다.

"하진무 씨라 캤지예? 인석이캉 경고 동창이고."

"예, 맞심니더. 지가 하진뭅니더. 그래, 인석이 유서는 시방 어데 있심니꺼?"

"경찰이 빼앗아 갔뿟어예. 누구한테도 말하지 마라 카미, 입단속 단디 하라 캤어예. 누부라는 기 동생 유서 하나 간직하지 몬하고…."

"빼앗기뿟다고예? 유서를? 그라모, 혹시 기억나는 구절이라도 있심니꺼? 읽어보기는 했을 거 아입니꺼?"

"퍼뜩 보긴 했는데 경황이 없어가꼬, 거다 경찰이 씨껍하게 겁을 주는 나부랔에 생각이 지대로 안 나예."

"그캐도 생각해보이소, 한 구절만이라도."

"이름이 하진무라 캤지예? 그 이름은 들어가 있었어예. 중간쯤인가, 먼가를 부탁한다는 것 같았는데, 하여간 하진무라는 이름은 분명히 기억나예."

감시하는 경찰이 노려보는 바람에 우리 대화는 거기서 멈추었다. 나는 유서를 쓰는 서인석을 생각했다. 죽음을 앞둔 그는 무슨 말을 남겼을까. 나에게 무어라 했을까. 친구의 유서도 볼 수 없다니, 야만도 이런 야만은 없다! 내가 겪어야 할 야만의 끝은 어디일까. 과연 그 끝이 있기나 한 걸까. 서인석의 유서를 보지 않고는 견딜 수가 없었다. 망자에 대한 최소한의 예의라는 게 있지 않나. 죽음을 눈앞에 둔 인간이 마지막으로 남긴 글을 이렇게 함부로 짓밟아서는 안 되었다. 아무리 절망이 내리누르더라도 어둠을 파고드는 한 줄기 빛처럼, 바늘구멍 같은 숨구멍은 터놓아야 하지 않은가. 어느 하늘 아래 이따위 막무가내식 야만 행위가 있단 말인가.

서인석은 내게 스스로 목숨을 끊는 일은 없으리라 장담하지 않았던가. 병상에서 전태일을 화제로 삼았을 때도 분신은 꿈도 못 꾼다고 하지 않았던가. 억울해서라도 안 죽는다고.

어머니의 통곡이 가슴을 저몄다.

"억울하고 원통해서 몬 산다. 내 새끼 피멍 든 육신으로, 마비된 육신으로 억울하고 절통해서 우째 눈을 감을꼬. 고문으로 만신창이 된 육신에다 연탄가스라이. 억울해서 몬 산다, 내는 몬 산다…."

냉골인 마룻바닥을 손바닥으로 쳐가며 토해내는 어머니의 울부짖음이 고스란히 내 몸과 영혼에 알알이 꽂혔다. 서인석 어머니의 슬픔이 오인희를 일깨웠을까. 그녀가 귓속말로 물었다.

"고문이라이? 먼 말이고?"

나는 그제야 오인희가 곁에 있음을 알아챘고, 그녀가 이 상황을 몹시 황망하게 받아들이고 있으리라 여겼다. 아, 그래, 인희는 인석이 사고당한 것으로 알고 있지. 나는 뒤늦게 오인희에게 거짓말을 했음을 떠올렸고, 이 사태를 어찌 수습할지 잠시 고민했다. 내당동 개인병원에 병문안 갔을 때는 인석이 암벽등반을 하다 사고를 당했지만 두어 달 후면 훌훌 털고 일어나리라 장담하지 않았던가.

"인석 씨, 암벽등반 사고 아이가?"

오인희 목소리가 날카로웠다.

"고문당해서 하반신 마비됐던 기가? 그캤던 기가? 그래 시신도 빼앗기뿌고, 여로 내몰린 기가?"

"그래, 어무이 말씀 그대로다."

나는 눈으로 본 대로라고 말했다. 오인희가 받을 충격을 생각 안 한 건 아니지만 나로서는 더는 물러설 곳이 없었다. 인석의 죽음이 모든 것을 다 말해주고 있지 않은가. 도대체 오인희에게 통닭구이니 관절꺾기니 전기 고문을 무슨 수로 설명할 수 있단 말인가. 서인석이 중앙정보부에 잡혀가서 모진 고문을 당한 끝에 하반신이 마비되었노라고, 그래서 스스로 목숨을 끊었노라고 말할 자신이 내겐 없었다. 오인희는 천 번을 태어나도 그런 세계는 상상조차 못 하리라. 나 또한 그녀가 모르기를 간절히 원했었고. 그러나 인석의 죽음 앞에 그게 다 무슨 소용이 있나. 그동안 오인희를 감싸느라 애면글면했던 것도 이제 부질없었다. 나는 힘겹게 털어놓았다.

"사실은 인석이 고문당해서 몸이 그 지경이 된 기다."

"우야꼬, 우야꼬! 우쩜 낼 그래 감쪽같이 속일 수 있노? 거짓말할 일이 따로 있제, 이기 말이나 되나."

오인희 손이 덜덜 떨렸다. 내가 손을 붙잡으려 하자 그녀는 거칠게 내 손을 쳐냈다.

"이칼 순 없데이, 이칼 순 없는 기다."

오인희는 이마를 손으로 짚은 채 부들부들 떨었다. 서인석의 사고 소식을 영원히 숨길 생각은 없었다. 십 년, 이십 년 아니 더 긴 세월이 흐르면 고백할 수 있으리라 여겼다. 그때쯤이면 상처는 아물고 아련한 추억으로 다가올 것이고, 오인희도 아무렇지 않게 받아들이리라 자신했다. 고문 사실을 이렇게 날벼락처럼 들이밀리라고는 상상조차 못 했다. 그것도 스스로 목숨을 끊는 것으로 닥칠 줄은 정말 몰랐다. 오인희가 눈앞에서 벌어진 이 사태를 어찌 받아들일지 가늠이 안 되었다. 때로는 그런 일이 있는 법이다. 눈으로 보더라도 믿지 못하고 현실로 인정할 수 없는 일이. 독재정권 치하에서는 상식을 벗어나는 일이 비일비재하다는 것을 설명하기란 얼마나 요령부득이던가. 온전한 정신으로 현실을 맞닥뜨리기에는 우리 눈과 영혼이 보잘것없음을 깨닫는 하루하루가 아니었던가. 바로 서인석이 그 산증인이 아닌가.

정신을 수습한 오인희가 나를 영안실에서 끌어냈다. 신문을 보고 있던 사복경찰이 험상궂은 낯으로 우리를 쏘아보았다. 사면 벽과 천장을 회칠한 지하 일층 영안실은 한기가 엄습했고, 마땅히 갈 데가 없었다. 물 빠진 하얀 수족관에 발가벗겨져 갇힌 느낌이랄까. 창살이 촘촘한 창문으로 잿빛 하늘이 언뜻 드러날 뿐 오인희와 내가 몸을 숨길 곳이 안 보였다. 병원 특유의 약품 냄새는 왜 이리 지독하던지. 얼음장 같은 지하 영안실을 둘러보던 오인희가 경찰 눈을 피해 나를 데리고 간 곳은 화장실이었다. 서인석 사고와 죽음을 규명하려는 우리 두 사람에게 허용된 곳은 그곳밖에 없었다. 오인희는 여자 화장실에 들어가자마자 문을 잠갔다. 다행히 화장실에는 아무도 없었다.

"인석 씨가 저래됐으모, 진무 씬 얼매나 당한 기가?"

오인희가 내 손목을 쥐며 바투 다가왔다.

"와 내한테 말 안 했노? 와 숨깄노 말이다. 감차야 할 일이 따로 있제, 내한테도 말 안 하모 누구한테 할라 캤는데? 이래 냄새나는 화장실에서 고백할라꼬 꼭꼭 숨갔던 기가? 내가 자기한테 머꼬? 이기 사랑이가? 자긴, 내를 꼴란 이런 식으로 사랑한 기가?"

"아이다, 그냥, 견딜 만했다. 인희가 알아서 좋을 기 머 있노, 그래 그캤던 기다. 내는 뚜디리 맞지도 않았다."

손목을 붙잡은 오인희가 흔드는 대로 몸을 맡긴 나는 무장해제 당한 듯 담담하게 말했다. 인석의 자살이 몰고 온 격심한 충격에서 한발 비켜나기라도 한 듯 차분해진 스스로가 놀라울 지경이었다. 오인희에게 상처를 줘서는 안 된다고, 충격을 안겨서는 안 된다고, 나는 그것만 생각했다.

"눈으로 봤다 아이가. 내는, 멀쩡히 나왔데이. 상처도 읎다. 진작 자기가 내 몸을 봤으모 안심했을 낀데. 시방이라도 여게서 옷 벗고 비주까?"

오인희가 허락하면 당장이라도 외투와 바지를 벗고 알몸을 보여줄 수 있었다. 앞산 지하실에서 내가 폭행을 안 당한 걸 증명할 수만 있다면 옷 벗는 게 문젠가. 좀 춥기는 할 테지만 오인희 오해를 풀 수만 있다면 무슨 짓인들 못 할까. 무슨 수로 오인희를 안심시키나.

"안 벗어도 된다. 여겐 화장실이다, 병원 영안실 화장실이라카이. 자기, 정신 차리라. 자긴 계속해서 거짓말을 하고 있데이. 잡히 가서 안 맞았다꼬, 그걸 내한테 시방 믿으라는 기가? 하반신이 마비되고, 사람이 죽어 나가는 걸 내 눈으로 보고 있다 아이가."

"우쨌든 내는 몸성히 나왔다."

오인희는 내 말을 믿어야 했다. 진실을 고백하기에는 어울리지 않는 장소이지만 나는 스스로를 속일 수 없었다.

"내는 멀쩡히 살아 있데이. 자기 손으로 내 코와 입술을 만질 수 있고."

"내도 키스하고 싶다. 자기하고 사랑하고 싶다."

오인희가 내 눈을 들여다보며 말했다.

"말을 했어야제. 도대체 자기는 머 하는 사람이고. 이카모 안 된다 아이가. 이카모 안 된다 아이가."

발을 구르던 오인희가 쓰러질 듯 위태위태했다. 그녀가 울먹이며 내 가슴을 쳤다.

"말을 했어야제, 사람을 허수아비로 맹글모 안 된다 아이가. 내 꼴이 이기 머꼬. 우리 와 이캐야 되노, 그동안 얼매나 힘들었노. 내는 그런 줄도 모리고…. 사람을 바보로 맹글모 안 된다 아이가. 앨범 가지러 왔을 때 자기 얼굴 생각하모 가슴이 찢어지뿐다. 그 지옥

구덩이에서 고생하고 나온 자기 붙들고 내는 가죽 잠바 안 입고 나왔다고 징징기렸다 아이가. 집에 있으면서도 내 전화 안 받았다고 심통 부린 내는 머가 되는 기고. 죽을 고생하고 나온 사람을 모질게 몰아대기만 했데이. 와 내를 나쁜 년으로 맹그는 기가. 우리 둘의 사랑이 꼴란 이런 거였나? 자기가 그라모 내는 멀 우째야 되는 기고? 이건 사랑에 대한 예의가 아이다. 내에 대한 예의도 아이고."

"살아 있다는 기 중요하데이. 내는 살아남았다."

나는 내 가슴을 치는 오인희 손목을 붙들었다. 배신자로 몰아치는 학장과 학생과장, 잡아 처넣겠다는 심 형사, 육모방망이를 휘두르는 깍두기머리와 수사관들을 오인희에게 차분히 설명할 수는 없었다. 그들에게 당한 수모, 협박, 공포를 오인희에게 낱낱이 속삭일 수는 없었다. 오인희가 보아야 할 것은 눈앞에서 숨 쉬는 하진무다. 서인석을 끌어들여 내 처지를 넘겨짚어서는 안 되었다.

"인희야, 정신 채리라. 자길, 속인 건 참말로 미안타. 진심으로 사과한데이. 하지만 내로선 우짤 수 없었다. 그것만은 분명히 알아야 한다. 자긴, 내가 살아 있는 것만 보모 되는 기다. 그것만이 우릴 살게 할 수 있다. 내는 서인석이 아이다. 내는 서인석매로 안 당했데이. 그건 믿어야 된다."

"청송도, 서울도, 인석 씨도, 기복 선배도 내는 머가 먼지 모리겠다. 머가 잘몬된 기고? 머가 잘몬된 기고?"

"잘몬된 거 엄따. 자기하고 내가 서로 손으로 만지고 얘기할 수 있다는 기 중요하데이. 그기 살아 있는 기다. 그기 현실이데이, 엉뚱한 생각할 거 엄따. 우린, 같이 있다 아이가. 그라모 된 기다."

"김수명 씨 집에 갔을 때도 그캤다 아이가. 수명 씨가 벌벌 떨었데이. 지하실에서 자기는 망가져뿟다고, 겁묵어가꼬 횡설수설했데이. 망할 놈의 지하실이란 데가 어데고? 경찰 지하실이가? 아이모 중앙정보부 고문실이가? 그 지옥 구덩이에서 자기한테 먼 일이 있었던 기고? 내는 알아야 되겄다."

"아까 마카 말했다. 아무 일도 없었다고."

그 순간 내게 떠오른 건 앞산 지하실이었다. 개처럼 기었던 그 지하실을 어떻게 하나? 그걸 털어놓아야 하나 말아야 하나? 오인희에게 그 악몽을 영원히 숨긴다? 일단 그 건은 접어두어야 했다. 나는 거듭 오인희를 설득하는 데 매달렸다.

"다 지나간 일이데이. 경찰한테 안 시달렸다. 감시당했으모 여게 오지도 몬했다."

나는 눈물범벅인 오인희 얼굴을 두 손으로 힘껏 감쌌다. 침착하자, 침착해야 한다, 덩달아 흥분해서는 안 된다. 주사위는 던져졌다고나 할까. 심 형사 지시를 거절한 순간부터 각오하지 않았던가. 무슨 일이 닥치든 맞서나가자고. 오늘 오인희를 보니 그 결정은 잘한 것 같다. 오인희에게 더 큰 충격을 안겨서는 안 되었다. 오인희가 요구했듯, 내게 닥친 일을 있는 그대로 숨김없이 그녀에게 보여주자. 오늘도 겪었지만 감추는 건 우리 둘 모두에게 이로울 게 없다.

이후라도 오인희가 실상을 알아야 슬퍼하든 기뻐하든 할 게 아닌가. 나와 더불어 말이다. 지금도 오인희가 충격을 딛고 일어서려면 현실감각을 되찾아야 했다.

"오인희, 단디 들어라. 정신 채리고 단디 들으란 말따. 인석인 죽었지만 내는 살아남았다. 그기 중요한 기다. 거듭 말하지만 내가 살아 있다는 기 현실이다. 내는 고문 안 당했데이. 잠 안 자고 협박당한 것밖에 없다. 얼매 전에 그것마저 다 청산했데이. 놈들이 정보원 노릇 하라 카는 거 거절했다. 내는, 빚이 없다. 인자 내는 자유다, 내 맘대로 살아갈 수 있다."

한편으로는 후련하지만 오인희가 어떻게 받아들일지 몹시 불안했다. 정보원을 떠벌린 건 심했나? 이미 엎질러진 물, 오인희가 따지고 들지 않기를 바랄 뿐이다. 오로지 오인희를 사랑하는 남자 하진무로 대하면 그만이다.

"내는 살아 있다 아이가. 살아 있다꼬. 내는 멀쩡하다."

"미안해, 미안해. 얼매나 힘들었노. 증말 미안해. 그칸 줄도 모리고, 미안해…."

오인희가 손으로 내 빰을 어루만졌다.

"내는 자기를 사랑한다고 생각했는데 바보 천치가 따로 없었데이. 얼매나 외로웠을꼬, 그칸 줄도 모리고 닦달만 했으이. 얘길 했어야제, 와 얘기 안 했노. 미안해, 증말 미안해. 죽지 않고 살아남아줘 고마버, 내 앞에 멀쩡히 있어줘서 참말로 고마버."

"내는, 죽을 수 없다. 인석이매로 죽지 않을 기다. 살아남아야제, 이런 미친 세상에서 억울하게 죽으모 안 되제. 오인희를 바서라도 죽지 말고 살아야제. 살아남아서, 살아남아서, 개가 되더라도 살아남아서…."

나는 입을 다물었다. 차분하자, 흥분하면 안 된다. 어쩌자고 내 입에서 개가 나왔던가. 나는 개가 아니다. 앞산에서 개가 된 걸 오인희에게 발설해서는 안 된다. 여기서 무너지면 안 된다. 서인석 주검이 있는 영안실에서 무너지면 안 된다. 나는 서인석 죽음을 슬퍼해야 한다. 내 고통을 드러낼 자리가 아니다. 대구의료원 영안실에서는 내가 주인공이 아니다. 인석의 죽음을 슬퍼해야지 내가 통곡해서는 안 된다. 오인희를 위로해야지 내가 눈물을 보여서는 안 된다.

"자긴 미안할 거 없데이. 자기는 잘몬한 거 하나도 없다."

"자기 말 믿을 기다. 자기가 살아 있는 것만 생각할 기다. 죽지 않고 내 앞에 있는 것만 생각할 기다."

입술을 깨문 오인희 눈에 눈물이 글썽였다.

"하모, 그캐야제. 자기 눈앞에 비는 하진무가 하진무의 전부다. 다른 건 마카 가짜다."

개가 된 것도 마카 가짜였데이. 개는 내가 아이다, 하진무가 아이다. 속으로 개가 아님을 부정할수록 오인희 얼굴을 마주 볼 수가 없었다. 앞산 지하실이 선명하게 떠올랐다. 깍두기머리가 육모방망이를 휘두르며 악을 써댔고, 나는 개처럼 기었다. 육모방망이가 지시하는 대로 나는 컹컹 짖으며 바닥을 기었다. 그러나 오인희에게 개가 된 나를 보여줄 수는 없었다. 나는 서인석처럼 죽지 못했다. 개는 인석이 주검 앞에서 울 자격이 없었다. 무엇에 강하게 얻어맞은 듯 갑자기 다리가 휘청했고, 나는 맥없이 화장실 바닥에 무릎을 꿇고 말았다. 영안실 화장실에 있는 줄 알았는데, 눈앞에 앞산 지하실이 넘실거렸고, 바닥을 기는 하진무가 보였다.

나는 무너진 나를 구원해주기를 애원하듯 오인희가 내민 손을 붙잡았다. 살아남아서 고맙다 캤나? 다 말하라 캤나? 숨기지 말고 다 털어놓으라 캤나? 그러나 난 속으로만 부르짖었다. 그래, 내는 개매로 굴어서 살아남았데이. 유신헌법을 찬양하고 개매로 구걸해서 살았다. 개가 되더라도 살고 싶었다 아이가. 자긴, 개가 된 내를 용서할 기가? 개새끼도 오인희를 사랑할 자격이 있는 기가?

"내는 내 인생이 망가지는 기 겁났다."

개가 되는 것은 한 번으로 족했다. 오인희와 사는 지상에서는 결코 개가 되어서는 안 되었다. 울음이 터지지 않도록 이를 악물고 나는 오인희에게 말했다.

"의사 몬 될까바, 자기하고 영영 이별할까바, 감옥에서 내 청춘을 망가뜨리기 싫었다. 살고 싶었데이."

오인희의 회고

육이오 난리 통에 태어난 우리는 어려서 죽음을 체감했습니다. 피란을 가나 마나를 두고 말들이 많았을 무렵, 집안 어른들 입질에 오른 게 나와 바로 위 윤희 언니였습니다. 피란살이에 갓난쟁이들은 걸림돌이 될 게 뻔했으니까요. 어느 날 친척 아주머니가 어머니에게 우리 둘을 가리키며 피란 가다가 아무 데나 버리고 가라고 어머니를 부추겼다지요. 다행히 대구에는 포탄이 떨어지지 않았고, 우리 집은 피란을 가지 않았습니다. 정작 괴이한 일이 벌어진 건 한참 뒤였습니다. 그때도 엄마는 갓난쟁이인 나를 눕혀 놓고 바느질을 하고 있었다지요. 그런데 말 걸음마를 겨우 시작한 윤희 언니가 엄마 눈치를 살피며 입을 삐죽거렸답니다. 우리 둘 다 내삐릴라꼬? 엄마 치마끈을 놓지 않고 속닥거렸답니다. 우리 둘 다 내삐릴라꼬? 하마터면 우리 둘이 못 만날 뻔했다고 가슴을 쓸어내린 당신도 그에 못지않은 어린 날을 내게 들려주었지요. 당신이 네 살쯤이었습니다. 저녁 어스름 때였고요. 아버지 고무신인가 쓰레빠인가를 질질 끌고 당신은 변소에 들어갔어요. 볼일을 보고 뒤를 닦고 일어서려다가 그만 사고가 났지요. 엉덩이를 쳐들다가 한쪽 발이 똥통에 빠지고 말았지요. 신발이 벗겨지는 바람에 당황했던 당신은 어린 나이에도 이렇게 죽는가 보다 하고 공포에 떨었다지요. 엄마야! 당신은 불 밝힌 안방을 향해 악을 써댔고요. 식구들이 뛰쳐나와서 당신은 겨우 살았지요. 당신은 그다음이 재미있었다고 했어요. 이튿날 뒷간 앞에다 무지개떡을 한 상 차려놓고 식구들이 돌아가면서 절을 했다지요. 막내인 당신을 살려줘서 고맙다고 말이지요.

다섯 살 때인가 당신은 다시 한 번 죽음의 문턱을 넘었습니다. 어느 날 아버지가 제과점 과자를 사 왔다지요. 다섯 형제들을 모아놓고 과자를 나눠주는데 당신만 쏙 빼놓고 안 주더랍니다. 식구들은 자기들끼리만 맛있게 먹었지요. 당신에게는 한입 먹어보라는 소리도 안 하고 말이지요. 아버지와 식구들은 어린 당신이 어떻게 나오나 보자 놀려먹을 셈이었던 겁니다. 형님 누나들 입을 쳐다보면서도 어린 당신은 악착같이 손을 안 내밀었지요. 꼴깍꼴깍 침을 넘기면서도 입으로는 달라는 소리를 안 했습니다. 입을 앙다물고 버텼다지요. 얼굴이 시뻘게진 당신은 열이 솟구쳤고, 어질어질해져서 그만 바닥에 픽 쓰러졌다지요. 숨을 할딱거리면서 말이지요. 그제야 식구들이 깜짝 놀라서 다섯 살 당신을 들쳐 업고 소아과로 달려갔다지요. 과자 때문에 막내 잃어버릴 뻔했다고 두고두고 식구들이 고집불통 당신에게 혀를 내둘렀다지요.

16

휴교령이 떨어지기 전에 히포크라테스정신회를 공개하자는 성순식의 주장에 나는 선뜻 동의했다. 벼랑 끝에 매달린 심정이랄까, 후퇴할 곳이 없는 나로서는 목숨을 부지하고 살아남기 위한 마지막 선택지였다. 강기복처럼 민청에 참여해 감옥에서 청춘을 썩히지는 못하더라도, 인간으로서 최소한 얼굴은 들고 살 수 있어야 했다. 의대 개혁을 기치로 내건 만큼 의대에 만연한 후진적 풍토를 개선하는 데 몰두하며 암흑천지인 유신정권 치하를 버텨내야 했다. 언젠가 히포크라테스정신회 구상을 밝히면서 조성우에게 들려주었던 지렁이가 되어도 좋았다. 지렁이건, 장구벌레건, 번데기건 상관없었다. 비 그친 뒤 실낱같은 흔적을 남기는 지렁이처럼 기더라도, 살아남아야 했다. 의학 공부를 하고 언젠가 오인희와 결혼을 해서 살아가려면 죽지 말고 살아야 했다.

성순식과 정신회 회원들은, 사전에 등사해둔 선언문 오백 장을 학생회의장인 의대 강당에 무사히 들여보내는 데 성공했다. 12월 초 오후 네시 무렵, 학생회의 분위기는 무거웠다. 가을에 벌어졌던 두어 차례 시위 후폭풍이 여전히 위력을 발휘한 탓이었다. 휴교령이 내릴지, 학사 일정을 무사히 마칠 수 있을지 가늠할 수 없는 현실이 학생들을 불안으로 내몰았다. 데모를 하는 바람에 중간고사를 제대로 치르지 못했기에 중간고사와 기말고사를 연속해서 봐야 하는 불상사가 생길지도 몰랐다. 그건 겨울방학 내내 시험 구덩이에서 허우적대야 하는 최악의 사태를 뜻했다. 그 전에 몇몇 학생들이 시험 부정행위를 뿌리 뽑자고 제안을 했던 터라 이래저래 시험 문제가 관심사로 떠오른 학생회의였다. 고성이 오가던 학생회의가 끝날 무렵, 정신회 일학년 회원들은 나의 신호에 따라 품고 있던 선언문을 강당을 돌며 학생들에게 나눠 주었다. 누가 봐도 기습적이었다. 강당은 삽시간에 학생들 웅성거림으로 들끓었다. 그 사이에 성순식은 사전에 짜둔 각본대로 움직였다. 재빨리 연단에 오른 그는 마이크를 잡고 선언문을 낭독했고, 정신회 출범을 정식으로 학생들에게 알렸다.

가죽 잠바 차림인 나는 의대 정문에 막 도착한 오인희를 맞이했다. 날은 잔뜩 흐렸다. 어제부터 몰아친 강추위를 뚫고 온 오인희는 옅은 밤색 외투로 몸을 감쌌다. 체크무늬 치마와 회색 스타킹에 뒷

굽 높은 구두가 눈길을 확 끌어당겼다. 나는 손목시계를 보았다. 여섯시에는 오인희와 저녁을 먹기로 한 장욱진 교수를 만나야 했다. 결혼을 약속한 여자가 있다고 주례를 맡아줬으면 하자 장 교수는, 신부될 여자 얼굴을 보고 결정하겠노라고, 밥 사줄 테니 빨리 약속을 잡으라고 성화였다. 히포크라테스정신회 공개와 장욱진 교수에게 인사하는 날이 겹친 게 조금 걸리긴 했다. 하지만 나는 정신회 일은 한시름 덜고 장 교수와의 저녁 약속에만 신경을 쏟기로 작정했다. 선언문을 뿌렸다. 히포크라테스정신회는 의대에서 정식으로 닻을 올린 것이었다. 성순식이 선언문을 낭독하고 나서 우려와 비난이 쏟아지기도 했지만 그만하면 탈 없이 마무리를 지은 셈이었다. 정신회 일은 성순식과 더불어 일학년들과 머리를 맞대고 풀어나갈 것이고, 오늘 저녁엔 장욱진 교수에게 오인희를 인사시키는 데 최선을 다해야 했다.

오인희를 데리고 의대 정문을 막 통과하고 나서였다. 수위아저씨에게도 오인희를 선보이고 느긋한 맘으로 강의동 복도로 들어서는데 심 형사가 걸어 나오고 있었다. 학생회의를 시작하기 전에 학생과에서 나오는 그를 진작 봤던 터였다. 나는 심 형사의 협박은 잠시 잊고 오인희를 그에게 소개했다. 약혼자라고 결혼할 사이라고 밝히자, 심 형사는 찡그렸던 얼굴을 이내 웃음으로 바꿨다. 축하한다고, 하 군 다른 데 한눈 안 팔게 단속 잘하라고, 그는 결혼하면 청첩장 꼭 보내라는 덕담을 남기고 자리를 떴다. 단속 잘하라는 표현에 불편한 속내를 드러낸 오인희에게 데모 못 하게 꽉 붙들어두라는 뜻임을 통역해준 나는, 저래 봬도 경북고 선배라고 말이나마 심 형사를 감싸는 시늉을 했다.

학생회의에 참석하고 있던 성순식이 부리나케 달려온 건 오인희가 가죽 잠바 입은 나를 칭찬하고 나서였다. 그는 오인희와 인사를 하는 둥 마는 둥 하더니 나를 구석으로 이끌었다. 성순식이 귀엣말로 들려준 애기는 이랬다. 정신회가 뿌린 선언문으로 난상 토론을 하던 일학년들이 긴급 공고문을 붙이고, 우리가 이대로 가만있을 수 있냐, 거리로 뛰쳐나가자고 학생회의 분위기가 급변했다는 것이었다. 상급 학년들과 대의원회 의장이 말리는데도 일학년들은 시위에 돌입하겠다는 주장을 굽히지 않는다고 했다. 나로서는 예상치 못한 돌발 상황이었다. 정신회 선언문을 받아본 학생들 서너 명이 불만을 터뜨리긴 했다. 주동자가 누구인가, 의대 분열을 조장할 뿐이다, 의대가 주종 관계라는 구습에 찌들어 있다는 건 의대를 모독하는 것이다 등등. 주동자 운운하는 데는 정신회를 음해하려는 부정적 시선이 깔려 있음을 나는 놓치지 않았다. 불필요한 오해를 덜기 위해서라도 당장 해명해야 했다. 나는 마이크를 잡고 즉석연설을 했다. 수사기관에 끌려간 전력이 있고, 박영길과 김수명을 곤경에 빠뜨렸고, 궐기문 편지로 데모를 선동했고, 독자투고로 의대 명예를 떨어트린 적이 있음을 고백했다. 그러나 나는 내 행동을 부끄럽게 여기지 않는다는 점도 확실히 했다.

"누구는 감옥에 갔고, 누구는 행방불명됐심니더. 그러나 우리는 죽지도 않았고, 감옥에도 가지 않았심니더. 우리는 의대생입니더. 죽어가는 히포크라테스 정신을 되살리보입시더."

나는 곧 뒤따라가겠다고 성순식을 일단 회의장인 의대 강당으로 돌려보냈다. 장 교수와 약속한 시간이 빠듯했다. 그렇다고 일학년들의 급변한 움직임을 두고 볼 수만은 없었다. 장 교수와의 저녁 약속을 어겨서도 안 되었다. 급한 대로 나는 오인희와 장 교수 연구실로 향했다. 장 교수에게 양해를 구하는 수밖에 없었다. 일학년들 돌발 사태를 수습하고 이내 돌아오겠다고 말이다.

정문 돌파를 시도했다가 교수들과 경찰 벽에 막혀 후퇴한 일학년들을 지켜보면서도 나는 오인희를 한시도 잊지 않았다. 하지만 시간이 흐르면서 일학년들 시위에 한 발씩 발을 담그고 있는 스스로를 느꼈다. 오인희를 장욱진 교수에게 인사시키는 날에 하필이면 시위가 터질 게 뭐란 말인가. 오인희를 장 교수 연구실에 계속해서 버려둘 수는 없었다. 마침 일학년들은 장욱진 교수와 몇몇 교수들이 모금한 돈으로 사 온 깨엿, 땅콩, 빵, 음료수로 저녁을 때우느라 한숨 돌리고 있었다. 나는 오인희를 눈으로 확인하지 않고는 배길 수가 없었다. 나는 장 교수 연구실로 달려갔고, 비서와 얘기를 나누는 오인희를 보고 적이 안심했다. 비서는 나에게 열쇠를 수위실에 맡기라고 건네주며 퇴근해야겠다고 일어섰다.

"약속 한분 벨시럽게 잡았다."

나는 짐짓 목청을 높여 미안함을 에둘러 표현했다. 주례로 모신 장 교수와 첫 대면하는 날인 만큼 오인희 실망이 이만저만이 아닐 거였다.

"천하의 하진무께서 하시는 일인데 엥간하겠노."

오인희가 우스갯소리를 하며 눈을 흘겼다.

"그나저나 사태가 심각한 기 아이가? 비서 말 들어보이 장 교수님도 교수회의에 참석 중이라 카던데."

"그래 말따. 오늘은 교수님하고 저녁 먹기는 파이다. 내는 와 번번이 꼬이기만 하노? 멋지게 살라꼬 아등바등하는데 말따."

"꼬이긴, 덕분에 의대생들 데모도 볼 수 있다 아이가. 진무 씨가 학교에서 우째 지내는지도 생생하게 볼 수 있고. 진무 씬 개않은 기가? 오미 가미 보이 심 형산가 그 작자 활약이 대단하던데."

"학생회의에서 벨 얘기 안 했다. 심 형사한테 책잡힐 일 없을 기다. 오늘은 결혼식 주례 선생 모시고 저녁 묵는 날이다. 내는, 오늘 약속 안 잊아뿟다. 내한텐 유신헌법 철폐보다 우리 결혼식이 억수로 중요하데이."

"잊아뿌지 않았다이 다행이네. 내는, 심 형사가 걸거친다. 그라고 아까부터 물어볼라 캤는데…."

"머꼬? 말해바라."

"시방이라도 학교에서 나가모 안 될까? 어차피 장 교수님은 오늘 몬 뵐 거잖아."

"오인희, 말해줘서 고마버. 하지만 말따."

"알았다, 고마해라. 내가 시더븐 소리 했다. 내도 자기가 데모하는 학생들 곁을 안 떠날라 카는 거 안다. 히포크라테스 선언문도 읽어봤고. 사태가 우째 돌아가고 있는지 짐작은 하고 있데이. 그캐도 내는 그래 말할 수밖에 없다. 기복 선배는 이십 년 선고받았제, 인석 씨는 이 세상 사람이 아이다. 인자 진무 씨 자기 혼자다. 수명 씨와 영길 씨하고도 멀어진 거 안데이."

"오인희, 내는 개안타. 낼 바라. 자기 앞에 있다. 눈으로 버젓이 보고 있다 아이가. 인석이를 보내는 건 내도 힘들다. 인희도 충격이 컸으리라는 거 이해한다. 하지만, 하지만 말따 인희야, 내는 감옥에도 안 가고 죽지도 않을 기다. 그것만은 약속한다. 내는 오인희와 인생을 함께할 기다. 섣부르게 행동하지 않을 기다. 오인희와 결혼할 하진무다, 낼 믿어라."

"감옥에 가지 마라. 죽지도 말고. 내 허락 없인 절대로 안 된다. 졸업하모 결혼해서 잘 살아야제. 내일부터라도 우리 집에 올 때 내 이름도 떳떳이 부르고."

"그래, 그동안 오인희를 불러낸다꼬 박영길 이름을 잘도 써뭇데이. 걱정 마라. 인자부터 내 각시 이름을 씨언히 부를 테이까. 주례 선생님한테 인사하는 날 데모가 터질 기 머꼬. 오인희 나온나, 신랑 하진무가 왔다 이카미 동네가 떠나가도록 고함을 지를 테이까, 안심해라."

계속 싸우느니 마느니 엎치락뒤치락하던 일학년들을 더욱 자극한 것은 경찰의 선무 방송이었다. 밤 아홉시가 지나서였다. 저녁은 다음에 하기로 장 교수와 얘기를 매듭짓고 나오는데 난데없이 핸드 마이크에서 학생들 이름이 울려 퍼졌다. 거울이 쨍그랑 소리를 내며 깨지는 듯한 충격파에 놀란 나는 소리의 진원지를 찾았고, 교문 밖에서 경찰이 선무 방송을 해대고 있음을 알았다. 내가 듣기에도 심장이 쿵 하고 꺼지는 느낌이었다. 일학년들이 강당으로 퇴각한 사이에 경찰이 식구들에게 연락했고, 놀란 부모 형제와 친척들이 학교로 몰려온 것이었다. 누구도 예상치 못한 사태였다. 나는 경찰과 공모해서 학부모들을 불러들인 학교 처사에 분노했다. 학생과에서 학생들 연락처를 제공하지 않았다. 불가능한 일이었다. 이름이 불린 학생들뿐만 아니라 눈물로 호소하는 어머니의 목소리를 들은 일학년들 대부분은 경찰을 향해 욕설을 퍼부으며 흥분했다. 창가에 달라붙어 바깥 동정을 살피던 학생들 중에 두어 명이 밖으로 나갔을 뿐 일학년들은 농성을 계속하자는 발언을 쏟아냈다. 학년 대표에게서 학장 면담 결과를 듣고 나자 철야 농성을 하자는 쪽으로 시위대의 여론은 급속히 기울었다. 학장은 소문대로 데모 참여 학생들을 제적시키겠다는 방침을 밝혔다. 그리고 총장도 데모한 놈들은 전부 잘라버리겠다고 격노했다는 것이다. 본교생들은 학생회관을 점거 중이지 의대생들마저 철야 농성을 하겠다고 들썩이니 총장으로서는 골머리가 터지고도 남을 비상사태였다. 극도로 흥분한 일학년들은 철야 농성을 하는 데서 나아가 자퇴서를 쓰자고 배수진을 쳤다. 자퇴서라니? 나로서도 놀라운 일이었다. 낙제해서 쫓겨날까봐 시험 때마다 전전긍긍하는 의대생이 자퇴라니. 데모에 돌입하는 일학년들을 보면서 내가 가장 염려했던 점이 바로 제적 문제였다. 입으로 떠들지 않았다 뿐이지, 데모를 했다가 잘못 걸리면 제적당할지도 모른다는 두려움은 다들 안고 있었다. 학장을 만나고 온 일학년 대표도 나와 개인 면담을 하면서 제적당하게 생겼다고 울먹이지 않았던가. 그 일학년들이 서슴없이 자퇴를 입에 올릴 줄은 몰랐다. 누군가 히포크라테스 선서가 부끄럽지 않게 의대생 자존심을 지키자고 외쳤고 그 뒤를 따라 무섭게 백지가 나돌기 시작했다. 일학년들은 주저하지 않고 자퇴서를 써나갔다.

이 난국을 어찌 수습할 것인가. 파국은 막아야 했다. 일학년들이 피해를 입어서는 안 되었다. 나는 정신회 중심인물로 떠오른 이상 책임을 회피할 생각은 없었다. 강기복의 결단에 비하면 이번 사태는 약소하기 그지없었다. 강기복을 떠올리니 힘이 솟았다. 어딘가 해법이 있으리라. 어쩌면 일상에서 늘 겪는 사소한 일인지도 몰랐다. 최소한 오늘 밤 비겁하게 굴어서는 안 되었다. 그건 친구인 서인석을 욕보이는 짓임을 잊지 말아야 했다. 인석이 나의 삶을 비끄러매더라도 그것을 거부해서는 안 되었다. 나는 서인석의 못 다한 삶을 온전히 떠안고 살 생각은 결코 없었다. 다만 잊지는 말아야 했다.

"하 군, 자네가 들어가서 학생들 흥분을 가라앉히고 농성을 풀도록 설득해보라카이. 이대로 가다가는 많은 학생들이 피해를 입을 수 있데이. 불상사는 막아야제."

직원들을 물리치고 나온 학생과장이 말문을 열었다. 자퇴서를 쓴 일학년들은 죽을 각오로 버티자, 여기서 접으면 개아들 놈이나 마찬가지라고 한층 더 강경해졌다. 제적 공포가 오히려 그들을 자극한 꼴이라고나 할까. 제적을 무기로 들고나온 학장을 성토하며 그들은 한 치도 물러서지 않았다.

"지가 무신 수로 일학년들을 진정시킬 수 있심니꺼."

나는 일단 피하고 보았다. 학생과장이 나를 부를 줄은 몰랐다. 공개석상에서 일학년들에게 이래라저래라 할 처지가 아님을 내가 왜 모르겠는가.

"시방 이 판국에 자네 말고 누가 있겠노. 자네 말은 들을 기라. 저대로 내비둘 수는 없다 아이가. 자네가 나서줘야제."

"그건 증말 잘몬 알고 계신 깁니더. 일학년들은 자발적으로 철야농성을 결정했심니더. 누구 간섭받고 행동할 일학년 아들이 아입니더."

왜 경찰에 학생들 연락처를 제공해서 선무 방송의 빌미를 줬냐고, 그 때문에 일학년들이 더 분노하는 거라고 퍼부어주려다가 참았다. 일학년들이 스스로 판단하고 행동했음을 나는 높이 샀고, 그 점만 보더라도 내가 끼어들어서는 안 되리라 생각했다. 학생과장은 학생들을 위해서라지만 결국 나를 이용하고 있는 것이었다.

"자네, 비상사태임을 뻔히 알면서 이칼 수 있나? 자네 아이모 누가 진정시킬 수 있겠노. 일학년들이 희생당해뿌야 자네 속이 씨언하겠나? 정신횐가 먼가 유인물을 뿌릴 기 머꼬. 저 지경이 된 덴 자네한테도 일정한 책임이 있다는 걸 알아야제."

"지 책임이라 캤심니꺼? 말씀이 지나치심니더. 일학년들 농성을 지가 사주라도 캤다는 깁니꺼? 그카고 정신회는 몇몇 교수님들도 진작 나왔어야 했다꼬 지지하는 분들도 있심니더. 선언문을 한 분이라도 읽어보셨다모 그런 말씀 몬 하실 깁니더. 분명히 말씀디립니다만, 히포크라테스정신회는 이분 농성하고는 아무 상관없심더."

"내 말이 지나쳤으모 용서하게."

학생과장이 금세 누그러졌다. 경찰 선무 방송까지 이끌어낸 학생과장 위세는 어디로 내던진 걸까. 그만큼 절박하다는 걸까. 얼마나 학생들을 얕잡아봤으면 아무런 죄의식도 없이 연락처를 경찰에 넘겼을까. 시험 답안지로 재미를 보더니 경찰하고 손잡고 수작 부리는 데 맛을 들인 걸까.

"하도 골머리를 썩이다 보이 내가 흥분했다 아이가. 내 이래 부탁한데이. 시방 일학년들을 살릴 수 있는 사람은 자네밖에 없데이. 일학년들은 자네 말이라모 들을 기다. 가서, 농성 풀자고 설득해보라카이. 그기 희생을 최소화하고 일학년들을 살릴 수 있는 길이데이."

나는 학생과장의 말을 곱씹어보았다. 학생과장은 학장의 협박이 빈말이 아님을 보여주고 있었다. 일학년들 중에 징계를 당하는 학생이 여럿 나올 수 있음을 밝힌 것이었다. 나로서도 피해를 줄일 수 있는 방법을 찾긴 찾아야 했다. 히포크라테스정신회 출범이 철야 농성 불씨가 된 건 숨길 수 없는 사실이었다. 내가 일학년들 앞에 선다는 건 어떤 일이 닥치든 책임을 져야 함을 뜻했다. 그 결과가 부정적이든 긍정적이든 가리지 않고 말이다. 이 자리에서 학생과장에게 못 한다, 안 들은 걸로 하겠다고 자리를 박차고 나가면? 학생과장은 당장 하 아무개가 일학년들이 징계를 당할 위기에 처했음에도 수수방관했다고, 나에게 화살을 돌릴 게 틀림없었다. 경찰에 시험 답안지를 넘겨준 학생과장이 아닌가. 농성 사태를 해결할 수 있다면 그는 그보다 더한 짓도 저지를 수 있는 위인이었다. 독배를 마주한 심정이 이럴까. 학생과장이 건넨 잔을 피할 수는 없는 것일까. 어찌 됐건 일학년들 앞에 서기는 서야 했다. 나는 그 점을 잊은 것은 아니었다. 과연 그들 앞에서 무슨 말을 해야 할까? 양심이 속삭이는 대로 행동할 뿐, 지금으로서는 달리 방법이 없었다. 그렇다고 대본도 없이 무턱대고 무대에 오를 수는 없었다. 나는 학생과장을 똑바로 보았다.

"한 가지만 묻겠십니더. 시방도 지를 배신자로 생각하십니꺼?"

"배신자라이, 이 사람아. 하 군, 지난 얘기를 이 자리서 꺼낼 기

머꼬. 내는, 다 잊아뿟다. 섭섭했다모 마음 풀게나."

"좋심더."

나는 학생과장이 사과한 것으로 받아들였다. 속는 셈 치고 밀어붙이기로 했다. 일학년들을 위해서 최소한 할 도리는 해야 했다.

"농성장에 가보겠심더."

나는 학생과장에게 선물 한 가지를 더 요구했다.

"과장님도 약속하이소. 일학년들이 피해를 안 입게 힘쓰겠다고 말입니더. 학생 징계 최소한으로 줄이야 합니더."

"약속한데이. 내 그것만은 힘닿는 데까지 노력할 기다."

"그라모 교수님만 믿겠심더."

과연 잘한 결정일까. 확신이 서지 않았다. 학생과장이 음모를 꾸미고 있다는 성순식의 귀띔도 혼란을 부채질했다. 농성하는 일학년들을 몽땅 제적시키겠다는 총장과 학장 지시를 받은 학생과장이 심 형사와 손을 잡고 술수를 부린다는 소식은 나를 울적하게 만들었다. 정보원 노릇 못 하겠다고 최후통첩을 했을 때만 해도 당장 구속시킬 것 같았던 그가 최근에는 전화를 걸어오지도 않았다. 조성우(열흘 전, 서인석처럼 당하지 않겠다고, 좋은 데서 잘 지내고 있으니 몸조심하라고, 경주우체국 소인이 찍힌 편지를 보내왔다) 행방을 물어 오지 않으면 의대는 다 다닌 줄 알라고 협박했던 심 형사가 연락을 안 한다는 사실을 어찌 이해해야 좋을지 몰랐다. 성순식이 들려준 농성장 분위기는 여전히 강경했다. 나는 일학년들을 보러 간다고 성순식에게 속내를 밝혔다. 하지만 성순식은, 학생과장이 만나라고 강요했냐고, 그 작자가 시킨 거냐고, 신중하기를 바랐다. 나는 일학년들을 저대로 놔둘 수는 없다고 해결책을 찾아야 한다고 강행할 뜻을 밝혔다. 그러나 성순식은 학생과장 뜻이라면 자신은 반대라고, 잘못하면 말려들 수 있다고 완강하게 나왔다. 나는 정신회 출범이 철야 농성의 도화선이 됐음을 일깨우며 강당행을 굽히지 않았다. 그쯤에서 나는 오인희에게 고개를 돌렸다. 성순식 못지않게 오인희도 불안한 눈빛이었다. 그녀는 입을 다물고 있었다. 나는 오인희를 복도 구석으로 데려갔다.

"배고프제? 근사한 저녁 물라 카다가 우리 각시 쫄쫄 굶기서 우짜노."

"걱정 마래이. 장 교수님이 커피하고 토스트 꾸버주시서 맛나게 뭇다."

"그캤나? 내가 주례 선생님 하나는 잘 모싰제, 역시 장 교수님이데이. 우리 결혼식 주례 자격이 충분하데이. 오늘 대접이 영 엉망이네. 밖에서 쪼매만 기다리래이. 일학년들 보고 퍼뜩 나올 테이까."

"거게 안 가모 안 되나?"

오인희가 정색을 하고 말했다. 나는 멈칫했다.

"장 교수님도 그캤다. 히포크라테스정신회를 공개한 때가 안 좋다꼬. 뜻이야 좋지만 학교 안팎으로 돌아가는 상황이 너무 안 좋다

카더라. 선언문 뿌린 것도 오해받기 십상이라 카데. 그라고 솔직히 진무 씨 처지를 생각해바라. 자기 담당이라는 심 형사가 두 눈 시퍼렇게 뜨고 지켜보고 있데이. 그기 멀 뜻하는지 모리겠나? 경찰 눈에 거슬리모 바로 잡아채 가리라는 거, 생각 안 해봤나? 성순식 씨한테서 일학년들이 주도한 농성이라고 들었데이. 엄밀히 말하모 자긴 제삼자라."

오인희가 내 신변 안전에 대해 오늘처럼 심각하게 속내를 밝힌 적이 있었던가. 걱정을 끼치는 게 안타까웠지만 그녀를 설득하는 수밖에 없었다.

"인희야, 제삼자라이. 내가 우째 제삼자가 될 수 있노. 일학년들도 내캉 같은 경대 의대생들이데이. 유신헌법 철폐하자고 농성한다 아이가. 선언문 읽어봤제? 그걸 우예 내가 외면할 수 있겠노?"

"솔직히 내는 두려버. 위안이 되는 존재는 노박 곁에 있어야 한다 안 캤나. 우리 결혼하기로 했데이. 무슨 일이든동, 함께 의논하고 함께 결정해야 하는 기 아이가? 자기 인생은 인자부터 내 인생이데이. 주례 선생님 보러 왔다가 우리가 와 이런 대화를 나눠야 하노?"

"너무 예민해졌데이. 이해해. 그캐도 지나치게 심각하게 받아들이지 않았으모 좋겠데이. 내는, 그저 농성하는 일학년들이 피해 안 입고 무사했으모 하는 기다."

"무서부이까 그칸다. 자기가 지하실에서 또 당할까바. 내는 자기가 잡히가는 꼴 더는 몬 본다.”

“걱정 마라. 그런 일은 없을 기다. 그라고 이분 사태는 보다시피 의대에서 벌어진 일이다. 수사기관에 잡히가는 일도 없을 기다. 그카고 오늘은 든든한 수호신이 내를 감싸고 있다.”

나는 가죽 잠바를 엄지손가락으로 꾹꾹 누르며 자신감을 보였다.

“그캐도 내는 싫다. 진무 씨가 안 갔으모 좋겠다. 이쯤에서 퍼뜩 내캉 떠났으모 좋겠데이. 와 꼭 자기가 나서야 하노?”

“말 안 할라 캤는데, 기복 세이나 서인석에 비하모 이건 아무것도 아이다. 학교 안에서 벌어진 일이데이. 안심하그라. 가죽 잠바 수호신을 믿으면서 이카모 안 된다.”

“말 잘했데이. 기복 선배나 인석 씨 생각하모 무서버. 진무 씨, 생각 안 나나? 인석 씨 장례 우째 치렀는지 잊아뿟나? 그기 장례식이가? 사람 죽음을 그래 막 다러뿌도 되나? 내는 무서버, 증말 무서버. 진무 씨, 부탁이데이. 이분 한 분만 내 뜻대로 따라주라. 제발 가지 마라카이!”

오인희의 회고

당신이 어디에 머물던 이 말만은 꼭 전해주고 싶습니다. 위안이 되는 존재에게서 약혼 여행을 가자는 구조 신호가 오기를 지금 이 순간도 기다리고 있노라고 말입니다.

이 독배를 거둘 수는 없을까.

이쪽으로 발을 내딛으면 학교 앞잡이라고 손가락질을 받을 것이고, 저쪽으로 발을 뻗자니 학교 당국엔 눈엣가시가 될 게 틀림없었다. 무슨 말을 해야 하나. 빌어먹을, 강당까지 가는 복도는 왜 이리 어두운지. 교수대로 향하는 사형수 심정이 이럴까. 나는 복도를 홀로 걸으며 스스로에게 물었다.

이게 개가 되지 않는 길일까.

목숨이 오락가락하는 심판대에 선 내 심정은 아랑곳하지 않고 일학년들은 박수를 보내왔다. 눈이 부셨다. 요란한 박수, 형광등 불빛, 일학년들 얼굴이 한꺼번에 달려들자 눈을 어디에 두어야 할지 몰랐다. 기운이 넘치는 일학년들은 다투어 물음을 쏟아냈다. 학생과장이 머라 캅니꺼? 우릴 마카 잘라삐리겠다고 협박하던가예? 우리 내쫓을라꼬 힘써달라 캅디꺼? 이 구석 저 구석에서 질문을 퍼부어댔는데 두려움에 떨거나 겁먹은 표정은 어디에도 없었다. 농성장만 아니라면 노래라도 한 자락 불러야 하지 않을까. 나는 농성장 분위기가 밝은 데 힘을 얻었다. 일학년들은 내가 학생과장을 면담하고 왔음을 알고 있었다. 그렇다면 그들은 뭔가를 기대할 거였다. 그러나 학생과장에게서 얻어온 선물 보따리는 보잘것없었다. 징계 최소라니, 내가 실토하면 일학년들은 콧방귀를 끼고 웃을 거였다. 나는 애초에 그딴 것으로 일학년들과 대면할 생각은 없었다. 중요한 건 말과 행동이었다. 우리를 설득하러 왔으모 그냥 가이소. 그캐도 먼 말을 하는지 들어보입시더. 몇 명이나 자른답니꺼? 나는 비아냥거림인지 물음인지 헷갈리는 일학년들의 외침을 묵묵히 들었다. 열 명이나 빠졌을까. 일학년들은 열한시가 가까워오는데도 흩어지지 않고 농성장을 지키고 있었다. 나는 농성에 참여한 그들이 자랑스러웠다. 예상을 뛰어넘는 결속력이었다. 제적될까봐 공포에 떨면서도 자리를 지킨 일학년들이 존경스러웠다.

"추분데 고생 많심니더."

나는 마이크를 잡았다.

"여러분들이 아시는 대로 방금 전에 학생과장을 만나고 오는 길입니더."

나는 호흡을 가다듬고 농성장을 왼쪽에서 오른쪽으로 죽 훑어보았다. 학생들의 시선이 한꺼번에 나를 향해 쏟아지고 있었다. 사람 눈동자가 그리 큰 줄은 미처 몰랐다. 시선은 화살처럼 날아와 꽂혔다. 정신이 번쩍 들었다. 일학년들에게 줄 수 있는 거라곤 내 입에서 나온 말과 행동뿐임을 나는 거듭 생각했다. 수많은 눈동자에 육신이 말갛게 씻기는 느낌이랄까, 일학년들이 쏘아대는 강렬한 기운에 어디에 눈을 두어야 할지 몰랐다. 그래, 나는, 일학년들 앞에 알몸으로 서 있는 거다! 나는 말을 이어갔다.

"힘든 시절입니더. 비겁하게 살기에는 우리는 젊심니더. 말하기 무엇한 고백입니다만, 내는 개가 되기 싫습니더. 내는 여러분을 지지합니더. 유신헌법 철폐를 부르짖는 여러분을 지지합니더."

박수와 환호성이 터져 나왔다. 농성장이 들썩였다. 나는 오인희를 눈으로 찾았다. 그녀는 내가 들어오느라 터놓은 출입문에 서 있었다. 나는 손을 들어보였다. 손뼉을 치는 오인희 눈에 눈물이 그렁그렁했다. 두 손으로 얼굴을 감싼 그녀의 어깨가 들썩이는 것을 나는 하염없이 바라보았다.

히포크라테스정신회 회원 내과의 김○○ 회고

저는 그날 정신회 회원인 두 친구와 함께 경찰 동향도 전하고 신문사에 시위 소식을 알리는 일종의 외곽 행동대였습니다. 공중전화로 신문사에 전화하고 우리는 학교 앞 동신다방에서 죽쳤지요. 셋이서 교대로 학교 앞을 서성이며 기자들과 경찰 움직임을 전화로 장욱진 교수 방에 있는 진무 형에게 알렸습니다. 외곽 도로는 경찰이 진을 치고 있어서 일학년들이 나간다 해도 진출을 못 하는 상황이었습니다. 몇 시부턴가 확실치 않은데 장욱진 선생님 방에 전화를 해도 통화를 할 수 없었습니다. 일학년들은 철야 농성한다는데 밖에 있으니 학교 안 사정을 알 수가 있나요. 상황 파악을 한답시고 대의원회 의장을 집으로 가서 만났고, 그다음엔 답답한 마음에 장욱진 선생님 댁으로 갔습니다. 봉덕시장 안 고불고불한 골목을 따라 들어가다 푸른 철문이 있는 양옥집 초인종을 누르자 장욱진 선생님이 나오셨습니다. 너희들 어디 갔다 오냐고, 무슨 짓을 저지르고 다니냐고, 대뜸 날을 세우더니 돌아가라고, 우리 답변도 안 듣고 대문을 닫아거시더군요. 통금이 얼마 남지 않은 시간이었습니다. 버스도 끊기고 그날따라 눈 없던 대구에 눈이 펄펄 날렸습니다. 눈을 맞으며 집으로 돌아오는 길이 왜 그리 쓸쓸하던지요, 철들고 길거리에서 처음 울었습니다. 믿었던 장 선생님의 싸늘한 한마디, 시위 양상이 앞으로 어찌 될까 하는 불안감, 그때 나는 철야 농성이 중간에 끝났는지 몰랐습니다. 다만 안에서 농성하는 하진무 형과의 연락이 끊어졌다는 데 마음이 몹시 상했습니다. 정신회가 이렇게 허망하게 무너지나, 히포크라테스 정신을 살려보자고 아등바등했던 꿈이 한순간에 물거품이 되다니, 참담했습니다. 그보다 더 견디기 힘든 것은 시위에서 나는 제외되었다는 자괴감을 떨쳐버릴 수가 없었습니다. 그 후로 저는 시위와 관련한 모든 일에 마음을 닫았습니다. 나는 저들에게 맞지 않는 놈이다, 나는 이런 일을 해낼 능력이 없다고 평가받은 놈이다, 나는 배제된 놈이다…. 철야 농성 사태가 마무리되고 처벌자 명단이 발표되도록, 진무 형이나 정신회 회원 누구도 저를 찾지 않았습니다. 그 후로 가정교사로 입주하고 있던 집에 돌아와 바깥출입을 하지 않았습니다. 학교도 나가지 않았습니다. 소외감과 배신감에 짓눌린 나는 죽는 일만 남았다고 생각했습니다. 교수회의는 극비에 진행되었고, 신문에 난 시위자 처벌 명단에도 저는 없었습니다. 아무것도 아닌 자가 되어버린 겁니다. 진무 형 실종 소식도 모른 채 그 겨울 스스로 유폐됐건 겁니다.

*

학교에서 자신이 맨 마지막으로 나왔음을 하진무가 깨달은 것은 정문을 벗어난 지 이삼 분쯤 지나서였다. 가로등이 꺼진 정문 밖은 휑했다. 눈이 내리는 거리에는 오가는 행인이 아무도 없었다. 통행이 금지된 시간임을 실감하며 하진무는 혼자 걸었다. 그는 허탈해하지 않기로 마음을 다잡았다. 일학년들 농성이 무사히 끝난 것만 생각하기로 했다. 그들이 느꼈을 열패감은 시간이 해결해주리라 믿었다. 농성이 막을 내린 것은 새벽 두시 반을 지나서였다. 애초에 우발적으로 시작한 농성 탓인지 경찰과 협상에 시간을 오래 끌지 않았다. 학생과장의 중재로 아무도 처벌하지 않기로 경찰과 구두 약속을 했고, 그 즉시 농성을 풀기로 결정했다. 누구 하나 손뼉을 치거나 환호성을 지르지 않았다. 하진무는 일학년들이 다치거나 경찰에 끌려가는 불상사가 발생하지 않은 것에 안도했다. 히포크라테스정신회 출범과 맞물린 농성이어서 여간 마음을 졸인 게 아니었다. 일학년들이 피해를 입지 않았다는 사실만으로 정신회를 주도한 그로서는 짐을 던 셈이었다. 다만 한 가지 아쉬운 점이 없지 않았다. 야간 통행 허가 도장을 찍는 풍경만은 두 번 다시 떠올리기 싫었다. 협상을 끝내고 학교를 나선 일학년들은 한 줄로 늘어서서 경찰에게 손등을 내밀어야 했다. 야간 통행을 허가하는 빨간 도장을 받기 위해서였다. 침통한 표정인 일학년들이 패잔병처럼 느껴져서 하진무는 눈을 돌리고 말았다.

오인희를 생각하면 여전히 미안한 마음을 금할 수 없었다. 주례 선생님에게 인사를 하러 온 날 봉변을 당했으니 실망이 이만저만이 아닐 거였다. 하지만 그녀가 험한 꼴을 보지 않고 집으로 돌아간 게 얼마나 다행인지 몰랐다. 오늘 밤은 푹 자고 내일이라도 그녀에게 정식으로 사과하고 프러포즈를 하리라. 하진무는 오인희가 자신을 이해해주기를 빌었다. 장 교수 차를 타고 갔으니 지금쯤 집에 무사히 도착했으리라. 날이 밝는 대로 오인희 집 대문 앞에서, 박영길이 아닌 오인희 나오라고, 오인희 이름을 목청껏 부르리라. 오인희 얼굴을 머리에 그리며 건널목에 선 하진무는 잠시 망설였다. 삼덕동 주택가로 들어설까, 아니면 한길을 따라 공평동으로 걸어갈까. 모처럼 보는 눈이었다. 가로등에 떨어지는 눈발을 눈으로 좇던 하진무가 건널목에 발걸음을 내딛었을 때, 검은 지프차가 그의 앞에 와서 섰다.

"어이, 하진무 잠깐 볼까?"

차에서 내리며 누군가 그의 이름을 불렀다. 심 형사인가? 하진무가 정문을 나왔을 무렵에는 경찰도 철수한 뒤였다. 의대생들은 물론 경찰도 안 보였다. 심 형사가 기다린 걸까? 하진무는 불쑥 피어오르는 의구심에 휩싸였다. 다 늦게 심 형사가 무슨 할 말이 있다는 걸까. 한동안 본 척도 안 하더니 웬일일까. 혹시 무슨 꿍꿍이속이 있는 건 아닐까. 그가 목소리를 향해 얼굴을 돌리자마자, 어둠 속에서 누군가 억센 힘으로 허리춤을 움켜잡고 등 뒤에서 밀어붙였다. 하진무는 순식간에 지프차 안으로 끌려 들어갔다.

"대가리 박아!"

굵은 목소리가 터져 나왔다. 목덜미와 머리통을 두 손이 우악스레 내리눌렀고, 하진무는 숙인 머리를 두 무릎 사이에 처박았다. 그리고 이내 군용 담요로 등을 덮고 짓누르자 옴짝달싹할 수가 없었다. 양옆에서 두 사람이 바윗덩이처럼 압박하는 게 느껴졌다. 일이 초나 흘렀을까, 지프차에 강제로 타는 동안 사람 얼굴을 한 명도 제대로 보지 못했음을 뒤늦게 깨달았다. 납치인가? 하진무는 재빨리 상황 판단을 했다. 동시에 앞산 지하실에서 증거물을 찾으러 외출하던 날이 머리를 스쳤다. 그날은 깍두기머리와 사각턱이 양쪽에서 옥죄는 바람에 짐짝처럼 실려 갔었다. 납치당했다! 하진무는 결론을 내렸다. 이내 행방불명된 최영철이 떠올랐다. 조성우의 중학교 동창인 그가 아직도 생사를 모른다는 데 생각이 미쳤다. 겁이 더럭 났다. 심 형사가 조사실에서 내뱉은 말이 떠올랐다. 동향보고서와 정보원을 거부하겠다고 뻗대자 심 형사는 독설을 퍼부어댔다. 개새끼가 사람 무시하모 우째 되는지 두고 바! 심 형사 경고가 바로 이거였나?

"조성우 어딨어?"

왼쪽에서 누군가 물었다. 하진무는 입이 벌어지지 않았다. 허리를 뒤틀며 꿈틀대자 왼쪽에서 팔꿈치로 옆구리를 가격했고, 숨이 막힌 그는 축 늘어지고 말았다.

"조성우 어디로 도망갔어? 하진무 개새끼, 조성우 행방 대. 아니면 넌, 오늘 밤 죽는다."

저음에 굵은 음성이 하진무 귀에 꽂혔다. 울림통이 우렁우렁대는 것 같은 저 목소리는? 목욕탕에서 울리는 듯한, 듣기에도 오싹한 저 굵은 베이스는 어딘가 귀에 익었다. 울림통이 계속 말했다.

"회사로 갈 거 없어. 개새끼한테 사람대접하면 안 되지. 하진무, 조성우 어디에 숨었는지 짖어봐. 오늘 안 짖으면 넌 죽은 목숨이다."

아, 저 울림통을 알겠다. 비늘처럼 끈적끈적하게 몸에 달라붙는 저 목소리, 깍두기머리다. 하진무는 공포에 떨었다.

지프차에 머리를 처박고 있은 지 삼사십 분이나 흘렀을까. 차가 멈춰 섰고, 문이 열리자 하진무는 밖으로 끌려 나갔다. 눈은 그쳤고, 찬 바람이 몰아쳤다. 칠흑 같은 어둠뿐, 사람이고 사물이고 분간이 안 되었다. 여긴 어딜까? 하진무는 두리번거렸다. 희미한 불빛 한 점 안 보였다. 차에서 내린 두 사람이 이끄는 대로 걸었다. 몇 걸음 걷지 않아 야트막한 오르막을 올랐고, 자갈이 발에 밟혔다. 거기서 멈췄다

"조성우 어딨어?"

깍두기머리가 말했다. 하진무는 목소리만으로 깍두기머리가 무척 화가 났음을 알았다. 그가 육모방망이로 등짝이나 머리통을 후려갈길지도 몰랐다. 깍두기머리를 다시 보는 날이 올 줄은 몰랐다. 그가 휘두르는 육모방망이에 쫓겨 지하실 바닥을 기면서 개처럼 짖어대는 자신의 모습이 생생히 떠올랐다. 몸서리가 쳐졌고, 팔다리가 후들거렸다. 추워서만은 아니었다. 심장박동이 빨라졌고, 지하실에서 난타당하는 하진무가 어른댔다. 지하실에 다시 갇혀서는 안 되었다. 작년에는 잠을 안 재웠지만 이참에 끌려가면 온전치 못할 거였다. 깍두기머리는 날 어쩌려는 걸까. 어딘지도 모르는 이 어둠 속에서 감쪽같이 사라진다 한들 누가 내 행방을 알겠는가. 깍두기머리는 나 하나 없애는 일쯤은 흔적도 안 남는다고 위협하지 않았던가. 도대체 이들은 왜 날 끌고 온 걸까. 하진무는 어둠을 찢어발기고 사람 얼굴이라도 보고 싶었다. 허리춤을 붙든 사내는 여전히 목소리도 얼굴도 누군지 알 수가 없었다. 눈이 어둠에 익숙해졌는데도 얼굴 윤곽이 뚜렷하게 잡히지 않았다.

"모립니더. 안 본 지 한참 됐심니더."

하진무는 답했다.

"조성우 있는 데 말해. 니 목숨을 조성우하고 바꿀 거야?"

허리춤을 붙잡은 사내가 다그쳤다.

"증말 모립니더. 성우와 연락 끊어진 기 석 달은 될 깁니더. 그 친구 이학기엔 거의 학교에 안 나왔심더."

"개수작 부리지 마. 우리한테 사기 칠 생각 마라. 하진무 개새끼, 계속 잔머리 굴리면 오늘 넌 여기서 죽는 거다."

"조성우 어딨어? 새꺄, 바른 대로 대. 거짓말하면 기차에 던져버린다."

그제야 하진무는 발치 앞에 철길이 있음을 알아챘고, 재빨리 좌우를 살폈다. 기다란 띠 같은 철길이 눈에 잡혔고, 왼쪽 저 너머로 철교가 보였다. 철교가 있으면 강이 흐른다는 소리였다. 불현듯 밀양강이 스쳤다. 경북고 명성회 친구들과 여름방학에 놀러갔던 밀양강.

"하진무 개새끼 살기 싫어? 조금 있으면 기차가 지나갈 거다. 그때까지 답해라. 조성우 어디 있어?"

"참말로 모립니더."

어둠 저편에서 기차 소리가 들렸다. 철로가 규칙적으로 덜커덩거리기 시작했다.

"개새끼라서 사람 소리를 못 알아듣는다 이거지?"

허리춤을 붙든 사내가 하진무를 철길 쪽으로 떠밀었다.

철컹철컹, 철길을 달리는 기차 소리가 가까워지고 있음을 하진무는 느꼈다. 철커덩철커덩 철로가 울릴 때마다 심장이 뛰었다. 개가 되어서는 안 되었다. 앞산 지하실은 절대로 안 간다, 아니 못 간다. 개처럼 죽기 싫다, 서인석처럼 죽긴 싫다. 개새끼라니, 저 깍두기머리는 영원히 나를 개새끼로 아는가. 난, 개가 아니라 인간이다. 인간 하진무다. 영혼이 자유로운 대학생이다. 오인희를 사랑하는 남자 하진무다! 깍두기머리, 당신은 가죽 잠바 입은 나를 지하실로 끌고 가지 못한다. 당신 손에 내 목숨을 맡기지 않을 거다. 공포가 하진무를 부르짖게 했다. 개자식들아, 나는 개가 아니다! 철길을 쿵쾅대는 쇠바퀴 소리가 드높아질수록 그는 고래고래 악을 썼다. 그러나 입에서는 아무 소리도 터져 나오지 않았다.

"하진무, 개새끼, 살기 싫으냐? 조성우 어딨는지 말하라니까?"

깍두기머리가 외치는 순간 하진무는 허리춤을 붙든 사내 손목을 온힘을 다해 주먹으로 내리쳤고, 달렸다. 철길을 달렸다. 기차 쇠바퀴 구르는 소리가 어느새 등짝에 달라붙었다. 하진무는 기차를 등지고 달렸다. 기차와 반대편인 철교를 향해서 달렸다. 나는 개가 아니다, 자유로운 영혼을 가진 인간이다! 하진무는 철길을 달리면서 가슴이 터지도록 외쳤다. 오인희 얼굴이 떠올랐다. 내가 달려간다, 오인희 기다려라! 사랑한다! 죽도록 사랑한다! 쇠바퀴를 울리며 기차는 하진무를 덮칠 듯 맹렬하게 달려오고 있었다. 하진무는 멈추지 않았다. 나를 구속하지 마! 나는 안 잡힌다! 하진무는 자유다! 하진무는 기차에 먹히지 않으려고 미친 듯이 달렸다. 어느 순간, 등 뒤에서 기관차 기적이 귀청을 찢어발길 듯 울렸고, 불빛에 철교가 환히 드러났다.

작가의 말

2012년 12월 20일, 초고가 완성된 날 저녁을 잊지 못한다.

노천희 선생(『내 님, 불멸의 남자 현승효』 엮은이)과 맺은 인연으로 이 작업에 들어섰다. 취재에 커다란 도움을 준 그이에게 먼저 고마움을 전한다.

의사인 김병준 선생을 비롯한 경북고와 경북대 의대 출신 대구 분들께도 고맙다는 말씀을 올린다.

촛불혁명 함성이 귀에 쟁쟁한데 민주주의를 훼손하는 망언은 여전히 그칠 줄을 모른다. 유신정권, 그 엄혹한 길 끝에서 사라진 주인공들을 되살리는 심정이 예사롭지 않다.

(글을낳는집, 연희창작촌, 토지문화원에서 작업했다.)

2019년 3월

윤동수

길 끝에서 사라지다

초판 1쇄 발행 • 2019년 4월 16일

지은이 • 윤동수
펴낸이 • 황규관

펴낸곳 • 도서출판 삶창
출판등록 • 2010년 11월 30일 제2010-000168호
주소 • 04149 서울시 마포구 대흥로 84-6, 302호
전화 • 02-848-3097
팩스 • 02-848-3094

종이 • 대현지류
인쇄제책 • 스크린그래픽

ISBN 978-89-6655-110-1 03810